5,–

W0409722

ars vivendi®

Helmut
Haberkamm

Das Kaffeehaus im Aischgrund

Roman

ars vivendi

Für Petra,
die den Keim des Ganzen kennt,
ebenso Blüte, Frucht und Kern

Auf ausdrücklichen Wunsch des Autors erscheint dieses Buch in alter Rechtschreibung.

Originalausgabe

1. Auflage August 2016

www.arsvivendi.com

Lektorat: Elmar Tannert
Druck: CPI Ebner & Spiegel, Ulm
Gedruckt auf holzfreiem Werkdruckpapier der Papierfabrik Schleipen.
Das eingesetzte Material stammt aus ökologisch und sozial verantwortungsvoller Forstwirtschaft.
Printed in Germany

ISBN 978-3-86913-721-6

Das Kaffeehaus im Aischgrund

Manchmal die Vorstellung, ein Schriftsteller
hätte vor allem die eine Pflicht:
eine Landschaft zu verewigen. – Aber wie? –
Mit den Geschichten von Menschen.

Peter Handke

1

Der Mann in den besten Jahren, der das Deck des Übersee-seglers »Dorada« verließ, machte auf die Umstehenden den Eindruck eines aufgeräumten Menschen, eines Mannes mit Tatkraft und Schaffensgeist, der, nachdem er gerade den einen Kontinent hinter sich gelassen hat, nur darauf brennt, einen anderen Erdteil beherzt unter seine Füße zu nehmen.

Der mächtige Dreimaster war gerade mit viel Geschäftigkeit und Geschrei in den Hafen von Bremen eingelaufen, und dem Mann war die Mischung aus Herzklopfen und Handfreude anzumerken, mit der er seinen Lauf zielbewußt Richtung Innenstadt lenkte. Sein Blick verfolgte dabei aufmerksam die Kutschen, Fuhrwerke und Schiffsladungen, die wieselnden Passagiere, Kaufmänner, Seeleute und Hafenarbeiter – alles wurde gewissenhaft registriert und abgeschätzt. Der tabakbraune Vollbart verlieh seinem Auftreten Ernst und Bestimmtheit. Seine wachen Augen verrieten eine freundliche Aufgeschlossenheit für die vielfältigsten Erscheinungen dieser Welt. Fast pfiffig wirkte er in seiner Art, beim Tragen den lattengestützten Lederkoffer noch zu schwenken, als wäre es ein Kinderspiel, alle Habseligkeiten seines Lebens durch die Welt zu schleppen, um an einem ganz anderen Ort ein vollkommen neues Kapitel aufzuschlagen.

Unweit des Marktplatzes, beim stolzen Haus Schütting, nahe beim Roland mit Schild und Schwert, beim Rathaus und Dom, schien der Mann am Ziel seines Weges angelangt zu sein. Vor der Ladenfront einer Kolonialwarenhandlung hob er den Kopf und verschwand in dem hochgiebeligen Geschäftshaus mit den altehrwürdigen Fenstern. Als seine mittelgroße

Gestalt wieder im Türrahmen auftauchte, folgte ihm ein älterer Kaufmann mit Vollbart und Glatze. Dann schüttelte man sich lange die Hände, bevor der Reisende seinen Koffer ergriff und sich einen zugebundenen Halbzentnersack über die Schulter warf. Dermaßen bepackt schlug er ohne Säumen seinen Weg zum Bahnhof ein, wo er vor dem Fahrkartenschalter seine Tragstücke absetzte, die Schultern einige Male hochzog und wieder herunterfallen ließ, in die geröteten, erhitzten Hände klatschte und dem knebelbärtigen Schalterbeamten hinter dem Schiebefenster sein Begehr zurief.

»Eine Fahrkarte für die Eisenbahn nach Nürnberg.«

»Bayern, wie?«

»Neustadt an der Aisch.«

»Wo soll denn das sein?«

»Auf halbem Weg zwischen Nürnberg und Würzburg.«

»Da müssen Sie sich in Nürnberg aber einen andern Zug suchen, für die Würzburger Linie.«

»Hauptsach, ich komm heim.«

»Die Würzburger Strecke ist funkelnagelneu. Da riecht man bestimmt noch den Lack und das Schmieröl überall. So etwa zwei Tage sind Sie da schon noch auf Achse.«

»Ein Kinderspiel, wenn man das große Wasser hinter sich hat.«

»Sie waren drüben, in Amerika?«

»Fünfzehn Jahre.«

»Was? Is ja ulkig. Scharenweise wandern hier die Leute Tag für Tag dorthin aus, als wär's das gelobte Land, und Sie kommen wieder zurück – warum das denn?«

»Das ist eine lange Geschichte, werter Mann. Die wenn ich Ihnen erzähl, dann können S' Ihren Schalter dicht machen, dann hocken wir zwei morgen früh noch da.«

»Was führen Sie denn da in dem Sack mit sich?«

»Kaffeebohnen. Fünfzig Pfund, köstlich geröstet. Soeben geholt im ersten Haus am Platz hier.«

»Warum schleppen Sie einen ganzen Sack Kaffeebohnen durch die halbe Welt? In Bayern gibt's wohl noch keine?«

»Das hier sind ganz besondere Bohnen, erlesenste Qualität, mit denen will ich was ganz Bestimmtes anfangen.«

»Was denn, wo denn?«

»In Peppenhöchstädt.«

»Ach du liebes bißchen, wo ist das denn?«

»Ein kleines Seelennest, im Aischgrund.«

»In Bayern, was?«

»In Franken.«

»Na schön, von mir aus. Dort gibt's nur Bier und noch keinen Bohnenkaffee, was? Dort brühen sie sich noch ihren Kraut- und Rübensud, nicht wahr?«

»Aus Gerste, Rüben und Zichorie.«

»Grundgütiger! Und deshalb tragen Sie also den Kaffee höchstpersönlich von Bremen in Ihr Kuhkaff dort?«

»Der halbe Zentner da ist ein Geschenk. Der Sohn des Kolonialwarenhändlers Böttcher ist ein guter Freund von mir gewesen, drüben überm Wasser, in Amerika.«

»Ja, wenn das so ist. Hier Ihr Billet.«

»Dankschön. Leben Sie wohl, guter Mann. Jetzt geht's heim!«

»Alles Gute, Sie Heimkehrer. Eines kann ich Ihnen gleich sagen: Sie werden Ihre Rückkehr bestimmt noch bereuen!«

2

Am Bahnhof in Neustadt an der Aisch gab der Ankömmling seinen Koffer und den Halbzentnersack am Postschalter auf, nun hatte er die Hände und den Rücken frei. Er schnaufte tief ein und sah sich mit hungrigen Augen um. Die im Mittagslicht schimmernden Gleise hatten den Hutsberg mit seiner brandroten Tonerde aufgerissen wie ein Stück rohes Fleisch. Als er hinüberschaute zum Eichelberg, zum Schnappenstein, zu den Herrenbergen und zur Stübacher Steige, da erkannte er die Pforte zu seinem Aischgrund, der von hier aus breiter wurde, mit mehr Wald, mit leichteren Ackerböden. Die Häuser von Neustadt lagen vor ihm hingestreut in der Flußsenke wie Plätzchen in einer grasgrünen Porzellanschale. Seine Augen suchten die Stadtkirche, das Rathaus, das alte Schloß und die Stadttore. Fast kam es ihm vor, als könnte er die Rufe der Gerber und Wollweber, die Schläge der Zeugmacher und Nagelschmiede, das Geklapper der Pferdehufe und das Bellen der Hunde von drunten heraufhören in der frischen, klaren Herbstluft.

Der Horizont ganz weit unten bei Uehlfeld und Höchstadt flimmerte, als würden dort Schwärme von Dunstfischen durch die Lüfte fliegen. Alles wirkte so farbenfroh und nah, so greifbar, so verheißungsvoll. Wegmann spürte keine Müdigkeit mehr, nur ein elektrisches Pulsieren im Herzen, das ausströmte bis in Bauch und Haut. Ihm war es, als müßte er Türen aufreißen, Fenster öffnen, um einzutauchen ins Freie. Am liebsten hätte er den Wiesengrund mit ausgespannten Armen durchlaufen, hätte die in gewundenen Schleifen dahinschleichende Aisch überholen, sie antreiben und mit hineingeschleuderten Kieselsteinen weiterscheuchen mögen, daß die Karpfen, Barsche und Waller nur so auseinanderschießen würden. Von Herzen gern wäre er hinuntergerannt, hätte atemlos und mit stechenden Seiten verschnauft an einer schiefen Weide am Fluß, so sehr freute er sich mit einem Mal darauf, wieder heimzukehren in diesen so lieblich vor ihm liegenden Landstrich. Fünf Stunden Fußmarsch lagen noch zwischen ihm und seinem Kindheitsdorf. Nur noch fünf Stunden, bis er alle wiedersehen sollte, nach denen er sich jetzt so sehnte! Die Mutter, den Onkel, die Schwester. Nach den

Abertausenden von Meilen in seinen Knochen und in seinem Kopf. Er setzte sich seinen hellen Hut wieder auf und machte sich auf den Weg, die staubige Landstraße den Aischgrund hinunter Richtung Dachsbach.

Durch die Bahnhofsstraße und durch das Windsheimer Tor gelangte er in die Stadt. Dort schaute er auf die gediegenen Geschäftshäuser, die gaffenden Bauern und Hausfrauen, die neugierigen Händler, Fuhrleute und Dienstboten auf der Straße, die plärrenden Mütter und Kinder vorm Diespecker Tor. Der Septembertag hatte noch einmal einen sommerblauen Himmel aufgespannt und überzog die Äcker und Wälder mit einem leuchtenden Schimmer. Die Farben von Reife und Ernte. Das satte Braun der Ackerböden, das Honiggelb und Weinrot im Laubwerk, das Feldgrau um die Krautbeete und Stauden, die fließenden Grüntöne der Wiesen und Kleefelder, der Rübenblätter und Hopfenreben. *Versonnen im bunten Gewande, so hält der Weinmond seine Feier.* Dieser Satz aus einem alten Hausbuch fiel Wegmann wieder ein.

Das Licht der späten Sonne spiegelte sich in den Scherben, die von einer Vogelscheuche herabhingen. Sonnenblumen streckten ihre strahlenden Gesichter zum Himmel. Als wären sie mit Schmalz eingerieben, so speckig glänzten die Erdschollen in den frisch gepflügten Feldern, wie Wellen im Ackermeer. Seine Sinne wollten alles sehen und aufsaugen, alles wahrnehmen und wertschätzen. So lange hatte sich Wegmann die Heimat im Geiste vorgestellt und ausgemalt – und nun sprang sie ihm beim Laufen und Schauen in Hülle und Fülle in die Augen, daß sie naß wurden und brannten.

In einem Wirtshaus in Diespeck hielt der Wanderer kurze Einkehr zum Vespern und Durstlöschen. Eine Brotzeit konnte man ihm servieren, Schwarzbrot und Preßsack, dazu eine geräucherte Bratwurst mit Gurken und Kren. Die drei Tage ohne richtigen Schlaf spürte er nun im Kreuz und in den Knochen, eine steinschwere Müdigkeit machte sich in ihm breit.

Der Schankknecht musterte ihn mit unverhohlenem Argwohn. Ihm schien dieser Fremde im schlichten Werktagsanzug ein komischer Vogel zu sein, vielleicht ein Handeltreiber oder ein Stadtkrämer, aber solche redeten viel mehr. Der hier jedoch schaute nur als Kiebitz den vier kartelnden Zechkumpanen beim Schafkopfen zu, genoß schmunzelnd die derben Sprüche der Fuhrleute und blieb zugeknöpft und kurz angebunden über seinem Krug Bier.

»Trumpf! Hosen runter und raus mit deinem schlamperten Wenz!«

»An Trumpf kriegst, aber ohne die Schmier verreckst!«

»Raus mit der Hur aus'm Pfarrhof!«

»Wenns saudumm läfft, dann bricht dir die blanke Sau das Kreuz!«

»Ein Scheißblatt, von jedem Kaff ein krummer Hund.«

»Hauptsach am End ein Aug mehr, dann paßt der Arsch auf'n Eimer!«

Wie lange hatte er solche Brocken nicht mehr vernommen! Der Heimkehrer mußte an seinen Vater denken, der auch so herzhaft daherreden konnte in der Mundart dieses Landstrichs, in der jedes Gewächs seinen ganz besonderen Namen besaß, wo sich hinter dem wüstesten Spruch eine Lebensweisheit verbergen konnte und wo jedes Wetterzeichen Anlaß bot für ein bedeutungsvolles Sprichwort. Er spürte wieder den alten Schrecken im Leibe, als der Vater damals in aller Früh wachsgelb, kalt und starr im Bett gelegen war und ihn zurückgelassen hatte, mutterseelenallein, angewurzelt und herausgerissen zugleich, als neunjährigen Bub! So alt wie die Kinder dort drüben, die Mädchen mit den flachsblonden Zöpfen, die um den Hohlkreisel im Kreidefeld hüpften, die Jungen, die mit Steinschleudern auf Stare und Spatzen im strotzvoll hängenden Birnbaum schossen. Ach, diese Jahre als Lauser und Streuner! Wie oft hatte er sich nach der Hand des Vaters gesehnt, die einen halten konnte, anspornen, aufmuntern, mitreißen! Den Schmerz darüber, daß ihm dieser Vater über Nacht geraubt worden war, spürte er immer noch als Stachel in seinem Innern.

Er leerte seinen Bierkrug, spritzte sich am Brunnentrog Wasser über Gesicht und Hände und machte sich wieder auf den Weg. Vor dem Dorf besah er sich den schweren, rotbraunen Boden der Rübenäcker, die hellkrustigen Flurstücke oben am Buckel, die Felder mit Tabakstöcken und Krautköpfen, mit Pfefferminz und Meerrettich. Bauern in den Hopfengärten waren dabei, mit Messern und Haken an den armstarken Fichtenstangen die würzgrünen Reben und Ranken abzuschneiden, daß sie rauschend zur Erde sanken. Auf der linken Seite war eine schnatternde Menschenherde beim Rausgraben und Einsammeln von Kartoffeln zugange, die bodenfeuchten Früchte glänzten in der Sonne. Die Bäuerin klaubte die schönsten Klößerdäpfel flott vorne weg, und hinter ihr dann, Jahr auf Jahr abgestuft wie die Orgelpfeifen, hantierte ein halbes Dutzend barfüßige Kinder, die die mittleren und kleinen Erdäpfel in Flechtkörben zusammensuchten für die Keller und Futtertröge. Die rupfengroben Säcke, die Haufen mit Kartoffelkraut, der aufgerissene Ackerboden mit dem staubigen Geruch und den hellen Früchten, die sich erst so kühl anfühlten in der Hand und dann doch die Wärme annahmen, so klobig und rund, so fest und weich zugleich: Erinnerungen an die Kartoffeltage der Kindheit kamen Wegmann in den Sinn, das Gebuckel und Gekrieche, die zerfurchten Hände am Abend, wie rissig und aufgesprungen sie sich anfühlten, so trocken und spröde wie Werg waren sie. Der würzige Rauchgeschmack der heiß dampfenden Erdäpfel aus dem knackenden Krautfeuer, die sie mit Gabeln oder Stecken herausholten, stieg ihm wieder in die Nase. Wie schön das war, gemeinsam zu arbeiten und miteinander Ernte, Ende und Ertrag zu feiern!

Der Altweibersommer schien den Heimkehrer warmherzig zu begrüßen. Die Obstbäume am Rand der Landstraße waren behangen mit rauhschaligen Eierbirnen, weichen Zwetschgen und gefleckten Mostäpfeln, deren hartes, säuerliches Fleisch einem beim Reinbeißen eine Gänsehaut über den Leib jagte. Von ferne heulte eine Holzschneidesäge an Wegmanns Ohr. Auf einem Stupfelacker dampften etliche Haufen mit noch warmem Stallmist, der dort von zwei hemdsärmeligen Männern mühevoll abgeladen und mit Gabeln ausgebreitet wurde. Kreischend hüpften und flatterten Vögel um die braunen Batzen. Die Leichtigkeit ihrer Bewegungen ließ den Heimkehrer anhalten und kurz verschnaufen, damit die Müdigkeit in ihm etwas verfliegen konnte.

Oben am Ziegenhöfer Berg schaute er einem Bauern beim Ackern zu, blickte beim Einwenden in das mißtrauische Gesicht des Landmanns, sah seine furchige, schweißglänzende Haut, die gebeugte Gestalt hinter dem Wendepflug und hinter den Ochsen, die sich schnaubend abplagten unter dem drükkenden Stirnblatt. Wegmann sah alte Leute auf den Feldern beim Steinklauben und junge Frauen und Mädchen, die mit grobleinigen Grastüchern auf dem Rücken Quecken, Disteln und Schmellen aus dem Boden rupften. Ein Mann mit einer Schürze aus blauem Tuch säte Korn, ein brav trottender Gaul zog eine Saategge hinter sich her über einen Acker. Kinder hüteten Gänse, trieben mit Ruten Kühe aus Krautbeeten hinaus und riefen den Spielkameraden Spottverse und Schimpfworte zu beim Verstecken und Fangen. Diese engen, kleinen Verhältnisse hier! Kein Vergleich zur Weite und Größe in Amerika. Warum nur hing sein Herz mit solcher Heftigkeit an diesem Erdflecken?

Wegmanns Augen folgten den Krümmungen der Aisch, die sich gemächlich hinunterschlängelte in den von Heuböcken bestückten, von Kopfweiden, Hopfengärten und Waldsäumen eingefaßten Wiesengrund. Am Dorfrand von Gerhardshofen leuchtete ihm Streuobst entgegen, ockergelbe Birnen und rotbackige Äpfel. In einem Bauerngarten sah er Kürbisse,

Sellerie und Lauch, Wirsing und Mangold, die braunen Kapseln des Mohns bei den Gelben Rüben, und vorm stachelbeerstrotzenden Strauchwerk am Holzzaun blühten blaue Herbstastern, Dahlien und Chrysanthemen. Die Zwiebeln und Gurken waren schon geerntet, auch die Haselnüsse und Himbeeren. Der Blumenkohl reckte dem Betrachter seinen hellen Kopf entgegen, die sommersatten Trauben am Spalier drückte es zur Erde, die Holunderbeeren färbten sich hinein ins Dunkle, bald würde es Walnüsse hageln für die knakkende Wohligkeit des Winters. Die Fülle der Natur machte den Heimkehrer wehmütig. Ach, die verflossenen Jahre in der Fremde, die abgerissenen Verbindungen zu seinen Leuten daheim, hatte sich das alles gelohnt? Was würde ihn jetzt wohl erwarten? Vielleicht hätte er vorher doch einmal schreiben sollen?

Die Nachmittagssonne strebte schon dem Abend entgegen, als Wegmann in Dachsbach anlangte. Am Ortseingang hörte er das Gebrüll einer rindernden Kuh, die stiersüchtig am Aufreiten war. Buben schlugen mit langen Bohnenstangen nach Kastanien in den Bäumen. Die feuchtglänzenden Früchte sammelten sie in Säcken und brachten sie zum Jäger, der ihnen das Futter für das Wild im Winter mit ein paar Kreuzern entlohnte. Eine alte Frau mit Kopftuch und verschossener Schürze zermantschte in einem Trog vor einem Hofhaus Rübenschnitz und Hafersied zum Verfüttern an die Schweine. Am Schuppentor standen Körbe mit gekochten Kartoffeln und Kleie, daneben lagen Rübenblätter und Brennesseln. Tauben gurrten und flatterten oben am Schlagbrett, und die letzten Schwalben ziepten in der Luft über der Scheune. Sie genossen diese langen Spätsommertage mit den tänzelnden Mückenschwärmen im goldenen Licht. Bald würden sie sich zum Abflug rüsten, fort von den Nachtfrösten und Herbstnebeln und hinein in wärmere Gefilde. Eine alte Frau schaffte mit einem Rückenkorb Grünfutter heim für ihre Geißen und Stallhasen.

Hinter ihr schob ein alter Mann einen rumpeligen Schubkarren mit frisch gesenstem Gras. Von einer Hofsäule aus stierte ein Knecht mit einer kalten Tabakspfeife dem Vorüberziehenden neugierig und einfältig ins Gesicht, ohne Gruß und Geste.

Ein barfüßiges kleines Mädchen in Dreck und Speck stand vor einem verzogenen, schadhaften Hoftor und schaute scheu herüber. Sein Kleid war abgewetzt und fleckenbesetzt, auf dem kahlrasierten Kopf prangte ein zerkratztes Grind. Eine Rotzglocke hing ihm vom Nasenloch herunter bis zum verschmierten Mund, in dem ein nasses Schnullersäckchen steckte, an dem es mit stiller Hingabe lutschte. Seine trüben Augen schauten Wegmann unverwandt an, bis das Kind plötzlich von einem heftigen Husten geschüttelt wurde. Aus dem Haus dröhnte eine Frauenstimme heraus. Eine untersetzte Bäuerin fuhrwerkte in einer dampfigen Kesselküche herum, wo sie Bettzeug kochte und blaue Wäsche bürstete und fleihte. Der Geruch von Wäsche, die tagelang im Schaff eingeweicht gewesen war, lag dick und stickig in der Luft. Da tauchte die gedrungene Frau auch schon mit einem tropfenden Waschkorb auf der Hausstaffel auf und erblickte den bärtigen Wanderer, dessen Anzug zu keiner Bauernarbeit paßte. Trotz ihres rotgelaufenen Gesichtes und der schweißverklebten Haarsträhnen hatte er seine alte Schulkameradin erkannt, die Hartmanns Gunda, die mit ihm einst konfirmiert worden war und ihm jetzt unvermittelt vors Auge trat, verblüht und stark in die Breite gegangen. Sie schien keine Ahnung zu haben, um wen es sich bei dem grüßenden Mann mit dem gelupften Hut wohl handelte. Geschwind zog er weiter, verfolgt von ihrer Stimme, die plärrte und einbelferte auf das greinende, hustende Kind.

Aus einem niedrigen Stallhaus hörte Wegmann die Herdringe klappern, das Rutschen von Tiegeln und Töpfen. Durch das niedrige Fenster sah er Feuer aufflammen, er roch das Dunstgemisch aus Dörrfleisch, gestöckelter Milch und ranzigem Rüböl, das schwer in der rußigen Küche hing. Im Hof neben der Mistgrube arbeiteten zwei Männer an einer Hobelbank, wo sie Sprossen und Streben fertigten. Sie hatten Holzstücke eingeklemmt zwischen Klotz und Keil und hantierten mit Bogensägen und Schabhobeln bei den zwei Holzböcken herum. Das konnte nur der Seidlers Veit sein, der auch schon arg gebückt ging. Die grobkantigen Züge erlaubten keinen Zweifel, wem sein Sohn sein Gesicht zu verdanken hatte. Die zwei in ihren blauen Kitteln und Schürzen erkannten den Grüßenden ebensowenig wie die Hartmanns Gunda vorher und ließen sich von ihrem beharrlichen Schaffen nicht weiter ablenken. Von nichts kommt nichts, dachten sie bestimmt, die Arbeit fordert ihr Recht, das Leben hat seinen Preis, wer nicht spurt und sich nicht sputet, der muß am Ende die Zeche zahlen und in sein hartes, karges Brot beißen.

Weiß Gott, Wegmann mußte wirklich ein anderer Mensch geworden sein, ein Unbekannter, ein Fremdling. Würde ihn die Mutter überhaupt erkennen? Und die Geschwister, die Nachbarn? Da tauchte der Stiefvater in ihm auf mit seinem Groll und seinem Geiz, und da wußte er, warum ihm jahrelang kein Brief von der Hand gehen wollte. Die blutige Wut stieg wieder hoch in ihm, die ihn damals gepackt hatte, als der ihm eine mit der Ochsenrute drübergezunden hatte, wie bei einem störrischen Rindvieh, damals, als ihm der Heuwagen umgefallen war im Schleifweg. Und wie der Stiefvater da getobt und gezetert hatte! Daß er sich gar nicht einzubilden braucht, daß es auf dem Hof noch was zu erben gibt für ihn, daß die ganze Sach sowieso einmal sein eigener Bub kriegt, daß er sein Graffel packen kann und sich gefälligst aus dem Staub machen soll, das Alter hätte er, daß er bei den Zigeunern und Scherenschleifern hausen kann, weil das eh keinen wundern wird, wenn er sich zum Gesindel schlägt und von den Federn aufs Stroh kommt!

War es trotzdem richtig gewesen, einfach wegzugehen von zu Hause? Die Mutter zurückzulassen bei diesem klobigen

Mannsbild und so viele Jahre fortzubleiben, ohne Brief und Lebenszeichen? Er sah wieder das verhärmte Gesicht seiner Mutter nach dem allzu frühen Tod des Vaters. Ihr Schweigen und Starren und Schlucken unter den hartherzigen Reden des Stiefvaters. Wie sie dem Kerl verpflichtet blieb, so unterwürfig und ergeben! Das gehört sich so, hatte sie nur gesagt, wer heiratet, der hat seine Ordnung und seine Schuldigkeit, so ist es eben, so hat man es zu tragen. Für sie als verwitwete Mutter mit fünf Kindern unter dem Beichtalter und lauter geizigen Mausbalgschindern in der Verwandtschaft gab es damals nichts zu wählen und nichts zu mäkeln.

»Michel, bleib net daheim, das tut doch deiner Lebtag net gut!«, hatte sie zu ihm gesagt. »Schau, du bist ein heller Bursch, hast einen rechten Sinn und zwei tüchtige Händ. Du findst doch leicht dein Fortkommen anderswo, in der Stadt. Wennst hierbleibst, des gibt noch Mord und Totschlag mit dir und dem Wilhelm. Das Fortgehn bereut einer wie du bestimmt net.«

Recht behalten hat sie, seine Mutter. Aber wie weh hatte es getan! Schäbig kam er sich vor damals, weil er nichts tun konnte, um ihr zu helfen. Geschämt hatte er sich, weil sie ohne den Vater plötzlich zu Bittstellern geworden waren, ausgeliefert wie Menschen zweiter Klasse.

Doch jetzt würde er ihr den Lebensabend versüßen, so wie sie es sich im Traum nicht vorstellen konnte! Er mußte an den Onkel Lugg denken, seinen Taufpaten, der sich damals für ihn verwendet und verbürgt hatte beim Landgericht, an die Jahre auf Wanderschaft, wochenlang durchgeschlagen über Land, dann monatelang als Hauer, als Lader und Schieber unter Tage geschuftet im Bergwerk im Ruhrgebiet, danach die Überfahrt nach Amerika, die Schufterei, das Heimweh, und schließlich am End das schiere Glück. Wie sich seine Leute freuen würden mit ihm, über seine Heimkehr und seinen Erfolg!

Dachsbach lag nun in seinem Rücken und der Galgenberg vor seinen Augen. Es gab nur noch den Teschenberg zwischen ihm und dem Ort seiner Kindheit. Jetzt kannte er jeden Fuhrweg und jeden Maulwurfshaufen. Oben auf der Höhe blieb er schnaufend stehen, Tränen schossen ihm in die Augen, daß er sich über die Backen wischen mußte. Gewissenhaft besah er sich sein kleines Dorf und holte sich jeden einzelnen Hof und Hausnamen für einige Augenblicke im Geiste zurück. Dann drehte er sich um und blickte noch einmal zurück in die Grundwiesen. Rund und rotgelb wie ein Eidotter verschwand die Sonne hinter dem Wipfelkamm des Steigerwalds. Müde fühlte er sich nun, bleischwer waren seine Beine, doch die heiße, pochende Vorfreude schoß ihm durch alle Adern und Fasern. Gänsehaut und Herzklopfen! Jetzt kann er es dem Stiefvater heimzahlen! Jetzt kann er allen zeigen, was er aus sich gemacht hat! Die werden alle aus dem Staunen nicht mehr herauskommen, mein lieber Spitz!

Da suchte seine Hand im Futter der Anzugjacke nach etwas, fand einen Gegenstand und befühlte ihn voller Genugtuung. Immer lauter und hungriger rumpelte nun sein Magen, immer schwerfälliger bewegten sich seine Füße, immer fester preßten sich die Lippen und Zähne aufeinander. Eine brennende, bange Erwartung ließ sein Herz gegen die Rippen klopfen, so wie ein keuchender Gast gegen eine Tür trommelt in der stockdunklen Nacht.

3

Der erste Mensch, den Michael Wegmann in Peppenhöchstädt traf, war der »Ballgoor«. Der stand auf der Straße herum und scheuchte eine flatternde Henne unter wildem Gejohle und Gefuchtel zurück in den Hof. Merkwürdig, der Kerl hatte sich über all die Jahre kaum verändert. Von kleiner Statur und leicht verwachsen war er schon damals gewesen. Als Kind hatte er die Englische Krankheit gehabt und dann das Hirnfieber, deshalb war das ganze Männlein verkümmert und sein Geist zurückgeblieben. Bei seiner Familie im Hirtenhaus gab es mehr Kinder als gute Worte, da horchte man nicht so genau hin und hat die Sache verschlampt. Danach hieß es, sein Hirnkästlein habe einen Hieb abgekriegt, und er sei darum halt nicht ganz gescheit im Kopf.

»Der hat so viel Verstand wie seinem Vater sein Spotzkasten mit die Sägespän drin«, spotteten die Bauern, die ihn als Handlanger und Botengänger aber recht gut brauchen konnten. Er half bei den einfachen Arbeiten, hockte sonntags im Wirtshaus, rauchte ein scheußlich stinkendes Tabakkraut aus dem eigenen Grasgarten und wurde von den jungen Burschen gern geleimt und angeschmiert. Sein wirklicher Name war den wenigsten bekannt, denn von jeher hieß er bloß der Ballgoor, weil er in seinem schwerverständlichen, schleimfeucht rumpelnden Redefluß immer wieder das Wort »ballgoor« im Sinne von »beinahe« aus dem Mund herausfallen ließ wie einen zu heißen Brocken. »Ballgoor hätt's gscheppert, ballgoor jetzt aber, ballgoor fei! Ballgoor hin g'hutzt, ballgoor derwischt, ballgoor rumkugelt!« So quollerte und bollerte es in einer Tour aus ihm heraus.

»Grüß dich Gott, Ballgoor! Sag, kennst mich noch?«

Unsicher schaute Ballgoor mit verzerrtem Gesicht zu Wegmann auf. Sein Unterkiefer mit der vorgewölbten Unterlippe schien die Zunge im Mund zu zermahlen. Doch mit einem Mal strahlte ein Grinsen auf und zog sich quer unter seiner Nase von einem Ohr zum anderen.

»Ballgoor net. Etz aber scho.«

»Und meinen Namen, kennst den auch noch?«

»Der Michel, der wo fort is.«

»Schön, daß du mich noch kennen tust!«

»Ich kenn ballgoor jeden.«

»Horch, wie geht's denn meine Leut?«
»Ballgoor alle fort.«
»Meine Mutter und der Onkel Lugg?«
»Alle fort.«
»Was redst denn du für Zeug daher?«
»Ballgoor alle fort.«
»Und mei Schwester? Wo ist denn die Sophie?«
»Beim Ratt.«
»Was für ein Ratt?«
»Beim Ratt auf'm Hof.«
»Beim Schusters-Ratt?«
»Dort droben halt, schau!«
»Beim Konrad, ihrem Vetter?«

Da nahm der Ballgoor Wegmann beim Ärmel und führte ihn weg wie eine Geiß zum Melken. Als sie zum Anwesen der Reutlein kamen, zeigte Ballgoor hinein und ging grußlos seiner Wege, wohl irgendwelchem Vieh oder Geziefer nach. Das alte Gehöft vom Onkel. Ein hingeducktes, niedriges Haus aus Sandstein, dessen Kalkputz an etlichen Stellen brüchig und löchrig geworden war. Unten und oben herum schauten teilweise schon arg abgesandete Quader heraus. Man sah die mit Zwickelsteinen gefüllten und mit Kalkmörtel zusammengebundenen Zwischenräume. Das graue Wetterbrett aus Holz an der Giebelseite schaute rissig und krumm herunter. Ein verwaister Eisenring in der Wand deutete darauf hin, daß hier einmal eine Hundehütte gestanden hatte. Wind und Wetter und schweres Schuhwerk hatten die Sandsteinplatten des Gehwegs und der Hausstaffel längst ausgeschliffen. Die Trittschwelle neben dem bockelnden Holzabstreifer war geschwungen wie eine Stirnplatte, der Türstock verzogen.

Durch den dunklen Hausflur hindurch sah Wegmann im rauchigen Zwielicht der gedrungenen Küche eine Frau herumwerken am Herd. Es roch dampfig und muffig, nach gekochten Erdäpfeln und gequollenem Weizen. Vorsichtig ging er hinein, klopfte an den Türstock und meldete sich mit einem unverblümten »Grüß Gott«. Ruckartig drehte sich die Frau herum.

»Meine Güte! Jetzt bin ich aber derschrocken!«

»Vor mir muß sich aber weiß Gott keiner fürchten! Und du schon gleich gar net, Sophie.«

Die Frau starrte den Mann im Türrahmen stumm an wie ein Gespenst.

»Sag bloß, du kennst deinen eigenen Bruder nimmer, Sophie? Hab ich mich denn gar so arg verändert in all den Jahren?«

»Allmächt! Des darf doch net wahr sein! Michel? Bist des du?«

»Na, lang genug hast dich jetzt aber besinnen müssen, mein ich!«

»Um Gottes willen, ich glaub, ich träum! Ich hätt dich etz fei nimmer kennt mit deinem Bart da! Aber die Stimm, die kenntmer gleich! Menschenskind, daß du noch leben tust!«

»Ja, und wie! Was denn sonst?«

»Wir habn denkt, du bist vielleicht schon gstorben und verdorben da drüben.«

»Ja, weiter nix mehr! Wo denkst denn hin?«

»Weilst dich in all die Jahr halt gar nimmer gmeldet hast, kein Lebenszeichen, gar nix. Warum hast dich denn net einmal grührt?«

Verlegen streckte sie ihrem Bruder die Hand entgegen. Er drückte sie fest und lang.

»Ach, Sophie, wie soll ich des erklärn? Des geht net so zwischen Tür und Angel.«

»Hast schon was gessen? Hast an Hunger? Magst a Brotzeit, sag? Komm, hock dich her da! Mensch, ich kanns noch gar net glauben, des is ja wie ein Wunder!«

Sophie räumte Tiegel und Gläser vom Tisch, holte einen angeschnittenen Brotlaib und ein Stück Butter, legte kaltes Bauchfleisch dazu und stellte eine Schüssel mit Zieberleskäs vor ihm hin. Der Herd knisterte kaum mehr, und Sophie schürte Wellenreisig und Holzscheite nach. Es roch nach Rauch und Ruß und altem Fett.

Michael griff hungrig und dankbar zu. Sophie war fülliger geworden, dachte er, sie sah viel älter aus, als sie war. Eine Frau, die ihm ausgesprochen bekannt vorkam, und ihm doch wie eine Fremde erschien, die man schwer einzuschätzen weiß. Sophie schien verwirrt zu sein, angespannt, unschlüssig, sie fragte nichts, trotz all der Fragen in ihrem Kopf, und ihr Bruder wollte ihrer Zurückhaltung und Verlegenheit nicht mit drängender Unduldsamkeit begegnen. Nur zögerlich kam ein Gespräch in Gang.

»Sophie, ich hab den Ballgoor getroffen auf der Dorfstraß. Wo ist denn unsre Mutter?«

»Sag bloß, des hast du gar net erfahrn damals?«

»Was denn?«

»Daß sie gstorben ist.«

»Die Mutter? Is nimmer … da?«

»Ach Gott, des is alles scho so viel Jahr etz her.«

»Gar nix hab ich davon …«

»Und wir hab'n alle denkt, daß d' vielleicht deswegen nix mehr von dir hören läßt.«

»Wie hätt ich des denn …? Ich war doch so weit …«

Wegmann blickte wie entgeistert vor sich hin, ließ sich auf einen Holzstuhl sinken und drückte die Hände gegen sein Gesicht.

»Der Mutter war's halt was Args, daß keiner mehr was g'hört hat von dir. Keine Menschenseele. Und du weißt ja, wie der Stiefvater ihr des Leben manchmal verhagelt hat.«

»Lebt der noch?«

»Naa, den Wilhelm hat der Schlag troffen. Der hat am End nimmer reden können und nimmer laufen. Ein Jahr lang hat er uns viel Plag gmacht im Bett, und bis zuletzt hat er mit seinem Stecken rumgetobt wie ein Wilder. Der ist arg hart naus aus der Welt. Dem Kerl hat seine Bosheit noch einmal gscheit den Leib traktiert! Naja, und sein David, der hat na die Rackelmanns Babett g'heiert aus Retzelsdorf, der ist heut der Bauer auf unserm alten Hof.«

»Des hat der Stiefvater alles sauber dreht und deichselt für seinen David ...«

»Naja, glücklich ist der aa net, wirst schon sehn! Dort liegt ka Segen drauf. Wenn der eine Hü sagt und der andre Hott, dann geht's schnell mehr rückwärts wie vorwärts.«

»Und der Onkel Lugg? Und des Rettla, die Käthi, die Anna?«

»Allmächt, du weißt des alles gar net?«

»Ja, was denn?«

»Ach Gott, des is alles so lang schon her. Bald schon zehn Jahr. Ach, du liebe Zeit! Der Onkel Lugg hat doch immer so hart gschnauft. Dem ist dann die Lunge sauer gworden, die hat's dann wie zerfressen. Und die kleinen Schwesterle, die sind ganz schnell hinternander weg gwesen. Die haben Fieber kriegt g'habt über Nacht, und in vier Tagen warn die gstorben. Fort wie der Tau in der Sonne. Des hat der Mutter dann des Leben gar graubt, des kannst dir ja denken.«

Wegmann schwirrten Splitter und Scherben aller möglichen Gedanken durch den Kopf. Er fühlte sich zerlöchert, kraftlos, erstarrt. Die Hände hielt er fest an die Tischplatte gekrallt. Sophies Worte waren wie ein Baumstamm auf sein Herz und sein Gewissen gestürzt. Daß einem der Tod immer so schlagartig das Liebste auf der Welt aus dem Leben reißen mußte! Ein bitterer, schneidender Schmerz packte Wegmann im Nacken und in der Brust, er drückte ihm das Gesicht in die Asche seiner Freude. Die Tränen stauten sich in seinen Augen, und er rang um Fassung und Stimme.

»Später hab ich dann den Konrad g'heiratet, jetzt bin ich versorgt«, sagte Sophie in die Stille hinein.

»Du hast den Konrad ...?«

»Ach Michel, des hat sich halt alles so ergeben. Was soll man da viel sagen? Der Konrad war einschichtig und hat den

Hof da übernehmen wolln. Und für so ein Vorhaben braucht man halt eine Bäuerin. Und da hat er mich drum angangen. Schau, was hätt ich denn machen solln? Mein Lebtag für andre die billige Magd machen und für jede Drecksarbeit grad gut genug? Und überhaupt war ich dann auf einmal in andre Umständ, und da hat keiner mehr auskönnen.«

»Ihr habt ein Kind?«

»Des is gstorben. In der ersten Woche gleich.«

Sophie schwieg eine Weile und hantierte lange in einer Schublade herum.

»Ach, die Zeit damals möcht ich net noch einmal durchmachen müssen. Die Schulden beim Juden, die schlechte Ernt, das Unglück im Stall, und dann das tote Mädla.«

»Und wie sieht des heut aus mit euch zwei da auf'm Hof?«

»Der Konrad ist im Grund ein tüchtiger, anständiger Kerl. Der kann zupacken, auf den ist schon Verlaß, wenn's drauf ankommt. Manchmal mault er halt und raunzt an allem rum, aber er meint's eigentlich net so. Der kann heut grüblerisch sein und rumlaufen wie des verriegelte Elend, und morgen ist er wieder sierisch und sumsert wie eine Kleehummel.«

»Und der Hof, wirft er genug ab?«

»Wir haben ein paar schöne Tagwerk, es is net viel, aber es langt. Eine gute Schmalzwiesen, Äcker am Schleifweg und in der Schwärz, dann noch ein Hopfengärtla und einen Wald hinten am Vogelherd. Der Konrad tut für die Juden Vieh treiben und als Schmuser mit aushandeln, da springen schon mal Krautbeete raus oder so ein Spitzäckerla.«

»Der Ratt und ein Handeltreiber, ich sag's ja! Wo ist er denn überhaupt, sag mal?«

»Der is noch auf'm Acker mit die Ochsen. Sei mir net bös, Michel, aber ich muß jetzt in den Stall und die Küh melken. Der Konrad wird sonst fuchsteufelswild, wenn man mit dem Vieh so lang braucht und net fertig ist, wenn er vom Acker heimkommt.«

»Ist schon recht, Sophie. Ich kann dir doch helfen beim Füttern!«

»Des wär ja noch schöner! Du bist unser Gast und net unser Knecht! Die paar Schwänz sind gschwind versorgt. Eß in aller Ruh und stell des Zeug hinter in die Speis, wennst fertig bist.«

»Gut, dann werd ich mir mal das Dorf anschaun und die Flur drum herum. Wahrscheinlich kenn ich mich gar nimmer aus.«

»Und nach dem Füttern und dem Melken erzählst uns, wo du dich rumtrieben hast, du alter Rumzug und Zigeuner!«

Ihr Bruder nickte lächelnd. Sophie zog ihre Holzschuhe an und klapperte mit einem Eimer hinaus in den Stall.

Wegmann machte Brotzeit und stand später wieder in der Dorfstraße und betrachtete Sophies eingadiges Haus. Es hatte keinen Keller und keinen Kniestock. An der Giebelseite befanden sich kleine Fenster mit Oberlichtern. Der Leinölkitt war schon bröckelig, und bei den zwei Flügeln wäre ein Anstrich kein Luxus gewesen, bevor man wieder die Herbst- und Winterfenster einhängen und alles mit Moos, Holzwolle und Lumpen verlegen würde wie alle Jahre. Die matten Scheiben erinnerten Wegmann an die Spinnweben, Eisblumen und Wasserflecken im Haus seiner Kindheit. Auf dem Dach ragte ein rauh gemauerter Schlot mit aufgestellten Ziegeln in die Höh, fränkische Biberschwänz lagen auf den Sparren und Latten. Da kam ihm ein langvergessener Spruch seines Vaters wieder in den Sinn: ›Die Ziegel haben Nasen, die Backsteine Zähn und eine gscheite Suppen hat tausend Augen.‹ Das Haus hier sah nicht gerade nach fetten Suppen und reichlich Fleisch aus. Daß die Sophie und ihr Konrad kein blühendes Hauswesen hatten, das lag auf der Hand.

Wegmann machte sich auf zu einem Gang ums Dorf. Das Alleinsein tat ihm jetzt gut. Er spürte die Erschöpfung und Traurigkeit, die ihn festhalten und erdrücken wollten.

Die nachtkühle Herbstluft ließ seine Lunge aufatmen und verschnaufen. Beim Gehen und Schauen drängten sich Erinnerungen herein, das lächelnde Gesicht der Mutter beim Garbenbinden, beim Krauthobeln, beim Gugelhupfbacken, die glucksenden Geschwister beim Auskratzen der Teigschüsseln, die Gestalt des Vaters beim Ausspannen des Viehs. Tränen liefen ihm über die Wangen. Das frostige Gefühl, im Stich gelassen zu sein, stieg wieder in ihm hoch. Allein auf weiter Flur.

Er spazierte zur Säuschwemm, zum Löschweiher, dann die Fuhr hinaus zur Hirtenleite und zum Hühnergraben, zu den Schmalzwiesen, hinauf zur Laber Stange, dann hinüber zum Hirtenberg, zum Schneidersholz und an den Streitäckern vorbei wieder zum Haus der Schwester. In den Vorgärten sah er rankende Weinstöcke, Sonnenblumen und Sträucher mit den letzten Beeren. Aus den Ställen roch es warm nach Grünfutter, Mist und Kühen, die urkäuend schnaubten und beruhigend mit den Ketten rasselten. Kinder und Hunde waren zu hören in den hingeduckten Häusern. Ewig jung gebliebene Geräusche und Gerüche.

Ja, das war die Stätte seiner Kindheit. Nun war sie ihm wieder gegenwärtig mit ihrem Geschmack und Klang. Die Nacht mit ihrer nebelfeuchten Kühle und Finsternis hielt Einzug im ganzen Grund und schluckte allmählich die Stimmen, Farben und Umrisse. Viel hatte sich nicht verändert; die Wege, die Höfe, die Felder, alles trug noch das gleiche Gesicht, es war das armselige, beschauliche Bauernnest, das er zurückgelassen hatte, nur die Bäume waren größer, etliche Häuser neu gedeckt, und ein paar Handvoll Menschen waren weggestorben und dafür neue auf die Welt gekommen und dahergewachsen.

Hineingeboren. Von hier stammte sein eigenes Gesicht und Gemüt. Wo man herkommt. Wie man sich schreibt. Wie man heißt. Nach wem man gerät. Hier hatte er die Grundformen der Welt erfahren und sich eingeprägt. Kindheitsland. Löwenzahn, Sauerampfer und Bucheckern, Purzelküh und Hutzeldocken. Zeit der Steinschleudern und Wünschelruten, die ersten selbstgebrauten Räusche im Bierkeller. Hier hat er die Kühe gehütet, die Hühner verscheucht von der Saat, Eidechsen verfolgt im Brombeerschlag, Kornäpfel eingesackt, Steinkrebse gefangen und Nester ausgenommen, die handwarmen Kiebitzeier aufgeklaubt unterm taunassen Sensenblatt. Die Verheißungen der Palmkätzchen, im Mai die Schreie des Kuckucks nach Gulden und Talern, der Trauermantel auf der Gartenmauer, die wetzenden Grillen und flitzenden Fledermäuse hinten im Weihergrund, dort, wo der alte Schäfer den lieben langen Tag auf seinem wackeligen Stuhl hockte und für die Kinder wundervolle Geschichten aus dem Ärmel zauberte, vom Grimmerlein von Gickelhausen und seinem Wunderweiher in Gottesgab, vom Hörners Kasper und den drei Jägern, vom Häckelmann im Waldweiher mit seinen giftgrünen Augen, dem schleimigen Haar und seinen kalten, glitschigen Krautfingern.

Und die Sprüche erst von dem alten Schäfers-Jackl! »Du hast doch Wespen im Arsch und Hornissen im Hirn! Was du anlangst, des wird schimmlig! Sei stad etz, mit deinem Spektakel verrecken mir sonst noch die Fisch!« – »Jackl, alter Schlackl, haatscht rum wie a kranker Dackl!«, haben sie ihm nachgerufen. »Ihr seid ja frech wie Gassendreck, ihr Hundsdonnerwetter! Schaut bloß, gell! Ich hab fei den dicken Markgraf zum Vetter! Der verkauft euch unter die Soldaten, na schaut ihr wie die gstochnen Kälber, wenn ihr da in die Stiefel drinsteht wie der Gockel im Eimer!« All das schien so klaftertief versunken zu sein, so verblaßt wie nie gewesen. Der Jackl war längst verstaubt und vermodert.

Als Wegmann durch die knarzende Holztür wieder ins düstere Haus trat, hörte er Sophie in der Wohnstube hantieren. Vom Gang aus sah er, daß sie gerade dabei war, an den

Fenstern die Vorhänge abzunehmen. Sein Blick schweifte kurz durch den Raum, er sah den gußeisernen Ofen im Eck, mit dem langen Abzugsrohr als Stubenheizung, das dunkle Büffet, das alte Kanapee, den Holztisch mit den vier Stühlen unter der Petroleumlampe, an den gekalkten Wänden die staubigen Strohkränze und gerahmten Häkelbilder. Die Dekke war kalkverputzt, und auf der einen Seite, wo die Nässe ins Mauerwerk drückte, war zwischen den Balken und Brettern der Putz abgeblättert, daß die verdrahteten Rohrmatten herausschauten. Sobald ihn die Schwester bemerkte, erschrak sie, errötete und ließ alles stehen und liegen.

»Kannst du dir noch den Herd bei uns daheim denken, Sophie? Wie an den Haken überm Wasserschiff die nassen Halbstiefel und Fäustling getrocknet worden sind? Dort, wo wir uns als Kinder in der Höll hinterm Kachelofen versteckt haben, beim Stiefelknecht und beim Holzkorb, oder im Verschlag vom Schlafkabinett? Die Mutter hat einen Tee aufgebrüht, und der Großvater hat beim Körbflechten und Besenbinden die alten Geschichten erzählt vom Grünhütel, vom Federfuchs und von der Pfifferfee.«

»Hör mir auf mit die alten Gschichten da! Des is doch schon eine Ewigkeit her. Laß das Vergangene begraben sein, des hat doch keinen Wert net.«

»Nein, Sophie. Des Vergangene ist in uns immer lebendig.«

»Ich hab mit der Gegenwart weiß Gott schon gnug am Hals.«

Bevor Wegmann irgendetwas sagen konnte, kam Konrad mit festen Schritten und einer kuhwarmen Dunstfahne aus dem Stall ins Haus.

»So, hat der Ballgoor also doch recht g'habt. Jetzt ist der Am'rikanische tatsächlich wieder reingschreit kommen!«, rief er zu Michael hinüber, streckte ihm zögerlich die rindenrauhe Hand entgegen und musterte ihn mit einem abschätzenden Blick. Sein Gesicht wirkte kantig und verschmitzt, es war unrasiert, die schütter gewordenen Haare schienen wie hingeklebt an den schweißigen, wettergegerbten Schädel.

»Hat sich wohl der Freiheitsschwindel und Reichtumsrausch verblasen dort drüben, was?«

Er ging zum Guß, schüttete Wasser hinein und begann sich mit lautem Gespotze, Gerotze und Gespritze Kopf, Arme und Hände zu waschen. Sophie schaute verstohlen ihren Bruder an, doch der verkniff sich jeglichen Kommentar. Ohne eine Erwiderung abzuwarten, legte Konrad nach mit seiner Sicht der Dinge.

»Gell, ich mein halt, in dem Amerika da drüben ist auch net alles Gold, was glänzt! Dort werden einem halt auch net in einer Tour bloß die gebratnen Täuble ins Maul fliegen. Überall werden einem halt die Hörner gstutzt.«

Sophie schielte immer wieder hinüber zum Bruder, als müßte sie stumm um Verständnis oder Verzeihung bitten. Michael wußte nicht recht, wie er am gescheitesten auf die zwei so unterschiedlichen Menschen reagieren sollte. War man denn an seinen Ansichten, Schilderungen und Empfindungen überhaupt interessiert? Wo sollte er beginnen? Was erzählen? Wie erklären? Kaum zurück, glotzte ihm schon aus jedem Blickwinkel die Fremdheit an. Sollte alles wieder anfangen mit Falschheit und Fehlern, Verschweigen und Verschulden?

»Warum hat man denn vom gnädigen Herrn seit einer Ewigkeit keinen Muckser mehr g'hört, wenn man fragen darf?«, wandte sich Konrad wieder an ihn, wobei er sich mit einem Handtuch den Kopf und die haarigen Arme abtrocknete. »Erst die eignen Leut hocken lassen und dann kein Sterbenswort mehr herüberschicken in die alte Heimat, mein lieber Herr Gesangverein! G'hört sich sowas? Damit hast fei deine Mutter ins Grab bracht, daß du's bloß weißt!«

Sophie sah, wie die Augen ihres Bruders feucht wurden und die Kiefer aufeinander drückten.

»Michel, weißt«, warf sie beschwichtigend ein, »du warst halt der Mutter ihr Augapfel. Und wie so lang nix mehr kommen ist von dir, wie's g'heißen hat, es kommt zu einem Bürgerkrieg in Amerika, da ist sie immer einsilbiger und einhauchiger gworden und ganz zammgangen mit der Zeit. Da ist ihr das Schnaufen immer härter gfallen, und am End ist ihr Herz im Wasser erstickt.«

»Ja, so geht's, erst der Augapfel und dann der Herzfresser«, pflichtete Konrad spitz bei. »Horch, für mich brauchst fei gar kein Brettla hintun, ich hab noch was zu erledigen im Dorf und dann trink ich noch ein Seidla beim Zapfer.«

»Was, du gehst heut noch ins Wirtshaus? Heut, wo der Michel heimkommen ist?«

»Grad deswegen. Wenn sich Brüderlein und Schwesterlein die alten Brotrinden einbrocken, dann will ich net stören beim Auslöffeln von der ganzen Familiensuppe da. Was der Red wert ist, erfährt man noch bald genug.«

»Aber du hast doch noch gar nix gessen!«

»Beim Wirt gibt's heut a Schlachtschüssel.«

»Aber Konrad, des kost doch alles a Geld!«

»Ein wenig Freud braucht a Mann fei schon noch, hast g'hört! Und morgen früh sehn mir uns noch bald gnug, also gut Nacht mitnander!«

Damit war Konrad aus der Küche verschwunden. Sophie schwieg ein trockenes, bitteres Schweigen und drückte ihre Fäuste gegen den Leib. Michael hätte ihr jetzt gern einen tröstenden Spruch gesagt, ein befreiendes Scherzwort, aber seine Zunge war wie gelähmt.

»Nimm's ihm net übel, Michel, so ist er manchmal halt, du kennst ihn ja, und seinen Vater hast du auch kennt. Die muß man rumhutzen lassen wie die narrischen Hummel, dann kommen's wieder heimkrochen und sind die besten Kerl.«

Michael nickte. Er wollte seine Schwester nicht bedrükken und ging nicht weiter darauf ein, zudem steckten ihm die schweren Tage in den Knochen, und er sehnte sich nach einem langen, tiefen Schlaf.

»Laß gut sein, Sophie. Ich bin heut zu müd zum Erklärn und Verstehn. Morgen wieder, in alter Frische.«

»Is schon recht. Komm, ich zeig dir die kleine Kammer droben, die ist zwar arg einfach, aber fürs erste langt's.«

Über eine knarzige Bodenstiege, an der man sich beim Runterwischen gewiß leicht Spreißel einreißen konnte im Fleisch, ging es hinauf und unter einem Kantholz als Türsturz hinein ins Dachzimmer mit den roh gekalkten Balken und den Föhrenbrettern ohne Nut und Federn. Dort stand ein altes Bett, ein mit Krempel und muffigen Kleidern vollgestopfter Schrank sowie ein verstaubter Holzofen ohne Rohr. Im Eck lagen alte Butten und Tragkörbe. »Schau dich net weiter um. Ich war net eingestellt auf Besuch. Morgen kriegst alles grichtet, was d' brauchst.«

»Schon recht. Solang's net verwanzt ist und verlaust.«

»Des fehlert grad noch!«

»Ich dank dir, Sophie.«

»Schlaf gut in der alten Heimat, Michel. Und morgen mußt dann alles erzähln, wies dir ergangen ist, wo du warst und was d' alles erlebt hast!«

»Ja, freilich, gut Nacht, Sophie. Glaub mir, ab jetzt wird alles besser.«

»Sollst recht hab'n. Schön, daß d' wieder da bist, Michel, gut' Nacht!«

Als er auf dem Rücken lag und in die Höhe schaute zu den blanken Ziegeln über ihm, da sah er durch einen Sprung im Dach ein Stück vom Sternenhimmel. Das Bett fühlte sich kalt und klamm an. Es fröstelte ihn, er biß Zähne und Lippen zusammen, rieb die Füße aneinander warm und ballte die Fäuste unterm schweren, muffigen Federbett. Wie oft hatte er sich das im Geiste vorgestellt: heimzukehren. Allem Vertrauten ganz nah sein, das kleine, enge Dorf umarmen wie einen lieben Verwandten, die Familie ans Herz drücken und schier zerfließen vor Wiedersehensfreude. In Wirklichkeit war es so nüchtern und kühl wie ein lieblos hergestellter Notbehelf.

So mein Lieber, jetzt bist daheim und in einem Verschlag, grad so wie im Zwischendeck vom Atlantikschiff, dachte er und zog seine Anzugjacke ganz nah an seinen Leib, in deren Futter seine Faust etwas umfaßt hielt. Aber jetzt zeigst es allen, daß sie die Glotzer aufreißen und mit den Ohren schlackern! Jetzt heißt's tüchtig draufhaun, daß die Sach einen gscheiten Anfang nimmt!

Der Schlaf holte ihn rasch zu sich in sein riesiges, unerforschliches Reich, wo das Vergessen herrscht und die Träume regieren.

4

Der Morgen war schon ein reifer Geselle, als Wegmann aus seinem Bärenschlaf erwachte. Er streckte und dehnte seine Arme und Beine und spürte die vielen Reisetage, die in seinem Leib noch drückten und zwickten. Er mockelte noch etwas nach, dösig und mit halbem Ohr. Die Ketten des Viehs in den Ställen rasselten, Kühe muhten, Kälber schrien, Hunde kläfften, Hühner gackerten, Hähne krähten, Enten und Gänse schnatterten, Kinder plärrten, Männer riefen den Gäulen und Ochsen Befehle zu beim Einspannen oder Anfahren mit den Bauernwagen: »Brrr« und »Hüha«, »Wista« und »Hott«. Lange konnte er sich nicht losreißen von diesem Dorfmorgenkonzert.

An einer Waschschüssel spritzte sich Wegmann das kühle Wasser ins Gesicht und ging nach unten in die Küche. Sophie hatte Milch, Brot und Butter für ihn auf den Tisch gelegt, dazu Honig und Zieberleskäs. Alles schmeckte nach Land, Dorf, Bauernhof, nach Handarbeit und Schweiß, nach Kuhstall und Erde. Es war der Geruch, dem er als junger Bursche einst entflohen war, der Geruch von Enge, Mühsal und Härte. Aber auch der Geruch von Nähe, Wärme und Herzhaftigkeit.

Als Sophie aus dem Stall ins Haus kam, schlüpfte ein Lächeln in ihr Gesicht.

»Gut' Morgen, Michel. Ich hoff, du hast gut schlafen können da droben. Ein Palast ist das ja net. Ich war arg aufgregt die ganz Nacht vor lauter Herzklopfen und Freud, daß du lebst und wieder da bist. Ich kann's noch gar net glauben, mir kommt's so vor wie a einziges Wunder.«

Wegmann kaute an seinem Brot und aß hungrig den Zieberleskäs.

»Den darfst ruhig ganz aufessen, Michel. Da mach ich gleich wieder einen. Den hast früher auch schon so gern gessen, des weiß ich noch. Genauso wie den Backsteinkäs. Bist heut immer noch so ein Käswurm?«

Wegmann nickte und schaute kauend seine Schwester lange an. Er suchte das quicklebendige, heitere Mädchen hinter der breitbeckigen Frau mit den Strähnen und Falten, dem grauen Schimmer der Haare und dem matten Schleier der Augen.

»Was hast denn heut vor, sag mal?«

»Ich schau auf'm Bahnhof in Demantsfürth nach meine Koffer und Kisten, ob alles schon angekommen ist. Und der Sack Bohnen.«

»Was für Bohnen denn?«

»Kaffeebohnen, frisch geröstet, aus Bremen.«

»Was willst denn mit denen?«

»Na, mahlen, überbrühen und dann trinken.«

»Paß bloß auf, daß dir die net die Mäus wegfressen!«

»Nein, nein, da geb ich schon Obacht. Des wird mein Grundstock. Mein Fundus.«

»Was für ein Fundus denn? Was willst denn jetzt eigentlich da machen, Michel?«

»Ich werd mich erst einmal genau umschaun im Dorf, und dann wird was ganz Neues angfangt.«

»Machst an Bauern? Da brauchst fei erst a tüchtige Bäuerin.«

»Einen Hof brauch ich freilich. Äcker, Vieh, Wald, und ein großes Haus.«

»Gell, du willst a Gschäft aufmachen?«

»Sowas Ähnliches, eine Mischung, einen Hof mit einer Stube zum Ausschenken.«

»Einen Wirt willst machen?«

»Kein Wirtshaus. In Amerika hab ich schon gsehn, was ich will. Sowas gibt's hier in der Gegend noch net.«

»Ja, was denn, sag bloß?«

»Ein Kaffeehaus.«

»Allmächt! Du bist doch net ganz gscheit! Des is doch bloß was für die Stadt. Wer soll sich denn da reinhocken?«

»Die Leut natürlich, für die Ochsen und Gäns is des nix.«

»Die Bauern hocken doch höchstens bloß beim Bier. Und von den andern Hungerleidern kann sich doch keiner einen Kaffee leisten! Da lachen dich doch die Gassenbuben aus, und die Gänshirten noch dazu!«

»Wirst schon sehn, Sophie, net alles, was die Leut zuerst verspotten als närrisches Zeug, is a Spinnerei.«

»Mensch, Michel, mach bloß keine dummen Sachen! Zum Gespött hab ich schon genug am Hals.«

»Keine Sorg, Sophie, ich weiß, was ich tu, des schaff ich schon. Und dann helf ich dir auch in die Höh mit deinem Hof da. Wirst schon sehn. Verlaß dich drauf.«

»Ein Kaffeehaus in dem Kuhkaff da?«

»Ganz genau, in dem Bauernnest hinterm Mond.«

»Des is ja wie Safran auf'm Kuhfladen!«

»Grad deswegen muß man's probieren. Die kleinsten Vögel singen die schönsten Lieder.«

Sophie schaute ihn lange ungläubig an und schwieg. Ihre Gedanken drehten sich um dieses magnetische Wort: Kaffeehaus. Sie hatte keine Vorstellung davon und spürte nur voller Angst und Sorge das Scheitern ihres Bruders herannahen. Graue Wolken am Horizont, die ihr wieder einmal die Hoffnung und die Zukunft verhageln würden.

Wegmann riß sie aus ihrer Versunkenheit.

»Ich geh dann zu unserer Mutter auf den Kirchhof, und zum Onkel Lugg, zur Margaret, zur Käthi und zur Anna. Spätestens am Abend bin ich wieder da.«

»Wir sind heut auf'm Acker und tun die Erdäpfel raus. Heut abend ist der Konrad auch daheim, da mußt uns endlich von deinen Jahren draußen in der Welt erzähln. Von den ganzen Wilden in Amerika, von den Schiffen auf'm Meer und den riesigen Städten dort drüben.«

Wegmann nickte wortlos und machte sich zu Fuß auf den Weg zum Bahnhof in Demantsfürth. Sein Tragkoffer und sein Sack Bohnen waren bereits angekommen, er ließ sie von einem Bauern zum Haus seiner Schwester fahren. Seine verplombten Kisten und Überseekoffer waren noch unterwegs. Er traf Vorkehrungen, sie ebenfalls umgehend nach Peppenhöchstädt schaffen zu lassen, sobald sie eintreffen sollten. Der Bahnhofsvorsteher kannte ihn nicht und versah pflichtbewußt seinen Dienst, ohne ihn neugierig auszufragen.

Eine Dreiviertelstunde später betrat Wegmann den Friedhof in Dachsbach. Es war ihm wohl gewesen, von niemandem angesprochen zu werden, unbehelligt seinen Gedanken und Schritten nachhängen zu können. Das quietschende Metalltor zog ihm eine Gänsehaut über den Leib. Dohlen flatterten und krähten am Dach des Wasserschlosses umher. Gott sei Dank war kein Mensch im Kirchhof, der Werktag forderte allen Einsatz und Fleiß. Es roch nach Fichtenwedeln und feuchter Erde. Die Aisch schickte ihren moosig-modrigen

Flußgeruch herüber. Karpfenzeit, Kartoffelzeit, Fruchternte und Wintersaaten. Die Luft war voll davon. Vertraute Namen kamen ihm unter die Augen. Wilhelm Seybold, der Stiefvater, der für ihn immer ein Gegner blieb, kein Vater. Ludwig Reutlein, sein Taufpate, die kleinen Schwestern: Margarethe, Katharina, Anna, alle drei so blutjung verstorben. Gesichter blitzten auf, verschwanden wieder, überdeckt von anderen. Ein kurzes Gedenken und Gebet. Sein Fuß fand das Grab wie von selbst. Wegmann spürte sein Herz heftiger klopfen, für einen Moment scheute er den Anblick, die Gewißheit, daß seine jahrelange Hoffnung endgültig zerbrochen war.

Todernst starrte ihn das geschmiedete Eisenkreuz an, kalt und fremd der Name seiner Mutter auf dem Porzellanmedaillon in der Mitte: Kunigunde Seybold, verw. Wegmann, geb. Reutlein. So viele verschnörkelte Buchstaben für ein viel zu kurzes Leben. Schlagartig schoß ihm das armselige Dasein seiner Mutter ins Bewußtsein: die harte Arbeit von Kindesbeinen an, die Geburten der Kinder, der Tod ihres ersten Mannes Adam Wegmann, den sie auf einer Familienfeier im Steigerwald kennengelernt hatte. Sie hatten miteinander getanzt, sich verstanden und einander versprochen, ihre Eltern wurden handelseinig, und damit hatte alles seine Ordnung und sein Bewenden. Es gab nichts zu klagen oder zu wünschen, das Leben war hart genug, so oder so. Angekettet an Haus und Hof, an Familie und Feldarbeit. Dann ihr zweiter Mann, der sie als Witwe mit fünf Kindern zur Frau nahm, weil ihm seine gestorben war und ihn kinderlos und ohne Erben zurückließ. Mit dem Seybolds Wilhelm hatte sie noch einen Sohn gehabt, den David. Damit waren die fünf Kinder aus der ersten Ehe überflüssig geworden und freigegeben zum Verdingen, mutterseelenallein.

Wegmann zog es das Herz zusammen, daß ihm schier die Luft wegblieb. Seine Augen strömten über, obwohl er mit den Zähnen dagegen anknirschte, daß sein Kinn zitterte und zuckte. Alles in seiner Brust fühlte sich plötzlich so entzündet an, so aufgerissen, als würde er bluten aus Stichen und Wunden. Ein alter Schmerz drückte in ihm hoch, von den Eingeweiden hinauf in den Schädel. Er hätte schreien mögen vor Wut über das Elend eines solchen Lebens. Tagaus, tagein gerackert und gespart, verzichtet und ertragen und verloren. Ohne Jammern, ohne Hoffnung. War das Gottes Wille? Ein unermüdliches Sich-Aufopfern und Sich-Plagen?

Wegmann bereute es nun, daß er viele Jahre lang geschwiegen, keine Briefe geschickt und den toten Mann markiert hatte. Jetzt war es zu spät, um der Mutter ein Stück warme Genugtuung in die Hand zu drücken, ihr Dankbarkeit und Freude zu schenken, ein bißchen Stolz über das verschollene und überraschend ins Haus geflatterte Glückskind. Diese Hoffnung, die ihm seit Jahren im Sinn gelegen war, die ihn angespornt und heimgetrieben hatte, war zunichte. Das rostfinstere Eisenkreuz mit der Namenstafel glotzte ihn kalt und fremd an. Die Buchstaben und Zahlen hatten mit seiner Mutter nichts zu tun. Er hatte sie verlassen, enttäuscht, verloren. Kreuzkrüppelallein kam er sich vor. Die Erkenntnis schlug ihm ihre Faust in den Bauch und gegen den Brustkasten. Du bist schuld! Du bist schlecht! Alles zu spät! So hämmerte es in seinem Kopf, als würde die Stimme des Stiefvaters auf ihn eindengeln.

Auf einmal schüttelte es ihn heftig, als würde er frieren, als zuckten in ihm Krämpfe. Tränen schossen aus seinen Augen und liefen ihm über das Gesicht. Sie tropften vom Kinn in die Tiefe. Er drückte die Hände gegen die Wangen und Augen, als müsse er alles zusammenhalten und eindämmen. ›Kleine Kinder treten der Mutter auf die Schürzenbändel, große Kinder treten ihr aufs Herz.‹ Jetzt erst verstand er das alte Sprichwort richtig. Sein ganzer Leib war am Weinen. Minutenlang. Dann ein Schluchzen, und der Fluß ebbte langsam ab. Wegmann schaute in den Himmel und suchte nach Worten, die zu seinem Inneren paßten, dieser tiefen Sehnsucht nach Nähe und Vergebung. Wie lange hatte er schon nicht mehr seelenvoll gebetet?

»Lieber Vater im Himmel. Inständig bitte ich dich für meine vielgeliebte, herzensgute Mutter: Wisch die Tränen ab von ihrem Gesicht, leg die Last ab von ihren Schultern, verzeih ihr jeden Fehler und jede Schuld. Gib ihr Ruhe und Erlösung, nimm sie auf in deiner Gnade und Güte, laß sie teilhaben am großen Frieden deines Reiches, an der Glückseligkeit des ewigen Lebens. Amen.«

Wegmann schnaufte tief ein und aus, schaute hinauf in den Himmel und schloß die brennenden Augen. Er spürte den frischen Herbstwind auf seiner Haut, der kühlte und zum Aufbruch trieb. Die Jacke zog er fester um seinen Oberkörper, ballte die Fäuste, als müsse er sich wappnen gegen Zweifel, gegen die Gefühle von Schuld, Trauer und Unsicherheit. Weit weg von den Menschen, so kam er sich vor. Aber eine Kraft machte sich nun in ihm bemerkbar, die er kannte. Jene Energie, die ihn immer wieder aufbrechen und anfangen ließ. Nicht reglos sein, kein ewig langes Zaudern und Zagen. Nicht festgekrallt werden von der Vergangenheit, von Verlust und Versäumnis. Nicht ängstlich ausweichen und zurückschrekken. Losgehen und laufen, den Boden spüren, der trägt und blühen läßt. Halt finden, Fuß fassen. Die Ärmel hochkrempeln und anpacken, aufbauen und einrichten!

Am Himmel sah Wegmann einen Schwarm Tauben fliegen, vom Dorf hinaus in die offene Flur. Er verneigte sich vor dem Grab, drehte sich um und machte sich auf zu seinen Vorhaben und Plänen. Hinein in diese kleine Welt, um sie groß, weit und reich zu machen. Abschied nehmen – um Neues willkommen zu heißen. Sich aufschwingen, über sich hinauswachsen, das Altfränkische verwandeln und veredeln.

5

Die Rückkehr des verschollen geglaubten Michael Wegmann sorgte in den Herbstwochen des Jahres 1867 im Dorf für aufgeregte Gespräche, stets angestachelt von Neugier, Staunen und Neid. Die Landleute im Aischgrund, allesamt geschlechtertief geprägt von Fleiß, Frömmigkeit und Verzicht, durchdrungen von einem grundfesten Geist der Bewahrung und Erduldung, blieben zwar aufgetan für Neuigkeiten aller Art, doch was Veränderung und Erneuerung anbelangte, blieben sie zunächst eher verriegelt und vernagelt. Zuallererst wollte man seine Ruh und seinen Frieden. Das, was von Alters her und von Rechts wegen Brauch war, hatte seine Gültigkeit, und was sich bewährt hatte, das sollte weiterhin Richtschnur bleiben für jeden Handgriff und Arbeitsgang. Man tat, was sich gehörte, und wer es nicht tat, der gehörte nicht zu ihnen, der wurde mißtrauisch beäugt und mit Spott bedacht. Wer nicht hören und folgen wollte, der bekam es zu spüren, daß ihm Hören und Sehen verging.

Von Haus aus war jedem ein Name, ein Gesicht und ein Stand mitgegeben, und damit ein bestimmtes Ansehen und Vermögen. Von Kindesbeinen an hatte jeder seine ganz bestimmten Pflichten und Aufgaben. Rechte besaßen nicht alle, und erst recht nicht Mittel und Möglichkeiten. Wer Grund und Boden hatte, der hatte auch das Sagen, Besitz verbürgte Macht. Ohne Eigentum und Rang hatte man meist nur eine mühselige Existenz und eine trostlose Zukunft. Der Obrigkeit und den Würdenträgern war man ausgeliefert, letzten Endes sticht der Ober immer den Unter. Wenn sich einer zu hoch hinauswagt, und wenn's der Herrgott so will, schlägt er ihm den Kopf ab, damit wieder alles seine Ordnung hat. Folglich war man aufeinander angewiesen, oft auf Gedeih und Verderb. Gutnachbarlichkeit war gang und gäbe, man half sich gegenseitig mit Werkzeug und Arbeit, aber man blieb auch für sich und schaute auf seine eigene Sach. So eigen man auch war, genauso sehr wollte man freilich schon wissen, was die andern Leut so anstellten und trieben, was geredet und gestritten, verleugnet und verschwiegen wurde in den Häusern. Michael Wegmann war ein gefundenes Fressen für alle Tratschmäuler und Misthaufenprediger.

Für die meisten Einheimischen war er kaum einzuschätzen. Ein Buch mit vielen Siegeln, ein Paradiesvogel, nicht Fisch und nicht Fleisch. Einerseits gehörte der Bauernsohn zum Dorf und kannte es wie seine Westentasche, andererseits hatte er sich lange in der Welt herumgetrieben, hatte weiß Gott was gemacht und zuwege gebracht, und war schließlich wieder in den hiesigen Gefilden aufgetaucht wie eine Schneeflocke in den Hundstagen. Was er wollte und vorhatte, blieb den Leuten schleierhaft, was er tat und sagte, ließ sie die Köpfe zusammenstecken und die Zungen wetzen. Jeder seiner Gänge, jede seiner Anschaffungen wurde beobachtet und beredet. Kaum hatte er sich Werktagsmontur, blaue Kittel und Schürzen gekauft beim Stoffhändler in Uehlfeld, kaum hatte er die Halbschäfter und Lederschuh für die Arbeit und die warmen Hausschlappen vom Schuster in Neustadt heimgetragen, kaum hatte er das neue Rasiermesser, die Westenuhr und das Gesangbuch bezahlt in Erlangen, schon wehte es die Kunde ins Dorf, wo sie geschwind ihre Runden drehte und sich aufblähte zur Sensation.

»Lederne Winterstiefel und Sonntagsschuh für zehn Gulden soll er gekauft haben, heißt's!«

»Und einen Sonntagsanzug beim Dingfelder für zwölf Gulden, hat man g'hört! Der gibt's mit volle Händ aus!«

»Sein Winterrock hat dreißig Gulden kost!«

»Du bist doch net gscheit!«

»Freilich, meine Kusine war doch selber dort dabei im Laden!«

»So eine Großspurigkeit hat schon manchem das Genick gebrochen. Ich will nur sehn, wo des noch hinführt mit dem Wegmann.«

»Seiner Schwester wird's recht sein, die kann einen reichen Amerikaner im Haus schon ganz gut gebrauchen in ihrer Lag, jetzt wo sie wieder in andre Umständ ist und wo der Storch kommt im Frühjahr, wenn's wieder losgeht mit der Feldarbeit.«

»Also das wird gewiß ein Mädla, des sieht man der schon am Gsicht an!«

»Wahrscheins schaut der Ratt deswegen so grantig in der Gegend rum. Der glotzt ja wie ein eitriger Stockzahn! Der braucht halt einen Bub und keine Büchsen!«

»Dem paßt der feine Herr Schwager im Haus auch net so recht, hört man.«

»Der wird halt einen gscheiten Neid haben auf den reichen Herrn. Die Leut sagen ja, daß der Wegmanns Michel einen Batzen Gold mitbracht hat aus Amerika, größer wie ein Fasnachtskrapfen, größer wie ein Kerwaküchla!«

»Stimmt's also doch! Das hab ich fei auch schon von verschiedne Seiten g'hört! Wie eine Männerfaust, ein mordstrumm Ding! Wie ein Pflasterstein, sagt die Zinken-Betti.«

Das Gerede vom Goldklumpen machte seinen Lauf und wässerte jedermanns Mundwerk. Als Wegmann in die Stadt ging, hieß es, er wäre mit einem Bündel Pfandbriefen und Anleihen heimgekehrt. Sein Tun wurde zwar aufmerksam beobachtet, aber ihn selbst hatte man noch nicht befragt, weil man sich weder Ausflucht noch Abfuhr einhandeln wollte. Wegmann logierte im Haus seiner Schwester und blieb den Winter über bei ihr wohnen. Konrad sprach am Anfang einmal von einem Kostgänger, doch als Wegmann seinem verdutzten Schwager vom

Viehhändler Rosenblatt eine prächtige, trächtige Kuh in den Stall stellen ließ, wurde er im Nu kleinlaut und aufgeknöpft.

»Des hätt's fei net braucht!«, knurrte er trocken, halb erfreut, halb verlegen und beschämt. Anderen gegenüber zu Gefühlen verpflichtet zu sein, das machte ihn gereizt und brachte ihn auf. »Ich will nix gschenkt hab'n, des wär ja noch schöner. Des sicht ja sonst so aus, wie wenn mir den Herrn Schwager nötig hätten. Wie wenn ich mit meine zwaa Händ net tüchtig und fleißig genug wär, um meine Sach zu erhalten und um meine Frau zu ernähren. So was laß ich mir net anflicken. Ich bin a gscheites Mannsbild, des anpacken kann, mit Kräften wie a Brauereigaul, a ganzer Kerl, der wo keinem Menschen Dankschön sagen, bei keinem einen Diener machen muß, vor keinem Herrn net und vor keinem dahergeschneiten Schwager schon gleich gar net.«

Wegmann kannte diesen engstirnigen, halsstarrigen Bauernstolz zur Genüge und schlug Konrads Auslassungen in den Wind. Denn wie hieß der alte Wetterspruch am 19. Februar, dem Konradstag im Bauernkalender? ›Dem Konrad sein Mut tut selten gut.‹ Wenn er gar so wild daherkommt, muß man sich arg in Acht nehmen.

Als Sophie weinte und vom Kind unter ihrem Herzen anfing, hörte Konrad endlich auf mit seinem Gemaule und ließ Einsicht und Vernunft einziehen ins Haus.

»Nix für ungut, Sophie, ich hab's net so gmeint. Ich dank dir schön, Michel. Aber das wird mir fei alles aufgschrieben, des wird zurückzahlt auf Nickel, Heller und Kreuzer, daß du's weißt. Weil gschenkt will ich nix haben.«

»Ist schon gut, Konrad. Deine Händ und dein Zeug brauch ich im nächsten Jahr noch oft genug. Da bleib ich dir noch mehr schuldig als eine Kuh im Stall.«

In diesen Wochen vor dem Schneewinter war Wegmann sehr umtriebig und viel unterwegs. Geschäftsgänge zu Bankhäusern in Erlangen, Besuche beim Kaufmann Roßbacher, beim Notar Leitgeber in Neustadt, beim Zimmermeister Horneisel, beim Maurermeister Wauberlein in Höchstadt, beim Architekten Hannroth, Erkundigungen vor Ort in Steinbrüchen, in Sägemühlen und Ziegelhütten, wo abgelagerte Fachwerkbalken und abgebundenes Bauholz inspiziert und Sandsteinquader und gebrannte Backsteine begutachtet wurden. Lange Gespräche folgten, mit Maurern und Kalkbrennern, Ofensetzern, Brunnenbohrern und Dachdeckern, mit Flaschnern, Schreinern, Glasern und Tagelöhnern, die zu dingen waren aufs kommende Frühjahr. Aus verstreuten Einzelheiten und weiterverbreiteten Gerüchten setzte sich in den Köpfen der Leute allmählich ein schillerndes Bild von etwas Neuartigem, etwas ganz und gar Närrischem zusammen.

Der alte Hof vom Seiler Biefanger war feil geworden im Dorf, und Wegmann gelangte mit dem Handelsjuden Roßbacher schnell zu Handschlag und Notarvertrag. Zwei weitere Gütlein wurden zerschlagen, und Wegmann erwarb eine Reihe von Feldern, Wiesen, Weihern und Waldstücken dazu. Gut dreißig Tagwerk, gute Böden, ein reeller Preis. Der Anfang war gemacht. Jetzt hieß es einreißen, ausheben, aufbauen.

»Ja, ja, eigener Herd ist Goldes wert, nicht wahr«, sagten die Männer im Wirtshaus, schmunzelten und zwinkerten sich zu. »Der wird schon auch noch schön im Dreck rumkugeln!«, meinte einer. »Der verreckt doch schneller, als wie er Piep sagen kann, der Luftikus, der! Bis der sich versieht, ist sein Geld fort und seine ganze Hütten ist beim Teufel, merk dir meine Red!«

Auf Schritt und Tritt spürte Wegmann die Blicke der Leute auf sich gerichtet, im Wirtshaus und im Gottesdienst, im Dorf und in den Nachbargemeinden. Vor allem auch die neugierigen Augen der Verwandtschaft und Freundschaft, die ihn untersuchten und einsortierten. Sein Stiefbruder David Seybold vermied es, ihn zu sehen oder zu treffen. Man grüßte sich, verhalten und verlegen, musterte sich beim Handschlag, knauserte ansonsten jedoch mit jedem Wort und Satz, als müsse man aufpassen, ob eine Gefahr drohe oder der andere etwas im Schilde führe. Seit seiner Jugend war Wegmann ein innerer Pelz gewachsen, der die Anforderungen, Angriffe und Anfeindungen von außen abwehrte und ihm Wohlbefinden und Sicherheit schenkte. Diese Schutzschicht war in der Heimat notwendiger als in der fernsten Fremde.

Martini und der Andreastag zogen ins Land, die Weihnachtszeit und die Rauhnächte, Lichtmeß und Kunigund. Der März kam mit dem längeren Licht und brachte das Aufleinen und die lauen Lüfte, die ersten Blumenblüten und Vogelzüge. Und als im getrockneten Ackerflur draußen die Feldarbeit einsetzte, sagte einer lächelnd: »Dem Golde gleich ist Märzenstaub: Er bringt uns Kraut und Gras und Laub.«

Da erwiderte ihm sein Gegenüber, der die ersten Spatenstiche des neuen Hauses neugierig verfolgt hatte: »Ja, mit dem Wegmann geht's dieses Jahr in die Binsen oder ins Glück. Dem sein Ding wird mir schon so ein Palast werden, hast g'hört! Daß sich der Leichtfuß bloß net übernimmt! Ein Kaffeehaus, da hört sich doch alles auf!«

Den ganzen Winter über wurde in den Wirtshäusern des Aischgrunds zwischen Neustadt und Höchstadt weniger über Preußen und Österreich, über das Reich, seine Konfessionen und Erbfeinde debattiert als vielmehr über die geplante neue Schankstätte weit ab vom Schuß. Der Plan Wegmanns, in Peppenhöchstädt ein Kaffeehaus zu errichten, beschäftigte die Leute über alle Maßen. Manche Pfarrer witterten darin eine Lasterhöhle, eine Freistatt der Ausschweifung, sie verwiesen auf die Sittenlosigkeit in den Städten und warnten vor schamloser Unmoral gerade in den niederen Ständen und im treudeutschen Bauerntum. Sie sahen einen Sündenpfuhl daherwachsen, wo liederliche Weibsbilder dem Mannsvolk den Kopf verdrehen und das sauer verdiente Geld aus der Tasche ziehen würden. Lehrer befürchteten Lotterleben, Glücksspiel und Aufwiegelung gegen Ordnung und Obrigkeit. Wirte waren dem ganzen Vorhaben grundsätzlich feindlich gesonnen, denn sie fürchteten Konkurrenz und Einbußen. »Noch ist nicht Hopfen und Malz verloren«, meinte ein anderer Bierbrauer, »wer einen Kaffee trinkt, der trinkt schon auch noch Bier.«

Allerdings formierte sich neue Gegnerschaft aus den Reihen derer, die mit gestähltem Leib, gerüstet mit mannhafter, deutscher Gesinnung gegen den tintenschwarzen Türkentrank zu Felde zogen und sich für den nationalen Ersatz stark machten, für Gersten, Eicheln und Zichorie, den guten germanischen Gesundheitskaffee, der Gaumen, Herz und Geldbeutel schone. Aber auch genußscheue Moralapostel und sündenfürchtige Frommtuer zerrissen sich die Mäuler, wenn sie ihre Breitseiten abfeuerten gegen Kaffee und Sittenverfall, als wäre eine braune Bohne bereits aller Laster Anfang.

Im Neustädter Lokal *Zum Goldenen Ochsen*, wo die Honoratioren und Herrschaften von Stand gern Einkehr hielten, galt es für die einen als medizinisch erwiesen, daß der Kaffee, in erster Linie bei feuchten und kalten Naturen, als ein Herzstärker und Darmbeschleuniger wirke, der die Gefäße öffne, den schweren Umlauf des Blutes beschwinge und zu einem sachten, munteren Gemüt verhelfe. Es stehe außer Zweifel, daß er das Gichtreißen und Leibweh zu lindern vermöge, ebenso das Steinschneiden und den Stickschleim, auch die Wassersucht und den Altersbrand. Er läutere die Begriffsbildung und schärfe so gewißlich wie geschwind den Verstand, hieß es im lokalen *Anzeigeblatt*.

Bombastischer Blödsinn hirnverbrannter Quacksalber sei das, wetterten wieder andere dagegen. Der rabenschwarze Sarazenensud sei so schmackhaft und förderlich wie Schmieröl. Die tägliche Reizung aller Fasern des Magens und seines Wandschleims führe zu Entzündungen und Geschwüren, eine solche morgenländische Rußbrüh könne niemals für so unverweichlichte, dauerhafte Naturen des Nordens, wie es die kernigen Deutschen seien, taugen. Das hitzige Mohrengetränk, so hatte man gehört, mache einfache, urwüchsige Gemüter zunächst feuerköpfig, dann flammenzüngig und sinnenwirr, und schließlich gemütskrank und hirnschlaff. Das sei von Sachverständigen schwarz auf weiß nachgewiesen worden.

»Allzu scharf macht schartig, allzu stark macht schwächlich, und allzu schlau macht dumm, so haben schon die Alten gesagt«, wußte der alte Privatier Prellhorn zu berichten.

»Trink nicht so viel Kaffee! Nicht für Kinder ist der Türkentrank! Schwächt die Nerven, macht dich blaß und krank. Sei doch kein Muselman, der ihn nicht lassen kann!« So zitierte der liederfeste Zahnarzt Fähnlein.

»Papperlapapp! Ich sag nur eins: Samuel 1, Vers 25: Der König David bekommt da ein Gastgeschenk von der schönen Abigail. Na, und was ist es? Röstkorn! Jawohl, meine Herren, da gibt's nichts zu deuteln und zu drehn: Kaffeebohnen kommen sogar schon in der Heiligen Schrift vor!«, erklärte der bibelfeste Kaufmann Nitzburger.

»Wie schmeckt der Kaffee süße, lieblicher als tausend Küsse, milder als Muskatellerwein«, schwärmte der Lateinprofessor Haubenstock, der Johann Sebastian Bach verehrte und ankündigte, auch aus Homers *Odyssee* Stellen beibringen zu können, wo der Kaffee schon als willkommenes Heilmittel gegen Schwermut und Heimweh genossen wurde.

Der Apotheker Halsweck hatte sich ein völkerkundliches Epochenwerk namens *Augen-, Zungen- und Gaumenweide für Stadt und Land* zuschicken lassen, das so schwer war wie eine Martinsgans. Daraus las er mit Gusto und Feuereifer der versammelten Männerrunde vor: »Die Türken und Osmanen verwenden ein Getränk aus schwarzem Korn, das sie auf einer Bratpfanne über einem Feuer rösten. Dann wird es zerstoßen und sehr fein zerstäubt. In einem Flaschenkessel aus Metall lassen sie Wasser aufkochen, und wenn es siedet, werfen sie einen starken Löffel des gemahlenen Korns hinein. Den schwarzen Trank gießen sie in Porzellantassen, die auf einem bemalten Tablett getragen und herumgereicht werden. Er muß leicht bitter und finster sein und auch nach Verbranntem schmecken.«

»Schwarz, finster, verbrannt – wie ich sag: dunkle, bedrohliche Dinge! Das ist verdächtig, das kommt mir teuflisch vor. Da steckt Unheil dahinter!«

»Ein guter Kaffee muß schwarz wie die Nacht sein«, fuhr Halsweck unbeirrt fort, »heiß wie die Liebe und so süß oder bitter wie das Leben, sagt ein orientalisches Sprichwort. Dieses Getränk verhindert, daß die gewöhnlichen Dämpfe der Sattheit vom Magen gegen den Kopf steigen. Es hilft der Verdauung auf die Sprünge und verhindert das Einschlafen. Die Morgenländer glauben obendrein, daß es eine Menge von Leiden heilt und die Länge des Lebens beeinflußt. Sie schätzen seinen Genuß sehr, sie trinken es zu allen Stunden. Man muß das Gebräu sehr heiß zu sich nehmen, auch den in der Kehle leicht reibenden Kaffeegrund, in mehreren Schlucken, so daß eine richtige Musik des Schlürfens ertönt beim geselligen Trinken.«

»Das ist mir ein schönes Geschlabber und Gesabber, pfui Teufel!«

»Es gibt dort angesehene öffentliche Kaffeehäuser«, nahm Halsweck seinen Faden mit Nachdruck wieder auf, »wo man den Trank in großen Kesseln für alle Gäste kochen läßt. An diesen Orten können sich alle Menschen als Hochwillkommene einfinden und austauschen, ohne Unterschied des Standes oder des Glaubensbekenntnisses.«

»Ohne Unterschied? Also Mann und Frau und Jugend? Ehrbare Bürger, Dienstboten und Tagediebe? Gesindel? Unerhört! Wo kämen wir denn da hin?«, empörte sich der Gerichtssekretär Handroß. »Das ist ja Revolution!«

Halsweck hatte sich nun warm gelesen und fuhr munter fort. »Es ist keine Schande, dort einzutreten. Man geht hin, um sich zu unterhalten. Draußen, vor den Kaffeehäusern, stehen Bänke, Stühle und Schemel, wo diejenigen Platz nehmen, die an der frischen Luft sein möchten und die Passanten beobachten wollen. Zuweilen hat der Schenkenbesitzer Flöten- und Saitenspieler für seine Gäste einbestellt, auch Sänger und Erzähler, die die Leute anlocken und verzaubern. Sitzt jemand im Kaffeehaus und sieht Bekannte eintreten, so gehört es zum guten Ton, daß er dem Wirt zuwinkt, von diesen Gästen kein Geld zu nehmen, denn ihre Zeche werde großzügig übernommen, sie seien von ihm eingeladen. Er verkündet dies durch ein Wort, das er dem Kaffeeschenker hinmurmelt und das soviel heißt wie: Umsonst!«

»So laß ich mir's eingehen: umsonst!«, freute sich der Müllergeselle Scharholz. »Und ich hab denkt, umsonst ist bloß der Tod! Jetzt ist der Kaffee dort auch umsonst!«

»Wie ich es insgeheim schon geahnt habe! Das führt nur zu Aufruhr und Umsturz!«, rief der Gerichtssekretär Handroß mit krächzender Stimme und geschwollenem Kamm. »Jawoll, das ist Revolution!«

»Gemach, gemach, lieber Handroß!«, besänftigte ihn der Kaufmann Nitzburger. »So schnell schießen die Franken nicht, es sei denn, sie hätten allen Grund dazu. Und den seh ich noch nicht, nicht die Bohne.«

Da mußten einige kichern, und der besonnene, amüsierte Apotheker Halsweck setzte nach: »Es sind doch gerade die gehobenen Stände, die in den Kaffeehäusern der Großstädte ihresgleichen suchen, nämlich die gute, feine Gesellschaft, oder nicht? Und daß diese Herrschaften eine Revolution im Schilde führen, ist mir wahrlich noch nicht zu Ohren gekommen, mein lieber Handroß. Und überhaupt, der Herr Pfarrer schätzt seine Tasse Kaffee, der Herr Amtsrichter ebenfalls, und keiner der Herren sinnt meines Wissens auf Rebellion und Umsturz. Ihr

Aufbegehren erschöpft sich in der aufrührerischen Bewegung ihrer Löffel und im Bajonettangriff ihrer Kuchengabeln.«

»Aber es kann nicht dem christlichen Gebote gemäß sein, daß in einem Bauerndorf ein öffentliches Haus seine Pforten auftut, das die niederen Stände nur zu Nichtstun und Geldverschwendung verführt!«

»Was das anbelangt, liefern uns gerade die höheren Stände ja weiß Gott genug Anschauungsunterricht, lieber Handroß«, erwiderte der Kaufmann Nitzburger.

»Ich muß doch sehr bitten! Sie werden schon sehen, wie Handwerker, Dienstboten und Bauernburschen in Faulheit und Ruin getrieben werden in einem solchen Etablissement! Von anderen arbeitsscheuen und ehrlosen Elementen ganz zu schweigen, all den Subjekten ohne Gottesfurcht heutzutage.«

»Ach, hören Sie doch auf, immer gleich mit dem Herrgott herumzufuchteln wie mit einem großen Rohrstock. Der ist doch kein Tyrann und kein Rächer. Der will uns Menschlein nicht ständig Angst einjagen vor dem Bösen, vor Sünden und Höllenstrafen. Der will, daß wir uns mit gutem Gewissen am Schönen und Guten erfreuen, am blühenden Leben, an allem, was wächst und gedeiht. Der Kaffee ist eine Frucht der Erde wie der Weinstock und seine Reben. Und der Schoppen Wein in Ihrer Hand ist doch wohl nicht gottlos und des Teufels, oder? Nein, nein, herzlicher, ehrlicher, maßvoller Genuß adelt den Menschen, das hat mit Schuld und schlechtem Gewissen nichts zu tun. ›Pecca fortiter‹, wie Luther sagte. Wenn wir schon sündig sind, dann sündigen wir eben mit Anstand und Würde, und ohne das angstvolle Gewinsel um Gnade und Erbarmen.«

»An ihren Früchten sollt ihr sie erkennen«, grummelte Handroß verdrossen weiter.

»Versöhne deinen Leib und Geist mit freudigem Trank, mit Rauchwerk und Gesang, und mit einem großen, heiteren Herzen. Kennen Sie die Bibelstelle nicht, lieber Handroß?«

»Ein solcher Passus scheint mir aus dem Alten Testament zu stammen, er zeugt also eher von jüdischer Geistesart.«

»Bibel ist Bibel. Hören Sie! Ein groß Staunen und Verwundern wird anheben, denn eines Menschen Werk wird aufgetan vor aller Augen, und siehe, Wohlgefallen wird wohnen unter ihnen und ihr Land trägt Frucht und Segen. Lesen Sie es nach!«

»Für meine Ohren klingt das nicht koscher, aber ich gelobe, mich umgehend über besagten Kasus sachkundig zu machen und auch den Schauplatz in Peppenhöchstädt in den nächsten Tagen persönlich in Augenschein zu nehmen, um mir ein wahrheitsgetreues Bild vom ganzen Sachverhalt zu verschaffen. Aber denken Sie an meine Worte: Verzicht adelt, Nachsicht verweichlicht, Genuß verdirbt. In diesem Sinne: Gute Nacht, meine Herren.«

Als Handroß auf der Straße vor der Wirtsstube stand, hörte er innen johlendes Gelächter. Was ihm Gott sei Dank nicht mehr zu Ohren kam, waren die Worte des Kaufmanns Nitzburger: »Der arme Handroß! Er wird sich die Finger wund blättern in seiner Bibel. Die zitierten Stellen jedenfalls findet der seiner Lebtag nicht, die hab ich nämlich aus dem Stegreif frei erfunden!«

6

Peppenhöchstädt glich einem Taubenschlag. Seitdem im März das alte Stallhaus abgebrochen, die Baugrube ausgehoben, der Mörtelkasten aufgestellt, die Fundamente gelegt und die Quadermauern hochgezogen wurden, wimmelte es an der Baustelle von Arbeitern, Handwerkern, neugierigen Besuchern und geschäftshungrigen Kaufleuten und Vertretern.

Der Architekt Hannroth kam mit seiner Pferdekutsche von Höchstadt herauf, um die Aufrisse und Bauschritte in Augenschein zu nehmen. Der hochgeschossene, rotblonde Mann wurde allgemein »der Leuchtturm« genannt, vor allem, weil ihm schnell die Birne anschwoll und klatschrot glühte, wenn er auf Fehler, Einwände oder Schwierigkeiten stieß.

Als Ausgleich zu diesem fähigen Planer und Hitzkopf war der Maurermeister Wauberlein ein eher bedächtiger Zeitgenosse. Der untersetzte, unauffällige Mann galt als zuverlässig, fleißig und reell. Seine Arbeiter und Taglöhner schätzten seine verträgliche Gemütsart sehr, auch wenn sie sich über sein Mausgesicht mit den vorstehenden Zähnen oft heimlich amüsierten. Mit ruhiger Umsicht wies er allen die Aufgaben zu, beaufsichtigte die Ausführung und kümmerte sich eigenhändig um die heikelsten Stellen. Bei einem solchen Meister konnten sich Lehrlinge und Gesellen viel abschauen und aneignen: »Vom Gsicht und Gebiß her ist er ein Ratz, aber mit Herz und Hand, da ist er ein Schatz«, hieß es bei seinen Maurern.

Für einen solchen Spottvers hätte man sich beim Zimmermeister Horneisel sofort eine Granatenwatschen holen können, die einen wie ein Donnerkeil vom Dachstuhl zu Boden geschmettert hätte. Dieser türstockgroße, schrankbreite Mann mit seinen bratpfannengroßen Händen war von gänzlich anderem Zuschnitt. Ein tüchtiger, unermüdlicher Rakkerer und Antreiber, der unüberhörbar das Regiment führte und sich selbst so wenig schonte wie Untergebene, Handwerker oder Bauherrn. Sein mächtiges Mundwerk dröhnte mit baßtiefer Kommandostimme über den Dachstuhl, und seine dunkle Montur mit den blinkenden Zunftknöpfen leuchtete zwischen den Sparren und Pfetten hervor, als wäre er selbst der tragende Balken.

Der Bau machte zügig Fortschritte. Die Arbeiten erweckten den Anschein, als würden alle Hände eifrig zusammenhelfen, um nur ja bald ans Ziel zu gelangen und die Früchte der Anstrengungen selbst ausgiebig genießen zu können. Richtfest war im Sommer, und der Richtspruch des Zimmerers Horneisel war kaum verklungen, das hinabgeworfene Weinglas kaum zersprungen, es flatterten noch die bunten Bänder des Bäumchens oben im Dreschwind, da trafen schon die knarzenden Lohnfuhren mit Ziegeln und Bodendielen ein, da erschienen Glaser, Flaschner, Tüncher und Verputzer auf der Bildfläche, murmelten Maße und Meinungen in ihren Bart und machten Wegmann Vorschläge, wie der Bau noch zu verbessern und zu verschönern sei.

Ende September 1868 war es dann soweit. Das Kaffeehaus von Peppenhöchstädt wurde feierlich eingeweiht und eröffnet. Wie aus einem Nachbericht hervorgeht, der unter der Überschrift *Perle des Aischgrunds erstrahlt im großen Glanze* im *Neustädter Anzeigeblatt* abgedruckt war, hielten der Bürgermeister und einige Handwerksmeister kurze Reden, lobten den Bau und seine Bestimmung, wünschten segensreiche Gasterei zu Nutz und Frommen von Volk und Gemeinde und brachen in ein begeistert aufgenommenes Hoch auf den Bauherrn und den Landesvater aus: Das Haus möge fürderhin blühen und gedeihen! Selbst der Landgerichtsrat ließ es sich nicht nehmen, ein launiges Grußwort, verbunden mit seinen allerwärmsten Wünschen für die hiesige Kaffeeschenke, unters vielköpfig anwesende Volk zu bringen. Kaum jemanden hätte es noch verwundert, wenn sogar König Ludwig in seiner majestätischen Staatskarosse aufgetaucht wäre und der Weihefeier seine Huld gewährt hätte.

Trotz der geographisch ungünstigen Lage des Dorfes an der äußersten Bezirks- und Kreisgrenze kamen viele Gäste von nah und fern zu Fuß und per Wagen in den kleinen, reichgeschmückten Festort, um dem Ereignis beizuwohnen. Die Zeitung nennt aus Neustadt den Landrichter Weth mit seinem Sekretär Handroß, dazu den Dekan Obmelder und den Apotheker Halsweck. Bei den betuchteren Herrschaften raschelten Tüll und Brokat, Bänder erstrahlten in Samt und Seide, man hob Zylinder und Fächer, Augenbrauen und Nasen. Der Herr Pfarrer hielt eine kurze Andacht, bevor ein Kirchenlied gesungen wurde: *Wir stehen an der Pforten Licht, und Herz und Mund bekunden, des großen Anfangs Zuversicht, hat Alt und Jung verbunden.* Dann wurde das Haus und alle, die künftigen Tages darin wohnen und gastieren werden, mit Segenssprüchen und Fürbitten weihevoll bedacht und bekränzt.

Ein respektabler Männerchor mit dem Dorflehrer Schloßhäcker aus Uehlfeld gab anschließend sein Bestes, um diesen denkwürdigen Tag mit altem fränkischen Liedgut stimmungsvoll zu umrahmen. Ihre rührende Hirtenweise *Ich schnitz mir mei Flöten und pfeif auf die Welt* wurde mit ebenso viel Beifall aufgenommen wie das deftig-fröhliche Hopfenzupferlied *Rupf die Dolln, zupf die Bolln, hau dich nei ins Kraut.*

Schließlich ergriff Wegmann selbst das Wort, dankte für die ehrenvollen Darbietungen und würdigen Reden, für die geleistete Arbeit und die vielfältig erfahrene Hilfe. Er erwähnte, daß die Gebäude zwar noch nicht gänzlich vollständig seien und es allenthalben noch viel zu schaffen und zu richten gebe, daß er aber guten Mutes sei und sich zutiefst freue, auf jeden Fall das Wohnhaus und das Kaffeehaus mit der Küche fertiggestellt zu sehen, in das er nun alle Anwesenden aufs herzlichste einladen möchte.

Die Gäste ließen sich dies nicht zweimal sagen und drängten heran, um schar- und grüppchenweise ins Innere zu gelangen, die Honoratioren voran, die Kaufleute, Beamten, Handwerker und Bauern hinterdrein. Die Tagelöhner, Dienstboten und Halbwüchsigen blieben an den Tischen im Freien, setzten sich auf quergelegte Bretter oder gleich ins Gras, denn das Kaffeehaus konnte längst nicht alle fassen. Erst nach und nach erhaschten die meisten einen Blick in den

Raum. Viele Herrschaften im Sonntagsstaat und viele Feiertagsmienen bekamen da Stielaugen, viele einfache Menschen hielten Maulaffen feil, bis sie ihre Jubiläumstasse Gratiskaffee und das Butterhörnchen zum Munde führen konnten. So etwas hatten sie ihr Lebtag noch nicht gesehen und gerochen, es schmeckte wie in einem Spezereiladen in Nürnberg. All die emaillierten Dosen und Schachteln, die herrlichen Holzstühle und eleganten Lampen, die schönen Büchsen und Gläser, Schaufeln und Tassen! Das war wie der Eintritt in eine neue, eine ganz eigene, heimelige, duftende, himmelklare Welt.

Von der gemütlichen und einladenden Atmosphäre dieses Kaffeehauses sollten die Leute fortan in den höchsten Tönen schwärmen. Ein heimeliger Kachelofen war eingemauert, mit einer langgezogenen Ofenbank. Ein Spiegel hing neben dem Sofa, über dem Bilder aus Amerika zu sehen waren, Bilder von Indianerhäuptlingen und Negersklaven, von Waldgebirgen und Präriebüffeln. Der bibelernste, moralstrenge Blick des Präsidenten Lincoln bohrte sich ins Gemüt des Besuchers. Wenn es die Stunde anschlug auf der großen Standuhr in der Stube, dann streifte einen ein Seufzen aus lang verstrichenen Zeiten. Die Leute tranken feinen Wein oder frischen Holunderbeersaft, einen Likör, Schnaps oder Tresterbrand, und natürlich den wunderbaren Kaffee. Wer wollte, konnte ein Stück Ofenklöß, Gugelhupf oder Hefezopf dazu bekommen, auch ein Gänsschmalzbrot oder schmackhafte Kekse, sogar welche aus England.

Mit dem Kaffee hatte es seine eigene Bewandtnis. Die gekerbten, körnigen Bohnen, die in der Hand wie finsterhelle Käfer funkelten, ließ sich Wegmann von Anfang an immer von derselben privaten kleinen Rösterei in Bremen schicken, eine handverlesene, unvergeßlich wohlriechende Spezialmischung, die bei einer ganz bestimmten Temperatur mit großer Gewissenhaftigkeit geröstet wurde. Die Bohnen durften weder zu hell noch zu dunkel sein, sonst konnte sich einerseits ihr fülliges, kräftiges Aroma nicht vollkommen entfalten und andererseits ihre feine, weiche Herbheit ins Bittere und Säuerliche umschlagen. »Peppenhöchstädter«, genauer gesagt »Bebbmheescherder Bohna«, oder kurz »Bebbmbohna«, so sagte der Postbote immer dazu, wenn auf der Bahn »unüberriechbar« wieder eine Lieferung eingetroffen war. Diese Bohnen bargen eine Geschmackskraft, die jeden Koster in ihren Bann zog und in seelenwarmer Aufgehobenheit wiegte, ja die Leute dazu brachte, daß sie die Tassen geradezu hätschelten, behauchten und vor Wonne herzten.

Und wie alles Vernagelte und Verbohrte abfiel von ihnen, alles Verdruckste und Verschlagene, sobald sie in die Kaffeestube kamen! Wie die helle Aufgetanheit dieses Ortes sie freundlich machte, sie zum Leuchten brachte wie nach langer Wanderschaft endlich angekommene, dankbare Pilger! Selbst der grobschlächtigste Dienstknecht, der unflätigste Rauhbauz erschien im Kaffeehaus in einigermaßen feiertägiger Kleidung, manche oft sogar herausgeputzt im stolzen Sonntagsstaat. Viele ließen sich vorher in der Baderstuben schrubben und scheren, einseifen und rasiern, bis ihre Schwarte strahlte und seifig duftete. Gescheitelt und gestriegelt traten diese Aufgeschneckelten dann in den Gastraum, so daß eine Feierlichkeit darin wohnte, die einen steifleinern und zugleich federleicht umfing.

Es war vor allen Dingen die ansprechende, gewinnende Art Wegmanns, aber auch die warme, helle Anmut des Kaffeehauses, die bei vielen die Hirnstübchen und Gemütstüren öffnete. Gespräche und Debatten gediehen, Phantasien und Spekulationen blühten, man malte sich begeistert aus, wie es erst sein würde, wenn die Bahnstrecke nach Erlangen einmal käme und Peppenhöchstädt Bahnstation wäre, mit schwunghaftem Handel und blühendem Wandel! Mit der Eisenbahn aus der Stadt direkt in die Gaststube am Land, schnurstracks ins Kaffeehaus dort im Wiesengrund zwischen den Weihern.

Das Dorf würde wimmeln von Ausflüglern, Geldbürgern und Würdenträgern – nicht auszudenken das Ganze!

Die Eröffnung des Kaffeehauses muß ein denkwürdiger Tag, eine Art Volksfest im Aischgrund gewesen sein. Ersichtlich wird seine Bedeutung, wenn man das populäre Gedicht liest, das der sogenannte »Gnatzer von Schickerhorum«, der Heimatdichter Ignaz Schnepfenreuter aus Rauschenberg, über dieses Ereignis verfaßt hatte, das keine vierzehn Tage danach unter dem Titel *Alle warn's dabei* im *Neustädter Anzeigeblatt* zum Abdruck kam und eine wochenlange Flut von Zuschriften sowohl beifälliger als auch mäkeliger und übellauniger Leser auslösen sollte.

Die Gaulbauern und die Besenbinder
Die Tintenfresser und Lausbalgschinder
Die Krähenbrater und Blumenzupfer
Die Geißenmelker und Spatzenrupfer
Die Glockenrotzer und Staffelspotzer
Alle warn's dabei
Bei Kaffee und Wein
Junge, Alte, Groß und Klaa
Dem Kasper sei Fraa
Und die Kerwasau aa!

Die Schindelschnitzer und die Kesselstopfer
Die Mistgrubenratzen und Nägelklopfer
Die Suckelschieber und Ochsentreiber
Die Warzenschneider und Hungerleider
Die Wurstverhunzer und Prellsteinbrunzer
Alle warn's dabei
Bei Kaffee und Wein
Junge, Alte, Groß und Klaa
Dem Kasper sei Fraa
Und die Kerwasau aa!

7

Wenn ein Mensch, der einem lieb und vertraut war, einen für immer verläßt, kommen einem jene Momente und Geschichten in den Sinn, die man diesem abgeschlossenen Leben verdankt. Ein Stück Vergangenheit verblaßt und verschwindet, aber in uns Hinterbliebenen bleiben Situationen und Sätze lebendig, die in künftigen Tagen unverhofft Früchte tragen werden. Manchmal hinterläßt ein Name, der nur beiläufig so hingetupft wurde, genug Anklang und Leuchtkraft, um uns bis zu unserem Lebensende zu begleiten und zu beschäftigen. Sogar ein lange vor uns Dahingeschiedener kann so zu unserem Gefährten und Wegweiser werden, obwohl wir ihn selbst nie zu Gesicht bekommen.

Meine Oma war es, die mir zum ersten Mal vom einstigen Kaffeehaus in ihrem Geburtsort Peppenhöchstädt erzählte, erbaut von Michael Wegmann, dem Heimkehrer aus Amerika, ihrem Großvater, von dem sie als Mädchen so viel erfahren hatte. Sie hatte ein erstaunliches Gedächtnis, konnte sich viele Namen und Einzelheiten merken und alles Vergangene so dingfest und zeitenselig zurückholen in die Gegenwart, daß man als Zuhörer mit großen Augen an ihren Lippen hing und die Stunden zerflossen wie Butter in der Bratpfanne. Schon als Kind hörte ich ihr gerne zu, wenn sie mir ausmalte, wie es einst zuging am Lande und was den Menschen widerfahren konnte, und sei es an einem noch so abgelegenen Ort. Ihre Schilderungen beflügelten meine Phantasie, sie berührten mein Gemüt und bestimmten mein Gewissen. In den Geschichten meiner Oma ruhte das Geheimnis der Worte: Sie sind nichts als Luft, unsichtbar und flüchtig, und dennoch enthalten sie unendlich viel Leben, Bedeutung und Musik, unermeßlich viel Verbindung und Gefühl. Das richtige Verstehen ist dabei ebenso wichtig wie das schier Unbegreifliche.

Was die alte Frau alles hervorzauberte an Geheimnis und Sinnbild!

Einmal erzählte sie mir, wie man vor vielen Jahren den Turmknopf von der Kirche in Dachsbach herunternahm und darin dreißig Münzen und ein zusammengelegtes Kartenblatt entdeckte. Beim Entziffern stellte man fest, daß sich darauf ein Lageplan des Dorfes aus früherer Zeit befand. Zwar waren die Häuser und Höfe inzwischen stark verändert, doch die Anwesen, Wege und Winkel noch gut zu erkennen. Aber man sah darauf auch Zeichen und Buchstaben, die allen Betrachtern Rätsel aufgaben. Der Wirtssohn schaute sich diese Karte haargenau an und machte sich darauf seinen eigenen Reim. Ohne ein Wort zu sagen, ohne Hilfe und Handlanger begann er in seinem Würzgarten heimlich einen Brunnen zu graben. Als er einige Meter in der Tiefe war, stieß er auf etwas Festes, Dumpfes, Hohles. Begierig grub er heimlich weiter, bis er mit viel Mühe und Schweiß eine verrostete Kiste zum Vorschein brachte. Wie er sie schließlich aufbekam, starrte er mit aufgerissenen Augen auf den Inhalt – einen Haufen Schmuckstücke, Gold- und Silbermünzen. Er hatte die Zeichen auf der alten Karte also richtig gelesen! Keiner Menschenseele erzählte er von diesem Schatz und versteckte seinen Fund hinter einer Wand im Felsenkeller der Wirtschaft.

Nach ein paar Tagen aber plagte ihn eine kleine Wunde am Unterschenkel, ein Kratzer, den er sich beim Ausgraben zugezogen hatte. Sein Bein entzündete sich, wurde eitrig und schwer wie Blei: Das war der Brand, der sein Blut vergiftete. Im Fieber redete er verworrene Dinge von einem Brunnen, einem Schatz, einem Versteck im Keller. Für alle waren das Reden ohne Sinn und Verstand. So starb der gewitzte Sohn des Gastwirts, ohne daß jemand von seinem Reichtum im Keller je erfuhr. Für jeden Zuhörer war sonnenklar: Gier und Geiz bringen einen um sein Glück, das Verschweigen und Verbergen kosten einem das Leben.

So waren die Erzählungen meiner Oma für mich wie Gleichnisse, die für einen Moment Sinn und Ordnung der Welt aufscheinen ließen. Als auf dem Lauberberg die Antoniuskapelle gebaut wurde, schnitzte man eine Heiligenfigur, zu der man aufschauen und die man anbeten konnte. Dafür nahm man die eine Hälfte eines Eichenstamms, die andere Hälfte kaufte der Sterpersdorfer Müller und ließ daraus einen großen Schweinetrog machen.

»Mein Sautrog und der heilige Antonius, das sind zwei echte Brüder!«, rief er beim Bier und im Scherz. Sein hochmütiger Spott sollte ihm übel bekommen. Unglücksfälle und Schulden stellten sich ein, mit der Zeit kam er um seine ganze stolze Mühle und am Ende mußte er seinen Hunger, wie der verlorene Sohn in der Bibel, am Trog der Schweine stillen. »Die Sau am Trog und du – ihr zwei seid echte Brüder!«, höhnten die Leute, wenn sie ihn sahen.

Der Mensch muß wissen, was sich gehört, was er sagt und tut, und was man gefälligst zu lassen hat, meinte meine Oma dazu, sonst kommt er auf den Hund. Wer keine Ehrfurcht kennt, der verliert am Ende mehr als bloß seine Ehre. Ihre Geschichten handelten oft von Schicksalsschlägen und Leid, aber durch das Erzählen wurden sie zum Gleichnis, zum Heilmittel gegen alles Bangen und Hadern, Zweifeln und Verzagen.

Eine der Geschichten, die sie mir als Kind wieder und wieder erzählen mußte, war die von der unglückseligen Margarethe Mühlbänklein. Sie wurde auf einer Holzbank vor der Fallmühle gefunden, ein ausgesetztes Findelkind ohne Namen und Herkunft, ohne Vater und Mutter. Sie wurde nach dem Fundort als Margarethe Mühlbänklein getauft und einem Bauern in Kästel amtlich anvertraut, der sie gegen ein jährliches Pflegegeld aufzog wie seine eigene Tochter. Margarethe war siebzehn Jahre alt, da ging sie als Dienstmagd zu einem Bauern nach Gutenstetten. Wie dieser Bauer eines Tages mit vielen Gulden in der Tasche glücklich vom Ochsenverkaufen heimgekommen war, wurde er des Nachts von Margarethe geweckt, die atemlos auf ihn einredete: »Einbrecher haben dein Geld rauben wollen, Bauer! Ich hab sie grad eben noch in die Flucht schlagen können!« In der folgenden Nacht klopfte sie ihren Dienstherrn abermals aus dem Schlaf und erzählte ihm ganz aufgeregt: »Jetzt haben sie dein ganzes Geld geraubt! Aber ich hab die Gauner gesehn! Einer der Diebe war mein Pflegevater aus Kästel! Und der andere war sein Freund aus Birnbaum.«

»Die Sauhundsdonnerwetter, die kreuzkieselverreckten!«, polterte ihr Bauer in seinem Zorn los und machte sich schnurstracks auf den Weg zum Amtmann in Dachsbach. Wutschnaubend zeigte er dort die Diebe an, und man ließ die Übeltäter spät nachts bei Kälte und Schnee, in Ketten und Eisen ins Gefängnis schleppen. Weil sie nicht gestehen wollten, wurden sie übel traktiert und beinahe zu Tode geprügelt. Der Birnbaumer Bauer überlebte die Tortur nicht lange, der Pflegevater und seine Frau blieben weiter eingesperrt. Immer wieder stellte man sie der Margarethe Mühlbänklein gegenüber, immer wieder erkannte sie in ihnen die Diebe. Endlich, nach langen Verhören und Nachforschungen, als der Kästler Bauer schon fast Haus und Hof darüber eingebüßt hatte, bekannte Margarethe, daß es gar keine Diebe gegeben habe und niemand anderes als sie selbst das Ochsengeld an sich genommen hatte. Wozu sie es gebrauchen wollte, konnte sie selbst nicht sagen, auch keinen vernünftigen Grund angeben, weshalb sich ihre Anzeige ausgerechnet gegen ihren Pflegevater und seinen Freund richtete. Das Gericht sperrte sie für zwei Jahre ins Zuchthaus, bei Wasser und Brot, in Schande und Not.

Ein paar Winter gingen ins Land, da klopfte es eines Nachts an die Haustür in Kästel. Als der Pflegevater aufgeschreckt aus dem Fenster der Schlafkammer nach unten sah, mochte er seinen Augen nicht trauen. Da stand die Margarethe Mühlbänklein vor der Schwelle, krank, abgezehrt und bettelarm. Um Christi willen bat sie ihn um ein Dach über dem Kopf.

»Was? Weißt du nicht, was du uns angetan hast, du verlogenes Luder?«

»Ich hab schwer gebüßt dafür und weiß nicht, wohin in der Welt.«

»Nach all der Falschheit und Bosheit wagst du es, uns wieder unter die Augen zu treten?«

»Erbarmt euch, Vater, vergebt mir in Gottes Namen.«

»In mein Haus kommst du mir nicht mehr hinein, das merkst dir! Drüben im Viehstall magst bleiben, da gehört so eine wie du auch hin.«

Auf einem Strohhaufen zwischen Ochsen und Kühen lag die Margarethe dann noch etliche Wochen, ein Häuflein Elend. Als sie starb, war sie gerade einmal zwanzig Jahre alt.

Immer wieder hab ich mich seitdem gefragt, was diese junge Frau zu ihrer Missetat getrieben hatte. Warum nur hatte sie ihren Pflegevater so heimtückisch angeschwärzt? Was verübelte sie ihm nur? Bereute sie ihren Frevel von Grund auf, war sie tatsächlich ein besserer Mensch geworden? Ob sie eine andere gewesen wäre, wenn sie Vater und Mutter gekannt und ihre Eltern gehabt hätte, ihren rechten Namen und Ort? Eine Lüge führte dazu, daß sie ihr Leben verspielte und verlor. In den Geschichten meiner Oma ging es oft um Wahrheit und Aufrichtigkeit, Verstehen und Bereden, Mitteilen und Verschweigen. Und die Folgen falscher Taten und Worte.

So wie bei der Geschichte von der armen Walburga Hutzler. Sie diente als Magd bei einem Bauern und Gastwirt, war bildschön anzusehen, aber ohne Eltern und Besitz. Dafür war sie anständig und folgsam, geschickt und fleißig bei der Arbeit. Mit Herzenslust besuchte sie die Spinnstube im Nachbardorf, wo sie Melchior, den Sohn des reichen Bauern Bornschlegel traf, der sich Hals über Kopf in sie verliebte. Er wollte sie heiraten, aber sein störrischer, stolzer Vater verbot ihm den Umgang mit dem Mädchen. Er drohte ihm an, ihn zu enterben und aus dem Haus zu jagen wie einen räudigen Hund, wenn er als sein Sohn so eine Hungerleiderin vom Stamme Habenichts heiraten würde!

Eines Morgens im Winter waren Walli und Melchior verschwunden, trotz allen Suchens und Rufens blieben sie wie vom Erdboden verschluckt. Der alte Bornschlegel gab sich ahnungslos und gleichgültig, seine Frau war untröstlich. Draußen im Wolfsgraben entdeckte man die Spuren von Schuhen, von einer Rauferei, einem blutigen Kampf. Was war passiert? War jemand überfallen und umgebracht worden? Wer aber, und von wem? Wo waren die Leichen? War die Walli in anderen Umständen, und der hartherzige alte Bornschlegel hat sie aus dem Weg räumen lassen? Gab es Streit, und der Melchior tat der Walli was Schlimmes an? Holte der Teufel selbst die beiden Turteltauben? Geredet wurde viel. Die jungen Liebenden aber tauchten nie mehr auf.

Erst viele Jahre später kam von einem durchreisenden Handelsjuden die Kunde, daß beide wohlauf seien und in Amerika glückliche Tage verlebten. Und tatsächlich erreichte den alten, zahnlosen Witwer Bornschlegel eines Tages ein Brief aus Philadelphia von seinem verschollenen Sohn Melchior. Seine Walli und er waren zufrieden, gesund und gut gestellt, hatten fünf Kinder und ein Geschäft, und grüßten die alte Heimat tausendmal. Dem sturen, stolzen Bornschlegel liefen beim Lesen vor lauter Reue und Trauer viele bittere, saure Tränen übers Gesicht, denn nun saß er da im abnehmenden Hof, ohne Frau und Sohn, ohne Erben, ohne Enkel. Er hatte immer mehr und noch mehr und alles gewollt – und verlor alles umso mehr.

In solchen Geschichten habe ich als Kind zum ersten Mal von Amerika gehört, dem sagenhaften Land jenseits des

Meeres, wo man hinreiste und hinfloh, um allen Hindernissen und Nöten zu entkommen. Als meine Oma dann erwähnte, daß ihr eigener Großvater auch dort war, spitzte ich sofort die Ohren. Wie sollte das möglich sein – nach Amerika gehen und dann Kinder und Nachkommen haben hierzulande? Kaum nannte sie seinen Namen, stand er leibhaftig vor mir: Michael Wegmann. Irgendwie fühlte ich mich auf der Stelle von ihm an die Hand genommen. Kein Zweifel, da sprach mich jemand an und wollte mir etwas erzählen – was zwar vorderhand nichts mit mir zu tun hatte, aber niemand anderen meinte als mich.

8

Die Gegenstände, die wir benutzen, teilen uns etwas mit, das uns angeht. Meine Oma hatte immer eine alte Kaffeemühle aus Ahornholz in Gebrauch, in die auf der Rückseite zwei nußbaumbraune Großbuchstaben eingelegt waren: ein M und ein W. Ob sie auf dem Kopf stand oder auf den Füßen, die Mühle zeigte immer dasselbe: MW. Schob man unter der Kurbel den Messingdeckel zum Bohnentrichter zur Seite, dann stieg einem sogleich der würzige Röstgeruch in die Nase, den das Mahlwerk und die Pulverschublade verströmten. Ein Jahrhundert lang wurden damit glanzrunde Bohnen fein zerschrotet, um durch die Verbindung mit heißem Wasser ein brühschwarzes Getränk zu erzeugen, das Mund und Leib erfrischte und befeuerte. Mit dieser Schoßmühle pflegte sie an Feiertagen, wenn sich Besuch angekündigt hatte, frische Bohnen zu mahlen, um »einen anständigen Kaffee« zu brauen, wie sie es nannte. Ihre Stube im Austragshaus, in der sie nach dem Tod meines Großvaters alleine lebte, wurde dann von einer ganz feierlichen Stimmung erfüllt. Die Scheite im Beistellofen knisterten, eine mollige Wärme breitete sich aus in der gemütlichen Stube, Töpfe und Tiegel dösten auf dem Herd. Aus dem Büffetschrank holte sie eine Schale mit Keksen und Waffeln heraus und stellte sie auf das leicht abgewetzte Wachstuch mit den angerosteten Halteklammern.

»So, langt fei gscheit zu, der Kaffee kommt gleich, man schmeckt'n ja schon«, so war sie zu vernehmen mit ihrer schaukelnden Singsangstimme. Dann ging sie in die kühle Schlafstube nebenan, wo auf der Kommode, unter einem fleckigen Spiegel, hinter zwei leeren Waschschüsseln aus Porzellan auf einer Marmorplatte stets eine Flasche Eierlikör stand, die sie dann als Krönung der Zeremonie weihevoll kredenzte.

»Ach, es geht doch nix über an gscheiten Kaffee!«, sinnierte sie dann laut vor sich hin. In ihrem Mund war eine Tasse Kaffee immer »a Däßla«, »a Schälla« oder »a Häferla«, und in diesen Bezeichnungen liegt etwas unsagbar Gemütvolles und Seelenwarmes. Seitdem liebe ich die alten Ausdrücke, die wie der Kaffee für mich zum Inbegriff der Erquickung und Besonderheit wurden. Vor allem ihre »Soocherer« in der fränkischen Mundart, die Redewendungen mit ihrem einprägsamen Klang und Wortschatz, haben es mir angetan. In ihnen kommen Sprache und Dinge zusammen, erzählen Geschichten, werden lebendig mit Gesicht, Aroma und Musik.

»Wenn du wüßtest, was die Leut früher haben trinken müssen, so eine elende Brüh tät heutzutag kein Mensch mehr anrühr'n«, erklärte sie. »Aus Eicheln, Rüben und Wurzeln, ein garstiges Zeug! Damals sind Gersten und Korn brennt worden, die Röstpfanne hat man eing'hängt in die Ring auf der Herdplatten, und dann hat man Getreide gnommen und in die Einfüllklappen reingetan. Aber mein lieber Spitz, da hat man vielleicht auf der Hut sein müssen, daß des net verkohlt ist und zum Stinken angfangt hat da drin bei der Schaufel. Da hast Obacht geben müssen beim Drehen an der Kurbel oben, daß die Bohnen so goldbraun waren, dann haben s' paßt. Bis nach dem Krieg ist auch noch der Kaffeebrenner kommen mit seiner Trommel, der hat natürlich den Bogen rausg'habt mit'm Rösten, bei dem ist des gangen wie gschmiert. In den Getreidekaffee ist dann noch Zichorie reinkommen, das hat die Farb gmacht. Zichorie hat's zu kaufen gegeben, so lange Stangen, lauter so Scheiben in runde Dosen. Auch Futterrüben hat man gnommen, die sind in Streifen gschnitten worden und in so viereckerte Brocken gwürfelt, wie die Kürbiss'. Dann ist das Zeug getrocknet und geklopft worden. Ach, es war eine Plag und am End oft nix wie eine damische Brüh! Wennst des heut einem Menschen erzählst, daß man Runkelrüben und sogar die Wurzeln von den Wegwarten zu Pulver brennt und damit Kaffee gmacht hat, dann meint er, du tust ihn gscheit verkohln!

Eins ist so gewiß wie des Amen in der Kirch: Mein Großvater hat sowas seiner Lebtag net getrunken! ›Bleibt mir bloß vom Leib mit euerm ranzigen Sud da! Eure glotzerte, derschossne Brüh lang ich net an, daß ihrs wißt!‹ So hat der immer gschimpft damals. Bei dem hat's nix anders gegeben als einen Bohnenkaffee. Und was für einen! Da hat des Herz Flügel kriegt und der Gaumen so einen samtig-warmen Flausch, wie ein Perserteppich.«

Weit und breit im ganzen Aischgrund, dieser bäuerlich geprägten Talsenke im westlichen Mittelfranken, eingebettet zwischen dem Regnitzbecken und dem Steigerwald, galt dieser Großvater als »Kaffeemeister«, als anerkannte Kapazität in Sachen Kaffeebrühkunst. Spitznamen wie »Sieder-Michel«, »Bohnenmeister« und »Kaffeebaron« hat man ihm gegeben.

»Schau, die Patentassen dort, die sind noch von ihm, so Schmucktassen hat man damals g'habt, eine Untertasse und ein Kaffeeschälla, schön verziert und vergoldet. Und einen

Bleistifthalter hab ich noch von ihm, der ist auch vergoldet. Den kannst mitnehmen und behalten, wennst magst. Den hat er aus Amerika mitbracht damals. Des war a gsprächiger Mensch, kein Schmarrer und Sprüchbeutel. Ein menschlicher Mensch, gsetzt und bescheiden, mit einem freundlichen Gschau. Ich hab ihm ja noch g'holfen, wie er ein alter Mann war. Im hintern Stübla, dort war er glegen. Wie der erzählen hat können, sogar wie er nimmer aufgstanden ist! Vom Meer und von die Neger und Indianer. Da hab ich als kleines Mädla stundenlang gehorcht und gestaunt.«

Wieder und wieder habe ich meine Oma befragt, was dieser Amerikafahrer für einer war, der als blutjunger Mensch auswanderte und als gereifter Mann zurückkehrte in seine alte Heimat, die mein Kindheitsland gewesen ist. Von Anbeginn an erfasste mich die helle Ahnung, daß dieser unbekannte Michael Wegmann unauflöslich verbunden war mit meiner eigenen Bestimmung und Geschichte. Da fing meine Suche an, und ich ruhte nicht eher, bis ich alles herausgefunden hatte.

9

In der alten, braungefärbten Familienbibel meiner Oma fand ich unter altdeutsch geschriebenen Backrezepten, verblaßten Zackenrandfotografien und vergilbten Todesanzeigen tatsächlich zwei Handzeichnungen: die einer Halskette und die eines Anwesens. Auf korngrauem Transparentpapier fein säuberlich ausgeführt und mit Hingebung ausschraffiert, bestimmt gezeichnet mit dem alten Plumbago-Bleistift der Firma John Thoreau & Company in Concord, Massachusetts, den mir meine Oma vermachte. Die Strichelzeichnung zeigt den Grundriß eines Hauses. Kein Zweifel, die Aufteilung des Kaffeehauses, von Michael Wegmanns eigener Hand.

Besieht man sich die eine Zeichnung genauer, dann erkennt man den Anbau des Kaffeehauses in den Krautgarten hinaus, reihum mit Fenstern versehen. Davor befand sich eine lange, einladend breite, ebenerdig auslaufende Holzveranda mit Stützpfeilern für das vorgelagerte Ziegeldach. Darunter waren Tische und Stühle aus Flechtwerk, so daß man sommers im Schatten und selbst im Landregen draußen sitzen und seinen Blick über die Äcker, Wälder und Weiher streifen lassen konnte, wo in der Flur sich die Bauern abmühten und die Tagelöhner abrackerten, wo Schafhirten ihre Herden in den Aischgrund trieben und Ochsengespanne schwerfällig Fuhren voll Mist hinauszogen aufs Feld oder pralle Säcke mit frisch gegrabenen Erdäpfeln heimbrachten in den Hofkeller.

In der Familienbibel fand ich auch einige alte Versandrechnungen von einer Firma in Wien über zwölf Tische und 36 Stück Holzstühle Modell Nr. 14, Bugholz, massiv getischlert, mit Fußring und Sitz aus Rohrgeflecht, massiven Hinterbeinen mit Schweiflehne und zart geschwungener Innenstrebe. Auf ihnen hatte man einen guten Sitz, wie mir meine Oma berichtet hat. Die Drei-Gulden-Stühle aus Mähren hat man sie genannt. Sie waren aus Buchenholz gefertigt, das im heißen Dampf gebogen wurde.

Wie kam dieser Bauernsohn bloß auf den abwegigen Gedanken, ein solches Kaffeehaus zu errichten, in einem abgelegenen Kuhkaff im Aischgrund? Woher hatte er diese haargenaue Vorstellung? Warum hatte es ihm ausgerechnet der Kaffee so angetan, zumal in einem ländlichen Winkelnest voll ausgepichter Bierfranken?

Nach den Schilderungen meiner Oma ging das bis auf seine Kinderzeit zurück. Damals sang er als Leichensingbub im Begräbnischor des Uehlfelder Dorflehrers Seufferlein mit.

So kam er in viele fremde Häuser, kärgliche und reichhaltige, und eines Tages auch in die gute Stube des Uehlfelder Kaufmanns David Gänsberger. Dort trank er die erste Tasse echten Bohnenkaffee in seinem Leben, und das bestimmte sein künftiges Schicksal. Seitdem lag für Michael Wegmann im Duft gebrannter Kaffeebohnen die fernselige Zauberwelt der morgenländischen Märchen mit ihren Wüstendörfern, Kamelkarawanen und Oasenherbergen. So hat es mir meine Oma erzählt. Sie wußte es von ihm selbst.

10

Michael Wegmann muß elf oder zwölf Jahre alt gewesen sein, als er nach einer Beerdigung zusammen mit dem Lehrer Seufferlein in die gute Stube der Familie Gänsberger kam.

»Was der Bauer net kennt, des mag er net, gell?«

Der kleine bärtige Kaufmann sprach mit einer für einen älteren Mann erstaunlich hellen Stimme. Nun grinste er Michael verschmitzt an und blinzelte. Der Bub mußte die dunkle, dampfende, ganz bestimmt garstig bitter schmeckende Brühe lange mißtrauisch angestarrt haben wie ein Ölgötz.

»Da mußt dich aber net fürchten davor, Michel! Das ist was Feins, was ganz Vornehms! Das haben Markgrafen und Geheimrät net alle Tag, was wir da trinken. Bremer Röstkrönung. Das is bloß was für uns bessere Leut!«, sagte Gänsberger mit seinem schelmischen Lächeln.

»Wissen Sie eigentlich, wie das angefangen hat mit dem Kaffee?«, wandte sich der Kaufmann nun an Seufferlein.

»Wie's meistens so geht, so spielte auch hier der Zufall und nicht Verstand und Planung die wichtigste Rolle. Ein armer Hirte in Abessinien, der Kafar hieß, hat eines Tages gemerkt, daß seine Ziegen besonders lang ganz lebhaft und fröhlich herumhupfen, wenn sie die Früchte von einem ganz bestimmten Strauch gefressen haben. Die waren ganz narrisch danach. Der Hirte probiert also auch das Fleisch von diese Frucht und dann die harten Dinger selber, aber den Geschmack findet er furchtbar. Voller Verachtung wirft er sie ins Feuer. Dann aber entdeckt er, daß die Bohnen nicht so gallenbitter schmecken, wenn sie vom Feuer gebrannt sind, wenn man sie vorher anröstet, und daß sie erst beim Überbrühen mit heißem Wasser ihr volles Aroma verströmen. Ja, so simpel hat des angefangen mit der edlen Kunst des Kaffeekochens: vom Ziegenfraß zum Urquell der köstlichsten Glückseligkeit!«

David Gänsbergers Glatze glänzte wie ein gebohnerter Stubenboden, als er schwelgerisch ausmalte, wie der Kaffee aus den heißen Gefilden Afrikas zu den Mohren und Muselmanen gelangte, wie ihn die Türken aus Konstantinopel bis vor die Stadt Wien brachten und einer seiner eigenen Vorfahren, der Gewürzkaufmann in Venedig gewesen war, ihn bis hierher lieferte, nach Nürnberg. Seufferlein nickte immer wieder bedächtig mit seinem Kopf oder schüttelte ihn leicht vor lauter Erstaunen, während er genußvoll an seinem Kaffee nippte und seine Zunge schnalzen und schlecken ließ.

»Wissen Sie eigentlich, daß Friedrich, den sie den Großen nennen, den kleinen Leuten das Kaffeetrinken bei Strafe verboten hat?«, fuhr Gänsberger redselig fort. »Er hat sogar amtliche Kaffeeschnüffler durchs Land gesprengt, die mußten jeden ausfindig machen, der heimlich Kaffeebohnen gebrannt hat. Weil Bohnenkaffee ja angeblich die guten Sitten verdirbt und aufreizt zu Ausschweifung und Liederlichkeit! Deshalb ging ein Gebot aus vom König Friedrich, das zwang das Landvolk dazu, Zichorie zu trinken und nichts als Zichorie. Aus lauter Verzweiflung tranken die Leute lieber Schnaps und Bier. Naja, hirnverbrannt waren die Großkopfigen ja schon immer.«

Dem schlichten Seufferlein, diesem zurückhaltenden, ziemlich steifen Dorflehrer, der als Sohn eines Amtsschreibers jede spitzfindige oder gar ungebührliche Bemerkung zu unterdrücken oder überhören suchte, da sie seiner Stellung nicht zukam und gewiß nicht förderlich schien, war das Gesprächsthema aufgrund darin lauernder unstatthafter Kritik an der Obrigkeit sichtlich unangenehm, weswegen er sich am eigenen Hemdkragen zu schaffen machte und seine ganze Geistesstärke auf die Zurschaustellung möglichst unverfänglicher Gebärden verwandte. Gänsberger wiederum deutete Seufferleins Mienenspiel als die gesunde Skepsis des gebildeten Menschen und sah sich zu weiteren Ausführungen ermuntert.

»Kaffeebohnen waren ein kostspieliges Importgut, ständig belegt mit allerhöchsten Steuern, nur Adelige und Reiche konnten sich sowas leisten. Was war der Hauptgrund? Der Genuß des teuren Türkentranks mußte den Mächtigen vorbehalten bleiben, oder, wie man auf gut Fränkisch sagt: den höheren ›Greisen‹. Das schöne Geld sollte die Leute vernünftig nähren und erhalten, das hat nicht außer Landes fließen sollen, daß bloß die Ausländer den Profit davon abschöpfen können! Nichts da, das wär ja noch schöner! Also mußte was Verdauliches und Erschwingliches unters Volk gebracht werden, und seitdem trinkt jeder landauf, landab nichts als Zichoriebrüh. So wie der gemeine Mann früher als Erstes seine Brennsuppe und seinen Hirsebrei in sich hineinschlang, so brockt er heute sein rauhes Brot in den Landkaffee aus Wegwartenwurzeln ein. Wie gräßlich das schmeckt, wie abgekochte Stiefelsohlen! Nur mit viel Schnaps zu ertragen.«

»Wie Arsch und Friedrich!«, entfuhr es dem Schulmeister ganz trocken, dem sogleich die Anstößigkeit seiner Äußerung in den Sinn schoß, bevor sich sein Gesicht im Nu klatschrot überzog und er sich räuspernd umdrehte, um zu sehen, ob der kleine Michael zugehört hatte.

»Den Nagel auf den Kopf getroffen!«, stimmte Gänsberger freudig ein. »Zichorie fördert nämlich wirklich die Verdauung! Mit vaterländischem Stolz nennen sie ihre brenzlige braune Därmerbrüh dann noch ihren ›Deutschen Gesundheitskaffee‹!«

»Ich kenn von Haus aus auch nur den Kaffee aus Gerste und aus Eicheln.«

»Das ist ja der Jammer! Aus allem möglichen hat man früher so einen vermaledeiten Absud gemacht, aus Rüben, Erbsen, Kastanien, wahrscheinlich sogar aus Holz! Wie für die Ochsen und Rindviecher! Sie als Freund geistiger Nahrung wissen es ja: So einen Bohnenkaffee hat hier vor zweihundert Jahren noch keine Menschenseele gekannt! Aber immerhin, vor hundert Jahren gab es schon ein Kaffeehaus in Nürnberg, und heut trinken sogar wir Normalsterblichen dieses edle Gebräu. Das heiße ich wahren Fortschritt! Sie werden sehn, in hundert Jahren schmausen so einfache Leute wie wir schon vor glänzenden Tafeln in prächtigen Sälen und schwimmen in geheizten marmornen Bädern.«

»Und in zweihundert Jahren? Da geben wir unsern Gäulen dann Kaffee zu saufen, aus goldnen Eimern, was?«, wandte Seufferlein jetzt in jovialer Ungezwungenheit ein. »Gemach, gemach, Gänsberger! Die Zukunft, so scheint mir, ist ein launisches Luder. Wem sie heut ein Lächeln schenkt oder einen goldnen Dukaten, dem schickt sie morgen schon Hungertuch und Strick.«

»Nein, den Fortschritt laß ich mir von keinem Einwand trüben. Wissen Sie, mein Großvater trug noch einen Kaftan und wurde verjagt als rechtloser Hebräer, mein Vater eröffnete einen Kramladen und war am Ende Gast an der Tafel des Bürgermeisters. Ja, und ich stehe heute vor Ihnen, das darf ich wohl in aller Bescheidenheit sagen, als ein Mann von Stand und Ehre. Meine Kinder und Enkel werden geachtet nach Charakter und Verdienst, wie es sich gehört. Jawohl, es geht aufwärts mit der Kultur des Menschengeschlechts! Sehen Sie, deshalb liegt mir der Bohnenkaffee so allerwärmstens am Herzen, er ist der Trank des Fortschritts. Genießen Sie ihn, lieber Seufferlein, schmecken Sie die frohe, helle Zukunft in diesem dunklen, bitteren Grund.«

Der Dorfschulmeister brachte darauf jedoch nur ein arg gequältes Lächeln zustande und blieb für einige Momente stumm. Er wußte nicht genau, ob der kluge Kaufmann mit dem »dunklen, bitteren Grund« nun den Kaffee meinte oder den heimatlichen Aischgrund. Diese Art von Ironie war ihm nicht ganz geheuer. Zudem mußte er an seine allzu kärgliche Entlohnung denken, die es ihm nicht erlaubte, eine Familie zu gründen, an die auf ihm lastenden Pflichten als Orgelspieler und Amtschreiber, Schulmeister und Chorleiter.

Die bissigen Kommentare des Pfarrers, seines Dienstherren, gingen ihm nicht aus dem Sinn, dem Seufferlein begeistert von der Seele des Kindes vorgeschwärmt hatte, vom Sonnenaufgang der Vernunft, von der Morgenröte der Freiheit. Nichts als Flausen, denen man mit unerbittlicher Härte zu begegnen habe, hatte der Pfarrer erwidert. Ach, dunkle, bittere Gründe gab es fürwahr genug!

Bevor er Gänsbergers feuriges Plädoyer entkräften konnte, wandte sich dieser jedoch an den Jungen, der Seufferlein heute begleitet hatte. »Kennst du die schöne Geschichte aus Arabien, wo ein Junge und sein Kaffee die Rettung sind?« Als Michael schüchtern den Kopf schüttelte, fing Gänsberger an zu erzählen.

»In einem kleinen Dorf namens Dragal-Heschet in der Landschaft Schwamba lebte einmal ein Junge, der Zam Derham hieß. In seinem Ort wohnten die Bauern und Händler so einträchtig zusammen wie Sonne und Regen und wie Korn und Brot. Eines Tages aber nähert sich der berüchtigte Räuber Muffuk mit seiner Schurkenbande dem Dorf, das er sofort umzingelt und belagert. Sie fordern Vieh und Gold und

Geschmeide, sonst würden alle Häuser gebrandschatzt und die Bewohner niedergemetzelt werden. Als die Menschen dies hören, schreien sie: ›Allmächtiger hilf, wir sind verloren!‹ Sie reißen sich wehklagend die Haare vom Kopf und strecken vor Verzweiflung die Arme zum Himmel hinauf. Im Jammer der Nacht schläft der Junge Zam vor Erschöpfung schließlich ein und hat einen wunderlichen Traum. Er ist in einem blühenden Garten, vor einem Busch, der duftet und leuchtet. Dort erscheint ihm plötzlich ein guter Geist, und der gibt ihm ein, wie er das Dorf retten könnte, wenn er nur das eine rettende Wort nicht vergißt.

Am andern Morgen geht der Junge an sein Werk. Er holt sich die allerbesten, glänzendsten Kaffeebohnen, läßt sie mahlen zum feinsten, geschmackvollsten Pulver und bespricht sie mit seinem Zauberwort, das ihm im Traum eingeflüstert worden war. Mit Kanne und Tasse tritt der Junge Zam vors Tor, und Muffuk, der Bösewicht, sieht ihn auf sich zukommen mit unverzagtem Schritt. Sie stehen sich gegenüber, und der Junge spricht freundlich und mit offenem Gesicht: ›Wir haben dir ein Getränk bereitet, um dich zu begrüßen und deine Seele zu wärmen.‹

Da runzelt Muffuk die Stirn und blinzelt bedrohlich, denn der Argwohn haust bei ihm unablässig im Leib. Ständig wittert er Anschlag, List und Gift. Ein Vorschmecker muß probieren. Der Mann kostet und findet danach vor Wohlbehagen und Seligkeit kaum zu einem verständigen Wort. Brennende Neugier befällt da den Räuber. Er winkt den Jungen heran, droht ihm, warnt ihn und verkündet: ›Wenn mir dein Trank nicht gut tut und mundet, hörst du, dann laß ich dich in Stücke reißen und aufspießen wie Geierfraß, und dein erbärmliches Nest werden wir in Schutt und Asche legen. Wenn mir dein Trank aber zusagt, dann versprech ich dir meine große Gnade.‹

Der Räuber nimmt die Tasse, er riecht und schmeckt, er schlürft und schluckt. Alles ist totenstill. Seine Bande starrt ihn an vor Spannung. Noch einmal kostet er, und noch ein weiteres Mal. Auf einmal verändert sich sein ganzes Gesicht. Ein glückliches Lächeln schmückt ihn wie ein kleines Kind, es wird ihm ganz warm ums Herz, und heiße Tränen der Freude laufen ihm über die Wangen. ›Solche Labsal‹, sagt er dann, ›hat mir zum letzten Mal meine selige Mutter bereitet. Wer so einen Himmelstrank zu bereiten weiß, der hat Schonung und Frieden verdient.‹

Da geht der Räuber auf den Jungen zu, faßt ihn an den Schultern und umarmt ihn, befiehlt seinen Spießgesellen den Aufbruch und macht sich mit ihnen davon in die Berge. Das Dorf wurde danach nie mehr von ihnen belagert und geplündert. Die Leute feierten Zam und seinen wundervollen Kaffee, der es schaffte, einen Unhold in einen Menschen zu verwandeln. Sie nannten den Jungen in ihrer Mundart fortan Zam Derham, das heißt: Meister des schwarzen Goldes.«

»Und was ist sein Zauberwort gewesen?«, wollte Michael wissen.

»Das ist nie in das Ohr eines Sterblichen gedrungen.«

Beide schwiegen eine Weile. Michaels Augen hingen an den Lippen des Kaufmanns, während seine Gedanken noch durchs Morgenland galoppierten.

»Das ist ein schönes Märchen«, meinte er schließlich und schaute Seufferlein ins Gesicht.

Auch der Lehrer lächelte und nickte eifrig mit dem Kopf.

Als Michael abends heimkam, schimpfte der Stiefvater über den Lehrer Seufferlein. Verboten gehörts, daß der die Kinder jetzt in die Judenhäuser schleppt, den sollte man anzeigen, dem schickt er schon noch die »Schanddarm« auf den Hals! Der Michael soll sich bloß vorsehen, lauter Unfug bringen einem die Schulmeister bei, diese Hungerleider setzen den Lausern bloß Kinkerlitzchen in den Kopf, aber Nichtstuerei wird nicht geduldet, das wär ja noch schöner.

»Zum Faulenzen bist fei net da auf'm Hof, von nix kommt nix, ohne Schweiß kommt kein Fleisch in den Teller und kein Schuh an den Fuß, das merkst dir!«

Noch lange Zeit danach war Michael der Ansicht, das Wort »Schanddarm« sei ein Schimpfwort für eine Art Ungeheuer. Dabei stellte er sich einen wulstigen, warzigen Dickwanst vor, der eben eine Schande ist für alle Augen, weil er wie ein riesiger Sausack ausschaut, bloß halt mit Schande gefüllt anstatt mit Fleisch und Blut.

Michael war klar, daß er nicht länger als unbedingt nötig beim Stiefvater auf dem Hof bleiben würde. Dem wollte er es zeigen, der würde schon noch sein blaues Wunder erleben und mit eigenen Augen sehen, was in ihm steckte! Wenn er doch bloß so ein Zauberwort wüßte, so wie dieser Zam Derham eins hatte bei dem bösen Muffuk! Den nötigen Kaffee könnte er sich beim Herrn Gänsberger mit Leichtigkeit besorgen. Damit könnte er dann Unmenschen in Menschen verwandeln! Und den Stiefvater in einen Schatz!

11

Kann ein Getränk im entscheidenden Moment ebenso große Bedeutung haben wie Erbe und Erziehung? Für Michael Wegmann wurde eine Tasse Bohnenkaffee zum schicksalhaften Genuß. Sie ließ eine Welt jenseits der bekannten aufleuchten, den Widerschein eines reicheren, feineren Lebens. Wäre er auch aufgebrochen von zu Hause, wenn dieses Erlebnis nicht dermaßen in seine Jugend hineingewirkt hätte? Ob er sich je ein Kaffeehaus in den Kopf gesetzt und selbst in die Hände genommen hätte, wenn jene Stunde in der fernen Stube nicht gewesen wäre? Solche Fragen gingen ihm immer wieder durch den Kopf, obwohl die Antworten sehr scheue Wesen waren und sich mit Vorliebe schnell wieder verflüchtigten.

Mit der Eröffnung des Kaffeehauses war sehr viel geschehen in Wegmanns Leben. Tag für Tag, Woche für Woche strömten weitere Schaulustige und Neugierige in das Dorf, um diese Attraktion aus eigener Anschauung kennenzulernen. Nicht wenige wurden Stammgäste und Freunde des Hauses. Seit Lichtmeß hatte Wegmann darüber hinaus einen echten Goldschatz bei der Hand. Kaum hatte Katharina Thaler ihren Dienst bei ihm angetreten, ging alles so schnell, so selbstverständlich, so herzflügelleicht. Jeder Blick, den sie miteinander wechselten, machte sie hungrig und satt gleichzeitig. Jede Tätigkeit, die sie zusammenbrachte, ließ etwas auflodern, was sie so noch gar nicht kannten. Jede Äußerung lockte an und nahm gefangen. So trieb ein Keil den anderen, bis den beiden alles so zufiel, wie es sein sollte. Eins nach dem andern fügte sich zu einem glücklichen Bild.

Stolz unter dem glänzenden, schwarzen Zylinder, angetan mit dunklem Anzug und strahlendem Trauhemd, geschmückt mit Stehkragen und Rosmarinsträußchen, so stand Michael Wegmann dann an einem milden Septembertag auf der Holzveranda seines ein Jahr zuvor eröffneten Kaffeehauses in Peppenhöchstädt und trug seine ihm nunmehr kirchlich angetraute junge Ehefrau Katharina mit einem entschlossenen Schritt über die Schwelle. Die ganze Aufregung der vergangenen Wochen wirbelte haufenweise Gedanken durch seinen Kopf, der Trubel der letzten Tage hatte ihn auf Trab gehalten, denn für tausenderlei Dinge war zu sorgen und zu laufen gewesen. Es mußte geschlachtet und gebacken werden, jeder Verwandte und Nachbar sollte ja einen gehörigen Schmaus bekommen, sein Festbündel. Beim Schreiner und beim Weber, beim Schuster und bei der Weißnäherin mußte begutachtet und anprobiert werden. Die Schneiderin war auf der Stör da und blieb ganze Wochen im Haus, um Bettzeug und Kissen und auch das allerletzte Handtuch und Taschentuch mit geschwungenen, ineinander verschlungenen Buchstaben zu versehen.

In den Sommermonaten standen des Öfteren ausgedehnte Kutschfahrten nach Erlangen an, um beim Schreiner Drummer alles gewissenhaft zu richten. Wegmann mußte immer noch innerlich schmunzeln über Katharinas Herzenswunsch nach einem stattlichen, prächtigen Kammerwagen. Ihre Brautfuhre sollte eine wahre Staatskarosse sein, das war von jeher ihr Kindheitstraum gewesen. Geschmückt sollte er sein mit Bändern, Blumen und Kränzen, wie im Märchen! Einmal nur wollte sie, Katharina Thaler, so stolz sein wie eine gestandene Roßbäuerin, eine Amtmannstochter, wie eine Prinzessin! Und genau so war es dann auch am letzten Donnerstag. Den Leuten in Rohensaas und Peppenhöchstädt wären beinahe die Augen aus dem Schädel gesprungen, so gafften sie auf die wohl großartigste Mitgift, die jemals eine Tagelöhnerstochter im Aischgrund auf den Eheweg mitgebracht hatte.

Katharina war schier außer sich vor Glück und Genugtuung, als sie neben ihren Eltern und ihrer Patin stand und die wahre Pracht auf dem Wagen sah, den der Schreiner Drummer aus Erlangen Tage vorher heimlich ins Dorf gebracht hatte. Aber was war das nicht für ein Theater, bis alles fertig war, der Stubentisch mit den sechs Stühlen, die Glasvitrine und das Vertiko, der Küchenschrank und das Schüsselbrett mit den gedrechselten Blenden, das zweischläfrige Ehebett, die Nachttischchen, und der eichene Kleiderschrank mit dem eingelegten Rankenwerk aus Nußbaum, auf der linken Tür unten mit den Buchstaben K und W, darunter die Zahlen 1 und 8, und auf der rechten Tür ein M und ein W und drunter eine 6 und eine 9. Alles glänzend eingepaßt. In der Kleidertruhe befanden sich erstklassige Röcke, Hemden, Schürzen, Strümpfe, Kopftücher und Leibchen. Oben auf dem Schrank standen die mit Stickereien verzierten Patenkissen, das Spinnrad und die hölzerne Kinderwiege. Katharina fühlte sich glücklich wie die

Goldmarie im Märchen, legte letzte Hand an, denn auf dem Kammerwagen durfte nichts verrutschen während der Reise ins Nachbardorf. Fällt etwas herunter bei der Brautfahrt, so sagte man, dann steht die Ehe von vornherein unter einem schlechten Stern. Da hätten sich die Leut dann ihre Mäuler zerrissen! Das wär ein gefundenes Fressen gewesen für all die Meckergeißen und Neidhammel überall!

Rohensaaser Burschen hatten mit Baumstämmen den Weg versperrt, aber Münzen und Einladungen zum Umtrunk machten sie gefügig und lösten die Passage. Wegmann trug als Erstes die Wiege vom Wagen ins Haus, wo für alle ein Waschkorb mit Küchle und Brezen im Gastraum bereitstand und allen aufgewartet wurde mit Kaffee, Likör und Wein. Beim Abladen kamen die Leute aus dem Staunen kaum mehr heraus, was für eine gute Partie hier einheiratete in Peppenhöchstädt. Die muß doch einen reichen Erbonkel geschlachtet haben, hieß es.

Am allerschönsten war es dann aber, als Katharina unter der Bettwäsche, den Tischdecken und Handtüchern in der Wäschekiste auf überraschende Dinge stieß: auf die Damastdecke, die mit fünf Nadeln gestrickten Zierdeckchen, auf das Silberbesteck, das goldrandige Porzellanservice für zwei Dutzend Gedecke, und dann auf das perlmuttbesetzte Kästchen für Nadeln, Zwirn und Garn. Ihre ausgelassene Kinderfreude wärmte Michael Wegmann auch jetzt an ihrem Ehrentag noch das Herz, während er sie mit schwärmerischem Blick betrachtete, die schlanke, patente Frau im schwarzen Hochzeitskleid, verschönt vom Schleier über den braunen Haaren und den Handschuhen, die nicht verbergen konnten, daß die Trägerin es gewohnt war, ohne Federlesens zuzupacken. Ihre warmen, staunensweiten Kastanienaugen hatten ihn auf der Stelle eingenommen damals, als sie ihn ansprach im Kaffeehaus, wo sie nun endgültig beisammen waren als Paar und lebenslang vermähltes Gespann.

Katharina gingen die letzten Stunden noch einmal durch den Sinn, der Brautzug, die weit hinausschallenden Hochzeitsglocken, die mächtig tönende Orgel, der feierliche Choral, die große Hausbibel als Geschenk vom Herrn Pfarrer. Sie tastete nach dem noch ungewohnten Trauring am vierten Finger ihrer Hand, dort, wo die Herzader durchströmt und das Leben dranhängt. Ihr Blick suchte Wegmann, der eben mit seiner Schwester sprach und das Bärbelchen kitzelte, ihre kleine Tochter. Obwohl Katharina den elf Jahre älteren Mann seit einem guten Jahr kannte, war er ihr immer noch nicht ganz geheuer. Manchmal hatte er so wunderliche Gedanken und sagte so grundschwere Sätze, die sie nicht gleich verstand. Vor allem natürlich, wenn er in diesem amerikanischen Kauderwelsch daherredete, das klang wie das Gemaunze von rolligen Katern in der Nacht. »Die reden, wie wenn sie heiße Erdäpfel in der Goschen hätten! Komm und tu's mir halt mal gscheit verdeutschen!« Wie oft hatte sie ihm das schon gesagt in den letzten Monaten?

Sie sah ihn sich für einige Augenblicke noch einmal genauer an, ihren Michael, als müßte sie Gründe suchen, die längst getroffene Lebensentscheidung noch einmal in Frage zu stellen. Er war etwas größer als die meisten Männer im Dorf, kein so ein stockiger, untersetzter Bierstemmer, vielleicht nicht kräftiger als sie, aber aufgeschossen und bärtig, mit Haaren so hellbraun wie Milchkaffee. Wie verschmitzt und lauserhaft er sie manchmal angrinste, daß sie gar nicht wußte, wie ernst oder spaßig es ihm war. Was für lange, feingliedrige Finger er besaß! Komisch, seine Ohren und Füße waren dafür recht groß. Aber ihre Schwester hatte schon ganz recht, irgendwie war er ein stattliches Mannsbild, vor allem, wenn er seinen Panamahut aufhatte, diesen honigfarbenen Strohhut, den er aus Amerika mitgebracht hatte und der den Duft der Berge und Prärien in sich trug, und wenn er dazu noch eine teure Zigarre rauchte oder im Winter in der

Kaffeestube auch mal die lange Pfeife mit dem Porzellankopf.

Ach, dieses Amerika! Sie wußte selbst nicht so genau, was sie mit all den Erzählungen von ihm anfangen sollte, den Geschichten von Bäumen, die höher als alle Kirchtürme sind und schon auf der Erde standen, als der Heiland auf die Welt kam. Geschichten von braunhäutigen Indianern, unter denen es feine Menschen geben soll, die für Freundschaft und Ehre ihr Leben geben, von Goldsuchern, die ihre besten Freunde wegen einem einzigen Gramm Goldstaub erstechen oder erwürgen. All diese Geschichten von Schwarzen, Gelben und Roten und vom Heimweh beim Anblick der Wüste, Gebirge und Meereswellen. Für sie, die sechsundzwanzigjährige Tagelöhnerstochter aus Rohensaas, war das alles eine neue Welt, und dieser Tag ein Schritt in ein neues Leben. Mit einem Menschen, den sie schon gut – ihre Mutter würde schimpfen: sündhaft gut! – kannte. Und der dennoch für sie stets auch ein Stück weit fremd blieb, unerreichbar, wie ein anderer Erdteil.

Aber eines wußte sie ganz gewiß, nämlich, daß es seine besondere Bewandtnis haben mußte mit diesem Michael Wegmann, diesem Kerl, der nicht aus demselben groben Holz geschnitzt war wie all die anderen Burschen auf den Tanzböden und Bauernhöfen ringsum. Sein weiches und doch bestimmtes, ganz und gar in sich selbst ruhendes Wesen hatte sie auf Anhieb beeindruckt, schon damals, als sie zum ersten Mal in das neueröffnete Kaffeehaus eintrat, zusammen mit den anderen Mägden und Bauerntöchtern, den Knechten und Kerlen aus dem ganzen Umkreis, die mit ihr in der Zauberstube standen wie Salzsäulen vorm Weltwunder.

In dem Augenblick, in dem sie diesen Menschen zu Gesicht bekam, wußte sie, er würde sie herausholen aus der Schinderei und dem Stallgestank, weg von den Schikanen der keifenden Bäuerin und den schweinischen Grapschereien der Knechte und Tagelöhner mit ihrem Bierschweiß und Wurzelbürstenschnitt. Er sprach gewählter und mehr nach der Schrift, nicht die derbe, belfernde, mumpfelige Bauernmundart. Dieser Mensch wirkte irgendwie feiner, gereifter, und gleichzeitig doch auch wieder einfach und offen. Sie spürte damals mit heißem Verlangen: So einer kommt ihr nur ein einziges Mal in ihrem Leben unter die Augen. Auch wenn die Leute im Dorf ihn einen Abenteurer, einen Spinner und Träumer hießen, auch wenn er zuerst arg unnahbar schien, auch wenn ihre Eltern am Anfang schimpften und von einem Hirngespinst palaverten, sie wollte ihn kriegen und sie setzte ihren Kopf und ihr Herz durch. An ihr sollte sich keiner einen Kuppelpelz verdienen, das hatte sie sich geschworen, sie wollte sich nicht wegwerfen an den Falschen, und schon gar nicht an irgend so einen vierschrötigen Bauernfünfer!

Damals hatte sie ihn einfach gefragt, ob er noch eine tüchtige Magd gebrauchen könne, und er hatte sie wirklich auf der Stelle genommen. Er hatte ihr dabei merkwürdig lange ins Gesicht geblickt und ohne Umschweife sechsunddreißig Gulden Jahrlohn angeboten, das war fast doppelt so viel wie bei dem Geizkragen von Bauern! Und dazu noch sechs Gulden Zugehöring, zwei Dutzend Ellen Tuch, sechs Meter Biber und drei Pfund Wolle! Das kriegte nicht einmal ein Hausfräulein bei den großen Herrschaften in der Stadt! Er gab ihr einen Kronentaler Leihkauf als Draufgeld, und mit einem herzhaften Handschlag war das Geschäft unter Dach und Fach. Vor Freude war sie danach singend und springend heimgezogen und hatte dem Bauern später dann voller Genugtuung aufs Brot gestrichen, daß sie die Stellung wechseln wird zu Lichtmeß.

»Geh nur zu dem Mausmelker, dem amerikanischen, wirst schon sehn, wosd' landen wirst! Eine Hupfdolln wie du kommt bei einem solchen doch bloß von die Federn aufs Stroh!«

Aber heute zur Hochzeit war er dennoch gekommen, und in seinem Gesicht war kein nachgetragener Groll zu lesen. Der Gallusbauer wußte halt, was sich gehört, und wollte sich nichts Ungerades nachsagen lassen.

Ach Gott, jetzt würde sie wirklich ihr Leben mit diesem hereingeschneiten Luftikus teilen, bis der Tod ihr eines Tages die Augen für immer verschließen würde. Einen Moment lang erschauerte sie unter dem kalten Gewicht dieses Gedankens, der so endgültig und unumkehrbar vor ihr stand. Dann stieg ihr die harte Jugend wieder in den Sinn, die Bedrückungen und Entbehrungen, und da war ihr klar: Ja, jetzt war sie glücklich. Sie meinte das keimende Leben unter ihrem Herzen schon spüren zu können und zitterte vor banger Aufregung und freudiger Erwartung, aber bei Gott: Sie war glücklich. Endlich hatte sie es erfahren, was das war, das Glück. So mußte es sein: ein Schweben und ein Strahlen.

Nur eines hatte sie Michael noch nicht zu fragen gewagt, vielleicht, weil es sich noch nicht ergab oder schickte. Sie hatte ihn noch nie gefragt, ob das wahr ist, was die Leute redeten, daß er einen Klumpen Gold aus Amerika mitgebracht hat, daß er damit das Haus und den Grund gekauft hat, daß er damit das herrliche Kaffeehaus eingerichtet hat, und ihr damit auch diese wunderschöne Hochzeitskette aus reinem Gold hat anfertigen lassen, in Erlangen, nach seinem eigenen Entwurf, sie hatte die Zeichnung selbst gesehen, auf Durchscheinpapier gestrichelt. Das alles hatte sie ihn noch nicht zu fragen gewagt. Aber sie wußte, einmal würde sich die Gelegenheit dazu ergeben, und sie würde sie beim Schopfe pakken und ihr Michael würde ihr alles, alles haarklein erzählen, mit seiner feinen, weichen und doch so entschlossenen Stimme, die verriet, daß er viel in der Welt herumgewandert war, viel gesehen und erfahren hatte und etwas Eigenes auf die Beine stellen wollte.

Doch da riß sie der verrückte »Spuxenmacher« aus ihrer Sinniererei, der »Gixengox«, der normalerweise in einem Hasenmantel, einer Otternkappe und Rindslederstiefeln übers Land zog und den Leuten Tierhäute und Felle abkaufte. Heute aber trug er seinen dunklen Gehrock, eine Nelke steckte im

Knopfloch, eine Schleife zierte das Revers, in seinen weißen Handschuhen hielt er den feierlichen Stock, mit dem er die Gästeschar zum rechten Platz wies und geziemend unterhielt mit Geschichten und Gedichten. Weiß der Himmel, wo er all die Sprüche und Verse herhatte! Er war der geborene Hochzeitslader, ein leutseliger, zungenfertiger Geselle mittleren Alters, der zeremonielle Würde genauso zur Schau tragen konnte wie anzügliche Schlitzohrigkeit. Seiner Mischung aus Warmherzigkeit und spitzbübischem Witz war es zuzuschreiben, daß man ihm jeden groben Scherz, jede freche Anrede, jede Schlüpfrigkeit mit geradezu dankbarem Schmunzeln verzieh. Er hatte für Katharina den schönen Brautstrauß besorgt, die Hochzeitskutsche gelenkt, die Tischrede gehalten und den Wohlspruch ausgerufen: »Jauchzen die Herzen, brennen die Sinne, sind die Augen auch mal verweint – Feuer und Wasser, Himmel und Erde, in der Ehe sind sie vereint!«

Die meisten Leute wußten überhaupt nicht, wie er in Wirklichkeit hieß, denn bei allen war er bloß der Gixengox, der einen guten Jux machen konnte und an einem Tag wie diesem seinen »Feier-Gox« aufhatte, wie er seinen schwarzen, glänzenden Zylinder immer nannte. Gerade trank er eine weitere seiner ungezählten Schälchen Kaffee, klopfte mit dem Löffel gegen die Tasse und brachte voller Inbrunst einen seiner Verse zum Vortrag:

Der Kaffee, der ist ein Tropenbaum
Ein Kraut, das labt und weckt.
Der Bohnengruch erfüllt den Raum
Der Gaumen staunt und schmeckt.
Der Aischgrund wird zum Wonnentraum
Das Zeug schmeckt wie verreckt!

Bei zwein, die auf die Liebe baun
Sind Glanz und Glück versteckt:

Der Mundraum wird zum Sinnentraum
Die Zunge leckt und schleckt.
Das Zeug schmeckt wie verreckt!
Das ist der Sinn und Zweck!

12

Den ganzen Herbst über herrschte ein lebhafter Gastbetrieb im Kaffeehaus. Den Wohlgestellten, Neugierigen und Schleckermäulern war kein Weg zu weit. Man sah ehrenwerte Bürger aus Nürnberg, Erlangen und Bamberg Einkehr halten in Peppenhöchstädt, vornehme Kutschen und Kleider konnte man bewundern, dazu stolze Gesichter, die imposante Schmisse und Bärte, Hüte und Frisuren zur Schau trugen. »Jetzt fehlt bloß noch der Bischof von Bamberg und der König Ludwig aus München, dann waren bald so ziemlich alle schon einmal da«, hörte man im Aischgrund sagen. Das mag übertrieben gewesen sein, es mischte sich gewiß auch eine Spur von Neid und Spott mit hinein, aber die Wahrheit lag nicht weit ab von diesem Ausspruch.

Für viele Einheimische in den Dörfern der Umgegend blieb das Kaffeehaus allerdings ein Ort der blanken Unmöglichkeit. Die kleinen Bauern und Handwerker in ihren kargen, kaum auskömmlichen Verhältnissen konnten nur mit Mühe das Geld erübrigen, um sich einmal den Luxus von Bohnenkaffee, Kuchen und köstlichen Speisen zu gönnen. Die meisten aßen tagtäglich Kartoffeln, oft dreimal am Tag: morgens gekocht, mittags gestampft und abends geröstet in Scheiben. Oder Suppen in den landläufigen Spielarten Brennsuppe, Brotsuppe, Milchsuppe, Biersuppe. Die Knechte und Mägde, die Tagelöhner und Dienstboten, die auf den Höfen und in den Häusern in Stellung waren, hatten nicht einmal die nötige Zeit, sich ins Kaffeehaus zu setzen, geschweige denn das erforderliche Geld. Diese Menschen blieben zeitlebens eingespannt in das Joch aus Mühsal und Entbehrung. Michael Wegmann war sich dieses Umstands schmerzlich bewußt und sann auf eine Möglichkeit der Abhilfe.

Für die Arbeit am Hof, im Stall und auf den Äckern brauchte er einen Großknecht und einen Kleinknecht, dazu Mägde und Dienstboten, Küchenhilfen und Tagelöhner. Er fand sie auch rasch, die Arbeitsstelle war begehrt und die Entlohnung bot sowohl Bares als auch Köstliches, nämlich die Verlockungen des Kaffeehauses. Für den großen Haushalt sowie die Küche und Speisekarte des Lokals war Wegmann beständig auf die Lieferungen von fleißigen Zuträgern angewiesen, Menschen, die für seinen Gastbetrieb das Erforderliche in der Natur einsammelten und vorbereiteten. Und so sah man Woche für Woche einfache, arbeitsame Menschen im Kaffeehaus auftauchen mit Schubkarren oder Rückenkörben, mit Rupfensäcken und Holzkisten, die Obst, Gemüse, Pilze, Feldfrüchte, Würzkräuter, Blumen und Hutzel brachten, aber auch Hasen, Tauben, Fasane, Rebhühner und Wachteln, und dafür mit Geld belohnt sowie mit Speis und Trank bewirtet wurden. So hatte es sich eingespielt, so profitierten alle vom Geben und Genießen. Einer der zuverlässigsten Dauerlieferer war der Ballgoor, der einen Riecher für die Pfifferecken und Beerenwinkel in den Wäldern hatte.

In der Küche und im Haushalt wußte man all diese Naturdinge gut zu verwahren und zu verwenden. Äpfel und Birnen brauchte man viel, aber auch Weintrauben und Preiselbeeren, Meerrettich und Haselnüsse. So viel Bewährtes und Schmackhaftes wurde herangetragen: Quitten und Walnüsse, Pflaumen und Hagebutten, Mangold und Kürbisse, Waldmeister und Schwarzbeeren, Fichtennadelsirup und Schlehenschnaps, Johannisbeersaft und Hollerwein, Pfefferminz und Kamille,

Linden- und Holunderblüten, Spitzwegerich und Huflattich, Thymian, Majoran und Rosmarin. Alles wurde gewissenhaft geprüft, abgewogen und verwertet. Auch manche Händler, die das Jahr über Zigarren, Wein oder Likör lieferten, wurden mit Kaffee und Mahlzeiten entlohnt und konnten sich ihr Guthaben stückweise auftischen und in Wohlgefühl verwandeln lassen.

Katharina Wegmann war die Arbeit im Haushalt und am Bauernhof gewohnt, sie scheute keine Mühe, konnte ausdauernd werkeln und umsichtig leiten und anlernen. Geschick und Courage waren in der Tat vonnöten, denn jeden Tag galt es insgesamt sechs bis acht Personen am Tisch zu versorgen sowie den Erfordernissen des Gastbetriebs, des Feldbaus und der Viehhaltung gerecht zu werden. Die ersten Monate ihrer Ehe waren im Grunde keine große Umstellung gewesen, schaffen und schwitzen konnte sie auch weiterhin zur Genüge, nur war es nun ihr Eigenes, ihre erheiratete Habseligkeit, und sie war die Vorsteherin, »die Königin des Kaffeehauses«, wie ihr Mann sie schmunzelnd nannte. Für die Mägde und Dienstboten war sie eine verständnisvolle, aber auch energische Hausherrin. Sie wußte, wie wichtig »ein gutes Regiment und Konzilium« war, wie sie es nannte, und wie wohltuend Lob und Belohnung wirken konnten.

In der Küche hatte sie mit der Dennerleins Bärbel aus Schornweisach eine tüchtige, resolute und schmecksichere Köchin, die aus allem etwas herzhaft Gutes zu machen verstand, immer wieder Neues ausprobierte und sich Reizvolles ausdachte, ob das Lauchfladen, Krautstrudel oder Wirsingrouladen waren, Kürbiskuchen oder Walnußbrot. Bärbel, die »Küchenhex«, wußte, wo man hinlangen und zupacken mußte. Außerdem ging ihr Mundwerk grad so geschmiert wie ihr Handwerk, so daß sie auch die frechsten Sprüche der Mannsbilder mit einer gepfefferten Antwort parieren konnte. Noch jeden, der ihr dumm kam, hatte sie sich im Handumdrehen zurechtgeschnitzt und zusammengestaucht.

»Gell, Bärbel, du hast Haar auf die Zähn?«, stichelte der Delatrons Karl einmal. »In meiner Suppen is ein Haar drin, akkurat eins wie deine!«

Da ging die Bärbel zum Tisch, schaute in den Teller, riß dem Karl ein Haar vom Haupt, legte es in die Suppe und sagte: »Schau's dir mal genauer an. Des is net von mir. Des muß von dir sein. Dein Hirnstroh drückt dir doch alle Haar vom Kopf. Wennst noch weiter so hummeldumm daherschmarrst, hast bald ganz und gar a Glatzen!«

Die Bärbel blieb keinem eine Rede schuldig.

Die feste Mitte, um die sich der geschäftige Betrieb drehte, war Michael Wegmann. Er besprach mit dem Großknecht Simon Fensel alle anfallenden Arbeiten und Erledigungen, der wiederum den Kleinknecht, den Rabers Hardl, und die zeitweilig benötigten Tagelöhner anwies und beaufsichtigte. Wegmann lag es sehr am Herzen, seinen Gästen im Kaffeehaus stets ein gehöriges Maß an Zeit zu widmen, sich bei ihnen in ausgiebigen Gesprächen der Güte seiner Getränke und Speisen zu vergewissern und den Besuchern so ein Gefühl von Bedeutsamkeit und Vertrautheit zu schenken. Mit Hingabe hörte er ihren Erzählungen und Einschätzungen zu, um sich ein schlüssiges Bild ihres Schicksals, des Lebens und des politischen Geschehens zu verschaffen. Dabei galt ihm die Schilderung vom Gugels Kunner, dem grobschlächtigen Schmiedsgesellen, ebenso viel wie die Ausführungen des Dekans Obmelder aus Neustadt, der einmal wöchentlich einzukehren pflegte. Das Neueste aus der hohen Politik und der großen Gesellschaft kam über das *Anzeigeblatt* und gängige Journale ins Haus geflattert, ernste Gespräche über Gott und die Welt, über Krieg und Frieden liefen von einer Tischseite zur anderen, und über das künftige Deutschland im Speziellen.

Hitzköpfige Politisierer und Streithähne traten kaum in Erscheinung, aber gewichtige, schwierige Fragen wurden durchaus gewälzt und gewogen, vor allem wenn die Kaufleute

Emil Roßbacher und Siegfried Nitzburger eintrafen. Auch andere Handelsmänner, Konzessions- und Kommissionsreisende brachten brisante Neuigkeiten ins Kaffeehaus, um sie mit den einheimischen Gästen zu bereden und zu begießen. Eine verläßliche Besuchergruppe bildete die Neustädter »Ehrenrunde«, die Honoratiorenschar um Landrichter Weth, den Apotheker Alfons Halsweck, den Notar Adam Leitgeber sowie den Lateinprofessor Gottlieb Haubenstock. Sie gehörten zum festen Bildungskern im Kaffeehaus und nippten mit Würde und wortreicher Beflissenheit an ihren Tassen. Zu den Stammgästen zählten neben dem Ballgoor und dem Fellhändler Gixengox so treue Seelen wie der Schreiner Hans Deuerlein und der Dorflehrer Konrad Schloßhäcker aus Uehlfeld. Aber auch von weiter her trieb es die mit Wegmann verbundenen Handwerker immer wieder über die Türschwelle, etwa den Maurermeister Wauberlein und Zimmermann Horneisel, den Architekten Hannroth und Schreiner Drummer, oft mit neuen Gesichtern und Bekanntschaften im Schlepptau. So entwickelte sich das Kaffeehaus allmählich zu einem bekannten Treffpunkt und begehrten Ort der Einkehr, der dem Aischgrund einen nie dagewesenen Zulauf und Anklang bescherte.

An einem Herbsttag, als die Lampen schon am Nachmittag angezündet wurden und draußen mit dem Nebel und dem ersten Nachtfrost das gräuliche Huscherwetter hereinzog in den Wiesengrund, kam Wegmann von der Schlafkammer oben in die Gaststube. Katharina lag seit Stunden im Bett, weil es ihr nicht gut ging. Hatte sie sich verkühlt oder angesteckt? Etwas Falsches gegessen? Brütete sie etwas aus? Sie ließ die Zeitlers Anna holen, die sich auf Krankenheilung und Frauenbeschwerden verstand wie keine andere. Als Wegmann bei Katharina bleiben wollte, schickten ihn die beiden Frauen weg. »Hier kannst du nix weiter tun. Net daß du auch noch krank wirst. Bei der Anna bin ich in guten Händen. Mach dir keine Sorgen und kümmere dich um deine Gäste drunten«, sagte Katharina.

Michael war es in solchen Momenten auch ganz recht, daß er sich zu den Besuchern im Kaffeehaus gesellen konnte, um auf andere Gedanken zu kommen. Er wollte kein »Sorgenstorch« sein und »bloß immer im dumpfen Mumpfelsumpf herumstochern«, wie das sein Onkel Lugg immer genannt hatte. In der Gaststube setzte er sich an einen Tisch, an dem der Kleehofers David und der Bienöders Adam saßen, die er kannte und schätzte. Ihr Gespräch kam gleich gut in Fahrt und ging vom Landbau und den Herbststürmen zu den Winterbräuchen. So kamen sie schließlich übers große Wasser.

»Warum bist denn damals eigentlich fort von daheim, Michel?«, fragte der neugierige Bienöder.

»Das kammer sich doch denken«, erwiderte der Kleehofers David, »mit dem Stiefvater im Haus.«

»Ja freilich, zu spüren, daß es in der Heimat nix zu erben und zu erwerben geben wird für mich, das hat arg weh getan«, sagte Wegmann. »Aber so wie mir ist es ja so vielen ergangen. Wie hab'n sie gsungen damals? ›Reiche Leut wern mir ka, mir bleib'n arme Schlucker – jetz gehn mir auf Amerika, dort gibt's bloß Fleisch und Zucker!‹«

»So singen manche heut noch«, meinte David Kleehofer.

»Aber wie hast'n du das angfangt damals, daß du aufs Schiff kommen bist?«

Da erzählte Wegmann, wie er Auswanderungslustige kennen gelernt hatte in den Dörfern ringsum. Es herrschte damals die reinste Amerikasucht, weil viele Menschen in der Heimat überhaupt nichts zu verlieren und zu erhoffen hatten. Die suchten ihr Heil einzig und allein in einem Neuanfang drüben über dem großen Wasser. Briefe von ausgewanderten Landsleuten bekam Wegmann zu lesen, gedruckte Ratgeber mit Karten, die Reisewilligen die besten Mittel und Wege wiesen, wie man ans Ziel kommt und sich drüben am geschicktesten eine neue Existenz aufbauen könne.

»Dort schwimmt mehr Fett auf dem Abspülwasser als hierzulande auf der Suppe«, sagte Wegmann mit einem Schmunzeln. »So hieß es damals. Jeder dort kann sich auf seinem eigenen Grund und Boden ernähren, keiner ist der Knecht von irgend so einem hohen Herrn, und nach dem harten Tagwerk ist für den Fleißigen ein reicher Tisch gedeckt. Das war der Traum von uns allen. Endlich auch einmal den Rahm abschöpfen, und net bloß tagein, tagaus saure Milch schlucken müssen! Man hat ja gewußt, daß man hierzuland seiner Lebtag zu keinem eigenen Kuhstall und keinem eigenen Grund und Boden kommen kann. Wenn man weiß, für wen und für was man arbeitet, dann fährt die Axt ganz anders rein ins Holz. Da singt die Sense, da lacht der Hammer, da legt sich der Ziegel fast von selber aufs Dach. Kein Wunder, wenn's flink und flott vom Fleck geht, ständig weiter vorwärts und aufwärts.«

»Und hat's gestimmt? Ist des dann so kommen? Wie war's denn drüben überhaupt?«

»Ach«, begann Wegmann seufzend, »ein Narr fragt mehr, als sieben Weise antworten können.«

Dann erzählte er von den Gefahren und Beschwernissen, bis er erst in Amerika anlandete. Vom Auswandererhaus in Bremerhaven, dem Stimmenwirrwarr der Mundarten und Sprachen dort, dem Menschenzirkus der Gesichter und Gestalten, den Hunderten und Aberhunderten von Ängstlichen und Verzweifelten, Hoffnungsvollen und Gutgläubigen, Getretenen und Durchtriebenen. Von den vielen Frachtwagen mit Kisten und Säcken, die dort ankamen, beladen mit Familien, frischvermählten oder durchgebrannten Paaren, Handwerksburschen, Wandergesellen und Dienstboten, Einschichtigen und Fahnenflüchtigen, Landfahrern und Besitzlosen, die was eingebrockt oder ausgefressen hatten. Von den Spitzbuben im Hafenviertel, die einem überteuerte Quartiere und Lebensmittel als Proviant andrehen wollten, oder falsche Fahrkarten und Banknoten.

»Wer net Obacht geb'n hat wie ein Schießhund, den hab'n die Schlawiner grupft wie die strohdummen Hühner. Aber dann ist das Allerschlimmste kommen, die lange Zeit auf'm Meer.«

Die Überfahrt auf dem Dreimaster-Segelschiff war weitaus günstiger gewesen als das Dampfschiff, aber auch viel beschwerlicher. 250 Menschen, wochenlang zusammengepfercht in einem finsteren Holzverschlag unter Deck. Aus aller Herren Länder zusammengeweht wie Kehricht: Kleinbauern und Tropfhäusler, Nagelschmiede, Rotgerber, Schuhmacher, Flickschneider, Bauernknechte, Tagelöhner, Hausierer, dazu die Frauen und Kinder, auch Schwangere und Kranke. Allesamt in doppelstöckigen Bettkästen, vollgestopft mit Leibern. Drei Mann nebeneinander, Strohsack und Plane drauf: So sah die Bettstatt aus. Nachts konnte man sich kaum umdrehen, mußte so liegen bleiben, wie man sich hingelegt hatte, für einen flachen, fahrigen Schlaf. An Waschen oder Kleiderwechseln war nicht zu denken, da man an die festgebundenen Kisten und Koffer kaum hinkam und nirgendwo Platz war oder ein stilles Örtchen.

»Mein Gott, vom Geschaukel und Geknarz drin im Schiffsbauch ist fast allen speiübel gworden. Da kam's den Leuten oben und unten raus. Im Nachtgeschirr ist die Brühe hin und hergschwappt. Der Gstank und das Gewürg von den einen hat wieder andre dazu bracht, daß ihnen alles hochkommen ist. Ein Saustall! Ein Höllenzinnober! Tagsüber das Geschrei und Gestreite, nachts das Geschnarche und Gekotze! Dann die Krätze, die Wanzen und Läus! Kein Wunder, daß alle Angst bekommen haben vor Typhus und Ruhr. Eine Handvoll Fiebrige sind immer herumgekugelt irgendwo, dazu die Alten und die Frauen in anderen Umständ. Bei der einen haben dann die Wehen eingsetzt. Da hat sie das Kind auf die Welt bringen müssen, vor aller Augen, im Dreck und Lärm, ohne Doktor oder Hebamme, ohne sauberes heißes Wasser. Ein Mädchen war's. Aber am Morgen war's schon tot. Da haben sie's in eine alte Decke eingenäht und über Bord geworfen, sang- und klanglos, wie ein totes Tier. Die Frau war ganz abgezehrt, untröstlich und wie von Sinnen.«

»Furchtbar klingt des«, sagte der Bienöders Adam. »Da kommt man doch völlig auf'n Hund.«

»Was ißt man denn da, daß man gesund und bei Kräften bleibt?«, wollte der Kleehofers David wissen.

»Zuerst haben wir früh Kaffee und Weißbrot kriegt«, antwortete Wegmann, »mittags eine Suppe mit Fleisch, dazu Brot, manchmal Kartoffeln und Zwetschgen, abends einen Tee mit Zwieback. Aber je länger daß wir auf See gwesen sind, desto schlechter ist das Essen gworden. Viel Reissuppe haben s' uns aufgetischt, ganz matschige Erbsen und Bohnen, dazu Salzfleisch und gräucherten Speck. Bis es dann gar kein Fleisch mehr gegeben hat, bloß noch alte Kartoffeln, Grütze und Kraut, ein lätschiges Kleienbrot und einen muffigen Zwieback, dazu so gelbliches Wasser mit lauter Viechern drin. Pfui Teufel! Gott sei Dank hab ich vorgsorgt g'habt. Mit Dörrfleisch und Trokkenobst hab ich mich durch die letzten Wochen gschleppt. Wenn's irgend gangen ist, bin ich nauf aufs Deck zum Essen, weil, drunten in dem Stinkloch ist es net auszuhalten gwesen.«

»Aber des muß doch ein Erlebnis sein, des Meer und nix wie Wasser um einen rum«, meinte der Bienöders Adam und schwenkte seine Arme in der Luft herum wie Sensen im Klee.

»Ja, wenn du nach einer überstandenen Sturmnacht zum ersten Mal früh aufs Deck kommst und du siehst den riesigen blauen Himmel, da wirst du schnell fromm und demütig, das kannst mir glauben. Da weißt, daß du nix wie ein winziger Tropfen im großen Ozean bist. Und draußen im Meer tummeln sich die Walfisch und Delphine – ein grandioses Schauspiel, unserm Herrgott seine gute Schöpfung! Aber am größten ist die Ehrfurcht, wenn das Meer weiße Köpf und dunkle Arm kriegt.«

»Wenn's einen Sturm gibt?«

»Sowas hast du noch net erlebt. Spritzwellen peitscht es gegen die Schiffsplanken, der Wind fängt an zu fauchen und zu heulen, das Schiff wird von der einen Seite auf die andre gworfen, wie eine Kuh, die kalben will und net kann. Da geht's den Wellenberg nauf und dann wieder nunter in die Wasserschlucht. Dazu des fürchterliche, wilde Grollen überall!«

Wegmann schilderte, wie die ersten Brecher aufs Verdeck schlugen, das Meer anfing zu wüten und zu brüllen, daß sich die Wellen haushoch aufbäumten im Brausen und Toben. Das Schiff knarzte und rollte, als müßte es zerspringen. Obwohl es groß wie eine Kirche war, wurde es stundenlang hin- und hergeschleudert wie eine Nußschale im Sturzbach.

»Für die Leut' unter Deck war an Liegen net zu denken, erst recht net an Stehn oder Sitzen. Das Wasser ist von oben reingelaufen kommen, daß die angebundenen Kisten das Schwimmen angfangt haben. Ein Mastbaum ist runterkracht mit einem Trumm Schlag, Segel hat's zerfetzt und Seile zerrissen. So gezittert hab ich noch nie in meinem Leben. Meine Finger hab ich ins Holz der Bettstatt reingekrallt wie der Fuchs seine Zähn' in den Hasen. Ich hab net glaubt, daß des noch ein gutes End nimmt mit uns. Wie die Kinder geplärrt haben vor lauter Angst! Die Frauen waren am Jammern und Beten, die Männer am Schreien und Fluchen. Alle haben s' den Kopf in den Eimer gsteckt und alles rausglassen, was im Bauch noch so rumgschwappt ist.«

»Jetzt hör bloß auf mit dem garstigen Gewürge da! Wie soll mir denn da mein Kaffee noch schmecken?« So entfuhr es dem Bienöders Adam, und er verzog sein Gesicht zu einer verschrumpelten Rübe.

»Wenn die Natur so richtig zuschlägt, dann wird der Mensch zum Wurm und zum Gespött«, bemerkte der Kleehofers David mit ernstem Nicken.

»Sechs Wochen hat's gedauert auf dem Meer, dann ist unser stinkendes, verdrecktes Schiff mit seinen ausgemergelten

Passagieren im Hafen ankommen. Mehr als ein Dutzend haben die Überfahrt gar net überlebt g'habt. Aber jetzt waren wir in New York!«

»Da werden einem die Augen übergehn vor lauter Schauen und Staunen, oder?«, fragte der Bienöders Adam.

»Ein Rummel und Getummel! Famose Gebäude sieht man, noble Geschäfte und Straßen. Ein Gewühl von Wagen und Karren. Überall ein Gewusel und Gewimmel. Dann der Lärm von Fabriken und Werkstätten. Das Geschrei, der Dreck und Rauch. Lauter fremde Tön und Grüch! Ein Trubel voller Menschen, die rumhutzen, lauter Stimmen, die irgendwas Unverständliches plärren. Von allen Seiten kommen Aufschwatzer und Abschwartler auf dich zu, die was von dir wollen! Alle plappern sie in dieser grunzigen, schlunzigen amerikanischen Sprach! Mir hat der Schädel nur so gebrummt und gedröhnt.«

»Da hilft bloß a guts Seidla Bier oder a feiner Schoppen Wein«, meinte der Bienöders Adam.

»Das glaubst du! Aber geh mal rein in die Haufen Wirtshäuser dort! Da siehst des lebende Elend. Lauter Trinkbuden und Spelunken, wo der Schnapsteufel die armen Seeln und dummen Schlucker am Strick rumführt. Dort verspielen und versaufen sie ihr Hab und Gut, bis ihr Verstand und ihr Gewissen ganz und gar hinüber sind. Die kippen das Feuerwasser in sich rein, daß mir vom Zuschauen schon die Moorfrösch im Bauch rumgsprungen sind.«

»Lauter Leut, die raus wollen aus ihrer Not, und am End landen s' dann in einem andern Elend. Das ist wirklich ein Trauerspiel«, sagte der Kleehofers David und schaute ganz trübsinnig.

Nun erzählte Wegmann von seinen seinerzeitigen Absichten und Vorhaben. Er wollte überlegter vorgehen als andere, vorsichtiger, vernünftiger. Damals war er Anfang zwanzig, gesund und kräftig, wißbegierig und wagemutig, aber keineswegs tollkühn und feuerköpfig. Er gehörte nicht zu den Abenteurern, die dem Landrausch in der Wildnis oder dem Lockruf des Goldes folgten. Ebensowenig zählte er zu den Vermögenden, die in der alten Heimat ihren Besitz veräußert oder ein gewisses Erbteil mitgebracht hatten, um mit diesem Geld nun billiges Ackerland und gutes Zuchtvieh, Baumaterialien und Gerätschaften zu erwerben. Nicht einmal ein zünftiges Handwerk hatte er erlernt, dafür jedoch war er ein tüchtiger, ausdauernder Arbeiter, dem alles geschwind und gewandt von der Hand ging, was man ihm zeigte und andiente. Irgendwo würde er sein Glück schon machen. Erst einmal wollte er Fuß fassen auf dem neuen Erdteil, sich eingewöhnen und umschauen, die englische Sprache lernen, sich einen Eindruck verschaffen von Witterung und Landschaft, Geschäften und Gesinnung, von der Art, wie man aß und trank, arbeitete und lebte, verdiente und kaufte, sich kleidete und vergnügte.

»Im ersten Jahr wollt ich Arbeit und Wohnung finden bei Bekannten aus Franken«, sagte Wegmann. »Der Fensels Georg war schon zehn Jahr vorher nach Amerika gangen mit der Luis, seiner Frau. Gwußt hab ich, daß sie eine Farm in Pennsylvania haben, zwischen Philadelphia und Pittsburgh. Aber ich wollt auf keinen Fall jemandem zur Last fallen. Ich wollt mich gscheit anstrengen, daß ich's zu etwas Eigenem bring in dem Land. Auf dem Schiff hab ich Bekanntschaft gmacht g'habt mit andern Auswanderer. Mit denen zusammen bin ich landeinwärts aufbrochen. Das warn zwei Familien aus der Pfalz und dem Elsaß, die haben Geld dabei g'habt, damit haben sie Wagen und Gäul kauft. So sind wir nach ein paar Wochen nach Philadelphia kommen, und von dort dann zum Fensels Gerch und seiner Familie. Drei Kinder hab'n sie schon g'habt: einen Johann, Georg und die kleine Frieda. Das war schon wie Weihnachten, endlich wieder in bekannte Gesichter zu schauen und die altvertraute Mundart zu hören!«

»Die Heimat in der Fremde«, sagte der Kleehofers David verständnisvoll. Wegmann nickte zur Bestätigung und fuhr fort.

»Die Fensels haben eine kleinere Farm g'habt, etwa fünfzig Morgen Land, aber mit der Aussicht, nach ein paar Jahren ungerodetes, ungeackertes Land noch dazukaufen zu können. Glebt hab'n sie in einem Holzhaus, ganz aus beschlagenen Eichenstämmen, der Fußboden aus Tannenbrettern. Das Erdgeschoß war großräumig, mit einem niedrigeren Stock oben drüber. Die Möbel waren alle aus massivem Holz, kantig und klobig. In der Mitte war ein gemauerter Herd und ein offener Kamin. Kachelöfen hat man dort net gekannt, bloß eiserne Öfen. Die Fensels waren ständig am Kultivieren und Ausbauen. Wie ich kommen bin, haben sie grad eine neue Scheune und einen größern Stall aufgrichtet und gezimmert. Wochenlang hab ich mitg'holfen beim Verbrettern und Verschalen, beim Roden, Baumfällen und Stöckgraben, beim Ackern und Eggen. Die Kinder haben mir das Reiten beigebracht, und natürlich das Englischreden. Der Fensels Gerch hat mich eingwiesen in die neuen Gerätschaften, Ausdrücke und Arbeitsweisen. Da haben auch viele andre Deutsche aus der Umgebung mit angepackt.«

Wegmann schwärmte vom gutnachbarlichen Zusammenarbeiten beim Hofbau. Dabei erfuhr er, wie billig Ackerland und Weiden im Westen zu haben waren, aber auch, welch guten Lohn ein tüchtiger, zuverlässiger Handwerker verdienen konnte in diesem Land. Als ihm zu Ohren kam, daß ein Bauer, der aus dem Steigerwald stammte, dringend einen Arbeiter auf seinem Hof weiter westlich suchte, da entschloß sich Wegmann, das Dampfboot zu nehmen, den mächtigen Ohio-Fluß hinunter zu fahren und dann mit dem Postwagen weiter hinein in die Prärie von Illinois. Eine sehr fruchtbare, weitläufige Gegend, überwiegend besiedelt von deutschen Einwanderern. So landete er bei den Gebhardts, die ihn beim

Ackern und Säen, Heuen und Dreschen, Holzhauen, Stockgraben, Kornbinden und Maisschälen gut gebrauchen konnten. Philipp und Edwina Gebhardt hatten schon zwanzig Jahre in Amerika gelebt. Mit Schweiß und Geschick hatten sie auf ihrem eigenen Grund und Boden beachtliche Erträge und Gewinne erwirtschaftet.

»Alle Wochen hat's gute Dollars gegeben, Stück für Stück hab ich mir eine schöne Summe zusammengspart. Ohne Geld kannst nix Eigenes auf die Beine stellen, das war mir klar. Und auch net Ausschau halten nach der richtigen Frau dazu. Bei den Gebhardts hat's mir gfallen, vor allem mit den Kindern. Die vier haben genau die passenden Namen g'habt: Johannes, der Älteste, war ein Junikind, ein Sonnwendbub. Der August hat seinen Geburtsmonat im Namen und auf'm Papier g'habt. Die Walli hat am Walpurgistag das Licht der Welt erblickt, und die Gundi halt an Kunigund, am 3. März. Den Gebhardts ihr Hof war richtig groß, 320 Morgen Land, geräumig und weitschichtig. Die haben mit zehn Gäulen gearbeitet, achtzig Kühe haben ihnen g'hört, vier Paar Ochsen, hundertzwanzig Schweine. Hühner liefen etliche Hundert rum, aber die wurden net extra gezählt. Bloß die Kälber und die Milchkühe sind in den Stall kommen, alles andre Vieh hat sein Futter auf der Weide gfunden. Das Gras war frechwüchsig und würzig, das Erdreich tiefgründig und gscheit fett. Die Schweine haben reichlich Schrot bekommen, die haben einen zweckigen Speck angsetzt und sind im Nu dahergwachsen, richtig kugelrunde Prachtstücke waren das!«

»Das klingt ja wie im Schlaraffenland! Sich abplagen muß sich dort wohl keiner mehr?«, fragte der Bienöders Adam.

»Von Hand gegraben wie hierzuland wird in Amerika nimmer. Geackert und geeggt wird alles mit Gäulen und Ochsen. Den Pflug kannst du durchgängig scharf halten, so saftig und geschmeidig ist dort der Boden. Das sind ja riesige Flächen, die man zu bearbeiten hat. Drum gibt's viele Maschinen zum

Pflügen und Säen, zum Mähen und Dreschen. Sensen und Sicheln und Dreschflegel siehst du dort keine mehr im Einsatz. Dafür Dreschmaschinen, bei denen acht und zehn Rösser vorgespannt werden. Gespannarbeit mit Vieh und Gäul ist gefragt und wird gut bezahlt. Da geht die Arbeit geschwind vom Fleck. Kartoffeln und Maiskorn werden mit einem Schaufelpflug gesteckt und zugehäuft. Zum Ackerherrichten nimmt man einen Kultivator und spannt einen Gaul an. Für das Getreide und das Gras benutzt man einen breiten Heurechen. Mistfahren gibt's dort überhaupt net, von Queckenausreißen, Distelstechen und Steineklauben hat kein Mensch was gehört. Der Boden ist so fett und reichhaltig, der braucht gar keinen Dung. Der trägt Korn, wie man's hierzuland noch gar net gsehn hat. Der Hafer ist mannshoch, so wie das Welschkorn, der Mais, der Mensch und Vieh ernährt. Das mußt gsehn haben, so einen kolossalen Feldbau!«

»Das ist ja das reinste Bauernparadies! Da muß man ja sein Glück machen!«

»So recht glücklich werden in Amerika bloß solche Leute, die schwere Arbeit gewohnt sind und mit Fleiß und Schweiß ihr tägliches Brot verdienen können«, entgegnete Wegmann. »Gesund und stark mußt du bleiben, keine Arbeit scheuen, net Wind und Wetter. Wenn man Unglück hat mit einem Sturm oder dem Vieh, wenn man viel krank ist und keine Familie im Rücken hat, dann kommt man im schönsten Paradies auf keinen grünen Zweig. Einen Doktor oder Apotheker wenn du dort brauchst, ziehen sie dir das Fell über die Ohren. Einmal bin ich so arg krank gwesen, daß ich nimmer gwußt hab, wo es hinaus will mit mir. Der Doktor war meilenweit weg und hat einen Wucherlohn gleich im voraus verlangt. Da hat mir die Gebhardts Edwina zu einer Gewaltkur geraten. Also hab ich mit Petroleum gegurgelt auf Gedeih und Verderb, bis mein Hals ganz roh und wund geworden ist. Gebrannt hat's wie das Höllenfeuer, aber das schleimige, dunkle Zeug ist rausgekommen. Dazu hab ich mich fest mit Stinktierfett eingerieben. Das ist das Beste gegen solche Erkältungen. Das hat die Krankheit rausgezogen und das Fieber vertrieben. Aber kein Mensch hat in meine Näh kommen wollen!«

»Wie sieht'n des aus, so a Stinktier?«

»Das ist schwarzweiß gstreift wie ein Dachs, aber sonst wie eine Katz oder ein Hund. Das hat so Drüsen und verspritzt einen Saft mit einem gotterbärmlichen Gestank, der stinkt tagelang weiter. Einmal hat's meine Kleidung erwischt, da hab ich alles verbrennen müssen, so tief hat sich der Gestank hinein gfressen g'habt in den Stoff.«

»Des wär kein Land für mich«, meinte der Bienöders Adam, »mit lauter so scheußlichem Viecherzeug, mit Schlangen und Bären und Wölfen!«

»Die Natur ist wirklich gewaltig dort. Mein schlimmstes Erlebnis auf der Gebhardt-Farm war der Eissturm im Winter. Berge von Schnee haben alles zugeschanzt g'habt, daß die Wagen und Zäune vollkommen zugedeckt waren. Auch die Hausdächer, Schober und Stadel waren zugeweht. Wenn da der eisige Wind herdrückt und grimmig heult wie ein Untier, wenn's den Schnee weiß wie eine Wand hertreibt und aufhäuft, dann siehst du keine Gebäude, Wege und Umrisse mehr. Du weißt gar nimmer, wo hinten und vorn ist. Der Kriegers Alfons, ein Nachbar von die Gebhardt, hat in so einem Wintersturm ein paar Jahre vorher die Orientierung verloren, wie er nach seinem Vieh schauen hat wollen. Der ist gottjämmerlich erfroren und vom Schnee völlig begraben worden, bloß ein paar hundert Meter von seinem Haus entfernt. Den Gebhardts war das eine Lehre. Die haben sich warm und fest eingemummelt mit Jacken, Tüchern, Mützen und Decken, wenn sie mit der Laterne hinaus gmußt haben in das Gestöber und Getös. Die haben immer dicke Stricke vom Haus zu den andern Hofgebäuden gezogen, daß alles zusammengehalten wird, und daß man sich am Rückweg festhalten hat können. Denn du hast die eigene Scheune nimmer sehen können, geschweige denn die eigenen Fußstapfen oder die Spuren von deine Gefährten. Mit so einer Wucht haut's dort das Zeug vom Himmel, wild und dicht und schwer. Ohne die Seile hättst du dich verirrt und wärst elendig umkommen. Wo der Schneesturm drübergezogen ist, hat man so schnell nix mehr anbauen und bestellen brauchen. Riesige Bäum sind im Wald umeinander gelegen wie das Fallobst in der Herbstwiese. So ein gewaltiger Sturm kann ein ganzes Haus zerschmettern. Die Trümmer unterm Schnee begraben wie die Streusel unterm Schlagrahm.«

»Um Himmels willen! Solche Unwetter brauchen wir net«, sagte der Kleehofers David. »Mir reichen schon die Hagelschläg und die Mißernten bei uns. Die sind schlimm genug für die Menschen.«

»Am schlimmsten sind eh die Menschen selber«, sagte Wegmann. »Das hab ich leibhaftig zu spüren gekriegt, als ich zusammen mit dem Joe, dem ältesten Sohn von die Gebhardts, auf einem Jahrmarkt war. Wir haben Handwerkszeug, Ersatzteile und Kleinkram für Haus und Hof besorgen wollen. Die Stadt war eine Tagreise weit weg. Wenn man auf einem Hof draußen am Land lebt, kommt einem so eine Kleinstadt wie eine brummende Maschine vor. Ein Volksauflauf! Ein Lärm und Getümmel! Das zieht dann natürlich net nur Kaufleut und Schausteller an, sondern auch Gauner und Spitzbuben. Die finden dort am leichtesten Gutgläubige und Ahnungslose.«

»Geduldige Schafe gehen viele in einen Stall«, bestätigte der Kleehofers David.

»Wir haben also unsere Besorgungen gemacht, dann haben wir uns die Attraktionen auf dem Markt anschauen wollen. Es war schönes Wetter, warme Luft, da haben wir natürlich einen Durst gekriegt. An einer Bude hat ein Mann köstliche, kühle Getränke verkauft: Pfirsichsaft und Apfelsinenwein, wohlschmeckend und verlockend. Wir zwei Landburschen haben einen Glust gehabt, der Joe war gutgelaunt und großzügig, der spendiert ein paar Runden und so stürzen wir eine Handvoll Gläser in uns rein. Net lang drauf hat das in unserm Bauch angefangen zu quollern und zu rumoren, daß wir gmeint haben, uns zerreißt's das Gedärm. In unserer verzwickten Not haben wir Ausschau g'halten nach einem stillen Winkel mit einem Topf für unser Geschäft. Gott sei Dank war schräg gegenüber ein Mann, der hat Klosettkabinette vermietet, mit richtige Gardinen am Fenster! Wir sind rüber gstürzt und rein gstürmt, und schon ist es hinten rausgschossen wie eine Ladung Schrot. Viel später erst haben wir den ganzen Schwindel dann herausgefunden. Die beiden Betreiber sind unter einer Decke gesteckt und haben den Leuten Rizinusöl mit hineingepanscht, daß bei denen das Geschäft glaufen ist wie gschmiert. Wer das net gwußt hat, ist auf die Gauner reingefallen und hat sich die Gedärme aus dem Leib drückt. Lauter so Lumperei kann man dort finden.«

»Jetzt hab ich gemeint, in Amerika liegt das Gold nur so auf der Straß, daß man sich bloß bücken braucht und kann's aufheben«, sagte der Bienöders Adam mit einem Schmunzeln.

Wegmann wußte gleich, auf was er da anspielte, aber er schenkte seiner Neugier weiter keine große Beachtung. Das alles ging keinen etwas an.

»In Amerika mußt du laufend dahinter her sein, wenn du es zu was bringen willst. Deine brave, biedere Gesinnung kannst du dir in den Rauchfang hängen für bessere Zeiten. Dort mußt du fix sein und kalt wie ein Hecht, sonst kannst du dich einsalzen lassen. Für die Schwerfälligen und Weichherzigen ist das nix, für die ist die amerikanische Luft viel zu scharf. Da muß man Eisen und Feuer im Blut haben. Man darf seine alte Leier net an die Trauerweide hängen, wenn du verstehst, was ich mein. Dort geht es net so gemütlich und gesellig zu. Sogar der Rauch, wenn er aus dem Schornstein kommt, hat es notwendig und keine Zeit. Der Rauch bei uns im Dorf kommt ganz saumselig aus dem Schlot gekrochen, schaut sich gemächlich um auf den Ziegeln und Wegen, an den Türen und Wänden, und zieht dann behäbig die Dorfstraße entlang, bis er sich irgendwo einen behaglichen Winkel zum Hinlegen sucht. Aber in Amerika, da kommt der Rauch dahergeflogen und rausgeschossen, schaut sich net lang um und ist im Nu auf und davon, so schnell schaust du gar net, ist der schon verwirbelt und vom Wind verweht.«

»Das ist schon eine ganz andere Welt«, meinte der Kleehofers David.

»Das merkt man jetzt so richtig, in der Zeit zwischen Pelzmärtel und Advent«, sagte Wegmann, »wenn der Herbst in den Winter übergeht. Wenn Stille und Besinnlichkeit einkehren. Wenn der Adventskranz auf den Tisch kommt und die Barbarazweig in der Ecke stehn. Wenn vom Weihnachtsfest her schon wohlige Wärm ins Haus einzieht, und der Gruch nach Plätzle macht sich breit, nach Bratäpfel und Stollen, Nüss' und Mandelkern. Die Gschenke liegen unterm Weihnachtsbaum in der Stube, drüber leuchten die Wachskerzen, die goldgelben Strohstern, die rotbackigen Äpfel, das Zuckerwerk und die Hutzel. Ach, das ist ein Abglanz von was ganz Himmlischem, das da reinscheint in unser Leben.

So eine innige Liederweihnacht wie bei uns hab ich in Amerika nie erlebt, net mal bei den Deutschen. Bei den Amerikanern wird viel Theater und Tamtam drum gmacht, mit bengalischer Beleuchtung und alberner Knallerei, lauter Späß und Hokuspokus, was mehr auf den Jahrmarkt paßt und in die Hanswurstbuden. Drum freu ich mich so arg auf die Weihnachtszeit, wenn's draußen in der Natur still und frostig wird und man gern zusammenrückt im Kaffeehaus, an der Ofenbank, in der Stube.«

»Wie wird dann die Stube glänzen von der großen Lichterzahl, schöner als bei frohen Tänzen ein geputzter Kronensaal«, begann die Dennerleins Bärbel zu singen, mit einem verschmitzten Lächeln im verschwitzten Gesicht. Sie war aus der Küche in den Gastraum gekommen und hatte Wegmann gerade noch von der Weihnachtszeit schwärmen hören. Hinter ihr trat der Fensels Simon an den Kaffeetisch und nahm Bärbels Verse gleich gewitzt auf.

»Die Gans sollst du uns bereiten und dazu den kühlen Wein, gesotten und gebraten – geschluckt muß alles sein!« So verkündete er seine Vorfreude mit gespielter Andacht.

Die beiden wollten mit Wegmann die Vorkehrungen für den nächsten Tag besprechen, an dem Gänse geschlachtet und Krautköpfe eingehobelt werden sollten. Da kam die Zeitlers Anna in die Gaststube und wandte sich an Wegmann. Ernst und vertraulich bat sie ihn, nach oben zu seiner Frau in die Schlafstube zu gehen.

»Was ist denn, Anna? Ist was mit Katharina?«

Die Hebamme sagte nichts darauf, sondern drehte nur ihren Kopf nach oben und ging selbst voran. Wegmann schwante nichts Gutes. Mit einem Mal hatte er ein schlechtes Gewissen, nicht bei Katharina geblieben zu sein. Stattdessen schwelgte er mit anderen Leuten in fernen Erinnerungen und Geschichten! Die Zeitlers Anna wußte schon alles, ihr hatte es Katharina erzählt: Eigentlich sollte es ihr Michael zum Fest der frohen Gaben von ihr selbst erfahren, die gute, neue Mär. Daß sie ein Kind unter dem Herzen trug. Sie freute sich so unbändig darauf und hatte der Hebamme und Freundin ihr Glück so überschwenglich ausgebreitet, daß die Zeitlers Anna ihr mit dem alten Liedervers die richtige Antwort gab: »Mütter, euch sind alle Feuer, alle Sterne aufgestellt. Mütter, tief in euren Herzen schlägt das Herz der weiten Welt.«

Als Michael Wegmann an der Bettkante saß, sah er das schmale, blasse Gesicht seiner ermatteten Katharina, die ihn mit nassen, geröteten Augen starr anblickte. Michael wußte auf der Stelle, was ihm seine junge Frau mitteilen wollte, aber vor Traurigkeit nicht sagen konnte: Sie hatte ihr Kind verloren.

13

Der Winter vertrieb die lebensprallen Farben und Formen aus Wald und Flur. Eisiger Frost und Rauhreif hatten längst alle Gewalt in ihren knochenharten, starren Händen. Der Schnee begrub die Erde und ihre Gewächse wie ein stummer, strenger Trost. Die Weiher trugen ihren kratzigen Schorf, im Gehölz stand die horchige Stille zwischen den knarzenden Bäumen, als lauschte sie auf Schritte. Bleigrau hing der Himmel über den Ortschaften wie ein nebelklammes, abgewetztes Bettuch. Rauchschwaden schlichen aus den Schornsteinen hinauf in die alles einnehmende Kälte. Lichtmeß wurde sehnlich erwartet, das Brechen der Wintergrimmigkeit, das allmähliche Aufleinen der Natur, die linden Lüfte und fließenden Rinnsale unter der immer milder und vorwitziger hereinspitzenden Märzensonne.

Katharina Wegmanns erstes Weihnachten in ihrer Ehe war getrübt und überschattet. Der schwunghafte, wortreiche Betrieb im Kaffeehaus konnte ihre Trauer kaum erreichen, geschweige denn vertreiben. Ihre innige Vorfreude auf das wachsende Lebewesen in ihrem Leib, noch gemehrt durch die erwartungsvolle Heimlichkeit ihres Wissens, war mit einem Schlag abgewürgt worden. Alles schmeckte fad und trostlos. Dem pulsierenden Glück ihrer frischen, blühenden Ehemonate hatte das unbarmherzige Schicksal einen gewaltigen, bitteren Hieb versetzt. Diese Wunde schmerzte und blutete, auch wenn dies für die Augen nicht zu sehen und für die

Hände nicht zu berühren war. Was hatte sie falsch gemacht? Was war schuld an diesem herben Verlust? Würde sie jemals ein gesundes Kind zur Welt bringen können? Was wäre, wenn ihr das niemals glücken würde? Würde sich ihr Michael dann enttäuscht von ihr abwenden? Würde sie als vergrämtes, vertrocknetes Hutzelweib enden?

Immer neue Fragen jagten ihr einen Stachel ins Gemüt, Zweifel und Ängste waren am Beißen und Nagen. Von allen Seiten drangen Blicke des Verständnisses auf sie ein, auch Worte des Trostes und der Zuversicht, ohne daß sie Katharina helfen oder aufrichten konnten. Für einige Wochen fühlte sie sich unschuldig bestraft, grausam gequält und beraubt. Tief im Innern haderte sie mit der Ungerechtigkeit und Unerbittlichkeit des Geschehenen. Niemand, weder ihr Mann noch ihre Mutter, weder Rücksicht noch Vorwurf konnten ihre Schwermut und Schweigsamkeit lindern oder verscheuchen, auch nicht die Dennerleins Bärbel, die Köchin mit ihren handfesten Frauengeschichten, oder der Dorfpfarrer Hänfling mit seinen erbaulichen Bibelsprüchen und Liederversen.

Als sich im Februar das Milderwerden der Temperaturen und das nahende Tauwetter ankündigten, wollte Wegmann Katharina aufmuntern und zuversichtlich stimmen. Ein Umschwung sollte herbeigeführt werden, schließlich ging es nauswärts, die Macht des Winters wurde gebrochen. Katharina sollte wieder den Kopf heben, die Augen öffnen für die Welt und nach vorne schauen ins Weite und Werdende. Wegmann hatte ihr schon viel von Amerika erzählt, immer wieder einzelne Stückchen und Episoden, aber das Entscheidende noch nicht. Niemandem hatte er etwas davon gesagt, von seinem Glück, seinem Leid, seiner Trauer. Jetzt war der Zeitpunkt gekommen, Katharina einzuweihen in seine Geschichte, sie mit hineinzunehmen in das Vergangene, ganz nah, ganz eng. Ihre Tatkraft sollte wieder zurückkehren, ihre Zuversicht, ihr Vertrauen. In einem günstigen Moment nahm er ihr Lächeln als Einladung und begann, das Geschehene zurückzuholen und aufzublättern.

Er erzählte ihr von den ersten Jahren, als er auf großen Farmen gearbeitet hatte, erst bei Deutschen, dann bei Englischen. Das Land war billig zu haben, folglich besaßen die Bauern riesige Flächen Ackerland. Dafür braucht man natürlich viele Maschinen, die mähen und ernten, das Material herrichten und verwerten.

»Mit den Maschinen und Gäulen muß man umgehn können«, sagte Wegmann, »die muß man beherrschen, dann kann man dort gute Dollars verdienen. Die Arbeitskraft ist nämlich teuer, drum ist Amerika auch eine einzige große Maschinenwerkstatt. Weißt, die Amerikaner wollen ihren Hof am liebsten im Schaukelstuhl betreiben – Hauptsach, er wirft einen Haufen ab und der Ertrag stimmt. So ein Landgut von einer Farm, das hätt ich natürlich auch gern gehabt, mit Flächen wie ein Großgrundbesitzer. Aber dafür braucht man eine Frau und eine Familie, dazu noch Gesundheit und Rückhalt, Arbeiter und Handlanger – und das hab ich genauso wenig g'habt wie einen Batzen Geld zum Kaufen.«

»Was hast dann gmacht? Warst bei Bauern auf'm Hof?«

»Nur die ersten paar Jahre. Da hab ich viel Schweiß auf dem Boden glassen. Dann hab ich g'hört, daß es bei der Eisenbahn und beim Straßenbau riesige Baustellen gibt, wo sie zuverlässige Arbeiter brauchen. Auch in den großen Städten, wo sie ja ständig am Abreißen und Neubauen sind. Tüchtige Maurer und Mörtelmischer haben sie gsucht in Chicago, St. Louis, Milwaukee, Philadelphia. Um das Baugewerbe war es gut bestellt. Aber ich wollt mich net ruinieren mit Steineklopfen, Erde aufladen, Backsteine fahren von früh bis abends, in Wind und Wetter droben auf dem Gerüst. Das geht in die Knochen und zehrt an der Gesundheit. Dann noch eher die Zimmerei, das war eines der bestbezahlten Geschäfte dort. Von Zimmermannsarbeit, Abbinden und Aufrichten, da hab ich was verstanden, schon vom Scheunenbau her, ich hab auch die Pläne der Baumeister lesen und ausführen können. Das hätt sich ausgezahlt für mich. Aber ich wollt was ganz andres machen.«

»Was denn? Kann dort jeder machen, was ihm grad so in den Kopf schießt?«

»In Amerika kann sich jeder im Handumdrehen selbständig machen. Du kannst heut was anfangen, und wenn du damit net glücklich wirst, kannst du morgen wieder was andres ergreifen, ohne Aufsicht, ohne Vorschrift oder Verbot. Kein Amt, keine Obrigkeit, keine Kirche, keine Zunft legt dir einen Stein in den Weg. Du kannst dich frei bewegen im Land. Heute ist man das, morgen was ganz anders. Heute Farmer, morgen Kaufmann. Heute Doktor, morgen Handwerker oder Advokat. Erst Weinhändler oder Bierschenker, danach Prediger oder Politiker. Ich hab einen Irländer gekannt, Connor hieß der, der konnt verschiedene Arten von Pillen drehn, ein paar Mixturen zusammenmischen zu einem Balsam, so einem Lebenselixier, einer speziellen Tinktur, und der hat das dann mit viel Brimborium und einem unverständlichen lateinischen Kauderwelsch und Hokuspokus lauthals unters Volk gebracht, hat ein Schild hinausgehängt und den honorigen Doktor markiert. Sein Geschäft hat floriert, die Leute haben kauft, als ging's um ihr Seelenheil. Net wenige haben Stein und Bein gschworen, er hätt ihnen damit das Leben gerettet. Ach, in Amerika kannst du anfangen, was du willst, keiner fragt nach dir, keiner hat dir was zu sagen – aber du stehst auch ganz allein da und bleibst auf dich allein gstellt, wenn dir was passiert.«

»Aber das ist doch net recht, so ein Schmu. Das kann doch net gutgehn.«

»Jeder muß halt schaun, wie er was verdienen kann, denn wer kein Geld hat, der ist fast schlimmer dran als hier bei uns. Wenn man nix hat, dann gibt einem keiner was. Aber wenn man eh schon Geld in Hülle und Fülle hat, dann kommt von allen Seiten noch mehr dazu. Und sei's mit Schwindel und Schmarrn. Dort muß man immer auf der Hut sein, daß man net reinglegt wird. Ja, aus der Nähe verliert das große Freiheitsreich gewaltig an Glanz und Wert.«

»Hast du selber auch schlimme Sachen erlebt dort drüben?«

»Ich hab mich lang und breit umgschaut und umg'hört und stark an die Landsleute g'halten. Das hat viel g'holfen. Die Deutschen dort haben eigene Gemeinden und Viertel, mit einer eigenen Kirche, wo ein deutscher Pfarrer predigt und Gottesdienst hält, mit einer schönen Orgel und mit vierstimmigem deutschem Gesang. Die Kinder gehen in die deutsche Schule, die Leute in deutsche Läden und Geschäfte, die Kranken zum deutschen Doktor, die Bürger in den Ratskeller zum deutschen Braten, Wein und Bier. Natürlich gibt's auch unter all den Deutschen Schlitzohren und Spitzbuben, aber die Spreu muß man halt rausfegen aus dem Weizen, damit man's nur mit den Anständigen zu tun kriegt. Wer fleißig und tüchtig ist, dem steht alles offen.«

»Bist du immer auf Bauernhöfen gwesen?«

»Nein, bloß am Anfang. Als ich beim Trautmanns Jackel garbeitet hab, einem deutschen Farmer, ist immer so ein Händler kommen und hat Vieh und Getreide aufkauft, Tabak, Gmüs, Rüben, Kürbiss', Wassermelonen, alles, was er gebrauchen hat können und was sich in der Stadt gut vermarkten hat lassen. Das war ein gewürfelter Kerl, leutselig und blitzgescheit. Ein Mann um die fünfzig, mittelgroß und leicht gedrungen. Immer in einem gediegenen, gedeckten Anzug, mit Stock und Hut. So ein wetterfestes Gesicht hat er g'habt, mit einem stolzen Kinnbart. Blaue Augen und eine Stirnglatze, die gewellten graubraunen Haare sind wie so Fäden und Dräht nach hinten grollt. Er ist aus Cincinnati gwesen, dort ist er glandet, wie er dreißig Jahre vorher eingwandert war.

G'heißen hat er Karl Morawetz, ein Wiener. Seine Eltern haben noch aus Böhmen gstammt. Als lediger Handelsgehilfe hat er angfangen g'habt, zuerst einen eigenen Kaufladen aufgmacht, dann eine Weinstube mit Billard und Salonmusik. So hat er sich Stück für Stück weiter vergrößert, bis er aufgstiegen ist zum Großhändler und Landagenten. Der Kerl hat net weniger wie alles betrieben und beherrscht. Egal, was man gebraucht hat, und was ihm Profit versprochen hat, das hat er beschafft und geliefert. Eine glückliche Hand und einen guten Riecher hat er g'habt, und so verdient man sich eben eine goldne Nase und silberne Löffel. Mit diesem gwieften Händler hab ich mich viel unterhalten, er ist öfters über Nacht auf der Farm geblieben, hat mich mitgenommen zu anderen Farmern und mir von seinen Geschäftsdingen erzählt. Er hat mich nach den Vorzügen bestimmter Pferde gfragt, dem Schätzgewicht von Rindern und Schweinen, dem Ertrag des Bodens, dem Nutzen bestimmter Viehrassen, dem Blickwinkel und Bedarf der Farmer und Landleut. Gsprochen hat er mit so einem gedehnten Auf und Ab, so einem Singsang. Und einen Humor hat er gehabt! Erzählt wenn er hat, hat er immer gern so kleine Spöttereien mit hineingewürzt. Wenn ich die Augen jetzt zumach, dann hör ich seinen Tonfall heut noch im Ohr.«

Michael Wegmann imitierte die österreichische Klangfärbung und Ausdrucksweise des Händlers: »Ach ihr Deutschen seid mir doch die liebsten – nach den Rindviechern natürlich, weil die eß ich am allerliebsten! Ihr arbeitet euch den Buckel krumm und gebt euch mit allem zufrieden. Das nenn ich ein Glück im Leben! Na bravo! Aber ihr hängt an eurer Heimat und eurer Stube. Für die Gemütlichkeit, wie ihr sie mögt, haben die Amerikaner ja gar keinen Sinn. Die haben überhaupt keine Ruh, die leben und treiben alles sprunghaft, schnell und flüchtig. Die ganze Zeit rennen sie in die Kirche, aber wenn sie dich reinlegen und ausnehmen können, dann ist's vorbei mit ihrer Christlichkeit. Die sind wie die Ochsen: Die glauben nur, was sie sehen und begreifen.«

Katharina mußte lächeln über den ungewohnten Tonfall: »Das klingt schön.«

»So hat er immer gredet, der Karl Morawetz. Ein schlauer Kerl. Dem hat keiner was vormachen können. Und eines Tages waren wir so am Plaudern, da sagt er auf einmal mit einem todernsten Gesicht und traurigen Augen: Michel, es wird Krieg geben in Amerika, einen langen, bösen, giftigen Krieg. Die südlichen Staaten werden net mitmachen, wenn die Union die Sklaverei abschaffen will. Und das kommt wie das Amen in der Kirche. Die feinen Herren in ihren Prachtvillen brauchen die Neger auf ihren Plantagen. Die sind gegen eine freie Verfassung, die wollen ihr Adelsregiment aufrecht erhalten. Für die ist das die gottgewollte Ordnung.«

»Im Land der Freiheit gibt's also wirklich Sklaven?«, fragte Katharina.

»Ja, im Süden. Dort haben sie die Neger auspeitschen und aufhängen können, ohne daß sich irgendeiner drum kümmert hat. Die sind verkauft worden wie Viecher, auch Alte und Kinder. Und die feinen Herren sind mit dem reinsten Gewissen der Welt in der Kirche und im Salon rumgsessen.«

»Das ist eine Schand! Eine richtige Blutschuld ist das ja«, empörte sich Katharina.

»Drum hat der Morawetz auch recht behalten. Der hat gsagt: ›Das kann net gut gehn, das verdammte Unrecht, das wird sich furchtbar rächen.‹ Und so war's dann auch. Net lang drauf ist es losgangen mit dem Krieg.«

»Und was hat der Morawetz von dir gwollt?«

»Er hat alles kommen sehn. ›Tausende Soldaten werden durchs Land ziehn‹, hat er gsagt, von einem Schlachtfeld zum nächsten, von einer zerschossenen Stadt zur nächsten. Und was heißt das? Man braucht einen Haufen Zeug zum Essen, Trinken und Versorgen. Man braucht Händler und

Lieferanten. Und dafür hat er mich haben wollen. ›Du bist gewissenhaft und zuverlässig, kennst dich aus mit allem, hast zwei goldene Hände, kannst reden und hast Hirnschmalz.‹ So hat er zu mir gsagt. ›Komm mit nach Cincinnati, du wirst es net bereun, das versprech ich dir. Du kannst dein Glück machen, wenn du's richtig anstellst.‹«

»Na, bei dem hast aber einen schönen Stein im Brett g'habt. Das wirst du dir net zweimal überlegt haben, oder?«, fragte Katharina.

»Nein. Ich hab ja gwußt, auf eine Farm kann ich jederzeit wieder zurück. Und so bin ich dann nach Cincinnati gangen. In die Königin des Westens, wie sie Morawetz immer gnannt hat. Da hat's schnurgerade, saubere Straßen geben, bis zum hellen Horizont, dafür warn andere in gotterbärmlich schlechtem Zustand, mit Löchern, Schlamm und Dreck. Prächtige Bürgerhäuser hat man gsehn, große Fabriken aus Ziegelsteinen, mächtige Handelshäuser und Verkaufsgschäfte, viel Granit und Marmor. Große Schiffswerften und Gießerein waren dort, Sägewerke mit Stahlsägen und Holzlagern, Fleischhändler, Gerbereien. Überall Reklamefahnen und Plakatwände, Trubel und Spektakel.«

»Bist du dir da net verlassen und verlorn vorkommen?«

»Nein, die halbe Stadt hat ja aus deutschen Vierteln und Gemeinden bestanden. Dort hat man alles kriegen können, was man als Deutscher kennt und mag: Sauerbraten und Klöße, Bratwürste mit Kraut, Schnitzel und Strudel. Auch deutsche Zeitungen, Brot und Wurstwaren, Tabakspfeifen und Taschenmesser, Sensen, Sicheln, Hauen und Schuhsohlen. In Cincinnati haben die Deutschen Schnitzeljagden veranstaltet, ein Baumstammfest, ein Pfefferkuchenfest. Viele warn in der Turnerschaft und in der Liedertafel, im Zither-Club oder im Krankenverein. Alles war wie daheim. Ich hab dort ein Gesangsfest mit deutschen Liedern erlebt, da waren die Amerikaner und Englischen so ergriffen, daß sie sich in ihre

Taschentücher schnäuzen haben müssen vor lauter Rührung und Tränenseligkeit.

Reibereien hat's aber auch geben mit denen. Im *Volksblatt* war mal eine Anzeige von einer deutschen Brauerei, die hat echtes deutsches Lagerbier angepriesen und hat vor dem schlechten amerikanischen Plembel gwarnt. In denen ihr Bier hast du alles mögliche reinpanschen können: Kräuter, Körner, Wurzeln, Früchte, Gewürze, ja sogar Roßkastanien, Süßkartoffeln oder Mais. Einmal hat ein Deutscher in einem Bierlokal über diesen Mischmasch gschimpft, da ist er von einem Amerikaner zusammengeschossen worden. Den Täter haben die Gschwornen dann freigsprochen. Weil er in einem Moment nationaler Aufwallung und rauschhafter Umnachtung gehandelt hätt, hat's geheißen.«

»So geht's dort zu in dem Land?«

»Naja, in Cincinnati war halt das Bier was ganz Bsonders. Gut drei Dutzend Brauereien hat's dort geben, für zweihunderttausend Menschen. Die Brauer waren hoch angesehne Bürger. Die einfachen Leut haben ihre Ersparnisse lieber zu ihnen gebracht, als daß sie ihr Geld den Banken anvertraut haben.«

»Aber wo viel Bier getrunken wird, ist bestimmt auch allerhand geboten.«

Wegmann erzählte Katharina von den zahllosen Bierstuben und Wirtshäusern in der Stadt, den Schnapsschänken und Branntweinkneipen, Tingeltangelbuden und Vergnügungslokalen, den Spelunken mit Preisboxern, Messerwerfern und Kartenlegern. Den Spielhöllen, wo man pokerte und würfelte, wettete und hurte. Musikkaschemmen mit Tanzkapellen und frechen Liedern. Ein ewiger Jahrmarkt herrschte dort, aus allen möglichen Häusern blinkte und winkte es. In schäbigen Holzbaracken dazwischen verkaufte man gebratene Fleischbatzen, die so groß wie Gesangbücher und Bibeln waren.

»Amerikaner sind ja kapitale Fleischesser«, meinte Wegmann. »Es ist dort nix Bsonders, daß man dreimal am Tag Schinken und Braten ißt. Vom Fleisch fällt man dort net so leicht, solang man's bezahlen kann. Ich bin dort in Lokalen gwesen, wo sie Hirsch- und Bärenfleisch verkauft haben, Präriehühner und wilde Truthennen, Eichhörnchen und Beuteltiere, Enten und Schnepfen, und als bsondere Delikatesse Bärenrippen mit wildem Honig und Büffelmark mit Maisbrot.«

»Allmächt, hast du des alles gegessen?«

»Probiert hab ich des alles, und gschmeckt hat mir das meiste, Alligator und Haifisch zum Beispiel, sehr zartes, mageres Fleisch.«

»Also des könnt ich net essen, da wird's mir vom Zuhören schon ganz blümerant.«

»Weißt, in einem andern Land ist man selber auch ein andrer Mensch. Vor allem, wenn du als Einschichtiger unterwegs bist und in einer fremden Sprache. Da traut man sich Sachen, an die man vorher net im Traum denkt hat.«

»Was hast denn bei dem Morawetz dann gmacht in Cincinnati?«

»Er hat mir gsagt, ich soll in sein Wiener Kaffeehaus gehn und mich dort bei Rosina Beerenthaler melden, der Geschäftsführerin. Also bin ich hinmarschiert vom Dampfschiff aus und bin dann vor einem stattlichen, mehrstöckigen Backsteinhaus gstanden mit der Aufschrift: *Hotel Kaffeehaus Wien*. Von außen hat's einen guten, gepflegten Eindruck gmacht. Ich bin reingangen und hab einen hellen, einladenden Gastraum vorgfunden. Parkettboden, Säulen und Bögen, gesellige Stimmung mit zwei Dutzend Besuchern, alle mit Kaffeetassen oder Weingläsern auf dem Tisch. Eine dunkle Holzvertäfelung ist halbhoch an den Wänden entlanggelaufen. Von der Decke sind Kronleuchter und Blumenampeln runterg'hangen. In einer Ecke ist ein Fortepiano gstanden. Hinter dem Mahagoni-Tresen hat man große goldgerahmte Wandspiegel gsehn, und neben dem Zigarrenschrank war eine Frau, so an die vierzig, adrette Erscheinung in einem schönen, kornblumenblauen Baumwollkleid, dezent gmustert, hochgschlossen ohne Kragen. Das bräunliche Haar in der Mitte gescheitelt, über den Ohren in leichte Locken glegt und g'halten von einer verzierten Haube.«

»Na, die hast du dir ja wirklich äußerst genau angsehn, mein lieber Mann!«

»Sie war auch die Herrin des Hauses, das hat man sofort gmerkt. Ihre Augen haben aufmerksam die Kellner verfolgt und den Tresen und die Gerätschaften überwacht. Mit ihre Händ hat sie gwunken und kurze Hinweise gegeben, daß alles spurt und schnurrt. Mit den Angestellten hat sie deutsch gredet, in so einem gemütvollen österreichischen Tonfall. Ihre Anweisungen haben deswegen immer freundlich und geradezu liebenswürdig klungen, sogar wenn sie spöttisch warn. Eine Zeitlang hab ich dem Betrieb zugsehen und mich dann an sie gewandt. Kaum hab ich ihr meinen Namen gsagt, hat sie schon Bescheid gwußt, denn Morawetz hat ihr viel von mir erzählt g'habt. Sie hat mehr über mich gwußt, als mir lieb war.«

Katharina zog eine Augenbraue hoch und wollte nachfragen, aber Wegmann fuhr fort mit seiner Beschreibung dieser außergewöhnlichen Frau. Sie stammte aus Niederösterreich, aus einer bescheidenen Handwerkerfamilie. Nach Wien war sie als Angestellte in einem Geschäftshaushalt gekommen, traf einen Kaufmannsgesellen, verlobte sich mit ihm und beschloß, daß eine gemeinsame Auswanderung nur zu Freiheit und Wohlstand führen kann. In New York jedoch wurde er plötzlich schwer krank und starb. Durch ihn kam sie mit Karl Morawetz in Kontakt. Der machte ihr Mut, erkannte ihre Stärken und hielt bald große Stücke auf sie. Er führte sie ein ins Geschäftsleben, unterwies sie in Buchführung und Rechnungswesen, um schließlich das Kaffeehaus ihrer Leitung zu übergeben. Er sollte es zu keiner Stunde jemals bereuen oder bedauern. Rosina achtete auf Höflichkeit und Reinlichkeit, auf Blumen und geschmackvolles Dekor, auf gute Getränke und Speisen, auf ein ansprechendes Angebot an Zeitungen und Vergnügungen, auf Ordnung und Manieren, beim Personal genauso wie bei den Gästen. So verhalf sie dem Haus zu einem glänzenden Ruf und Geschäftsgang. Es wurde der Mittelpunkt eines regen gesellschaftlichen Lebens.

»Da ist ein Hammerklavier drin gstanden, für Musik und Gsang. Das war der Renner bei die Stammgäst und die Neugierigen in der Stadt.«

»Dann hast du's ja goldrichtig troffen g'habt zum Reinschmecken und Ausprobiern.«

»Ja, obwohl Cincinnati eine Bierstadt ist. Aber die Rosina hat alle überzeugt mit ihrem Kaffee, Tee und Kakao. Aber auch mit Limonaden und Säften, Likör und Wein. Alle möglichen Sorten hab ich dort erst kennenglernt: Rheinwein, Riesling, Veltliner, Burgunder, Trollinger, Traminer, Malbeck, Malvasier, Muskateller, Merlot, und wie sie alle heißen. Diesen Aufstieg von der Schusterstochter aus Österreich zur gstandenen Gschäftsfrau in Amerika muß ihr erst mal jemand nachmachen. Das heißt schon was. Dafür muß man couragiert und schlau sein, umsichtig und diszipliniert, resolut und beliebt. Und vor allen Dingen fleißig und tüchtig – und das war sie.«

»Da werd ich ja ganz eifersüchtig, wenn du so von ihr schwärmst und erzählst.«

»Das brauchst du net, Katharina. Sie war mehr als zehn Jahre älter als ich und ein ganz andres Kaliber von Person. Mir hat's bloß gfallen, daß sie so völlig anders war als die Amerikanerinnen um sie herum. Die sind nämlich meistens ein bequemes Volk, die wollen sich net mühn und plagen, alles soll immer kommod sein und ganz fix gehn. Sie wollen sich rausputzen wie die Püppchen mit Hut und weißen Schuhn. Ein Leben führen, das nix als helle Sonntage hat. Die Arbeit sollen gefälligst die andern machen, dafür werden sie schließlich auch bezahlt. Die Frauen dort haben nix weiter zu tun als Essen zu kochen, den Haushalt zu besorgen und Reinlichkeit zu halten. Die arbeiten net auf den Feldern oder Weiden, auch net im Stall und in der Scheune. Die laufen net gern selber, überallhin wird gritten und mit der Kutsche gfahrn. Also richten sie ihr ganzes Augenmerk auf Kleidung und Kopfputz, auf die Kirche und die Kinder. Das Ende vom Lied ist, daß eine Ehescheidung genauso leicht zu bewerkstelligen ist wie eine Heirat. Wenn das Leben anfängt, langweilig und lästig zu werden, laufen sie gleich wieder ausnander. Da war die Rosina Beerenthaler eine ganz andere Kategorie.«

»War die mit diesem Morawetz zusammen, also verheiratet?«

»Das hab ich lange Zeit stillschweigend angenommen. Ob überhaupt, seit wann und wie lang Morawetz und Rosina ein Paar gwesen sind, ist für mich aber bis zum Schluß ein Rätsel geblieben. Am End hat sich rausgestellt, daß sie gar net mitnander verheiratet waren. Der Morawetz hat einen Sohn g'habt aus einer früheren Ehe mit einer Frau, die schon gstorben war, so wie Rosinas Verlobter. Das war der Leo, Leopold hat er g'heißen. Der ist immer mal wieder im Kaffeehaus auftaucht. Ein schlaksiger, hübscher junger Mann. Der hat sich für Politik begeistert und bei einer deutschen Zeitung gearbeitet. Mit der Rosina hat er sich gut verstanden. Die hat ihn wie einen eigenen Sohn behandelt, hat ihn verwöhnt und ermahnt. Morawetz hat sich net oft blicken lassen, die meiste Zeit war er unterwegs auf seine Gschäftsreisen und Kauftouren, hat Farmer und Fabrikanten getroffen, Politiker, Advokaten und Bankleute. Mir hat er seine Aufträg' gegeben, und ich hab's erledigt, als seine rechte Hand sozusagen.«

»Was für Aufträg' denn?«

»Lieferungen überwachen hauptsächlich. Der hat ja mit allem gehandelt, was du dir denken kannst. Mit Viecher und Fleisch, mit Getreide, Mehl und Saatgut. Aber auch mit Gmüs,

Kürbiss' und Wassermelonen, Kraut und Rüben, Tabak, was du dir nur denken kannst. Einen Haufen Sachen hab ich selber noch gar net gekannt. Ananas zum Beispiel, Kokosnüss', Orangen, Bananen, Pfirsich, Aprikosen, Feigen, Zitronen. Mir hat man ja erst zeigen müssen, wie man das alles schält und ißt. Was schmackhaft ist, und was net zu genießen.«

»Da würd ich das Beste fortschmeißen und in den Abfall tät ich reinbeißen«, meinte Katharina amüsiert.

»So ist es mir schon auch gegangen. Ich hab in die Banane reingebissen wie in einen Apfel und hab mich gwundert, daß die so scheußlich schmeckt!«

Wegmann amüsierte sich im Rückblick über seine Einfalt und Unbedarftheit. Seine Hauptaufgabe war es gewesen, mit Fuhrleuten und Schiffskapitänen zu verhandeln, damit die Transporte pünktlich und einwandfrei ankamen. Den Ohio hinauf und hinunter, bis zum Mississippi, hinauf zu den Seen nach Detroit, Buffalo, Chicago, Milwaukee. Lange Reisen über viele Wochen. Karl Morawetz hatte ein tragfähiges Netz von Geschäftsverbindungen aufgebaut, war Teilhaber an einer Mühle und einer Fleischfabrik. Ihm gehörte ein Kaufladen, ein Getreidelager und ein Tabakgroßhandel. Außerdem betätigte er sich als Landverkäufer, weshalb er Wegmann auch nach Ohio, Indiana und Illinois schickte, um dort Grund und Boden zu inspizieren. Bei den vielen deutschen Einwanderern hatte Morawetz einen erstklassigen Ruf, da auf sein Wort Verlaß war, er stets reelle Preise bot und beim Abschluß bar auf die Hand zahlte.

»Die deutschen Farmer haben ihn wirklich gschätzt, den Wetzer, wie sie ihn gnannt haben. Das ist ihm und mir gut bekommen. Die Umsätze sind gstiegen, meine Kommissionsgewinne dazu. Bei einigen Unternehmungen hat mich der Morawetz sogar zum Teilhaber gmacht. Ich hab bei ihm in einem Monat wirklich so viel verdient wie als Arbeiter auf einer Farm in einem ganzen Jahr. Wie er mir das vorhergsagt g'habt hat. Aber dann ist der mörderische Krieg losgangen.«

»Hast du da mitkämpfen müssen?«

»Nein, Gott bewahre. Zu den Soldaten hab ich nie gwollt, hier schon net und dort genauso wenig. Verflixte Feldwebel und holzköpfige Hauptmänner, die dir auf Schritt und Tritt nur deinen Willen brechen und dir mit ihren Befehlen dein Leben versauern wollen, das war mir von Grund auf zuwider. Zucht ist recht und billig, aber kein Kadavergehorsam, keine Schikanen und Quälereien. So einen Irrsinn hab ich nie mitmachen wollen. In Cincinnati sind dann Soldaten ausg'hoben und einzogen worden, für drei Jahr auf die Fahne eingschworen. Da hat sich dann auch der Leo, der Sohn vom Morawetz, freiwillig gmeldet zum neunten Regiment. Mit Begeisterung sind die in das Camp Dennison eingezogen. Die Neuner, das warn nur deutschstämmige Freiwillige. Die Deutschen haben sofort zu den größten Verteidigern der Verfassung g'hört, und die sind auch die tüchtigsten Soldaten und Offiziere gwesen in dem Krieg. Da haben die Amerikaner dann nimmer über die Deutschen gspottet und gschimpft. Auf einmal haben sie einen Heidenrespekt vor ihnen g'habt, so als Hauptstütze der Freiheit.«

»Was ist denn aus dem Leo gworden?«

»Einmal hab ich ihn noch troffen im Kaffeehaus. Da hat er mir vorgschwärmt vom Kampf für die Union und die Demokratie. Wie herrlich die Kameradschaft und die Gleichheit unter den Rängen ist. Während der Dienstzeit herrschen Strenge und Disziplin, aber danach ist der General net mehr als der einfachste Soldat. Er ißt mit ihm, trinkt mit ihm, er raucht und schnupft mit ihm denselben Tabak aus derselben Dose. Wenn man einen Offizier sprechen will, dann unterhält man sich mit ihm wie mit einem Kameraden, aufrichtig und vertraut. Ein einfacher Soldat wie der Leo nimmt den Offizier beim Arm, dreht ihn zu sich herum, legt ihm die Hand auf die Schulter, steckt sich dabei seine Pfeife an der Zigarre des Vorgesetzten an, ohne lang um Erlaubnis zu fragen. In Deutschland wär so etwas völlig undenkbar, hat der Leo gmeint. Aber in Amerika, da kannst du den Pastor, den Bischof und Präsidenten mit du anreden, da brauchst du vor keinem die Mütze ziehn und einen Diener machen.«

»Der war aber begeistert vom Krieg.«

»Ach, der Leo war so ein gutmütiger Weltverbesserer. Im Winter 1863 ist er gstorben. Haufenweise sind die jungen Kerle in den Schlachten totgschossen worden. Scharenweise an der Kälte und an Krankheiten krepiert. Als der Morawetz die Todesmeldung kriegt hat, ist er sprachlos gwesen, ganz erstarrt. Er war net erfreut gwesen drüber, daß sich der Leo freiwillig zu den Waffen gmeldet hat, aber dagegen hat er auch nix gsagt. Im Grund hat er wohl net damit grechnet, daß es tatsächlich so weit kommen könnt. Der Morawetz hat ganz gute Kontakte zu einigen Generälen der Nordstaaten-Armee g'habt, zum Weitzel, Kautz, Blenker und Sigel. Deswegen war er wohl ziemlich beruhigt und zuversichtlich. Aber der Krieg hat den Morawetz auch verändert, der war nimmer der alte. Wie die Teuerung immer ärger gworden ist, hat's überall Mangelwirtschaft und Schiebereien gegeben. Da hat der Morawetz dann auch den amerikanischen Geierblick kriegt.«

»Was ist denn das?«

»So wie man in Deutschland parieren muß und den kreuzkrummen Untertanenbuckel kriegt, so muß man dort drüben ständig auf der Hut sein und schaun, daß man den andern was andrehn oder abluchsen kann. Da kriegt man dann den dollarhungrigen amerikanischen Geierblick.«

»Ich denk, die rennen dort dauernd in die Kirch und haben's so arg mit dem Herrgott?«

»Viele Amerikaner laufen dreimal in der Woche in die Kirch. Aber genau so viele gibt's, die gehn nie in einen Gottesdienst, die halten von einem schönen Pferd oder einer guten Flinte mehr als von der besten Kirch.«

»Was hat der Morawetz dann gmacht mit seinem Geierblick?«

»Famose Gschäfte und kolossale Gwinne. In der teuren Zeit haben Lebensmittel, Kleider und Alltagswaren oft das Fünffache bis Zehnfache gekostet wie vor dem Krieg. Der Morawetz hat tüchtig verdient am Nachschub und an der Versorgung. Er hat Holz, Pferde, Heu und Hafer aus Ohio, aus Illinois und Indiana g'holt. Die Lieferungen mit Lebensmitteln, Mehl und Fleisch haben guten Gewinn abgworfen. Die Armee hat Waffen, Kanonen, Munition, Decken, Planen, Kleidung und Arznei gebraucht – und der Morawetz hat das alles herangschafft. Baumwolle, Tabak und Zuckerrohr hat er sogar aus dem Süden g'holt, aus dem Feindesland! So was hat nur der Wetzer fertig bracht. Wenn das mit seinem Sohn net passiert wär, hätt er vielleicht noch eine große Laufbahn vor sich g'habt. So wie der Ulysses Grant. Der war ein gwöhnlicher Lederhändler, ein elender Qualmer und Trinker. Dann ist der Bürgerkrieg kommen. Da ist er zum General aufgstiegen und zuletzt zum Oberbefehlshaber der ganzen Armee. Danach haben sie ihn zum Präsidenten gwählt. So einen Aufschwung nimmt bei uns kein normaler Bürger.«

»Was ist dann mit dem Morawetz passiert?«

»Nach dem Tod vom Leo hat er sich verändert g'habt. Er hat nimmer so viel gredet, nur noch das Nötigste. Es war, wie wenn ein Licht in ihm ausglöscht worden wär. Im Kaffeehaus war er immer seltener zu sehn, die Rosina hat sich große Sorgen um ihn gmacht. Wenn er da war, hat er bedrückt und abwesend gwirkt. Manche in der Stadt haben auch net gut über ihn gredet, vor allem die Englischen net, die haben ihm vorgworfen, daß er mit dem Warenmangel und dem Kriegsgeschäft dreckige Profite gmacht hat: More, more, Morawetz! So haben die gsagt. Das heißt: Mehr und mehr Geld verdienen, alles andre ist egal. Andere haben gmeint, daß er mit dem Tod von seinem Leo einen blutigen Preis dafür gezahlt hat. Manchmal hat er den Bogen halt überspannt und immer riskantere Geschäfte anzettelt. Sein Gewinn ist gstiegen, aber im Grund hat er verlorn. Ich glaub, das hat er gspürt, vielleicht sogar gsucht. Auf jeden Fall in Kauf gnommen. Auf einer seiner Reisen hat er sich den Lungentod g'holt und ist sang- und klanglos in einem Provinzkaff im südlichen Indiana begraben worden. Sein ganzer Reichtum hat dem Karl Morawetz am Ende nix mehr helfen können. Am gleichen Tag haben sie ganz woanders das Ende vom Krieg beschlossen.«

»Und die Rosina? Was ist mit der gschehn?«

»Die war ganz konfus und hilflos. Wie hat's denn weitergehn sollen mit dem Kaffeehaus, mit ihrem Leben? Schon als der Leo umkommen ist, war es net leicht für sie. Sogar die Rosina ist immer schwerer an Morawetz rankommen. Sie hat gspürt, daß er sich von allem entfernt, an dem mal sein Herz g'hangen hat. Auch von ihr. Sie hat auch Angst g'habt, daß das ganze Gschäft den Bach runtergeht, sein ganzes Lebenswerk, alles, und damit auch ihr einträgliches Leben in Cincinnati. Ich hab zu ihr gsagt, daß der Karl bestimmt Vorkehrungen troffen hat bei der Bank, beim Notar oder beim Gericht. Die Rosina ist dann tatsächlich zum Advokaten vom Morawetz hingangen. Dort hat man ihr gsagt, daß es ein Testament gibt und daß er sie darin auch bedacht hat. Ein paar Wochen später hat sie dann die volle Wahrheit erfahrn: Der Morawetz hat nach dem Tod vom Leo die Rosina als Erbin eingsetzt g'habt. Damit haben ihr von einem Tag auf den andern die Gebäude und das Geschäft in Cincinnati g'hört.«

»Und? Hat sie sich gfreut drüber?«

»Das hat ihr erst mal vollkommen die Sprache verschlagen. Die war dermaßen verwirrt, daß sie ernsthaft mit dem Gedanken gspielt hat, das Erbe abzulehnen. Sie hat sich überfordert gfühlt, ausgliefert, in die Enge getrieben. Einmal hat sie zu mir gsagt: Am liebsten würd ich alles verkaufen und ganz woanders von Neuem anfangen, weit weg von der Vergangenheit mit dem Karli.«

»Warum hat ihr denn die gute Nachricht so zugsetzt?«

»Die Rosina hat sich schuldig gfühlt, weil ihr sein ganzes Lebenswerk scheinbar so unverdient in den Schoß gfallen ist. Für manche von seinen Gschäften hat sie sich sogar gschämt, das weiß ich.«

»Hat sie das Erbe also ausgschlagen?«

»Davon war dann auf einmal keine Red mehr. Dann hat sie gsagt: Wir zwei müssen dem Karl sein Vermächtnis in seinem Geist weiterführen. Sie hat mich inständig gebeten, ihr unbedingt als ihr Kompagnon zur Seite zu stehn. ›Wir müssen zusammenhalten, dem Karli sein Lebenswerk darf net untergehn!‹ So hat sie immer wieder gepredigt. Bis heut weiß ich net genau, in was für einem Verhältnis sie zum Morawetz gstanden ist. Am End hat sie seinen Besitz übernommen, ein goldgerahmtes Porträt von ihm ins Kaffeehaus g'hängt und jeden Tag, wenn sie früh reinkommen ist, hat sie den lieben Karli mit einem wehmütigen Lächeln gegrüßt, mit einem Kopfnicken und einem Kräuterlikör.«

»Bist du dann als Kompagnon bei ihr blieben?«

»Sie hat ja jemanden gebraucht, der die verschiedenen Gschäftssträng kennt und der's ehrlich mit ihr meint. Die Lieferanten, Händler und Bankleute hätten sie sonst bloß über's Ohr g'haut. Es hat ja keine Aufzeichnungen und Preislisten gegeben, nix. Der Morawetz hat alles im Kopf g'habt und im Alleingang gmacht. Worauf hätt sich die Rosina denn verlassen und berufen sollen? Ich hab die meisten der Vereinbarungen und Gepflogenheiten gekannt. ›Du bist dem Karli seine rechte Hand gwesen, jetzt bist du mein rechter Arm‹, hat die Rosina mit einem Lächeln gsagt. Und ich bin bei ihr geblieben bis zum letzten Tag, bis zum Unglück.«

»Was ist denn passiert?«

Wegmann machte eine Pause und sah zu Boden. Dann schnaufte er tief ein und blickte an Katharinas großen Augen vorbei in eine Ferne, die nur er erkennen konnte.

»Was genau damals gschehn ist, hat mir noch keiner richtig erklären können. Es ist ausgrechnet in einer Woche passiert, in der ich unterwegs gwesen bin. Ich hab Händler und Farmer in der Gegend von Columbus und Dayton bsucht. Am Samstag bin ich zurückkommen in die Stadt. Schon von weitem hat's so brenzlig grochen, nach Rauch. Wie ich mit der Kutsche um die Ecke gebogen bin, hab ich denkt, mich trifft der Schlag. Das ganze Gebäude mit dem Kaffeehaus war praktisch zerstört! Das Dach eingstürzt, die Balken verkohlt! Verrußte Mauern hab ich gsehn, schwarze Fensterlöcher, Schutt und Asche im Innern, ein grauenhafter Anblick. Ich war wie vom Blitz getroffen. Die ganze Zeit hab ich bloß auf die Trümmer gstarrt, wie ein Ölgötz. Ich hab's net begreifen können. Was zum Teufel ist passiert? Hat es Verletzte gegeben? Wo um Himmels willen ist Rosina?«

»Was ist denn da gschehn?«

»Ein Feuer! Ein Brand in der Nacht. Ich hab sofort nach den Angestellten und Dienstboten gsucht, hab auch ein paar gfunden, aber jeder hat mir was andres erzählt über den Hergang, die Ursache. Das Feuer ist nachts ausbrochen, als alles dunkel und verschlossen gwesen ist. Wo und wie es ausglöst worden ist, hat mir keiner mit Sicherheit sagen können. Die Polizisten haben von einem Unglück gsprochen, vielleicht durch eine Zigarre oder Laterne. Die Feuerwehrleute haben von Sabotage oder Brandstiftung gredet. Aber wer hätt denn so was tun können? Und warum? Und was ist mit der Rosina? Wo ist sie? Ist ihr was gschehn? So viel Fragen hab ich g'habt, und keiner hat mir was Genaues sagen können.«

»Ja wo war denn die Rosina?«

»Im Hospital ist sie glegen. Verletzt, aber am Leben. Wie ich das auf der Polizei erfahren hab, bin ich auf der Stelle hin zu ihr. Cincinnati ist eine fortschrittliche Stadt, weißt du. Die Feuerwehr hat einen Löschwagen mit Dampfmotor, das Hospital ist ganz neu gebaut und gut eingrichtet gwesen. Ich hab mich durchgfragt, die Schwestern haben mich aber net zu ihr glassen. Ihr Zustand ist net stabil, haben sie gsagt, man kann sowieso noch net mit ihr reden. Ja, was soll ich denn tun? Wie kann ich ihr denn helfen? So hab ich gfragt. Aber sie haben mich fortgschickt und auf den nächsten Tag vertröstet.

Erst zwei Tag später hab ich zu ihr reingehn dürfen. Sie war sogar ansprechbar, aber sehr schwach. Ihr Gsicht und ihre Händ haben mitgnommen und verletzt ausgschaut, mit Brandflecken und Schürfwunden. Verbrennungen hat sie davongetragen g'habt, mit Bandagen und Umschlägen hat man versucht, ihr Linderung zu verschaffen. Der Rauch hat ihre Lunge verätzt g'habt, drum hat sie so schwer geschnauft, ganz flach und kurz, wie ein verunglückter kleiner Vogel.

Ich hab ganz vorsichtig mit ihr gredet, sie beruhigt, ihr Trost und Zuversicht zugsprochen. So gut ich es eben gekonnt hab, ohne daß es mir selber die Kehle zugschnürt hat. Anfassen hat man sie net dürfen, bei jeder Berührung hat sie vor Schmerzen gwimmert. Wie hat sie bloß die ganze Zeit so ruhig liegen können? Und wie essen, trinken, sich entleern? Ich hab sie net belasten wollen mit meinen Fragen, hab ihr gsagt, sie soll sich ausruhn und schonen, nur leise ja und nein antworten. Zum Brand selber hat sie mir auch nix Genaues sagen können.

So ist eine Woche vergangen, dann noch eine Woche. Als ich dann wieder zu ihr kommen bin, ist sie kräftiger und aufgweckter gwesen, sie hat auch schon wieder besser schnaufen und länger reden können. Ihre Worte hör ich heut noch in meinem Ohr: ›Paß mir gut auf unser Kaffeehaus auf, Michel, du mußt es wieder aufbaun und zum Blühen bringen. Ohne dich geht das net, aber du hast ja mich.‹ Da hat sie glächelt und die Augen zugmacht vor Erschöpfung. Dann ist eine Blutvergiftung dazukommen. Zwei Tag später war sie tot.«

Wegmann hielt inne und schwieg. Katharina spürte, wie ihn Trauer und Schmerz ergriffen. Dann räusperte er sich und redete langsam weiter. Tränen standen in seinen Augen, als stille Rinnsale liefen sie an seinen Wangen hinunter zu den Lippen.

»Ohne die Rosina wär ich heut net da, wo ich bin. Sie hat mir alles vermacht, was ihr g'hört hat. Ohne daß ich es mitkriegt hab, hat sie den Advokaten kommen lassen. Im Beisein von dem Arzt hat sie ihm ihren letzten Willen aufschreiben lassen. Von ihr stammt der größte Teil von dem, was mir heut g'hört. Ihr hab ich alles zu verdanken.«

»Auch das Gold, von dem die Leut immer reden?«

»Das war ein Goldklumpen vom Morawetz. Der war bei einem Bankhaus deponiert. Keiner hat mir sagen können, woher er ihn g'habt hat, der Advokat net und der Bankleiter auch net.«

»Hast du dann das Kaffeehaus dort wieder aufbaut?«

»Nein, das war für mich ein für alle Mal gestorben. Ich bin hin zur Ruine und hab den Brand und die Asche grochen, da war mir klar, daß alles vorbei war. Die zwei Menschen, denen es g'hört hat, waren tot. Was hätt ich dort noch damit machen solln? Das war jetzt ein Ort des Unglücks. Auf Schritt und Tritt hat mich die Vergangenheit angafft wie ein Gspenst. Mir ist schlagartig bewußt gwesen: Ich will ein eignes Haus aufbaun und für die Menschen auch so was Schönes schaffen, bloß eben dort, wo ich selber hingehör und wo so etwas noch fehlt, nämlich im Aischgrund. Das ist mein Traum gwesen, und daran glaub ich bis heut. Deswegen hab ich alles drüben verkauft und geregelt, daß ich hier einen guten Anfang machen kann und eine sichere Grundlag hab für alles, was auf mich zukommt. Und so ist dann ja auch alles kommen.«

»Ach, Michel, das hast du wirklich goldrichtig gmacht.«

Katharina zog ihn fest zu sich heran, legte beide Hände um seine Wangen und gab ihm einen Kuß.

»Siehst, jetzt war ich auch mit dir drüben in dem Amerika.«

Sie wollte ihn noch fragen, ob ihre Hochzeitskette mit der genauen Zeichnung auch von dieser Rosina herstammt, aber das erschien ihr mit einem Mal sonnenklar. Jetzt wollte sie ihren Michael ganz fest halten und nie mehr loslassen und verlieren. Er war schon ein Goldschatz für ihr Leben.

Als er versuchte, sich aus ihrer Umarmung zu lösen, faßte sie nur umso stärker zu und drückte ihn voll Verlangen an sich. Er wollte etwas sagen, aber sie verschloß ihm mit einem Kuß den Mund und flüsterte danach in sein Ohr: »Pscht. Wenn das Herz spricht, dann hat die Welt zu schweigen.«

14

»Bei die Zigeuner kann man sich fei Kinder besorgen, so wie man sie braucht und mag! Die haben so viel, daß sie's sogar verkaufen!«

Als Michael und Katharina Wegmann mehr als vier Jahre verheiratet waren, ohne daß ihnen ein Kind geboren worden war, zerrissen sich so manche Lästergoschen gern einmal ihr Maul darüber. Der Spott ist immer noch der beste Freund des Neides.

»Die liegen halt bloß im Bett zum Wärmflaschenhalten.«

»Bestimmt ist er beißert wie so eine haarige Stange Kren!«

Schallendes Männergelächter brauste auf am Tisch auf der Veranda des Kaffeehauses.

»Naja, net jede Henne gibt eine gute Glucken.«

»A richtige Frau für an gscheiten Hof braucht a Hinterteil wie a Altar, a Brust wie a Orgel, zwei Kiefer wie Sensen und an Buckel wie a Hackstock.«

»Des sagt der Richtige! Du hast ja so an därmigen Stallbesen daheim, mit Schwertgoschen und Hühnerbrust!«

Wieder brachen die Männer in krachendes Lachen aus.

Der Guldens Nickel war gelernter Schreiner und kannte Katharina Wegmann seit Kindertagen. Er hatte früher einmal ein Auge auf sie geworfen, aber sie hatte ihm eine Abfuhr erteilt, »weil sie auf was Besseres aus war«, wie er immer hämisch zum Besten gab. Deshalb konnte er es sich nicht verkneifen, sie scherzhaft anzusticheln und aufzuspießen.

»Wenn er dir fei kein Kind net machen kann«, sagte er grinsend zu ihr, »na kummst halt zu mir, na helf ich dir schon, daß des wos Gscheits werd!«

»Mit dir, da tät schon so ein Holzkopf rauskommen, so ein wurmstichiger!«

Nicht immer schaffte es Katharina, mit einem dermaßen schlagfertigen Kontra aufzuwarten. Auch Wegmann fuchste das einfältige, schadenfrohe Gerede der Leute, auch wenn er es nach außen nicht zeigte und meist heitere Miene zum spöttischen Spiel machte. Manche Anzüglichkeiten stießen ihn sogar ab, obwohl er wußte, woher es kam und wo es hinauswollte. Im Grunde konnte er ja nicht klagen. Im Kaffeehaus ging alles geschäftig seinen Gang, Katharina und er hatten ihre Leute und ihre Arbeiten im Auge und im Griff, sie waren gute, verläßliche Ehegenossen geworden, bei denen der Haussegen behaglich im Gleichgewicht hing.

Mit seiner Katharina hatte Wegmann eine tüchtige Frau, die viel zuwege brachte, das wußte er. Sie verstand es, richtig hinzulangen, und konnte fest anpacken, wenn Not war. Für nichts war sie sich zu schade und scheute keine Arbeit. Es gab keine Lage, in die sie sich nicht zu schicken wußte. Katharina hatte eine gute Hand am Herd und am Hof, sie konnte in der Küche aus wenig im Nu sehr viel machen und mit ein paar Handgriffen und Blumen den gesamten Haushalt liebenswürdig ausschmücken und reizvoll verschönen. Daß sie jetzt als Herrin eines solchen Besitzes nicht auf dem hohen Roß saß und die stolze Dame markierte, das rechneten ihr viele Dorfleute hoch an, weil man sie ja von klein auf gekannt hatte und wußte, aus was für bescheidenen, unvermögenden Verhältnissen sie herstammte.

Wegmann kam das alte Sprichwort in den Sinn: Eine Frau kann mit der Schürze mehr hinaustragen, wie der Mann mit dem Heuwagen heimfahren kann. Mit Katharina hatte er in der Tat großes Glück gehabt. Sie konnte mit der Goldmark wirtschaften und mit dem kleinen Pfennig haushalten. Nur eben das erste Kind ließ auf sich warten, die freudige Botschaft blieb aus. Natürlich wünschte er sich Nachwuchs und eine Familie, das Fortleben des Kaffeehauses lag ihm am Herzen. Das war sein Traum gewesen: etwas aufbauen und weitergeben an die nächste Generation. Aber er vermied es, Katharina gegenüber dies besonders hervorzukehren, da er sie nicht belasten oder betrüben wollte.

Bedeutsame Jahre gingen über das Land hinweg und brachten die Schlacht von Sedan, den deutschen Kaiser und die Gründerjahre des Reiches. Der Preußenkönig Wilhelm und sein Reichskanzler Bismarck, die Hohenzollern und die Wittelsbacher wurden im Kaffeehaus von Peppenhöchstädt in hitzigen Redegefechten von den einen angegriffen und verteidigt, von den anderen schulterzuckend und schicksalsergeben abgetan. »Die großen Herren kommen und gehen – aber sie nehmen einen Haufen kleine Leut dabei mit«, sagte der Schneidermeister Deuerlein. »Wie hat mein altes Herrlein immer gesagt? ›Ob Kaiser, ob König, ob Preuß, ob Bayer, Herrscher bleiben Herrscher, dem Volk kommen sie teier! Bub, vor den hohen Herrn sei auf der Hut – die schreiben ihren Servus mit deinem Blut.‹«

Die Zeitungen berichteten vom Kaufmann Schliemann, der die uralte Königstadt Troja entdeckt und den sagenhaften Schatz des Priamos ausgegraben hatte. Dies befeuerte die Gespräche der Gäste aus Weisendorf und Münchsteinach, aus

Diespeck und Adelsdorf ebenso wie die wunderwichtige Weltausstellung im Wiener Prater. Noch viel heißblütiger jedoch gingen die Meinungen hin und her über das drohende Ende von Taler, Kreuzer und Gulden, die von der gemeindeutschen Mark einfach so mir nichts, dir nichts verdrängt werden sollten. Dies ging vielen über die Hutschnur, für sie war es eine Frage der Ehre, das Althergebrachte zu achten und die Währung der Altvorderen eisern zu verteidigen. Wer diese Auseinandersetzungen im Kaffeehaus miterlebte, mußte meinen, eine historische Schicksalsschlacht stünde bevor.

Das Jahr 1874 hatte dem Winter bereits den Garaus gemacht, Schneeglöckchen und Märzenbecher, Krokus und Schlüsselblumen feierten den Sieg des Frühlings, geschmückt von Palmkätzchen und Osterglocken, als es für alle Augen unübersehbar war, daß Katharina Wegmann ein Bäuchlein bekam und guter Hoffnung war. Lange hatte sie keinem auch nur ein Fitzelchen darüber mitgeteilt, selbst ihrem Mann sagte sie es erst an Weihnachten. Beide behielten es für sich, weil sie sich keine Enttäuschung und kein Unglück einhandeln wollten. Als es nicht mehr zu verheimlichen war, lächelte Katharina verlegen und mit stiller Freude.

Der Bärlauch würzte die Waldluft, bevor er abgelöst wurde vom wohlriechenden Waldmeister. Die Obstbäume blühten, als hätte eine Riesenhand wattige Baumwolle ausgesät. Das glutdunkle Violett des Flieders verströmte seinen betörenden Duft in die Nacht. Die Blüten von Akazien wurden in Teig eingetaucht, in Butterschmalz herausgebacken und zum Kaffee verschlungen, als gelte es, sich damit Gesundheit für alle Lebtage zu erwerben. Der Triumph des Frühlings beschwingte die Menschen und zauberte eine lächelnde Leichtigkeit in die Gemüter. Die Sonne ließ alles aufgehen, leuchten und duften, die Sommerlinden, die Rosen, den Jasmin. Die klatschroten Flammenstreifen des Mohns brannten am Ackerrain und an den Fuhrwegen. Blutdunkle Erdbeeren wurden gerupft und aufgetischt, die ersten Kirschen zeigten einen zartrosa Anstrich, den verheißungsvollen Vorschein von süßroter Reife. Die Pfingstzeit sorgte für eine hautwarme, frohsinnige Stimmung. Alles roch nach dem jungen, vor Wuchs und Kraft strotzenden Sommer. In der Luft lag der zuckerzimtige Geruch von gemähtem Gras und gewendetem Heu. Die Kinder schnitzten Flöten aus Weidenruten, fingen Weißfische und Stecknädelchen in den Bächen oder paddelten im Brühtrog über die Weiher. Ihre Haut, paniert von Schweiß und Staub, wurde gebacken in Sonne, Hitze und Geschrei.

Am Tag vor Johanni erschien der »Orgelgott« im Kaffeehaus, der Leierkastenspieler Gottlieb Ruckdeschel, der immer wieder in Franken herumzog, um seine Lieder herunterzuorgeln und blutige Schauergeschichten zum Besten zu geben. Auch in den Aischgrunddörfern war er ein gern gesehener Gast, der etwas Abwechslung und einen Hauch von bunter, weiter Welt in die verschlafenen Landwinkel brachte. Gewöhnlich wanderte er mit seinem Rucksack hinten drauf und seinem Handwagen im Schlepptau von Dorf zu Dorf, und sobald die Drehorgel ertönte und seine warme, volltönende Baritonstimme zu vernehmen war, strömten aus allen Häusern und Gebäuden die hellhörig gewordenen Bewohner herbei und ließen sich einfangen und ergreifen von seinen Balladen vom Großen Fritz und vom kleinen Napoleon, vom guten Kaiser Barbarossa und vom bösen Herodes, von den Kreuzzugskriegen und Hexenbränden, von Giftmördern und Frauenschändern. Seinen wuchtigen Vortrag untermalte er mit wilden Grimassen und heftigen Gesten, mit Augenrollen und einer dramatisch verstellten Stimme. Der Ballgoor stand versteinert vor ihm, mit großen Augen und offenem Mund. Die Zinken-Betti hing an seinen Lippen, als wär er ein leibhaftiges Orakel. Ob Gemeindediener oder Bürgermeister, Großbauer oder Stallmagd, der Orgelgott zog sie alle in seinen Bann.

Eindringlich und mitreißend muß er gewesen sein, sonst wären am Ende nicht so viele Münzen in seinem Hut gelandet. Selbst geizige und mittellose Zuhörer wollten sich nicht lumpen lassen und steuerten ihre Heller und Kreuzer bei, um diesem Wandersänger sein Auskommen zu verschaffen. Auch im Kaffeehaus erhielt er Jahr für Jahr Kost und Logis, um dort ein paar Tage zu verweilen und die Gäste zu unterhalten und zu belehren. Sein Alter war schwer zu schätzen, mit dem zauseligen Vollbart und in dem etwas abgetragenen dunklen Anzug mit dem speckigen Hut wirkte er angejahrter, als er tatsächlich war. Woher er eigentlich stammte, wußte niemand mit Bestimmtheit zu sagen. Die einen meinten, aus Böhmen oder Schlesien, die anderen, aus dem Siebengebirge oder dem Westerwald. Wenn man ihn danach fragte, meinte er nur: »In einen einzigen Kopf paßt der ganze Himmel hinein! Mein Ort geht auf keine Kuhhaut. Den besitzt kein Herr und findet kein Gendarm.« Auf jeden Fall sprach er »ein Deutsch nach der Schrift, so schwarz auf weiß akkurat wie im Schulbuch«, wie die Leute sagten. Kurios war seine Ausdrucksweise, denn er rollte das R wie ein hohles Faß auf dem Kopfsteinpflaster und dehnte die Laute wie einen zähen Hefeteig. Aber seine Verse und Lieder fanden Anklang und Zuspruch bei den Landleuten, auch wenn so manches darin sich dem Kreis ihres Begreifens entzog.

Laß von Epikur dir sagen:
Sorge, Mensch, für deinen Magen!
Deine Gurgel braucht beim Mahle
Keine hohen Ideale.
Deine Küche und ihr Ruhm
Sei dein Gott und Heiligtum!

So sang er im Kaffeehaus, und den Gästen gefiel seine sinnenfrohe Denkungsart. Die Holunderstauden waren in voller

Blüte. Im Kaffeehaus wurden die Blütendolden im heißen Schmalz herausgebacken und aufgetischt. Es hieß, wer sich dies einverleibe, werde sich ein Jahr lang keine Krankheit zuziehen und keinen Tod holen. Der Orgelgott ließ sich die Hollersträubel weidlich munden und zauberte dazu sein Lied vom Holunder aus dem Hut.

Der Holunder feit und schützt
Gegen Gicht und übeln Spruch.
Daß ein böser Blick nichts nützt
Dafür hilft sein strenger Gruch.

Hut ab drum vor dem Holunder!
Denn wenn der euch mal verdorrt
Brennt das ganze Haus herunter
Oder einer muß draus fort.

Auf Johanni blüht der Holler
Und aus Honig ist der Mund
Liebe treibt es immer toller
Blut, das ist ein wilder Hund!

Am 23. Juni war seit dem frühen Morgen Hochbetrieb im Kaffeehaus, denn bei Katharina Wegmann hatten die Wehen eingesetzt, und die Zeitlers Anna sorgte als Hebamme resolut dafür, daß viele Beine auf Trab gebracht und viele Hände in Betrieb gesetzt wurden. Der aufgeregte Wegmann wurde ohne Umschweife weggeschickt und seinen Gästen anvertraut, die ihn gefälligst abzulenken hatten. Gottheilfroh und erleichtert waren alle im Haus, als am Mittag ein Kinderschrei zu vernehmen war und Katharina Wegmann einem gesunden, kräftigen Jungen das Leben geschenkt hatte, der mit klatschmohnroter, faltiger Haut in den warmen Tüchern ruhte. Fritz sollte er heißen, auf dem Papier Friedrich.

Wegmann selbst hatte sich den Namen Karl gewünscht, aber Katharina hatte sich mit sanftem Nachdruck durchgesetzt, sie dachte an ihren Großvater und ihren im Vorjahr verstorbenen Vater, die beide so geheißen hatten, und sie wollte dieses Band nicht abreißen lassen. Als sich die Nachricht von der glücklichen Niederkunft im Kaffeehaus verbreitete, herrschte Fröhlichkeit in der weiten Runde. Die Gäste schüttelten dem sichtlich gerührten, selig lächelnden Wegmann die Hand und gratulierten ihm mit blumigen Wünschen. Daß der kleine Fritz am Höhepunkt des Himmelslichts zur Welt gekommen war, als die Sonne am kräftigsten und die Tage am längsten waren, wurde allgemein als ein günstiges Vorzeichen gedeutet.

»Ja, die Mittsommernacht füllt die Betten und die Wiegen«, verkündete der Orgelgott, drehte an seinem Kasten und begann sein Licht-der-Welt-Lied.

Unterm Herzen liegt der Himmel
Auf der Welt da herrscht oft Not
Trotzdem wirst du hier geboren
Wie's das Schicksal dir gebot.
Wirst du wachsen, wie du möchtest?
Wirst du glücklich leben hier?
Wieviel Kämpfe wirst du fechten?
Gebe Gott die Gnade dir!
Und den Segen obendrein
Den du brauchst zum Glücklichsein!

Im ganzen Dorf und in den umliegenden Wäldern sammelten die jungen Burschen das Holz für das Sonnwendfeuer in der Johannisnacht. Mit Kienfackeln wurde in der Dämmerung zum Holzstoß marschiert, auf den ein geschmücktes Bänderbäumlein gesetzt wurde, bevor man den Haufen mit drei Kienspänen im Osten anzündete. Die Mädchen trugen einen

Kranz im Haar, der aus neun verschiedenen Pflanzen geflochten war, darunter auf jeden Fall das Johanniskraut, aber auch Beifuß, Klatschmohn und Rittersporn. Als die Nacht hereingebrochen und der Holzstoß schon weit niedergebrannt war, tanzten die jungen Leute singend ums Feuer und sprangen dann paarweise darüber hinweg. Um ihre Verbundenheit und Liebe zum Ausdruck zu bringen, mußten sie Mut und Geschicklichkeit beweisen. Das Feuer sollte sie verschweißen und der Rauch alles Böse vertreiben. Zum Schluß warfen die Mädchen ihre Kränze ins Feuer und riefen: »Es geh hinweg, es werd verbrennt! All mein Unglück von mir gwendt!«

Als es finster war, zündeten die Burschen ein Holzrad an und rollten es mit Holzstecken im Dunkeln durch alle Straßen und Gassen des Dorfes. Dabei durfte es nicht umfallen und auch nicht anstoßen, denn dies hätte ein schlechtes Zeichen bedeutet. Geschick und Ausdauer waren bei der Sache vonnöten. Das flammenhell brennende Rad durch die Schwärze der Johannisnacht rollen zu sehen, war ein fesselnder, gespenstischer Anblick. Das Johlen und Schreien und Laufen der Menschen taten ein Übriges, um diese Nacht unvergeßlich einzubrennen ins Gedächtnis. Am Ende begaben sich viele ins Kaffeehaus, wo noch gegessen und getrunken wurde, Musik gemacht, gesungen und getanzt. Der Orgelgott gab mit seinem Leierkasten den Ton an.

Prall und stämmig sei dein Bäuchlein
Wie ein wohlgefülltes Schläuchlein
Zwischen Brotzeit und dem Nachtmahl
Sollst du schmausen kolossal
Drin im Saal
Vom Lokal
Ganz feudal
Daß die Wang' dir rosig schwillt
Und die Ader mächtig quillt!

In dieser lauen, duftenden Nacht leuchteten die Glühwürmchen oben am Waldrand, und jedes Blatt am Baum drehte sich einmal um. Den Johannisbeeren schoß die erste Reife ins Fleisch, und beim Laubgehölz wuchsen die Johannistriebe aus. Es war der längste Tag des Jahres und er blieb noch sehr lange im Gedächtnis der Leute.

Am folgenden Sonntag war die Kindstaufe in der Dachsbacher Kirche. Als Pate hielt der Maurermeister Fritz Wauberlein den Knaben gleichen Namens über das Taufbecken. Im Kaffeehaus wurden zur Feier des Tages die von ihm spendierten Dotennüssle gratis für alle ausgegeben. Das waren kleine runde, plätzchenartige Backwaren aus Zucker, Butter, Milch, Mehl und Eiern, mit Hirschhornsalz angereichert zum Treiben und Lockern. Sie waren weiß und rosa gefärbt und schmeckten vorzüglich zum Tee und Kaffee. Als ganz besondere Attraktion war für den Nachmittag der Auftritt eines Zauberers auf der Wiese vor dem Kaffeehaus angekündigt, und viele Menschen wollten bei dem Spektakel dabei sein. Gegen halb vier trat ein großer, hagerer, schwarz gewandeter Mann mit einem mächtigen Zylinder auf die Veranda und begann seine Vorstellung.

»Ich bin der Zaubermeister Spontifex Haruspex aus dem Ort Brimborium im schönen Lande Sperenzien. Meine Mutter war die Frau Abrakadabra aus Kandelabra, mein Vater der berühmte Herr Simsalabim aus dem Städtchen Kuddelmuddel-Klimbim. Ich möchte Ihnen nun etwas schier Unglaubliches vorführen. Dafür brauchen wir einen Freiwilligen mit einem schönen Sonntagshut, strohtrocken und glückgut. Vielleicht Sie, mein Herr, mit dem schicken Sommerhut? Vielen Dank. Sehen Sie, werte Herrschaften, hier der Hut, innen hohl wie der Kopf, ich meine für den Kopf natürlich. Und sehen Sie nun hier in meiner Hand eine Handvoll Kaffeebohnen, rund und dunkel wie Hasenkot. Die werfen wir in den Strohhut, daß es klappert rappeldürr. Und jetzt gießen wir Wasser in den

Hut, sehen Sie, keine Angst, werter Herr, dem Hut geschieht nichts Ungutes, ich bin auf der Hut! Lirum larum Löffelstiel, wer jetzt schaut, der sieht sehr viel! Und es wird nun immer bunter, denn sein Mund, der trinkt das Wunder! Wollen Sie mal probieren, was für einen wunderbaren Kaffee Sie aus Ihrem Hut zaubern können, wenn Sie es nur recht verstehen?«

Damit goß er aus dem Hut dampfenden, schwarzen Kaffee in die Tasse des völlig verdutzten Sattlermeisters Bienöder. Auch in andere Tassen ließ er den duftenden Kaffee fließen und die Leute kamen aus dem Staunen gar nicht mehr heraus. Raunend verrenkten sie ihre Köpfe und Hälse, redeten und vermuteten, überprüften den Hut und nippten am Kaffee. Es war einfach nicht zu fassen. Aber es sollte noch viel unglaublicher werden.

Der Zauberer Spontifex setzte einen großen, stolzen Gokkel vor sich auf die Veranda, der dort auch erstaunlich ruhig vor aller Augen stehen blieb. Er hatte einen strotzig roten Kamm und protzig bunte Schwanzfedern. Er hob ein Bein und musterte die Menschenmenge mit starrem, stierem Blick.

»Sehen Sie hier, verehrtes Publikum, diesen Strohhalm, den ich dem Gockel Gallus hier auf den Schwanz lege, schauen Sie genau hin, sehen Sie nirgendwo anders hin, dieser Strohhalm, getragen von den kräftigen Federn dieses prächtigen Hahns, Gallus der Starke genannt, der mehr zu tragen vermag als mancher Kraftkerl. Blicken Sie ihm tief in das Auge, sehen Sie, spüren Sie sein übernatürliches Vermögen. Schauen Sie und spüren Sie. Bimberla Bamberla, Gaatschi Gwaatschi, Gori Schlori Goggolori, Zwiggergschmarri Gidderbarri! Und sehen Sie, was dieser Hahn hier trägt! Einen Heubaum von gut und gern sechs Metern Länge und einer Stärke von acht Zentimetern! Ein Heubaum, wie er eine vollbeladene Fuhre Heu zusammenhält, vorne mit einer Kette und hinten mit einem Heuseil festgerattelt. Hier getragen von einem Gockel, dem Hahn Gallus ganz allein!«

Alle stierten wie die Ochsen und staunten gebannt. Jedem vernünftigen Menschen leuchtet ein, daß ein landläufiger Gockel keine solche Fichtenstange zu balancieren vermag, nicht einmal im Traum, da lachen ja die Hühner. Aber alle Zuschauer sahen es mit eigenen Augen und konnten später Stein und Bein drauf schwören: Auf den Schwanzfedern lag ein quergelegter Heubaum! Unglaublich!

Da näherte sich von den Schmalzwiesen her die Gecken-Gundl mit einem Schubkarren voll Gras und Hasenfutter dem Kaffeehaus und sah die gaffende, schweigende Menschenmenge. Als ihr Nachbar, der Dorns-Joggl, sie sah, schrie er ihr zu: »Gundl, hast schon mal so was gsehn? Daß ein Gockel einen Heubaum auf seinem Schwanz tragen kann?«

»Du Doldi, du bist doch net gscheit! Mach halt deine Glotzer auf! Des is doch ein Strohhalm, du Dollack!«

Das rief sofort den Zauberer Spontifex auf den Plan. Er nahm den Hahn wieder weg und verräumte ihn mitsamt dem Heubaum in eine Kiste, dann nagelte er mit seinem durchbohrenden Blick die verdatterte Gundl fest an ihrem Fleck, lenkte sie mit einigen Worten zu sich auf die Veranda und gab ihren Ohren etwas ein, was nur ihre Augen sahen, aber sonst kein Mensch.

»Gaatschi Gwaatschi, Leggomio, Haxn waxn, Tausendsassa, brausend Wassa, firlefanzisch wunderbunt, krumme Kunde geb dein Mund!«

Nun riß die Gundl voller Schrecken ihre Augen auf und schrie aus Leibeskräften: »Um Himmels willen, also so ein Wasserguß, so eine Flut, so ein Hochwasser! Da treibt's doch alles davon! Allmächt, haltet mir meinen Schubkarren fest, sonst schwimmt doch mein ganzes Gras davon!«

Sie faßte ihren langen Rock am Saum und hob ihn hoch empor, um durch das Hochwasser zu ihrem Grünfutter zu waten. Stampfend marschierte sie mit ihren käsigen Beinen durch das vermeintliche Wassermeer, nämlich pfeilgerade durch die johlende Menschenmenge. Den gierigen Männeraugen offenbarten sich kirschblütenweiße Beine und ein dunkler Spitzbart am Ende. Die Gundl glaubte zeitlebens ans Hochwasser ebenso wie die anderen Zuschauer an den Heubaum. Der Hypnotiseur hatte in der Tat ganze Arbeit geleistet.

Es war ein denkwürdiger Sonntag gewesen in Peppenhöchstädt. Michael Wegmann stand am Abend auf der Veranda des Kaffeehauses und hörte die Rufe der Kinder beim Räuber-und-Gendarm-Spielen, die Kühe in den Ställen und das Konzert der Frösche bei den Weihern. Müde und erleichtert sagte ihm die Hebamme, die Zeitlers Anna, gute Nacht und machte sich auf den Heimweg. Sie schaute sich noch einmal bei Katharina um, der es schon wieder erfreulich gut ging und die ihr Söhnlein mit Wonne stillte. Was die Anna weder Katharina noch Wegmann zu sagen wagte, war der Satz, den der Leierkastenspieler beim Anblick des getauften Knaben von sich gegeben hatte: »Au weh! Es kommt der Tag, da wird der Kaffeewirt seinem Buben ins Grab schauen müssen, fragt sich nur: früher oder später?«

Die Anna glaubte nicht an solche Weissagungen, schon gar nicht, wenn sie vom Orgelgott stammten. Aber ein mulmiges Gefühl beschlich sie dennoch, deshalb behielt sie das alles wohlweislich für sich. »Was man nicht sagt, bringt keine Plag«, dachte sie und schwieg.

15

Das Kaffeehaus war mit diesem Kindersegen sozusagen zu einem Haus der guten Hoffnung geworden. Die Besucher schätzten es als einen Ort froher Einkehr und leutseliger Stimmung. Mit seiner hellen, lichtwarmen Aufgeräumtheit wirkte es auf die Eintretenden heimelig und einladend. Das

Dunkle, Drückende der holzverschalten Wirtshausstuben war dieser Lokalität ebenso fremd wie das Lärmige, Qualmige und Bittere der ländlichen Bierschwemmen. Durch die Stille des Gastraums entstand eine zutrauliche Atmosphäre mit raschelnden Zeitungsblättern, lauschig für Gespräche und flauschig fürs Gemüt. Viele Bewirtete genossen es, ungestört sitzen und sinnieren zu können, sich auszutauschen oder neue Gesichter kennenzulernen.

Die Räume mit den Spiegeln und Bildern an den Wänden verströmten behagliche Eleganz, ebenso die Lampen und Kleiderständer, Marmortische und Holzstühle, die Blumensträuße und das Besteck, das leuchtende Porzellan der Tassen, Teller und Kännchen, die hinter dem Tresen feinsäuberlich aufgestapelt neben den Gläsern hervorglänzten. Auch wer keinen Kaffee zu sich nahm und lieber bei Tee, Schokolade und Limonade verweilte, dem war die Güte des Kaffees in diesem Haus ein Begriff: »Der Trank ist jede Mühe und Münze wert«, so hörte man die Leute mit anerkennendem Nicken reden.

Hinter dem Tresen befand sich ein Glasschränkchen mit Rauchwaren und Schnupftabak. Schmeckfeine Zigarren mit mildem Sumatra-Aroma und in exquisiter Havanna-Qualität ruhten darin, aber auch mit den Gütesiegeln aus Virginia und Brasilien. Der Karpfenbrutrüttler aus Gerhardshofen brachte von seiner Fahrt nach Java eine Kiste erlesene Delizia-Zigarren mit. Das verführerische Kraut mit seinem dunkel-beizigen Duft, seiner belebenden Wirkung und den seidigen Rauchschwaden wurde vorzüglich von Kaufleuten und Handelsvertretern genossen, die sich beim Schmauchen und Schwelgen ihren Verdauungsvorgängen widmeten oder in gesteigerter Muße ihren Überlegungen nachhingen, schweigsam in Besinnung oder Berechnung versunken.

»Wo sich Gaumen und Zunge laben, muß die Nase auch was haben«, sagten die Raucher. »Ihr mit eurem Stinkerkraut vertreibt uns die ganzen schönen Mistmucken!«, spotteten die Tabakschmäher. Bloß sobald der Ballgoor einmal da war und seinen »Knaster« rauchen wollte, schickte man ihn hinaus und schimpfte über sein »Matratzengras«, das qualmte »wie eine Pechfackel« und schmeckte »wie Hundehaar und Sauborsten«: »Du wennst Weiherstreu und Kälberstroh rauchen tätst, häst noch einen bessern Gschmack in der Goschen!«

Doch das Kaffeehaus bot nicht nur einen fruchtbaren Nährboden für Gedanken und Gespräche, sondern es war auch ein Umschlagplatz, ein Hort der Geselligkeit. Hier wurde gekartelt und geturtelt, geschäkert und gestritten, gefeixt und gefrotzelt, gestänkert und geschachert. Für viele jüngere, noch unverheiratete Leute, Handwerksburschen oder Bauerntöchter etwa, wurde es geradezu zur Lebensbühne. Ob Frau oder Mann, ob Arme oder Reiche, Lutherisch oder Katholisch, Fürstenhasser oder Franzosenfresser, hier konnte man sich zwanglos sehen und treffen, sprechen und verabreden, unverfänglich und unverbindlich. So ist es nicht verwunderlich, daß sich im Kaffeehaus alle maßgeblichen Standespersonen einfanden, ob Arzt oder Apotheker, Landrichter oder Bürgermeister, Dorflehrer oder Schulrat, Posthalter oder Fuhrhändler, Pfarrer oder Gendarm.

»Gemütlich wie ein Kachelofen ist es hier«, meinte der Metzgermeister Gößwein, »man fühlt sich sauwohl wie der Kesselspeck im Kraut.«

Es war eine Augenweide mit Hörgenuß, besonders am Sonntagnachmittag oder an Feiertagen, von Tisch zu Tisch zu gehen und den Unterhaltungen der Gäste beizuwohnen, so wie es auch der umgängliche Hausherr Wegmann mit Vorliebe zu tun pflegte. Da saß am einen Tisch der Gugels-Schmied und erzählte vom Gaulbeschlagen, vom Schärfen der Pflugschare und dem Bereifen von Wagenrädern. Er hatte die Eigenart, alle Vorkommnisse und Erscheinungen dieser

Welt auf den überschaubaren Zollstock seiner Erfahrung und Vorstellung herunterzumessen. Ging es um die große Politik, meinte er: »Die Herren, die auf dem hohen Roß hocken, die spannen halt den Pflug vor die Ochsen, und da liegt doch der Hase im Pfeffer, da ist der Hund begraben!« War gerade von einem sündhaft verschwenderischen Mann von Rang und Stand die Rede, schlußfolgerte er bündig: »Ein Steckenpferd frißt mehr wie zehn Ackergäul!« Kam das Gespräch auf den mißratenen Sprößling des Dorfdoktors, so zog er gelassen seine ganz eigene Prognose aus dem Ärmel: »Je rauher das Fohlen, desto glatter das Pferd.« Das Ungestüme legt sich mit der Zeit, dann kehrt Biedersinn ein. Und ging ihm etwas zu schnell und zu fahrig, dann kam er mit dem Spruch »Bloß net hetzen und hudeln! Pferde reiten kostet Geld!« daher, dessen genaue Bedeutung rätselhaft blieb.

An einem anderen Tisch sah man den Ausscheller, den Gemeindediener Minderlein, der den Förtschen-Bader zu sich herangrüßte: »Hock dich her zu mir und hilf mir meine Läus suchen!« Sobald er ihm seine körperlichen Beschwerden beschrieb, unterbreitete ihm der Förtsch seine Ratschläge für die übelsten Gebrechen, so daß dem knochenkrummen Minderlein die Heilmittel wie Wespen um die Ohren flogen. Von den Vorzügen von Hundefett, Leichdornmehl und Eichenrindensud wurde ihm vorgeschwärmt und die Wirkungen von diversen Wickeln mit Erdäpfeln, Zwiebeln und Senf in den wärmsten Farben ausgemalt. »Ach, die schönste Krankheit taugt halt nix, wennst sie selber hast«, bemerkte er mit Kopfschütteln und Abwinken. »Wenn das so ist, dann fang ich erst gar nix mehr an!«

Am nächsten Tisch saßen drei durchreisende Kaufmänner beieinander, die über Geschäfte und Gewinnaussichten debattierten. Ein rheinländischer Aufkäufer suchte Grubenholz fürs Ruhrgebiet, ebenmäßige Eichen-, Fichten- und Kiefernstämme für die Stollen und Schächte. Neben ihm saß ein

Frankfurter Handelsvertreter für deutsche Dauerbrandöfen, der von einem ärgerlichen Gerichtsprozeß berichtete und gegen Anwälte vom Leder zog: »Die Advokaten sind gescheit, die machen aus Lumperei und Streit lauter glänzende Dukaten – das sind ihre Heldentaten!« Der Rheinländer stimmte ihm zu: »Das Recht hat eine Nase aus Wachs – die kann man drehen, biegen und kneten, wie man's braucht.« Der sächsische Krämer neben ihm lenkte das Gespräch unverdrossen immer wieder auf seine sensationellen Heilmittel: »Wenn die Gelenke schmerzen und knarzen – sind sie entzünd't und schnakkeln sie nicht? Dr. Ödenbrechers Gelenköl draufparzen – hilft auch bei Rheumatismus und Gicht!« In den höchsten Tönen pries er die unschlagbaren Effekte seiner Warzenstifte, seines Barterzeugungsbalsams und seines Magenpulvers *Pacificum.* »Wissenschaft und Fortschritt, das ist was ganz Famoses«, jubelte er, »absolut kolossal, meine Herren, Sie werden sehen, sie machen uns siegreich und praktisch unschlagbar – wie Schwert und Stahl. Wie unser allerhöchster Kaiser und König.«

Händler waren in starker Zahl anzutreffen, vor allem durchwandernde Handelsjuden, die mit Vieh oder Wein, mit Fellen, Schnitt- oder Kurzwaren Geschäfte machten oder als Geldverleiher und Grundstücksmakler den Landleuten ihre Dienste antrugen oder gar aufdrängten. Manche der durchreisenden Händler waren auf Braugerste, andere auf Hopfen spezialisiert, wieder andere auf Kren, Tabak, Pfefferminz oder Ringelblumen. Die einen boten Blechspielzeug oder Backmodeln feil, die anderen geschliffene Spiegel oder Kämme, Bienenwachskerzen, Pfeifenköpfe oder Andachtsbilder. Sogar Schiefermaler aus dem Gottesgarten schneiten herein oder Stockmacher aus dem Werratal.

Einer der kuriosesten Gäste war der »Karpfengalsterer« aus Tragelhöchstädt, ein anerkannter Experte für Setzlinge und Fischkrankheiten, der als Brutrüttler schon mehrere Schiffsreisen nach Südamerika mitgemacht hatte. Er verkaufte auch selbstgefertigte Goldkettchen mit Karpfensteinen: herzförmige, hartgewordene Knorpel, die gut verborgen im Kopf des Karpfens sitzen. Beim Schlachten mußte man sie finden und geschickt herausfutzeln, dann ein Loch hineinbohren und sie mit Glanzlack versehen, polieren und aufreihen, daß man sie, rosig-gelbbraun wie Bernsteine, aufgefädelt an der Kette um den Hals tragen konnte, einmalig und schick. Auf den langen Schiffspassagen hatte er Hunderte von Kettchen hergestellt und sich damit ein wohlig weiches Polster verdient.

Weiter im Abseits saßen die sogenannten »Hunger-Schenies« unter sich. Von den feinen Herrschaften, den Bauern von Stand und den Handwerkern von Ehre wurden sie abschätzig bis verächtlich beäugt und als »schenierlich« gemieden. Da gehörten die Tropfhäusler und Tagelöhner dazu, die sich als Holzrucker, Brunnenbohrer, Wegmacher, Sandsteinhauer, Kalk- und Ziegelbrenner verdingten. Manche holten sich ein Zubrot als Vogelfänger oder Kräutersammler, Sauschieber oder Kuhtreiber, oder indem sie als Schmuser für einen jüdischen Viehhändler auskundschafteten, wo gerade eine Kuh oder Kalbin, ein Acker, Wald oder Hof zu ergattern waren. Andere waren Seifensieder oder Schaufelmacher, Korbflechter oder Schindelschnitzer, die mit ausgefallenen Erzeugnissen wie Rechenzähnen und Leitersprossen von Tür zu Tür zogen. Hausierer und Hirten gehörten von Natur aus zu dieser Gesellschaft, aber auch die Zapfenzupfer, die sich im Sommer in den Nadelbäumen von Wipfel zu Wipfel schwangen wie die Eichhörnchen, um die Zapfen von Fichten, Föhren, Lärchen und Tannen zu sammeln, um Baumsamen für die Aufzucht zu gewinnen.

Der »Haatsch« war auch einmal einer von ihnen gewesen, war mit Steigeisen und Stricken hinauf in die höchsten Baumkronen geklettert, bis er schwer verunglückt war dabei und seitdem nicht mehr richtig laufen konnte, also »haatschte«. Er hatte zwei vollkommen unterschiedliche Beine: ein langes und ein kurzes. An ihnen befanden sich auch zwei verschiedene Kaliber Füße: ein schlanker längerer, und daneben ein breiter kürzerer. Beide waren in ein eigentümlich verzogenes Paar sohlengenagelter Lederschuhe verpackt, die verquer in die Landschaft schauten, jeder in eine andere Richtung. Sein Gangwerk war eine ewige Quelle der Erheiterung, da sich bei ihm jeder Schritt auf unvorhersehbare Weise vollzog und er dazwischen immer wieder »ein Schaltjahr reinhaute«, wie er das nannte, also eine Art aufholenden Zwischenschritt einlegte, wie bei einem merkwürdigen fremdländischen Tanz. Der Haatsch jedenfalls trug seinen Namen nicht ohne Grund und ohne Stolz: Keiner kam ihm gleich, keiner ging wie er, es gab keinen, der ihn nicht kannte oder mochte. Über seinen wirklichen Namen waren unterschiedliche Angaben im Umlauf: Schuster meinten die einen, andere hielten dies für den bloßen Hausnamen, er müsse Hussenöder heißen, wogegen etliche Bernschneider als Namen gehört hatten – oder war das der Beruf des Großvaters? Wie dem auch gewesen sein mag, nach seinem Unfall war der Haatsch für gängige Arbeiten nicht mehr zu gebrauchen, also verlegte er sein Talent »vom Gangwerk ins Handwerk«, wie er es nannte. Als fingerfertiger Schnitzer schaffte er es, in Kerne, ob von Pflaumen, Zwetschgen oder Kirschen, aber auch in Kastanien oder Haselnüssen, klitzekleine Miniaturen einzuritzen, Muster und Figuren hineinzugravieren, die nicht nur die Aufmerksamkeit und Bewunderung aller Betrachter fanden, sondern auch vermögende Liebhaber und Käufer in den Städten. Ob es sich um das Porträt einer Geliebten oder eines Verwandten handelte, ein Familienwappen oder Heiligenbild, eine Dorfansicht, Weihnachtsszene oder Kreuzwegstation, seine feinziselierten Schnitzwerke fanden viel Beifall und machten Furore. Fragte ihn jemand, wie es ihm gehe, sagte er: »Fußkrank halt, aber kerngesund.«

Auch zwielichtige Gestalten tauchten im Kaffeehaus auf, die nicht von jedem gern gesehen waren. Am häufigsten traf man den »Rupfer« aus Rohensaas und den »Hietschen-Hanner« aus Tanzenhaid an, von denen es hieß, daß sie ihrer Armut mit Wilderei beizukommen suchten. Böse Zungen behaupteten zudem, daß auch Wegmann von ihnen Rehe und Hasen, Hechte, Zander und Waller bezog. Zu beweisen war nichts, und wo kein Kläger war, gab es auch keinen Richter. Daß jedoch so därmige Heckenschlupfer wie der Hietsch und der Rupfer dabei beobachtet wurden, wie sie frohgemut Hechtsülze, Schmorente oder Rehgulasch im Kaffeehaus verzehrten, das stieß einigen bessergestellten Gästen schon sauer auf. Wenn einer was dahingehend sagte, erwiderte der Rupfer nur kaltschnäuzig: »Schau mir auf den Kragen und nicht in den Magen.« Ein ganz spezielles Verhältnis hatte er zu Katharina Wegmann. Sie kannten sich von Kindesbeinen an und wenn er sie beim Eintreten erblickte, rief er ihr gutgelaunt zu: »Ja grüß dich Gott, schöne Bäuerin!« Katharina erwiderte auf diesen landläufigen Spruch grinsend mit der alten spöttischen Entgegnung: »Am Arsch die Räuber!«

Ein ähnlich geschnitztes Kaliber war der »Oberschnapser«, der Webers-Loni aus Schornweisach, der als begnadeter Schnapsbrenner galt, dessen Werkstatt und Erzeugnisse jedoch kein Amt und kein Gendarm jemals zu Gesicht bekamen. Die Flaschen aus seiner Herstellung, gefüllt mit Birnen- und Schlehenbrand, mit Nuß- und Hopfenschnaps, waren unter der Hand heißbegehrt und wurden teuer bezahlt. Wo genau er seiner »geistigen Passion« nachging, wie er es nannte, wußte keiner. Wenn ihn einer der Schwarzbrennerei bezichtigte, zuckte er gelassen mit der Schulter und meinte bloß: »Lieber schwarz brennt wie schwarz gärgert.«

Das Einmalige am Kaffeehaus in Peppenhöchstädt war genau dies: Hier hielten nicht nur Honoratioren und Hochgestellte gepflegte Einkehr, sondern an diesem Ort konnten sich auch einfache, ungebildete und mittellose Landleute ein kleines Stundenglück gönnen. Ihre Gegenleistung für den außergewöhnlichen Kaffeegenuß kannten meist nur sie selbst und Wegmann. Gscherte Bauernfünfer!, dachte sich wohl so mancher stolze Vornehmtuer, wenn er einen Tropfhäusler, Tagelöhner oder Knecht im Gastraum zu Gesicht bekam. Selbst Händler und Handwerker schauten auf diejenigen herab, die ihnen an Stand, Vermögen und Ehre unterlegen waren: die Scherenschleifer und Kesselflicker, die Bürstenbinder und Scheunendrescher, die Pechschmierbrenner und Mausfallenhändler, die Hopfentreter, Hundefänger und Hausierer. Diese wiederum suchten sich noch Ärmere und Rechtlosere, um sie mit Spott und Verachtung zu überziehen: die Krähenfresser und Elsternbrater, Queckenkocher und Schelfenbäcker. Eingespannt in den Werktag des Lebens waren sie alle, oft angekettet an das graue Elend ihrer armseligen Herkunft und Verfassung. Eine Redewendung wie »Eigener Grund und Boden ist der beste Ehe- und Seelenkitt« mußte ihnen wie Hohn und Häme erscheinen, denn zu Besitz und Behaglichkeit konnten sie zeit ihres Lebens selbst bei besten Kräften und Anstrengungen nicht gelangen. Doch auch für diese Randfiguren der bürgerlichen und bäuerlichen Welt gab es im Kaffeehaus einen Platz. »Jetzt gib mir nur ein Täßlein Kaffee, dann setz ich dich als Erben ein in meinem Testament«, sagte der »Hasenpelz-Hanni«, einer, der nicht einmal eine anständige Sonntagsmontur sein eigen nennen konnte. Auch so einer kam hier zu seinem unbezahlbaren Genuß.

Es bereitete Michael Wegmann sichtlich Genugtuung, seinen Blick über die Köpfe und Gesichter im Kaffeehaus schweifen zu lassen, für kurze Zeit in die unterschiedlichen Stände, Berufe und Lebensgeschichten einzutauchen und so ein breites und gleichzeitig genaues Bild der Gesellschaft zu erhalten. Die Zeiten waren im Umbruch, daran war nicht zu zweifeln. Das deutsche Kaiserreich hatte sich gegründet, der Aufschwung der Wissenschaft und Industrie war an allen

Ecken und Enden erkennbar. Eine belebende Aufbruchstimmung war auch in Peppenhöchstädt zu verspüren. Der Geist des Kaffeehauses hatte daran ebenso großen Anteil wie die Erfolge Bismarcks und der Hohenzollern. Entscheidend war zudem, daß den vielen kleinen und mittleren Bauernhöfen in jenen Jahren größeres Unheil erspart geblieben war. Von verheerenden Stürmen mit Blitz- und Hagelschäden waren sie ebenso verschont worden wie von Mißernten infolge von Dürre, Hochwasser und Frost. Die Sommer waren weder heillos verregnet noch glutheiß, die Winter nicht grimmkalt und knochenstreng. Es war nicht nötig gewesen, die Hühner und Gänse, Ferkel und Geißen in die Wohnstube zu holen, damit sie überlebten. Die Obstblüten und Gartenfrüchte waren von den Eisheiligen nicht geschädigt worden. Bei den Feldfrüchten gab es gute Ernten. Korn und Gerste, Wicken und Weizen, Flachs und Hanf, Erbsen und Linsen brachten solide Erträge und reelle Preise. Der Hopfen war nicht schlecht geraten und fand raschen, reichen Absatz. Die Erdäpfel waren nicht klein wie die Schusser, die Körner des Getreides nicht windig und schwindig. Gras und Heu reichten durch die Winter, selbst bei dürftigen Betrieben und mageren Böden. Nicht wie in manchen harten Jahren, als man gezwungen war, das Vieh zum Fressen in den Wald zu treiben oder sogar zu schlachten, weil kein Futter mehr vorhanden war. Weihergras, Binsen, Schilf und Quecken waren damals mühsam heimgeschafft und verfüttert worden aus blanker, bitterer Not.

Das war nun Gott sei Dank nicht mehr der Fall. Die Mehltruhe war gefüllt, ebenso das Butter- und Salzfaß, das Krautsticht und die Kässchüssel. Die Suppen waren geschmalzt, Brot gab es reichlich, Fleisch war meist erschwinglich und vorrätig. Zu den Klößen und Krauthaufen in den Tellern gesellten sich durchwachsene, soßensaftige Bratenstükke. Schlachtschüssel, Karpfenschmaus, Kirchweihküchle, gefüllte Tauben und Hammelessen, das gab es auch im Kaffeehaus. Es wurden Wettbewerbe im Kartenspiel ausgerichtet und im Sommer auf einer eigens aufgebauten Kegelbahn. An Pelzmärtel stand die Martinsgans auf der Karte, nach dem Abfischen gab es Hecht im Salzmantel und nach der Treibjagd Hasen, Rebhühner und Enten.

Ein persönliches Anliegen Katharina Wegmanns war es, gemeinsam mit der Dennerleins-Bärbel den Gästen immer wieder etwas Besonderes anzubieten, das die jeweilige Ernte- und Jahreszeit in der Küche zur Köstlichkeit verfeinerte. Großer Beliebtheit erfreuten sich ihre Lauchnudeln und Blaukrautwickerle, der Spinatkuchen oder der Pfifferstrudel mit Steinpilzen und Maronen. Auf der Speisekarte standen eigene Schöpfungen, die sie »Magendretzerle« oder »Därmerwärmer«, »Gutserle« oder »Freckerle« nannte. Das waren etwa kandierte Rosen- und Veilchenblätter, ein mit Quittenmus gefülltes Honiggebäck, oder ein edler Haselhonigkranz, zu dem der selbstgemachte Quittenlikör ganz hervorragend schmeckte. Wenn dann die Herbstabende immer früher Einzug hielten, die Petroleumlampen ihren angenehmen, hellen Schein verströmten, so ganz ohne öligen Ruß und Gestank, wenn die heißen Getränke noch willkommener und herzwärmender wurden und die Gesichter der Gäste freudig glänzten wie die silbernen Knöpfe an den Sonntagswesten, dann wurde die ureigene Art und Bedeutung dieses Kaffeehauses für alle offenbar. Hier schälte man sich heraus aus der harten, engen Kruste der Arbeit und Sorge, so entschlüpfte man für ein paar Stunden dem Zugriff der Sparsamkeit und Entbehrung. Hier standen Barbarazweige in Vasen und Krügen, der Duft von Lebkuchen und Plätzchen, Glühwein und Bratäpfeln kündigte das Weihnachtsfest an und damit auch die Rauhnächte und Rockenstuben, die Wochen mit Bleihimmel und Bodenfrost. Im Warmen und Trockenen erzählte man sich von garstigen Hagelschlägen und Unwetterstürmen, mit Hagelkörnern so groß wie Bachkieseln, wie Wachtel- und Taubeneiern, wie

Chausseesteine und Berberfeigen: »Backsteine und Schusterstiefel hat es da runtergehauen vom Himmel!«

Nach menschlichem Ermessen und Ergehen waren es gedeihliche, auskömmliche Jahre. Katharina hatte 1877 ihr zweites Kind zur Welt gebracht, wieder einen Knaben, der diesmal wie von Wegmann gewünscht auf den Namen Karl getauft wurde. Ihr erster Sohn Fritz war ein aufgeweckter, fröhlicher Bub, der rasch laufen und sprechen lernte, im Kaffeehaus und am Hof herumtollte und von den vielen Angestellten und Gästen immer wieder unterhalten und verwöhnt wurde. Mit dem Neuankömmling Karl kam er besser zurecht, als Katharina befürchtet hatte. Daß der Prinz seinen warmen Platz im schönen Licht allseitiger Aufmerksamkeit nun teilen und sogar räumen mußte, schien ihm kaum etwas auszumachen. Mit dem kleinen Brüderchen ging er vorsichtig und fürsorglich um, weihte ihn ein in seine Spielsachen und Entdeckungen und gewöhnte sich an dessen Eigenheiten und Launen. Zwar konnte auch Fritz trotzig und zornig werden, Gegenstände auf den Boden feuern oder lauthals seinen Unwillen hinausplärren, aber das war geschwind verflogen und vergessen. Stundenlang konnte er sich dann wieder still und vergnügt mit seiner Haselflöte, seinem Holzpferd oder dem Häckelmann, seinem geschnitzten Ungeheuer, beschäftigen, der Mücken, Würmer, Spinnen und Schnecken aufschrecken und verfolgen konnte.

Während Fritz die dunklen Augen und Haare Katharinas geerbt hatte, auch ihren festen Körperbau und die reizenden Gesichtszüge mit der dunkleren Hautfarbe, sogar die eigentümlichen Grübchen in den Backen beim Lachen, geriet Karl ganz nach dem Vater. Er war hellblond, feingliedrig und zurückhaltend. Kein großer Esser und Herumtober, eher ein Beobachter und Träumer. Wegmann selbst war beiden Söhnen mit gleicher Wärme und Freude zugetan, sein Stolz über die beiden Sprößlinge nicht zu übersehen. Es lag ihm sehr am

Herzen, beiden Kindern eine liebevolle, verständige und gerechte Haltung vorzuleben. Die harte Erziehung, wie sie die Kinder in jener Zeit durchmachen mußten, wollte er seinen Kindern ersparen, darin war er mit Katharina stets einig gewesen.

Damals war es vollkommen normal, daß die Kleinen bereits zum Mitarbeiten in Haus und Hof angehalten und hergenommen wurden. Das begann beim Beaufsichtigen der Säuglinge und jüngeren Geschwister, dem Saubermachen der Küchen und Stuben, dem Verwerten von Gemüse und Früchten, und endete beim Hüten und Füttern der Tiere, dem Hacken, Rupfen und Sammeln von Rüben, Blüten, Kräutern, Beeren und Pilzen. Bei ungenügendem Fleiß oder kleinen Vergehen setzte es Schläge, nicht selten Prügel mit Gürteln, Ruten und Ochsenziemern, oder sie wurden unerbittlich bestraft, indem man sie tagelang in Rübenkeller oder Schweineställe einsperrte oder stundenlang auf einem kantigen Holzscheit knien ließ, bis sie vor Erschöpfung und Müdigkeit umfielen und einschliefen. All dies hatte Wegmann selbst miterlebt in Schule und Dorf, aber er hatte in Amerika gesehen, daß es auch ganz anders ging, mit Zuwendung und Verständnis. Er war bestrebt, es bei seinen Kindern unbedingt besser zu machen: keine Schläge im Zorn, keine Strafe ohne Grund und Erklärung – und trotzdem Anstand, Disziplin und Ordnung beibringen.

Katharina wollte ihren Kindern mehr Zeit, Zuneigung und Aufmerksamkeit widmen, als das den meisten Müttern im Dorf möglich war. Sie waren eher rauhe, abgehärtete Naturen, die schwere Arbeiten und Entbehrungen klaglos zu ertragen wußten und ihre jugendliche Blüte vorzeitig einbüßten. Ihre Säuglinge wickelten sie nur zwei oder drei Mal am Tag, weil sie am Herd oder am Hof, auf dem Feld oder der Wiese, im Stall oder in der Scheune dringend benötigt wurden. Stundenlang mußten die Kleinen deshalb oft in nassen, kotklebrigen

Windeln und Kissen ausharren, wurden kaum gebadet, und ihre Haut wies allzu häufig Ausschläge, Krätze und Grinde auf. Zu viele Kinder starben in den ersten Lebensjahren, etwa an Krämpfen, am Gefraisch. Konnten sie laufen, bekamen die Kinder im Dorf ein einziges Hemd für die gesamte Woche, trugen Hosen aus grobem, rupfigem Leinen und in den seltensten Fällen Unterhosen. Sie liefen von März bis Oktober barfuß herum, Schuhe zogen sie, wenn überhaupt, höchstens am Sonntag an. Nur bei Kälte trugen sie Schuhwerk, Strümpfe, Mützen und lange Hosen. So manches Kind wurde dadurch kräftig und widerstandsfähig, auch behende und beherzt, aber manche auch krank und verkümmert, hartherzig und verstockt.

Die Wegmann-Kinder hatten es in dieser Hinsicht besser. Katharina hatte zwar am Hof mit der Arbeit in Küche und Keller, im Gemüsegarten und Viehstall, mit dem Geflügel und den Bienen, dem Backofen und Taubenschlag, der Obstdarre und Räucherung alle Hände voll zu tun, obwohl sie dabei stets Dienstboten und Helfer an der Seite hatte. Vieles mußte bedacht und angewiesen werden. Gleichwohl wollte sie für ihre Kinder da sein, ihre Spiele und Streitigkeiten mitbekommen und begleiten, ihnen das Sprechen und Verstehen beibringen und ihre Sinne aufschließen für die Schönheiten der Welt. Vor allem sollten sie nicht alleingelassen werden, abgeschoben und vernachlässigt. Sehr lange hatte sie ihre Buben selbst gestillt und umsorgt, sie mit Mehlmus, Hafergrütze, Grieß- oder Hirsebrei gefüttert, für sie Schnullersäckchen gefüllt mit Semmelbröseln und Kandiszucker, mit Baldrian und Schlafmohn. Bei ihren täglichen Arbeiten ließ sie die beiden teilhaben, so gut es ging. Sie durften zuschauen und probieren beim Kochen und Backen, beim Teigkneten und Einmachen, Krauthobeln und Nudelnmachen. Das Spielen mit Modeln und Holzlöffeln, das Auskratzen der Schüsseln und Tiegel, das Naschen von Früchten und Gemüseschnitzen, Klößbröckelchen, Streuseln und Weinbeeren ließ sie schmatzen und juchzen. Die Freude der Knaben brachte viel Licht und Lächeln ins Kaffeehaus.

Dann kam der grausame, furchtbare Winter. Ende November 1879 wurde es bitterkalt, und dieser klirrende Frost wich nicht mehr bis in den März hinein. Tag für Tag, Nacht für Nacht herrschten böse Temperaturen von dreißig, fünfunddreißig Grad unter Null. Die Grimmkälte steckte im Boden und in allen Knochen. Beim Herumlaufen im Freien brannte einem die Haut, als wäre sie wundgeschürft, so rieb und biß die scharfzahnige Kälte. Beim Schnaufen schnitt sie im Mund und Hals, daß einem der Atem stockte und es in der Lunge stach. Rotz und Spucke wurden Rauhreif und Eis. Getrocknete Kamillen, Linden- und Holunderblüten wurden überbrüht und waren heißbegehrte Warmmacher. Um Neujahr herum setzte zwar ein kurzes Tauwetter ein, doch dann wurde es erneut krachend kalt, und das bis in den März hinein. Das Aufleinen begann erst kurz vor Ostern. Werden die Tage wieder länger, wird der Winter immer strenger, sagte man. Damals hat es genau so gestimmt.

Die Räume in den Häusern waren wie Eiskeller. Das Waschwasser in den Krügen und Schüsseln war festgefroren und mußte mit Holzscheiten aufgeschlagen werden. Mit Vorfenstern, Kissen, Säcken, Lumpen, Stoff und Stroh versuchte man, jede Lücke und Ritze zu verstopfen und die ächzende, drückende Kälte draußen zu halten, so gut es ging. Die Menschen verkrochen sich den Tag über zwischen den Mahlzeiten an die Öfen und Herde, viele auch in ihre Betten, wo sie am wenigsten froren und zitterten. Eingemummelt und starr unter Federbetten herumzuliegen machte viele trübsinnig und matt. Zwischen ihren klammen, rauhreifüberzogenen Wänden saßen sie mit steifgefrorenen Gliedmaßen. Mit heißen Steinen, Glut- und Wärmepfannen versuchte man, die Räume, Betten und Leiber wohlig zu machen. Wer konnte, schürte den Ofen auch die Nacht über. Geringe Leute, Gesinde und arme Hausierer legten sich zum Aufwärmen und Nächtigen in die Backöfen. Die Schulen waren von Weihnachten bis Anfang März geschlossen. Auf dem kilometerweiten Weg zu ihrer Dorfschule hatten sich manche Kinder Füße und Hände, Nasen und Ohren erfroren.

In einigen Höfen hatte man sogar schon das Vieh im Stall totgefroren und erstarrt vorgefunden. Andere Tiere wurden herzlich gerne in die Gemächer der Menschen aufgenommen: Hunde, Hühner, Hasen, Gänse und Ziegen tummelten sich in den Küchen, Wohnstuben und Schlafkammern, wo ihr Leib und Atem ein Quentchen zusätzlicher Wärme schenkten. Da Wasserleitungen und Brunnen zugefroren waren, mußte aus geschmolzenen Eisstücken Wasser gemacht werden. In Butten und Huckelkörben trug man Eisbrocken heim an den eigenen Herd. Den ärmeren Leuten war schon das Brennholz ausgegangen, Kohlen besaßen sie keine – und hätten sie auch niemals bezahlen können. Möbel wurden zusammengehackt, Balken, Dielen, Bretter, Sparren, Latten verschürt und verheizt. Auf den Flüssen, Bächen und Weihern war das Eis einen ganzen Meter dick. Die Müller konnten nicht mehr mahlen, Mehl und Brot wurden teuer und waren für manche schier nicht mehr zu bezahlen. Sogar die Obstbäume erfroren und Vögel starben im Fluge, daß sie tot zu Boden fielen. Groß war die Not, groß die Hoffnung aufs Frühjahr, groß die Freude an Ostern, als die bleierne Kälte endlich brach und wich. Ihr Würgegriff hatte sich gelockert, ihre eiserne Faust öffnete sich zur gebenden Hand.

Der kleine Karl war noch keine drei Jahre alt, als er im Frühjahr nach diesem Winter eines Morgens beim Aufwachen über Schmerzen klagte, schwer atmete und eine heiße Stirn aufwies. Er wollte nichts essen, Bauch und Kopf taten ihm weh. Hustenreiz quälte ihn, immer wieder schüttelte ihn ein heftiges »Kuuzen und Kulchen«, wie man es nannte. Sein Gesicht war dann dunkelrot gefärbt. Er weinte und jammerte, fühlte sich elend und schlapp. Seine Eltern vermuteten, daß er sich verkühlt und eine Erkältung eingefangen hatte. Schnupfen, Katarrh, Grippe, so etwas von der Art. Als die Schmerzen beim Schlucken zunahmen, sein Hals anschwoll und das Fieber stieg, ohne daß die Hausmittel wie Spitzwegerichtee, Brustquarkwickel und Einschmieren Linderung oder Abhilfe verschafft hätten, schickte man nach dem Arzt. Doktor Dressel kam mit der Chaise, horchte in den kleinen Kinderkörper hinein, schaute in den Mund und Rachen und entdeckte den weißlichen Belag im Rachen, wie Schimmel auf eingemachten Früchten. Es roch auch so ähnlich, etwas faulig und leicht süßlich. Der scharfe, kläffende Husten, das schwere, pfeifende Schnaufen, die allumfassenden, zermürbenden Schmerzen: Was er sah, machte ihn sehr ernst und sorgenvoll. Er gab Anweisungen, ließ rasch Arzneimittel besorgen und Anwendungen machen, bat um drei Tage Geduld, dann wäre hoffentlich das Schlimmste überstanden. Am dritten Tage lag der kleine Karl kreidebleich, abgezehrt und tot in seinem Bettchen. Doktor Dressel schaute betrübt und finster, zuckte machtlos mit den Schultern und murmelte das finstere Schicksalswort: Diphtherie.

Michael und Katharina Wegmann waren wie vor den Kopf geschlagen. Sie blickten mit nassen, geröteten Augen starr und stumm in einen dunklen Winkel und konnten es nicht fassen. Wie konnte das geschehen? Was hatten sie falsch gemacht? Wieso dieses unschuldige Kind? Warum ließ Gott das zu? Sie konnten keinen Grund, keinen Sinn, keinen Trost darin erkennen. Der Hieb des Todes erschütterte ihren Geist und ihr Gemüt. Die Freude über das Tauwetter und die österliche Auferstehung schlug um in Trauer und Tränen. Die Eheleute ließen sich nicht mehr sehen, das Kaffeehaus blieb geschlossen, die Angestellten und Dienstboten waren wie vom Erdboden verschluckt. Der Ort wirkte leblos, verwaist, totenstill. Die Leichenfrau kam, richtete das entseelte Kind für den

Sarg und das Grab zurecht, der Pfarrer kam mit den schwarzgekleideten Nachbarn und Dorfleuten, den finster und vergrämt schauenden Männern, den blassen Frauen mit den verweinten Augen, den Kindern mit den todernsten, schicksalsbitteren Gesichtern. Die Stimmen der Menschen wirkten gedämpft und geschrumpft – alle Welt schien den Atem anzuhalten und nach Worten zu ringen.

Zum ersten Mal in ihrer Ehe wirkten Michael und Katharina Wegmann sprachlos und wie versteinert, dem anderen gegenüber verschlossen, weggerückt, abgeschnitten. Jeder Satz fiel schwer, tat weh, schien völlig fehl am Platz, überflüssig und hohl. Jedes Wort brachte mehr Ferne als Nähe, mehr Trauer als Trost. Umarmungen, Berührungen und Blicke kosteten Überwindung, gingen ins Leere, wirkten falsch oder blieben ganz aus. Etliche Tage nach der Beerdigung sagte Katharina einen Satz, der Michael schmerzte und aufwühlte.

»Vielleicht ist des die Straf dafür, daß wir so viel Glück g'habt haben, weil's uns zu gut gangen ist, vielleicht haben wir das ja gar net verdient?«

»Des bringt doch nix, Katharina, die ganzen Zweifel und Anklagen.«

»Und was bringt dann was?«

Als Wegmann schwieg und den Kopf senkte, fuhr Katharina fort: »Vielleicht hätten wir mehr in die Kirch gehn müssen, mehr beten und beichten? Buße tun?«

»Du mußt net in die Kirch laufen, um ein guter Mensch zu sein, Katharina. Es gibt gnug himmeleifrige Mundchristen, die sind in Wirklichkeit fuchsfalsch und giftig. Denen ihre Frommtuerei hält net mal so lang an wie eine Mehlspeis. Aber der Herrgott ist keine Milchgeiß, der läßt sich net mästen und melken. Wer seinen Glauben ständig in die Kirch reinträgt, bloß daß ihn alle Welt sieht, dem geht's um was ganz Äußerliches. Wer seinen Gott dauernd im Mund führen muß, der hat ihn net im Herzen.«

»Und du, hast du ihn denn im Herzen? Warum zieht's dich denn net so arg in die Kirch?«

»Den Glauben soll man leben und net an die große Glocke hängen, Katharina. Er muß im staubgrauen Alltag wohnen, so wie Essen und Trinken, Arbeiten und Schlafen. Ich bin kein Mensch, der seinen Glauben aus sich herauspressen muß wie die Henne das Ei und dann ewig lang darüber gackert und scharrt.«

»Aber vielleicht ist des zuwenig, vielleicht ist des falsch, wenn man sich net jeden Sonntag vor Gott sehen läßt?«

»Wenn du Gott in dir hast, Katharina, dann spielt es keine Rolle, wo du bist und wo du hingehst, dann ist er immer bei dir. Das Rad ist weit weg von der Achse, um die es sich dreht, aber alle zwei gehören fest zusammen.«

»Aber wenn dir dein Kind gnommen wird, hast du vielleicht net gnug Gott in dir. Vielleicht sind wir zu stolz gwesen, zu undankbar, zu selbstsüchtig, was weiß denn ich?«

Katharina wurde von ihren Tränen überwältigt und begann zu schluchzen.

»Katharina –«, sagte Wegmann.

Aber Katharina drückte ihr Taschentuch an den Mund, sprang auf, verließ die Wohnstube und verschwand in der Schlafkammer. Wegmann sah ihr nach und blieb sitzen, verwundet und unfähig, ihr zu helfen, sie zu trösten. Wie hätte er sie ablenken oder aufmuntern sollen? Er wußte selbst nicht mehr, was richtig war und was falsch.

16

Die Jahreszeiten Sommer und Herbst zogen übers Land und brachten den Menschen immer neue Arbeiten und Sorgen. Haus und Hof verlangten ihr Recht ebenso wie Familie und Feldbau. Um vieles mußte man sich kümmern: Äcker und Vieh, Wald, Wiesen und Weiher. Als nach Weihnachten das neue Jahr anbrach, ließ es viel Kummer und Verdruß im alten zurück. Eis und Schnee führten das Regiment, und die Winterarbeiten forderten ihren Tribut: Scheunendreschen und Sauschlachten, Baumschlagen und Strohschneiden, Reisig zum Anschüren machen, Säcke waschen und flicken, Besen binden, Körbe und Kornseile. Vierzig Tage nach dem Heiligen Abend kam Lichtmeß, und damit endete die Weihnachtszeit. An den Tagen war es nun bereits eine Stunde früher hell. Es geht nauswärts, sagten die Leute erleichtert. Damit begann wieder das Arbeitsjahr der Bauern, die Rockenstuben mit den Spinnrädern und Stricknadeln gingen zu Ende. Das Handwerkszeug für die Feld- und Gartenarbeiten wurde hervorgeholt und auf Vordermann gebracht.

Ganz besonders achtete man auf das Wetter, denn es entschied über Saat und Ernte, Glück und Ertrag. Sonnt sich der Dachs in der Lichtmeßwoch, kriecht er noch mal vier Wochen ins Loch. So warnte man vor später Kälte. Eine andere Faustregel besagte: Wenn's an Lichtmeß stürmt und schneit, ist der Frühling nicht mehr weit, denn Lichtmeß im Schnee, Ostern im Klee. Für die Dienstboten war es der Tag, an dem sie ihren Dienst beendeten oder begannen. Die einen bekamen ihren Lohn, manche auch ihren Laufpaß, die andern ihren Leihkauf, ihr Handgeld zum Einstand, die Besiegelung auf Ehr und Gewissen. An Lichtmeß gab es einen Markt und einen Tanz im Wirtshaussaal. So kam man zusammen und staffierte sich aus.

Nach der Fasnacht brachte die Fastenzeit vermehrt die Mehlspeisen auf den Tisch, Hefeknopf mit Hutzeln und Vanillesoße etwa, auch Hülsenfrüchte und Kraut. Dann endlich die Suppe aus neunerlei Kräutern, die Ach-du-grüne-Neune. Endlich erwachte die Natur, erneuerte sich das Leben. Veilchen, gelbe Schlüsselblumen und das Wiesenschaumkraut ließen sich blicken. Die Hennen fingen wieder an zu legen. Weidenkätzchen und Haselwürstchen wedelten im lenzlauen Wind. Schon setzte das Backen für Ostern ein: Gugelhupf und Ofenklöß, aber auch Kräuterbrot und Springerle, Butterzopf und Osterkranz, dazu Lämmer und Hasen in allen möglichen Größen und Formen. Eier wurden gekocht und gefärbt, das Moosnest für das Hasengärtlein bereitet, für die Eier des Osterhasen. Am Festtag roch es nach Lammbraten oder gebackenem Karpfen. Nicht jeder konnte sich so ein Mittagsmahl leisten, aber jedermann spürte die Freude über die Auferstehung der Natur und die wiedererstarkte Sonne.

Das Leben war ins Kaffeehaus zurückgekehrt. Mit den Gästen und Anlässen stellten sich auch Freude und Geselligkeit wieder ein. Menschen wollen heraus aus dem finsteren Jammertal und zurück in das Licht und die Wärme. Im Hause Wegmann war das Jahr der Trauer und Tränen endlich vorüber. Das Schweigen zwischen Michael und Katharina, das sich wie ein eiskalter Keil zwischen die beiden geschoben hatte, war verschwunden. Nun suchten sie wieder Nähe und Vertraulichkeit. Lange Gespräche mit Pfarrer Hänfling hatten Früchte getragen. Wegmann und seine Katharina konnten ihr Leben wieder als Geschenk sehen und seine Segnungen schätzen. Der Verlust ihres zweiten Kindes sollte nicht alles in den Schatten stellen, was sie aufgebaut und geschaffen hatten. Am Sonntag besuchten sie nun häufig die

Gottesdienste in der Dachsbacher Kirche und richteten sich daran auf, daß die Wege Gottes unerforschlich und oft arg verschlungen sind, daß nicht nur sein Friede, sondern auch sein Ratschluß höher als die begrenzte menschliche Vernunft sein muß, und daß es eine Gnade und ein Segen ist, wenn Wunden heilen.

In jener Zeit war der Tod eines kleinen Kindes ein beinahe alljährlich eintretender Unglücksfall am Land. Er mußte verschmerzt und verwunden werden, denn die Arbeit und das Leben forderten alle Kraft und Aufmerksamkeit. Für Frauen, die ein Kind verloren hatten, galt es, rasch wieder fest hinzulangen im Haushalt und im Stall, am Acker und auf der Wiese. Nicht nur beim Kochen und Backen, Buttern und Waschen, Füttern und Schlachten, auch beim Mistfahren, Heumähen und Dreschen, bei den Hackfrüchten und beim Holzmachen. Da blieb wenig Raum zum Nachtrauern und zur Niedergeschlagenheit, denn alle Augen und alle Hände warteten auf den vollen Einsatz der Mutter. Der Hof und die Natur gaben allen den Rhythmus vor, sorgten für feste Rituale und Zeremonien. Die Kirche schlug das Kreuz über Trauerfälle und Tragödien, spendete Trost und Zuversicht im Glauben, denn was Gott tut, das ist wohlgetan, hieß es. War dies ein Lichtblick für Katharina Wegmann? Nach außen hin hatte sie sich mit dem Unglück abgefunden und ins Unwiderrufliche geschickt. Schließlich hatte sie noch einen Sohn, und wenn es der Himmel fügen sollte, konnten ihr noch Nachkommen geschenkt werden.

Ihr kleiner Fritz war jetzt sieben Jahre alt, ein kräftiges, lebhaftes Kind mit der Beschaffenheit und dem gewinnenden Wesen seiner Mutter. Er konnte schon lesen und schreiben, liebte das Singen und Spielen und nahm jeden einzelnen Tag neugierig und frohgemut in seine kleinen Hände, als wär's der allerschönste von der Welt. Den Betrieb im Kaffeehaus genoß er sehr, denn dort wurde ihm viel Aufmerksamkeit und

Zuwendung geschenkt. Immer wieder bot sich Gelegenheit zu Gespräch und Geselligkeit. Unbekümmert und selbstvergessen konnte er sich stundenlang mit seinen Bauklötzen und Schussern beschäftigen, auf seinem Steckenpferd herumtoben, seinen Kreisel antreiben mit der Geißel oder bei »Eile mit Weile« voller Begeisterung würfeln und die Steinchen rücken. Der Tod seines kleinen Brüderchens hatte ihn eine Zeitlang aufgewühlt, unnachgiebig stellte er Fragen, warum Karl denn nicht dageblieben und wo er hingegangen sei, wie es dort aussehe im Himmel und im Paradies. Dann zog ihn sein Naturell wieder energisch hinein ins unbeschwerte Leben und in die kindliche Freude. Einmal kam die Rede auf das verstorbene Brüderchen, da sagte Fritz ganz ernst und bestimmt: »Dem geht es gut, der schaut auf uns, daß uns kein Leid geschieht. Manchmal kommt er zu mir, dann spielen wir Engele und Teufele.«

In den Dörfern gab es auch Leute, die diesen Schicksalsschlag bei den Wegmanns durchaus mit einer gewissen Genugtuung zur Kenntnis genommen hatten.

»Denen darf schon auch mal der Herrgott reinfunken, daß scheppert und spreißelt!«, sagte die Rieders Retta aus Rohensaas zur Gugels Gunda aus Gottesgab.

»Ja, freilich, denen muß auch mal der Butter in Dreck neifalln. Auch die schönste Schüssel kriegt mal einen Sprung. Jeder muß sich mal was ans Bein schmieren und Gott weiß was nei in Schornstein schreiben. Ja, Frost, Hagel und Donnerschlag! Wie heißt's? Schweiß und Tränen und dreckerte Händ machen die Ernt erst reichlich am End.«

Hinter solchen Reden steckte jene gehörige Portion Schadenfreude und Mißgunst, die geringe Leute immer gern satt macht. Alle konnten Wegmanns Erfolg und Wohlhabenheit sehen, und viele schätzten es, daß er sich nicht stolz auf ein hohes Roß schwang und weder Großspurigkeit noch Eigenmächtigkeit an den Tag legte. Gleichzeitig warf sein Aufstieg mit dem florierenden Kaffeehaus aber auch einen Schatten auf die Bauern, die mit ihren Gäulen, Ochsen und Kühen jahraus, jahrein am Schuften und Schwitzen waren, um Hunger, Armut und Not fernzuhalten von ihrem Heim und Herd.

»Die sind schon fleißig und tüchtig, da gibt's nix, sonst tät ja bei dem Kaffeebaron der Schlot net so rauchen, aber bei dem macht schon lang nimmer der Schweiß das Kraut fett«, raunzte der Bernschneiders Lenzer zur Zinken Betti. »Ja, wenn ich lauter Leut hätt, die mir die ganze Arbeit machen, für a Täßla Kaffee und a Ofenklöß, dann tät ich natürlich auch schön dastehn. Viel Händ machen bald ein End, des wissen wir doch. Da kann man dann freilich die Hosenbein von sich strecken und für alle Welt den feinen Herrn geben. Der goldene Gokkel auf der Kirchturmspitz, der schaut stolz nach alle Seiten, aber läuten müssen die Glocken. So wie bei denen wenn's ist, dann kann man freilich gut backen und schlachten. Da blüht einem der Weizen, die Gerste und das Korn. Beim Wegmann schmieren sie sich den Butter dick wie Lehm aufs Brot, und Honig und Käs noch obendrauf! Eine gute Küchen ist der beste Doktor, heißt's, aber gegen alles ist halt doch kein Kraut gwachsen. Mit dem Geld ist's halt wie bei den Tauben: Wo welche sind, da fliegen immer neue Tauben noch dazu. Bis es halt mal einen mordstrumm Schlag tut, und dann ist a Ruh mit dem ganzen schönen Staat, das darfst mir glauben.«

Mit der Märzensonne kam das Tauwetter, und milde Lüfte ließen die Blumen sprießen. Frühlingsboten hoben ihre Blütenköpfe und begrüßten die zurückgekehrten Zugvögel. Es waren die Wochen, in denen die Gartenbeete bestellt und Obstbäume beschnitten wurden, wo Hafer und Sommergerste gesät, Kartoffeln gesteckt und Meerrettich gelegt wurden. Das Aufblühen in der Natur warf sein Licht auch auf die Menschen. Michael und Katharina Wegmann verkörperten die gewohnte Einigkeit, das war für alle Augen klar zu sehen. Ihre Berührungen waren voller Leichtigkeit und Verlangen. Sie gingen miteinander eingehakt, legten die Hand an den Arm oder auf die

Schulter des andern, lächelten sich amüsiert und verschwörerisch an. In ihren Augen saß ein Schmunzeln, ein Zwinkern, ein Leuchten. Von daher wunderte sich kein Mensch, als es hieß, bei Katharina sei wieder was Kleines unterwegs.

Michael Wegmann tat sein Möglichstes, um seine Frau zu schonen und zu erfreuen. Sie sollte nicht barfuß gehen, sich nicht bücken, nicht schwer heben und tragen, sich nicht jeder Witterung und Arbeit aussetzen. Die meisten Frauen im Dorf waren ja gezwungen, ihr mühevolles Tagwerk in Haus und Hof bis zum Tag der Geburt fortzusetzen. Wegmann aber wollte nichts falsch machen und sich nichts nachsagen lassen. Er gab Obacht, daß Katharina sich nicht plagen, erschrecken und aufregen mußte. Vor allen Dingen wollte er all das abergläubische Gerede von ihr fernhalten, das die Dörfer und Köpfe gern heimsuchte: Was man unbedingt tun oder unterlassen mußte, damit sich die Mutter nichts Böses einhandelt für sich und ihr Kind, kein Feuermal, kein Gebrechen. Kein Ungemach mit der Nachgeburt, mit Blutungen und schlimmen Nachwehen. Daß keine Drut kommen und ihr einen Wechselbalg unterschieben konnte, so einen strotzhäßlichen, krüppelkrummen Zwerg! Wegmann waren solche Angstmachereien zuwider. Zum Glück war die Zeitlers Anna eine Hebamme neueren Schlags, die auf solche Schwarzseherei nichts gab und sich lieber auf ihr Wissen und ihr Gespür verließ. Daß sie tüchtig und zuverlässig war, war bekannt und beruhigend.

Die Niederkunft war für Anfang August berechnet worden, die heiße Dreschzeit, die Hundstage mit ihrer trockenen Hitze und brütenden Glut. Für Katharina bedeutete das Mühsal und Anstrengung. Sie mußte sich viel setzen, ausruhen und hinlegen. Der umfangreiche Bauch wurde immer beschwerlicher, aber sie freute sich inständig auf das Kind. Ihre Schwägerin Sophie sah ihre Blässe und die Flecken an ihrem Hals und Gesicht und sagte deshalb ein Mädchen voraus. Katharina war es recht, sie wollte nur ein gesundes Kind und alles heil überstehen. Daß sie einem neuen Menschlein zum Leben verhelfen, etwas weitergeben, in die Zukunft hinüberreichen würde, hin zu den Nachkommen und Kindeskindern, das machte sie glücklich. Blühen und Frucht bringen, wachsen und sich fortpflanzen, war das nicht das Naturgesetz überhaupt? Sie spürte diesen starken Drang zum Leben in sich wie nie zuvor. Furcht vor den Wehen und Schmerzen hatte sie nur wenig, sie kannte es ja bereits. Bloß das kleine Geschöpf wohlgeraten und wohlbehalten zur Welt bringen, das wünschte sie sich von ganzem Herzen.

Nach dem warmen Frühjahr kam die Pfingstzeit, alles Grüne war am Blühen, und die Mäher liefen früh um drei mit den Sensen hinaus auf die Wiesen, wenn die Dunkelheit gerade in Helligkeit überging und das Gras noch taufrisch und gut zu schneiden war. Schwaden für Schwaden wurde hingemäht, das Sensenblatt gewetzt und der Schweiß aus dem Gesicht gewischt. Mägde und Tagelöhner machten sich ans Breiten und Wenden, die Knechte ans Aufladen auf den Heuwagen, ans Hinaufgabeln auf den Heuboden. Es kam der Johannistag und die Beerenzeit, die Kirschen und Frühäpfel wurden reif. Schwalben, Fledermäuse und Glühwürmchen eroberten die Luft. Aus dem Garten konnte man Salat und Blattspinat holen, dann Rettich, Bohnen und Gurken. Die Wintergerste wurde gemäht, danach das Korn, der Roggen. Auf den Stoppelfeldern standen schon die ersten Ährenbündel, zu Garben gebunden, zum Austrocknen auf Haufen. Bereit für die Scheunendrescher, die im Takt der Dreschflegel auf die Ähren einschlagen und dann im Durchzug die Spreu von den Körnern trennen würden.

Im Kaffeehaus hörte Michael Wegmann viel Gerede über die nahende Geburt. Wetten machten die Runde, ob es ein Sohn oder eine Tochter werden würde. »Wenn's ein Bub wird, dann mußt ihn fei mit Pauken und Trompeten begrüßen!«, spitzte ihn der Schmieds Frieder an. »So ist des bei die großen Herrn! Böllerschüss' und ein paar gscheite Salven mit die Kanonen in die Welt neidonnern!« – »Ich mein, du machst den Paten und hebst das Kind aus der Tauf, dann kannst so ein bombastisches Brimborium ja aufführen und den Taufschmaus zahlen obendrein.« – »Wenn's wieder ein Bub wird, dann mußt einen gscheiten Baum pflanzen. Am besten a Linden oder a Eichen, net bloß so an Apfelbaum wie beim Fritzla damals.« – »Jetzt laß das Kind erst mal auf die Welt kommen, dann find't sich des alles schon. Tu mir bloß net vor der Kerwa juxen und gaudiern!«

Der Sommer war schwül und regenreich gewesen, mit Wolkenbrüchen, Hagelschlägen und vielen garstigen Regenschauern. An einem Samstag war es dann so weit. Die Wehen setzten ein bei Katharina, die Zeitlers Anna traf ein und gab knappe Anweisungen, hektisches Hin- und Herlaufen folgte im Haus, heißes Wasser und frische Handtücher wurden gebracht, ein Zinkwännchen, Krüge und Schüsseln. Es roch nach Kräuteressig und Karbolsäure. Die Gebärende war am Schnaufen und Pressen, am Schwitzen und Schreien. Ihre Schmerzen drangen aus der Schlafstube hinaus in die Ohren der ungeduldig Wartenden. »A Wöchnerin muß durch neunerlei Schweiß gehen«, sagte die Hebamme beruhigend. Aber es gab Komplikationen, das Kind wollte nicht kommen, es blieb stecken, Wegmann wurde auf den Weg geschickt, um Doktor Dressel zu holen. Allein in der Chaise trieb er die Pferde an und betete laut um den Beistand des Himmels. Der Blick der Hebamme verhieß nichts Gutes, eine düstere Vorahnung beschlich ihn dabei.

Als der Arzt später aus der Schlafstube kam, schaute er ernst und erschöpft. »Ich bin untröstlich, aber das Kind war nicht mehr zu retten. Da sind auch dem Doktor und der Hebamme die Hände gebunden.« Wegmann mußte sich setzen. Er fühlte sich wie betäubt. Als hätte man ihm mit einem Schlegel gegen die Stirn gedonnert. Der Schreck fuhr ihm in den Leib und jagte Fragen vor sich her – Was? Wie? Warum? Wieso?

Mit einem Mal machte sich blanke Furcht in ihm breit. Was ist mit meiner Frau? Wie geht es ihr? Wann kann ich zu ihr? Als man ihn hineinließ, sah er das kleine leblose Bündel, das seine Tochter Rosa Margarethe war, hätte sein sollen, werden können. Er wollte den eingewickelten Leib berühren, aber seine Finger zuckten und zögerten. Seine feuchten Augen starrten auf Katharina, die schweißnaß im Bett lag, erschöpft und ausgelaugt. Sie schlief und ihr Gesicht glänzte. Wegmann setzte sich auf den Stuhl am Bett, sein Blick klammerte sich an seine Frau, seine Hände falteten sich zusammen zu einem festen Knoten.

Die Luft im Kaffeehaus schien plötzlich wie ausgewechselt zu sein. Es roch ernst und streng nach Krankheit, Tod und Leid. Das Licht wurde düster, die Atmosphäre bedrükkend. Alle Stimmen verstummten, alle Handgriffe erstarrten, alle Arbeiten ruhten. Die Gäste schlichen lautlos aus dem Gastzimmer, die Dienstboten widmeten sich wortlos ihren Pflichten und Aufgaben. Eine beklemmende Stille erfüllte das Haus und dämpfte jede Äußerung. Die Möbel und Gegenstände standen verloren und verlassen herum, als hätten sie ihre Bestimmung eingebüßt, als ahnten sie, welches Drama sich hinter der Schlafstubentür abspielte.

Katharina bekam über Nacht hohes Fieber, sie schwitzte und fror, sie stöhnte, wimmerte und schluchzte. Den Tod des Kindes hatte man ihr nicht verheimlichen können. Die Nachricht zerriß ihr das Herz. Die Schmerzen im Unterleib wurden stärker, die Blutungen hörten nicht auf, sie mußte sich erbrechen. Ihr Puls ging heftig, der Atem schnell. »Wir können nur nach bestem Verständnis und Vermögen helfen und raten«, sagte Doktor Dressel betrübt, »aber gegen manche Entzündung sind wir machtlos. Da kann keine Natur mehr helfen, kein Hausmittel und keine Medizin.«

Am Dienstagabend wurde der Fensels Simon losgeschickt, um Pfarrer Hänfling zu holen. Es war bereits dunkel draußen, als der Geistliche Katharina das Abendmahl reichte. Ob sie die Worte und Gebete alle mitbekam, schien fraglich. Der Pfarrer drückte Wegmanns Hand mit zusammengekniffenen Lippen und nickte bekümmert und stumm. Wegmann sah mit feuchten Augen auf seine Frau, die sich mit jedem Pendelschlag der Uhr weiter von ihm entfernte. Verschwommen erblickte er in der sterbenden Katharina die Züge seiner eigenen Mutter, dann auch das Gesicht Rosina Beerenthalers. Tränen liefen ihm über die blutleeren Wangen. Bewegungslos harrte er aus, unfähig klar zu denken, das Unvorstellbare zu begreifen. Die Tätigkeiten der Hebamme und des Arztes nahm er kaum mehr wahr. Ein Mühlstein lag auf seiner Brust. Selbstvorwürfe erdrückten ihn. Hatte er sich genug gekümmert, genug geliebt und geredet? War er nicht immer zu verschlossen gewesen, zu untätig, zu feige? Hatte er seine tiefsten Ängste, Sehnsüchte und Träume nicht vor ihr verborgen? So viel wollte er Katharina ja noch sagen und erzählen, die Sache mit Rosina, mit der Goldkette, alles.

Die ganze Nacht über wachte Wegmann an Katharinas Bett. Mehrmals sprach er sie an, aber sie reagierte kaum mehr. Es war mehr ein Wimmern als ein Reden. Er betete wie nie in seinem Leben zuvor. Erinnerungen tauchten auf, unvergeßliche Augenblicke. Ihr volles, nach Getreide und Garten duftendes Haar, wenn es abends aus dem Kopftuch herabfiel auf die Schultern, ein Lockenglück, greifbar und heuschübelleicht, ein Vorhang aus Samt und Seide, Sinnenglück für Mund und Nase der Nacht. Hauchzarte, hautwarme Wogen, Brandung und Landung im goldenen Moment. Unvorstellbar, daß dieser Mensch nicht mehr da sein könnte.

Auf einmal spürte Wegmann die Kälte und Leere, die auf ihn lauerten, eine Angst und Verlorenheit, die er seit vielen Jahren nicht mehr gekannt hatte, vor der er auch nicht entfliehen konnte. Sein Gesicht fiel in seine Hände wie ein Baum in den Schnee. In seiner Phantasie sah er sich, wie er Katharinas schlaffen, zitternden Körper aufhob, in seinen Armen hielt und davontrug, er hörte sich schreien: Laß sie leben! Gib uns noch Zeit! Womit haben wir das verdient?

Sichtlich mitgenommen holte Wegmann am Mittwochmorgen den kleinen Fritz und führte ihn an Katharinas Bett.

»Schau, das ist deine liebe Mutter. Schau sie dir genau an, denn sie geht für immer von uns.«

»Aber warum geht denn die Mama fort?«

»Sie ist arg krank.«

»Was hat sie denn?«

»Der Doktor sagt, Blutvergiftung.«

»Warum hat sie denn das?«

»Ich weiß es auch net, mein Bub.«

»Sie geht bestimmt zum Karl und schaut, daß uns kein Leid geschieht.«

Dieser Tag bedeutete für den achtjährigen Fritz das Ende seiner Kindheit, denn gegen elf Uhr war seine Mutter tot. Ein mondfahler Frieden lag auf ihrem erkaltenden Gesicht. Die Zeitlers Anna machte das Fenster der Schlafstube auf, daß die Seele ungehindert in den Himmel konnte. Doktor Hänfling nahm die Totenschau vor und drückte Wegmann beklommen die Hand. Der saß vor dem Bett der Verstorbenen, bleich und starr vor Müdigkeit. Sein Gesicht war verschlossen, ein Stein, der weder weint noch begreift. Die Hausleute kamen leise herein, die Dennerleins Bärbel, der Fensels Simon, der Rabers Hardl, Wegmanns Schwester Sophie und sein Schwager Konrad. Das Kaffeehaus war geschlossen, jemand hatte die Uhr angehalten und die Spiegel verhängt. Nur Geflüster war zu hören, düsteres Gerede: Samstagskinder sind Todeskinder. Die vorige Woche ist ein Bild von der Wand gefallen und das Glas zersplittert. Wenn eine Wöchnerin stirbt, folgen ihr bald noch zwei andere hinterdrein in den Tod. Solche Sätze drangen an neugierige, furchtsame Ohren.

Die Betzolds Meich kam, die Frau des Hirten. Sie war die Leichenfrau im Dorf und verständigte die Verwandten, sorgte für Sarg und Träger, ging in die Häuser zum Leichenbitten und bekam dafür ein Ei, etwas Schmalz oder Mehl als Dankeschön. Gemeinsam mit Sophie begann sie, die Tote zu waschen und einzukleiden. Wegmann wollte, daß sie Katharina ihr Brautkleid anziehen. So lag sie dann unterm Leintuch auf dem Bahrbrett, ein kaltes, lebloses Gegenstück zu ihrem Glück von damals. Dann kamen Nachbarn und Verwandte, um Katharina die letzte Ehre zu erweisen, ihr ins Angesicht zu schauen, alles Gemeinsame vorbeiziehen zu lassen und betend Abschied von ihr zu nehmen. Am Nachmittag wurde Katharinas Leib eingesargt und lag nun unter einer weißen Sargdecke auf Sägespänen und Stroh. Der Duft von Sommerblumen erfüllte den Raum und vertrieb den Geruch von Krankheit und Tod.

Wegmann redete und tat das Nötige, hörte sich mechanisch gestanzte Sätze sagen, die ihm dieser einschneidende Moment einflößte. Da sieht man, was der Mensch ist. Es kann vor Nacht leicht anders werden, als es am frühen Morgen war. Sie ist erlöst, jetzt geht's ihr gut. Sie hat ihre Ruh und ihren Frieden. Laß mich beizeit' mein Haus bestellen, daß ich bereit sei für und für. Waren das hilfreiche Trostworte oder schale Phrasen? Es war ihm schleierhaft wie so vieles in diesen Stunden und Tagen.

Am Nachmittag war er schweigend durch Haus und Hof gegangen und hatte alle Sachen berührt, die vor ein paar Tagen noch Katharinas lebendige, warme Hände angefaßt hatten. Der Schmerz schüttelte ihn – gleichzeitig suchte er ihn, als könne er damit seiner toten Frau näherkommen und sich selber stärker spüren. Er klopfte auf Katharinas Krautfässer, auf Bienenkörbe und Backnäpfe, ging zum Vieh und Geflügel, sah in den Garten, die Kleiderschränke und Schubladen. Alles zeigte noch ihre Handschrift, ihren Atem, ihre Gegenwart.

Alles war wie immer, ganz gewöhnlich, aber plötzlich hatte es keine Bedeutung mehr, war leblos und kalt.

Am Abend war die Überführung in die Leichenhalle. Der Sarg wurde über der Haustürschwelle drei Mal gesenkt und gehoben. Dann kam Katharinas letzte Fahrt von Peppenhöchstädt nach Dachsbach. Ein Pferdegespann schnaubte vor dem Wagen mit der Toten. Zweimal zogen die Tiere an, wurden mit einem »Brrr« wieder angehalten, ehe sie beim dritten Mal den Wagen mit dem Sarg wegfuhren vom Hof. Jetzt war allen klar: Katharina würde das Kaffeehaus nie mehr betreten. Sie war Wegmanns Herzensmensch gewesen, seine Lebensfrau, seine Ehegenossin. »Jauchzen die Herzen, brennen die Sinne, sind die Augen auch mal verweint – Feuer und Wasser, Himmel und Erde, in der Ehe sind sie vereint!« Wegmann mußte an diesen Vers von ihrer Hochzeit denken und drückte Augen, Zähne und Lippen fest zusammen in seinem blassen Gesicht. Er fühlte ein Stechen und Ziehen in den Schläfen. Obwohl es Sommer war, waren seine Hände kalt und zitterten. Das Flattern in den Knien war ungewohnt für ihn, ebenso das Brennen in der Brust. Als säße etwas in der Herzgegend und würde ihm die Luft zum Durchschnaufen abdrücken. Alles, was nah war, war nun ganz weit weg.

Für die Beerdigung holte man Eis aus den Felsenkellern der Bierbrauer, um es in den Sarg zu legen zum Kühlen der Leiche. Als man ihn zweimal kurz lupfte und beim dritten Mal hochhob und aus der Leichenhalle hinwegtrug, tropfte schon das Schmelzwasser heraus, als würde das Holz weinen. Mit Fichtenwedeln, Zitronen und Sommerblumen überdeckte man den Totengeruch. Ein stattlicher Trauerzug begleitete Katharina Wegmann auf ihrem letzten Gang zum Grab. Der Schulmeister ging mit den Chorbuben und dem Kreuzträger vorneweg. Ein Sterbelied wurde gesungen, Bibelstellen vorgelesen und Gebete gesprochen. Danach zog man das Bahrtuch vom Sarg und senkte ihn an Stricken in das ausgehobene

Grab. Pfarrer Hänfling segnete die Entschlafene, dann bedeckte man den Sarg mit Erde und Blumen.

Im Anschluß folgte die Leichenpredigt in der Kirche, mit Lebenslauf und Orgelbegleitung. Es war feierlich, ernst und trostvoll. Wegmann schwitzte in seinem schwarzen Anzug, Mantel und Hut, dann fror es ihn wieder in der Kirchenbank. Nichts kann diesen Verlust jemals aufwiegen, das wurde ihm bewußt. Das Schlimme frißt alles Schöne auf. Wir lebten die Fülle, jetzt darb ich im Kummer. Er hatte Katharina versprochen, nicht mit Gott zu hadern, mag es ausgehen, wie es will. Gleichwohl empfand er das Geschehene als grausam, ungerecht, gnadenlos. Seine Liebe war tot, sein Glaube erschüttert, die Hoffnung zunichte. Sah so die Strafe des Himmels aus? Was war das für ein Gott, der solche Sühne verlangte?

Der Leichenschmaus fand im Kaffeehaus statt. Man reichte Kuchen und Brote, Gläser und Tassen. Hände wurden gedrückt, mit Köpfen genickt, Beistand und Besuch versprochen. Lauter Menschen, aber keine Katharina. Die Gespräche halfen Wegmann, auf andere Gedanken zu kommen. Aber wollte er das überhaupt, andere Gedanken? War nicht alles andere so oberflächlich, so belanglos, so lächerlich? Ihm war jedoch auch bewußt, daß er das Unfaßbare ertragen mußte, schon um seines Sohnes willen, der Zukunft halber. Wie sollte er mit dem Übermächtigen leben, das Unerträgliche verkraften? Wenn einem alles genommen wird, wie kann man da wieder etwas geben? Sich wieder freuen, lachen, Pläne schmieden? Jetzt war er verheiratet mit der Leere: Katharinas Abwesenheit würde alle Räume und Gedanken füllen, das spürte er.

In den ersten Wochen ließ er alle Tage ihr Bett lüften und mit seinem neu machen, so wie früher. Am Tisch wurde ihr Suppenteller hingestellt, ihre Hausschuhe unters Bett, so wie früher. Das Wort »früher« trennte nun sein vorheriges Leben von seinem jetzigen. Es gab kein Zurück. Die Brücke war Fritz, in dessen Gesicht er Katharina erkannte. Aus seinen

Bubenaugen blickte Wegmann immer auch seine verstorbene Frau an. Sogar aus manchen Kinderworten hörte er Katharina heraus. Das Lachen und die Begeisterung des Kleinen taten ihm zuweilen sogar weh, weil er Katharinas Energie und Heiterkeit darin erkannte, die ihm so sehr fehlten. Wie er ihre Gegenwart und Wärme vermißte!

Einmal hatte er einen Traum, da kroch er zu Katharina in den Sarg am Boden des Grabes. Gemeinsam schauten sie aus der Tiefe dieser Erdstube hinauf in den zinngrauen Himmel, wo Wolken schwebten und Vogelschwärme zogen. Dann sah er sich emporfliegen und herabschauen, aber da war nur noch ein Blumenhügel und ein Eisenkreuz mit dem Porzellanschild und dem Namen: Katharina Wegmann. Seine Frau war mit dem Sarg darunter verschwunden. Da zog es ihn weiter, er flog davon.

Er wollte dem Aischgrund etwas schenken, was ihm so sehr gefehlt hatte. Seiner Heimat einen Ort bereiten, wo Gemüt und Verstand einkehren können und unaufdringlich umsorgt werden. Wo Geselligkeit und Genuß sich ein Stelldichein geben. Was hatte ihm sein Vorhaben nun eingebracht? Was war ihm davon geblieben? Sinnlos wirkte das ganze Unterfangen, vermessen und zum Scheitern verurteilt. Haltlos hüpfte sein Hirn von Zweifel zu Zweifel, vom Schatten ins Dunkel.

Seine Gelassenheit, die ihn früher so auszeichnete, war Wegmann abhanden gekommen. War das Ausgeglichene seines Wesens nicht bloß Gleichgültigkeit, ja Gefühllosigkeit? Beruhte seine Gemütsruhe nicht darauf, alles annehmen, ertragen und erklären zu können, gleichzeitig aber sein wahres Selbst doch nicht zu zeigen? Wie ehrlich und aufrichtig war er denn gewesen? War er zu verriegelt gewesen, zu verkrampft, zu verzagt? Er hatte mehr verloren als er besaß: Vater, Mutter, Rosina, Karl, Margarethe, Katharina. Hatte er sie nicht genug geliebt, beschützt, unterstützt? Sich ihnen nicht genug geöffnet, gewidmet, anvertraut? Warum konnte er das Leid nicht vertreiben, den Verlust nicht verhindern? Warum hat er versagt? War das die Strafe für seine Fehler, seine Feigheit, seine Versäumnisse? Haben sie ihn verlassen, weil er es nicht wert war, daß man das Leben mit ihm verbringt?

So gallenbitter sein Argwohn gegen das Schicksal und sich selbst in ihm aufstieg, so unfähig war er zu Unbeherrschtheit und Wut. Seinen Schmerz hinausschreien, auf den Tisch hauen und Gläser und Schüsseln an die Wand werfen und zerschmettern, das konnte er nicht. Dafür wurde er einsilbiger, einzelgängerischer, mißtrauischer. Die innere Existenz war etwas ganz Anderes als die äußere. Schweigen tat ihm wohl. Reden ist billig, dachte er, Reden ist nichts wert. Es führt nur zu Mißverständnissen, Palaver und Zwist. Du fühlst dich nur umso einsamer. Reden ist völlig umsonst. Du sagst Liebe, Gott, Sinn, aber die Worte treffen nicht, was du denkst und fühlst.

Es gab Momente, da wollte er alles zurücklassen. Das Kaffeehaus, den ganzen Hof und Besitz veräußern und davonziehen. Weggehen, wie damals mit siebzehn. Fort nach Amerika. Dort in Cincinnati dann wieder auf und davon. Wenn das Schicksal einen schlägt, sucht man sein Heil in der Flucht. Jetzt war er ein Amputierter, ein Lebenskrüppel. Allein gelassen, unvollständig. Wozu sollte er hier kämpfen, sich durchbeißen, allen Widerständen und Rückschlägen zum Trotz? Für die Leute hier, die sich um seine Ideen einen feuchten Kehricht scherten? Für seinen Sohn Fritz? Für seinen Traum vom Kaffeehaus, von einem ganz anderen Aischgrund? Dafür braucht man Menschen an seiner Seite, die einen stützen und stärken.

Was willst du – die hast du doch! So sprach eine andere Stimme in ihm. Wo du hinschaust, hast du Mithelfer und Wohlmeiner. So viele Menschen kommen zu dir, beehren dich, beschenken dich. Aus gutem Grund. So vielen kannst du eine ganze Menge geben. Wie sähe diese Gegend denn aus ohne dein Kaffeehaus? Was wäre mit den Leuten, wenn es diesen Ort nicht gäbe? Nein, du darfst dich nicht geschlagen geben, nicht in der Vergangenheit verrennen. Nicht zugrunde gehen an dem Verlust und der Leere. Sich dem Unvermeidlichen fügen, aber deiner Bestimmung weiter folgen. Du bist doch gesegnet mit guten Erinnerungen. Sie sollen dich voranbringen, nicht zurückhalten. Du hast ein Vermächtnis, einen Erben. Du hast einen guten Boden, alles solide und reell. Das Gute und Schöne kann dir keiner nehmen, nur du dir selber. Den Traum kannst du verwirklichen, bring das Fehlende in die Welt. Diese Stimme in seinem Kopf kannte er, es war die von Katharina.

17

Es verging kein Tag, an dem Michael Wegmann nicht an seine tote Frau gedacht hätte. Er redete auch mit ihr, zuweilen nur still im Geiste, manchmal auch laut vor sich hin. Daß sie stets bei ihm war und seine Schritte und Handlungen begleitete, gab ihm ein vertrautes, wohliges Gefühl der Sicherheit. Sie war die Melodie in seinem Leben, ein Refrain, der immer wiederkehrte, ganz egal, welche neuen Strophen noch kommen würden. Dieser Mensch war immer gegenwärtig, immer spürbar, immer bei ihm. Was er auch unternahm und besprach, überlegte oder empfand, ob er betete oder träumte, dieser fehlende Mensch war präsenter und wichtiger als jeder Lebende.

Der Schmerz des Vermissens war beißend und brennend wie ein unsichtbares Geschwür. Rost nagte an Wegmanns Gemüt und fraß sich in seine Seele hinein. Alle Geselligkeit wurde eingetrübt, für lange Zeit. Die Erinnerungen an Katharina zogen ihn in eine Höhe, von der aus gesehen alles andere schrumpfte und verblaßte. Jede Freude, jede Hochstimmung wurde im Nu getrübt und überschattet von früheren Tagen. Es war nur *ein* Mensch gegangen, aber Wegmann vermißte eine ganze Welt. Oft saß er stumm und starr im Abseits und blickte unverwandt ins Leere. »Du bist dulos«, dachte er bitter für sich, »das ist es: dulos. Ich bin ohne Du.« Diese Dulosigkeit setzte ihm zu und entwertete alles um ihn herum. Im Nebel der Dulosigkeit sah alles grau aus, undurchdringlich, aussichtslos.

Es dauerte beinahe drei Jahre, bis diese eisige Wand um ihn herum bröckelte und verschwand. Den Hof und die Äkker zu versorgen, Fritz zu erziehen, das Kaffeehaus zu führen, Gäste zu bewirten, all dies erforderte seine Aufmerksamkeit und Teilhabe. Spürte er lange nur die Unmöglichkeit weiter zu machen, so erlebte er allmählich wieder, wie freudvoll es war, verantwortlich für alles zu sein und viel gestalten, geben und schaffen zu können. So wie der Winter übergeht in den Frühling, wich der Trauermarsch aus seinem Innenleben und machte Platz für die Gesänge der Vögel, die Lieder der Kinder, der Liebenden und Feiernden.

Um die vielfältigen Arbeiten im Kaffeehaus zu bewältigen, holte sich Wegmann mit der Sichlings Johanna eine tüchtige Küchenmagd, die sich auch um seinen Fritz kümmern konnte. Was ihm aber noch fehlte, das war eine zuverlässige Haushälterin, die das ganze Geschäft mit allem Drum und Dran umsichtig führen und ihn selbst im Notfall auch vertreten und ersetzen konnte. Dafür war weder die Sichlings Johanna noch die Dennerleins Bärbel oder der Fensels Simon geschaffen, die ihr Handwerk verstanden, aber keinen Sinn und Geist für das Kaufmännische und das Planerische besaßen.

Eine solche Person fand Wegmann erst nach einigen Jahren, als er mit einer Frau aus Uehlfeld ins Gespräch kam, die mit ihren Freundinnen und Verwandten immer wieder einmal im Kaffeehaus einkehrte und einen adretten, klugen und jovialen Eindruck auf ihn machte. Sie hatte kräftige, braune Haare, die sie in einem Dutt energisch gebändigt hatte, und ein lebensfrisches Gesicht mit wachen, warmen graublauen Augen. Wegmann kannte sie als Herings-Gutta, doch als er sie mit Frau Hering anredete, brach sie in schallendes Gelächter aus.

»So nennt man mich bloß, aber so heiße ich doch nicht! Mein Großvater handelte mit allem möglichen, auch mit Käse und Fischen. Daher der Hausname Hering. Mein richtiger Name ist Gänsberger.«

»War Ihr Großvater denn Kaufmann in Uehlfeld?«

»Ja, warum?«

»Ich war als Bub einmal bei einem Kaufmann Gänsberger, das dritte Haus nach der Wirtschaft direkt an der Hauptstraße. Ein kleiner Mann mit Bart und kahlem Kopf.«

»Ja, das war mein Großvater.«

»Dann sind Sie also aus einem jüdischen Haus?«

»Ja, wieso fragen Sie das?«

»Weil unser Lehrer Seufferlein uns das damals erklärt hat. Er war ein guter Freund Ihres Großvaters.«

»Mein Großvater war ein recht nachlässiger Vertreter der Religion seiner Väter. Vielleicht war er auch deshalb so beliebt bei den Christen. Der ging nur an den ganz hohen Feiertagen in die Synagoge. Das Geschäft ging vor, auch am Sabbat. Meinen Vater nannte er Siegfried, das sagt schon alles. Meine Eltern haben uns Kinder auch sehr frei erzogen. Mein Vater war zuerst Deutscher und dann erst Jude. Meinen Brüdern gab er die Namen Wilhelm, Friedrich und Julius. Sein Held hieß Bismarck, nicht Abraham.«

»Ach, deshalb nannte man Ihren Vater auch den Bismarckhering?«

»Das hörte er nicht gerne, diesen Spottnamen. Wir Kinder nannten ihn König Otto, das gefiel ihm besser. Er handelte ja auch mit Tabak, Hopfen und Wein. Die höheren Genüsse, das ist mein Metier, sagte er immer.«

»Na, da haben Sie bestimmt eine gute Schule durchlaufen, nehm ich an. Mit so schmackhaften Sachen hat man hier im Kaffeehaus auch zu schaffen.«

»Darum komm ich auch sehr gerne hierher. Es ist ein lauschiger, angenehmer Ort, wo man in aller Ruhe genießen und sich unterhalten kann, oder auch nachdenken und nur schauen – eben wie es einem gefällt. Der Kaffee, die Kuchen und Speisen, das sagt mir sehr zu. Ich hab schließlich auch Hauswirtschaft gelernt, da achtet man genau auf Güte und Geschmack.«

»Und haben Sie eine feste Anstellung im Moment, wenn ich fragen darf?«

»Meine Eltern sind vor ein paar Jahren gestorben. Da bin ich wieder zurückgekehrt aus Nürnberg und hab bei meinen Brüdern den Haushalt geführt. Aber Friedrich lebt jetzt in Frankfurt, Wilhelm hat geheiratet, seine Frau hat nun das Sagen, die sorgt für alle. Auch für meinen ledigen Bruder Julius, der noch daheim wohnt. Da bin ich nicht mehr vonnöten.«

»Könnten Sie sich denn vorstellen, hier bei mir im Kaffeehaus zu arbeiten? Seitdem mir meine gute Katharina gstorben ist, habe ich keine gscheite Haushälterin mehr. Ich brauche eine rechte Hand im Geschäftlichen.«

»Na, das wär ein gefundenes Fressen für alle bösen Zungen! Eine Jüdin hier im Haus, nicht einmal eine gläubige, und dazu noch eine ledige!«

»Das lassen Sie nur meine Sorge sein. Ich hab das Gefühl, Sie sind die Richtige hier. Probieren wir's halt einfach aus, sagen wir eine Woche lang, und dann machen wir Nägel mit Köpf!«

Gutta Gänsberger fing tatsächlich an, im Kaffeehaus zu arbeiten. Ihre Entscheidung stieß bei ihren Geschwistern zunächst auf Mißfallen und Ablehnung, wurde dann jedoch wohl oder übel geduldet und respektiert. Auch ihre Brüder kamen immer wieder ins Kaffeehaus, lieferten Waren und beratschlagten die Lage mit Gutta und Wegmann. Im Dorf und bei den Gästen wurden auch die Augenbrauen hochgezogen und die Zungen gewetzt über die unverheiratete Judenfrau im Witwerhaus, vor allem nachdem Gutta Gänsberger zwei Zimmer bezogen hatte und damit im Anwesen wohnte. Das dauernde Hin- und Herfahren jeden Morgen und am späten Abend hatte sich als unpraktisch und beschwerlich erwiesen.

Gerüchte und Gerede gab es darüber natürlich zur Genüge. Als Wegmann sogar einmal von Pfarrer Hänfling darauf angesprochen wurde, daß das doch keine Art und kein Zusammenstand sei, eine Ungläubige und Unverheiratete mit ihm unter einem Dach, was das für ein Exempel sei für die Leute und die allgemeine Sittlichkeit, da erhielt er eine eher kühle Erwiderung.

»Auf das Gewäsch von Tratschmäulern ohne Gesicht und Namen geb ich gar nichts. Hier geschieht nichts, was net recht wär oder gegen Anstand und Ordnung. Keinem kann man ins Herz schauen. Ich halt mich an das, was eine Person tut mit Gedanken, Worten und Werken. Ist es ein guter Mensch? Das ist doch das Entscheidende. Was jemand glaubt oder net glaubt, das ist jedermanns Privatsache. Das muß jeder mit seinem Gott selbst ausmachen. Darüber will ich net richten und reden.«

Mit den Jahren legten sich die kritischen und spöttischen Bemerkungen. Gutta Gänsberger gehörte zum Haus wie das Gesinde und Inventar. Sie versah ihre Arbeit ohne Aufsehen und Aufhebens, blieb dezent im Hintergrund, hatte den Betrieb stets im Auge und fest in der Hand, so daß Wegmann sich ausgiebig den Gästen, dem Haus und Hof, seinen Bienen und Tauben widmen konnte.

Sein Sohn Fritz war kein Kaffeeprinz, sondern ein Ackerkönig. Schon als Heranwachsender hatte er begonnen, sich für das Vieh und den Feldbau zu interessieren. Von Kindesbeinen an liebte er es, sich im Freien aufzuhalten, im Grünen herumzutoben und sich mit den Tieren zu beschäftigen. Die Bücher und das Kaufmännische, das war nicht seine Welt, viel eher die Wiesen, Wälder und Weiher. Er war ein Praktiker, ein Handwerker. Das Kaffeehaus war das Reich seines Vaters, der Haushalt war Guttas Domäne, folglich zog es ihn hin zum Stall, zur Werkstatt und zur Scheune. Zunächst hatte er mit der neuen Frau im Haus gefremdelt, doch mit der Zeit erkannte er ihr aufrichtiges, freundliches Wesen und ihre zurückhaltende, verläßliche Art. Sie wollte keine Mutter sein für ihn und ihm auch nicht den Vater abspenstig machen. Mit dem hatte er sowieso sein ganz spezielles Verhältnis.

Nicht daß er sich unverstanden oder nicht anerkannt gefühlt hätte, aber mit der oft schweigsamen, reservierten, allzu bedächtigen Art Wegmanns tat er sich zunehmend schwerer. Manchmal vermißte er die liebevolle Hand seiner Mutter, ihre Leidenschaft, ihre Begeisterung. Dagegen kam ihm sein Vater allzu gleichmütig, sachlich, beinahe lieblos vor. Fritz achtete sehr darauf, seinem Vater nicht ins Gehege zu kommen, überließ ihm getrost das Kaffeehaus und konzentrierte sich auf seine eigenen Vorlieben am Hof. Da fühlte er sich in seinem Element. Mit den Jahren eignete er sich Fertigkeiten und Erfahrungen im Umgang mit jenen neuen Geräten und Techniken an, die landauf, landab für Furore sorgten. Die fahrbare Dampfmaschine hatte es ihm angetan, die Lokomobile, die spektakulären Maschinen zum Säen und Mähen, zum Pflügen und Dreschen, Schroten und Häckseln. Er reiste zu den Vorführungen und Messen, besah sich Grubber und Getreidefegen, Pferderechen und Heuwender. Auch Vorträge über Drainierung, Dünger und Zuchtrassen stießen auf seine Neugier. Fritz glühte für diese Fortschritte und Neuheiten, während sein Vater eher vorsichtig war und nichts überstürzen wollte bei allen Anschaffungen und Umstellungen.

Und dann ging es plötzlich sehr schnell. Fritz lernte ein patentes, hübsches Mädchen kennen, Babette Helmreich aus Gerhardshofen, die vom Herkommen her die Bauernarbeit gewohnt war und auch ein paar schöne Besitzstücke mitzubringen hatte in die Ehe. Die Hochzeit wurde im Kaffeehaus beschlossen, ein Wohnhaus wurde gebaut auf der hinteren Seite des Grundstücks, und 1899 fand die Vermählung statt. Die nächste Generation trat ein in die Verantwortung, um Fortbestand und Zukunft des Ganzen zu sichern. Im folgenden Jahr wurde dem jungen Paar der Sohn Eustachius geboren, zwei Jahre später die Tochter Wilhelmine. Michael Wegmann hatte nun zwei Enkelkinder, der Hof und die Äcker waren übergeben an seinen Sohn, das Haus war gut bestellt. Aber als ein alter Mann, der stracks auf die siebzig zuging, fühlte er sich im Grunde noch nicht. Das Kaffeehaus war und blieb sein Reich und seine Insel, seine Goldgrube und sein Herzensgrund.

18

Das Jahr 1899 war noch aus einem anderen Grund ein denkwürdiger Einschnitt in der Geschichte des Dorfes. Es war nämlich auch das Jahr, in dem man der Vergangenheit auf den Grund ging und eine Silvesterfeier aus dem Boden stampfte, die über all das hinauswuchs, was man bis dahin gekannt hatte. Es begann und endete im Kaffeehaus, wo alle Fäden zusammenliefen an diesem Ort. An einem heiteren Maitag saß der Borstenzurichtermeister a. D. Ägidius Zänglein aus Fürth auf der Veranda, streckte seinen Zeigefinger Richtung Norden und verkündete mit fester Stimme: »Dort droben im Erdreich, Leute, da schlummert eure Geschichte und euer Kapital!«

Alle Augen und Ohren in der Runde waren auf einen Schlag auf ihn gerichtet, einen gedrungenen, grauhaarigen Mann, der für sein Alter noch erstaunlich umtriebig wirkte und nun mit gewichtigen Worten sein Ansinnen offenbarte. Er sei gewillt, so beteuerte er, seine langgehegte Idee endlich Wirklichkeit werden zu lassen, nämlich den Schatz von Peppenhöchstädt zu finden und zu heben! Die Zuhörer waren dermaßen überrumpelt und überfordert, daß sie zu keiner Reaktion fähig waren. War das wahr? Meinte es dieser Kerl ernst? Was hatte das zu bedeuten?

Bevor irgendeiner überhaupt eine Frage äußern konnte, redete Zänglein bereits im Brustton der Überzeugung und Genugtuung weiter. Wiewohl ihn sein beruflicher Lebensgang auf das Gebiet der Tierhaarverarbeitung verschlagen hätte, erklärte er, so fühle er sich doch von jeher zum Heimatforscher und Hobbyarchäologen berufen und somit aufgefordert, in die großen Fußstapfen des bewunderungswürdigen Entdeckers Heinrich Schliemann zu treten. Dabei sei er aufs Innigste, mit feurigem Herzen und tränendem Auge, dem Ort seiner Vorväter verbunden und verpflichtet, der da heiße: Peppenhöchstädt. Den staunenden Einheimischen verdeutlichte er mit wortreicher Unerschütterlichkeit, daß dort droben am Buckel, wo der verschütt gegangene Weiler Gickelhausen mit seinen zwei, drei Anwesen dereinst seinen Vorfahren Brot und Auskommen geboten hatte, in einer historischen Grablege eine Goldkiste verborgen liege, in der sich auch ein sagenumwobener keltischer Vogel aus purem Gold befinde, ein künstlerisches Kleinod, das endlich zu finden er sich anschicke.

Da ließ die Schar der Zuhörer endlich Zweifel und Bedenken laut werden. »Was? Ein Goldschatz bei uns im Ackerboden? Das gibt's doch net!« – »Davon hätt man doch schon mal was hören müssen, oder net?« – »Wer kommt denn bloß auf so einen Schmarrn da?«

Unbeirrt enthüllte Ägidius Zänglein die für ihn unumstößliche Wahrheit. Er sei über die hiesigen Verhältnisse in vollkommene Kenntnis gesetzt worden, und zwar aus Quellen, über die er Stillschweigen zu bewahren habe, die aber eindeutig besagten, daß seit unvordenklichen Zeiten zu diesem scheinbar unerheblichen Dorf hier ein Wappentier gehöre, das die alten Handschriften auch genau benennen würden, nämlich der sagenhafte Pupa-Hupa, der Stammvogel dieses Ortes.

»Davon hab ich meiner Lebtag noch nix g'hört, und ich bin fei scho achtzig!«, gab der alte Förtschen-Bader zu bedenken. »Ich hab wirklich jeden Dreck mitkriegt in dem Nest da, aber von so einem Bubberhubber war noch nie die Red, so wahr mir ein Aug im Kopf drin hockt!« Allgemeines Kopfschütteln und Schulterzucken gaben seinen Zweifeln recht. Ein Pupa-Hupa war schließlich noch in keinem Stall, Käfig oder Kochtopf jemals aufgetaucht. Von einem Grab mit Gold ganz zu schweigen.

Die Zwischenrufe konnten Ägidius Zänglein indes nicht kopfscheu machen. Der Gegenwind schien ihm gerade recht zu sein. Pupa-Hupa, so führte er aus, sei das Tier von den ersten Siedlern genannt worden, und davon habe Peppenhöchstädt seinen Namen bekommen. Und zwar, wie er den Nachweis zu erbringen imstande sei, vor exakt zweitausendfünfhundert Jahren! Laute des Erstaunens waren zu hören im stetig größer werdenden Kreis der Zuhörer. Mit solchen Zahlen hatten sie noch kaum Bekanntschaft gemacht. Was hatte das alles zu bedeuten? War dem Ganzen zu trauen? Worauf wollte dieser hereingeschneite Borstenzurichtermeister überhaupt hinaus?

Seine Weistümer und Denkmäler sprächen hierbei eine unmißverständliche Sprache, versicherte Ägidius Zänglein. Das habe zu bedeuten, daß Peppenhöchstädt über den Daumen gerechnet sage und schreibe zweieinhalb Jahrtausende buchstäblich auf dem Buckel habe, wie es so schön heiße, und das sei ja wohl ein ganz schöner Haufen!

Gut zwei Dutzend Einheimische und Mitgäste lauschten inzwischen ebenso verwundert wie neugierig diesen Ausführungen. Ihre Begeisterung über das Gehörte hielt sich merklich in Grenzen. Mit Grablegen, Weistümern und Jahrtausenden hatten sie bislang keinerlei Erfahrung gemacht, demzufolge machten sich Mißtrauen und Spottlust dem Borstenzurichtermeister a. D. gegenüber breit, den sie kurzerhand nur »den Adee« nannten und über dessen Alter, Vorleben und Vermögen die seltsamsten Gerüchte im Umlauf waren, ohne sich je zu Gewißheiten zu erhärten.

»Von dem seinem narrischen Zeug da weiß ich nix«, erklärte der Webers Nickel barsch, eines der Lästermäuler im Dorf. »Der Borstenkerl hat doch selber einen Vogel, so wird's sein. Dem hat gewiß so ein verrücktes Viech ins Hirn gschissen, weil der den Leuten gar so einen Schmarrn auf die Nase binden tut!«

Michael Wegmann und Gutta Gänsberger waren an diesem Tag unterwegs in Erlangen, um verschiedene Lieferanten und Geschäftspartner zu besuchen. Als man ihnen am Abend von Ägidius Zänglein und dem Schatz berichtete, war auch Wegmann ziemlich verdutzt.

»Das ist mein erstes Wort! Aber wenn an der Sache was dran ist, dann bringt's die Sonne ja bald ans Licht.«

Zwei Tage später schon mietete sich der Borstenzurichtermeister im Kaffeehaus auf unbestimmte Zeit ein und ernannte es zu seinem Hauptquartier. Vom Gecken-Fonser pachtete er einen Acker für ein Jahr, dingte eine Handvoll Tagelöhner und ließ sie oben am Buckel, wo Gickelhausen einst gelegen haben soll, Löcher graben, Gänge anlegen, Schächte ausschaufeln, Bodenschichten freilegen und Erde sieben. Etliche Wochen ging das so zu, bis in die Dreschzeit hinein, doch ohne Ergebnis. Den Landleuten selbst bereitete der

Goldschatz kein Herzklopfen und schon gar keine schlaflosen Nächte. Der ganze Trubel kümmerte sie wenig, zumal sie von Feld und Vieh fest in Beschlag genommen waren.

»Einen feuchten Dreck finden die dort droben, weiter nix!«, höhnte der Schlorum, ein spöttischer Geselle, der eigentlich Schlegel hieß, und winkte verächtlich ab. »Die finden eher dem Teufel seine Mistgruben als wie einen alten Schatz da droben!«

Ägidius Zänglein zahlte dem Bauern großzügige Ausfallgelder, seinen Arbeitern guten Lohn, und damit hatte alles seine rechte Ordnung. Abends im Kaffeehaus hielt er Vorträge über die Altvorderen, wedelte überzeugungskräftig mit Urkunden, Siegelbriefen und vergilbten Papieren und erzählte mit flammenden Worten von der Eiszeit und der Völkerwanderung, von Kelten und Römern. Seine Darlegungen über die Hunnen und Vandalen, slawische Siedler und fränkische Sippen konnten die Anwesenden begeistern und ermüden. Den meisten Zuhörern wurde es nach geraumer Zeit ganz schwindlig und schummrig im Kopf. Wie sollte man auch die vielen Zahlen, Namen und Begebenheiten verstehen und behalten?

Einer seiner Vorfahren, so erklärte Zänglein, habe am Nürnberger Friedensmahl im September 1649 teilgenommen, wo wahrhaftig gebratene Täubchen aus den Fenstern flogen, pfeilgerade in die Hände und Mäuler des gaffenden Volkes. »Dort floß der Wein in Strömen, und durch ein Trichterrohr wurden dem gemeinen Mann auf der Straße der Bauch gefüllt und die Sinne berauscht, bis das Gelage in fleischlichen Vermischungen aller Art gipfelte, von denen sich ein sittsamer Bürger heute gar keine Vorstellung machen kann.«

»Entweder hat der Adee einen Fitzer oder einen Fetzen Rausch«, meinte der Schlorum. Doch Ägidius Zänglein hatte weder einen Hirnschaden noch zuviel getrunken.

Selbst Wegmann, dem der Überschwang und Vortragseifer dieses Feierabendforschers am Anfang nicht ganz geheuer gewesen waren, wurde angesteckt von Zängleins Begeisterung für die Geschichte des Ortes und seiner Menschen. Diesen honorigen Bürger und komischen Kauz mußte man nehmen, wie er nun einmal war, und seinen wundersamen Ausführungen wurde zu guter Letzt so viel Glauben entgegengebracht, daß Argwohn und Ablehnung auf der Strecke blieben. Als der Wind schon über die Haferstoppeln pfiff und die Bauern eifrig beim Hopfenblatten waren, hatten die Grabungen von Gickelhausen nichts erbracht außer Ascheresten, vermoderten Holztrümmern und siebenerlei Böden vom Keupersand bis hinunter zum roten Lehm und grünen Letten. Von Gold und Gebeinen keine Spur.

Dennoch stieg das Ansehen des Borstenzurichtermeisters im Dorf von Woche zu Woche. Man respektierte seine beharrliche Hingabe, seinen Fleiß und sein unerschöpfliches Expertenwissen. Es gab keinen, der nicht hingepilgert wäre zu den Gruben und Gängen oben am Buckel von Gickelhausen, als handelte es sich um das Troja von Schliemann. Es konnte ja nur eine Frage der Zeit sein, bis die Erde ihr Geheimnis preisgeben würde. So manchem Einheimischen hatte dieser Sonderling mit seinem Wort von den zweitausendfünfhundert Jahren einen eigentümlichen Floh ins Ohr gesetzt, und der saugte sich nun ganz allmählich voll, bis er zu einem Ausbund an Heimatstolz angeschwollen war. Wenn das mit der Gründung der Ansiedlung im Jahre 600 vor Christi Geburt seine Richtigkeit hatte – und wer konnte schon die Angaben widerlegen? – dann war man ja ohne Zweifel praktisch der älteste Ort im ganzen Aischgrund, sogar älter als Franken selbst, das Deutsche Reich und die ganze Christenheit!

»Also wenn das nix ist! So was g'hört doch gebührend gfeiert«, lautete die einhellige Meinung, und man konnte sich niemanden denken, der sich so einem Jubelfest ernsthaft widersetzen würde, nicht einmal den Herrn Pfarrer. Wegmann schmunzelte über solche Reden. Er wußte selbst nicht, was er von all dem halten sollte, und keiner, den er dazu befragt hatte, vom Dorfschullehrer bis zum Dekan und Notar, konnte ihm dazu etwas Verbindliches sagen. »Solang er seine Rechnungen zahlt, den Leuten guten Lohn und Anlaß zur Freude gibt, sehe ich keinen Anlaß, mir Sorgen zu machen. Was an seinen historischen Aussagen stimmt oder nicht stimmt, wer soll das schon wissen und entscheiden?« Diese Meinung des alten Apothekers Halsweck aus Neustadt leuchtete Wegmann sofort ein, zumal er als gebildeter, weltkundiger Zeitgenosse galt.

Als die ersten Nachtfröste kamen und die Kartoffeln, Rüben und Äpfel in den Kellern eingelagert waren, stellte Ägidius Zänglein fürs Erste, wie er sagte, seine Erderkundungen im freien Felde ein. An einem Oktoberabend saß er mit seinen Handlangern im Kaffeehaus und feierte gutgelaunt und großzügig den Abschluß der ersten Grabungsphase, wie er es nannte. »An Sankt Gallus hör auf zu graben, im Frühling will man auch was haben«, meinte einer der Tagelöhner schmatzend und schmunzelnd. Den 16. Oktober hatte man nun erreicht, und an diesem Tag endete gemeinhin die Ernte der Feldfrüchte. Zänglein nahm den Satz als Losung und warf einen Vorschlag in die aufgeräumte Kaffeerunde: »Wenn uns auch das irdische Glück bislang noch nicht wie gewünscht hold war, so wollen wir dennoch dem Ortsgeist den ihm gebührenden Tribut zollen und eine Gründungsfeier abhalten, die den wunderbaren Anlaß würdig begeht. Zweitausendfünfhundert Jahre Peppenhöchstädt! Liebe Leut, die Zeit ist reif für ein großes Heimatfest, und zwar noch in diesem Jahr!«

Beifall brauste auf. »Das ist genau meine Red!« – »Jawohl, das wird gmacht!« So riefen die einen. Andere waren viel vorsichtiger und skeptischer. Wegmann gab zu bedenken, daß Peppenhöchstädt eigentlich nichts historisch Bedeutsames zu bieten habe, weder Schloß noch Burg, keine Ruine, kein Kloster, nicht einmal eine Kirche oder Kapelle. So etwas wie ein

Singspiel oder ein Krippenspiel sei gar nicht möglich. »Sogar der Räuberbuckel im Fuchsgraben, wo nach der alten Sage Attila, der tote Hunnenkönig, beigsetzt worden ist in seinem goldnen Sarg, gehört den Traishöchstädtern«, pflichtete der Webers Nickel bei.

»Und wo soll denn so ein Fest überhaupt stattfinden?«, wollte Wegmann wissen.

»Na, im Kaffeehaus natürlich, wo denn sonst?«, kam es aus der Runde zurück.

»Ein Volk, das keinen Wilhelm Tell und keinen Andreas Hofer hervorgebracht hat, das hat sich auch kein Heimatfest verdient!« Diese Worte stammten vom »Zauser«, wie man den Lorenz Kugler überall nannte, einem dunkelhaarigen, stämmigen Hitzkopf aus Weisendorf, der als Grabungsarbeiter oben am Buckel wochenlang fleißig mitgeschaufelt hatte. Er war ein Kerl von ganz eigner Erbung und Kerbung und ging gern mit seiner Zunderzunge hausieren. Sein grobkantiger Gesichtsausdruck und seine fleischige Gestalt flößten jedem Gegenüber unweigerlich Respekt ein. »Das Volk da hat sich doch niemals richtig die Freiheit erkämpft. Alle haben sich immer geduckt, immer alles gschluckt, was ihnen die hohen Herrn auf den Deckel und vor die Waffel gehauen haben!«

Es war still geworden für einen Moment, alle mußten erst schauen und verdauen. Weder Wegmann noch Zänglein schienen zu einer entschiedenen Erwiderung fähig zu sein. Der Zauser nahm das als stumme Ermunterung. Der als Wirtshaussozialist verschriene Handwerksbursche galt im Grunde als harmloser Maulheld, obwohl er den Feldzug gegen Frankreich mitgemacht, angeblich tollkühn gekämpft und aus Paris sogar einen Tapferkeitsorden mit nach Hause gebracht hatte. Danach soll er einige Jahre in einer Spiegelschleiferei in Fürth gearbeitet und dort im Quarzstaub und Quecksilberdampf so eine Art Erweckungserlebnis gehabt haben, denn als er wieder heimkehrte aus der Stadt, war er wie umgestülpt und vollends mit Galle gefüllt. Ein heißgrätiger Aufbrauser, der seine Soldatenbilder verbrannte, seinen Orden einem alten Schafbock in die Wolle hängte und anfing, im Stall und auf dem Acker nur noch seine einstige Uniform zu tragen, bis sie dreckig und speckig war wie der Hintern einer Kuh. Er wetterte gegen Generäle und Fabrikanten genauso wie gegen die Wittelsbacher und Hohenzollern, die Blutsauger in München und Berlin, wie er sie nannte. »Das ganze Gewittel und Gezoller hat dem einfachen Volk nichts gebracht außer Steuern, Kerker und Kasernen – und Witwen und Veteranenvereine! Die Fürsten und Bischöf haben von jeher das Volk nix wie verhetzt und bluten lassen, die Hundsdunnerwetterkrüppel!«

Das brachte nun den Bürgermeister, den Bauern Biewender, in Harnisch. »Erstens geht's gar net um den Staat, um keinen König oder Kaiser, sondern einzig und allein um unser Dorf. Jawollja! Und da soll uns keiner das Heft aus der Hand nehmen und in die Suppe spotzen, und zweitens ein Weisendorfer Krähenbrater schon gar net, so ein dahergelaufener Blumenzupfer, das wär ja noch schöner! Jawollja! Und drittens werden wir bloß einmal zweitausendfünfhundert, des is doch a schöne Summe, so jung kommen wir nimmer dazu, oder? Also mein ich, daß wir viertens im Winter ein Fest machen sollten, das sich gewaschen hat! Jawollja! Dann werden wir fünftens unseren Nachkommen auch richtig ins Gedächtnis reinfahren, wie sich des auch g'hört für eine gscheite Erinnerung, net wahr!«

Lauter Beifall erfüllte den Raum und von allen Seiten brandeten Zuspruch und Zustimmung heran. »Der Herr Bürgermeister Biewender darf getrost das Recht auf seiner Seite verbuchen«, meinte Ägidius Zänglein anerkennend. »Man muß sich immer besondere Tage herausgreifen und etwas Außerordentliches daraus machen, damit man sie in gutem Gedächtnis behält. Dadurch wird die Zeit erst denkwürdig und unvergeßlich. Und deshalb, meine Herren, lautet mein nachdrückliches Ersuchen: Heimatfest im Winter!«

»Nix anders! Zweitausendfünfhundert Jahr, des ist kein Pappenstiel net! Ein Heimatfest muß her, auf der Stell!«, befand der unduldsame Schmieds Frieder barsch und bündig, »und damit Schluß jetzt, Sense! Aus, Äpfel, Essig!«

»Prost Mahlzeit, jetzt gilt's!«, rief der Förtschen-Bader mit erhobenem Krug.

»Also so richtig mit Festumzug, Festschrift und Festvortrag?«, fragte Wegmann zaghaft.

»Lieber Herr Wegmann«, erwiderte Ägidius Zänglein, »das soll uns nicht weiter bekümmern. Auf Pomp und Brimborium können wir getrost verzichten. Wir brauchen keinen Umzug, jetzt im nahenden Winter erst recht nicht. Und eine Festschrift kann man später im Nachhinein immer noch verfassen. Ich schlage also Folgendes vor: Die Peppenhöchstädter begehen ihre Zweitausendfünfhundertjahrfeier hier im gemütlichen Kaffeehaus, und zwar an Silvester! Am Abend des alten Jahres, an der Schwelle zu einem neuen Jahrhundert! Das ist der richtige Zeitpunkt für einen Rückblick auf verflossene Zeiten, auf die Anstrengungen und Errungenschaften vorangegangener Geschlechter.«

Ägidius Zänglein hielt vor Ergriffenheit kurz inne. Wegmann wollte wissen, wer die Festrede halten und wie die Feier überhaupt bezahlt werden sollte.

»Das lassen Sie nur meine Sorge sein, lieber Herr Wegmann«, entgegnete der Borstenzurichtermeister und warf sich energisch in die Brust. »Hiermit erkläre ich mich bereit, die Festrede an jenem Abend selbst zu halten. Ich gelobe, alle verfügbaren Quellen und Dokumente in die Waagschale zu werfen, um die bewegte Vergangenheit dieses Dorfes für jeden Bewohner lebendig aufscheinen zu lassen. Wir wollen diesem Ort für künftige Geschlechter ein ewiges Denkmal setzen!«

Voller Enthusiasmus klatschten die Zuhörer ihre Zustimmung in den Raum.

»Und was das Finanzielle betrifft, so kann ich Sie beruhigen. Um meine Zuneigung zum Ort meiner Vorfahren für jedermann und alle Zeit klar zum Ausdruck zu bringen, ist es mir ein Herzensanliegen und eine besondere Ehre, allen Peppenhöchstädtern dieses Heimatfest so denkwürdig und gefällig wie möglich zu gestalten. Deshalb verspreche ich Ihnen hiermit offen und gewißlich, die Kosten für Speis und Trank aus meinen eigenen Privatmitteln bestreiten zu wollen. Jawohl, alle Peppenhöchstädter sollen meine Gäste sein!«

Donnernder Applaus erfüllte die Gaststube. Hurra und Hoch wurden gerufen, alle Gesichter strahlten vor Freude und Überwältigung. Zänglein mußte viele Hände schütteln und viele Male wurde ihm auf die Schulter geklopft vor Dankbarkeit und Rührung. Alle fingen im Geiste schon an, die Wochen bis zum nahenden Weihnachts- und Heimatfest zu zählen und sich auszumalen, was da wohl alles geboten sein könnte. Die Erwartungen und die Vorfreude beschäftigten fortan die Gedanken, Worte und Werke der Einheimischen. Diesmal konnte Silvester gar nicht früh genug kommen.

Das Jahr wurde erst rostgolden, dann lehmbraun und aschengrau, bevor schließlich der Schnee seine daunenweiche, staubzuckerweiße Leinendecke über die Fluren und Anwesen legte. Der Weizen war gesät worden, die Regenfurchen waren gezogen, das Weihergras und der Stupfelklee gemäht, die Weißerüben gerupft und alle Teiche abgefischt, die Waldstreu in den Scheunen und Ställen, der Meerrettich herausgegraben, geputzt, gebündelt und gewogen, der gedarrte Hopfen eingefaßt in Säcken, versiegelt und verladen. In den Scheunentennen war das Ausdreschen im Gange. Kraut wurde eingemacht und Dörrobst verräumt. In den Wäldern Bäume mit Pechdallen gefällt und zersägt, Reisig gesammelt und Grubenholz verfrachtet. In den Höfen wurden Kleeböcke und

Hopfenstangen, Bohnenstecken und Rechenstiele gemacht und gerichtet. Pelzmärtel ging vorbei und brachte Nüsse und Hutzel. Die Zeit der Schlachtschüsseln begann, Metzelsuppe und Kesselfleisch dampften im Topf. Die Rockenstuben setzten ein mit Spinnrad und Strickzeug, Plätzchen und Pfefferkuchen wurden gebacken, für die Bescherung gebastelt und gehaspelt, geschnitzt und geschneidert. Und schon war Weihnachten da, das arbeitsreiche Jahr war am Ausklingen und kam schließlich zum Stillstand.

Im Gottesdienst am Altenjahrsabend gab es viel Silvesterhusten in der Kirche, und einige meinten, daß dies ein unruhiges neues Jahr verheiße. Um halb acht tischte man im Kaffeehaus einen Silvesterkarpfen auf, blau im Zwiebelsud oder gebacken mit einer goldbraunen Ummantelung aus Grieß und Mehl, dazu wurde ein kräftiger fränkischer Weißwein ausgeschenkt von den Kipperhängen und Gipshügeln bei Külsheim, dessen geschmackliche Mitgift von Heckenrose und Schlehdorn dem feinen Gaumen nicht verborgen blieb. Das ganze Dorf war eingeladen, alle, die kamen, wurden freigehalten, ein Dutzend Ehrengäste von weiter her hatten sich dazugesellt, so daß das Kaffeehaus so brechrappelvoll war wie ein Fischkasten vor der Kirchweih.

Ein altes Sprichwort besagt, daß Karpfenschuppen Glück und Vermögen bringen, wenn man welche im Geldbeutel mit sich herumträgt. Der Leykaufs Hanni jedoch war so geizig und gierig, daß der den Karpfen sogar mitsamt den Gräten und dem Kopf hinunterschlang. Als man am Tisch darüber in helles Erstaunen geriet, meinte der Hanni nur: »Ich schenk doch dem reichen Wirt net mein halben Fisch! Was ich zahlt hab, des wird gessen, des merkst dir! Lieber den Magen verrenkt und die Gurgel versengt als dem Wirt was gschenkt!« Da sagte ihm der David Kleehofer einen schönen Satz, der noch lang die Runde machte: »Ein geiziger Mensch ist wie ein gemästeter Ochs: Sein Fett gibt der erst her, wenn man ihm sein Leben nimmt.« Aber bevor der Hanni im Gelächter nachlegen konnte, ertönte Gläserklang und ein Grußwort des Bürgermeisters Biewender, dann das gemeinsam gesungene Heimatlied »Zwischen Schwarzenbach und Aschenbach, da hat mein Herz sein Nest«, bevor Ägidius Zänglein mit Räuspern, Blätterrascheln und feierlichem Zwickerrücken zu seinem mit Spannung erwarteten Festvortrag ansetzte, der in der Tat niemanden der Anwesenden enttäuschte und kalt ließ.

»Am Ausgang der Eiszeit ruhte jahrhundertelang beinhartes Schweigen über dem Aischgrund«, hob der Borstenzurichtermeister a. D. schicksalsschwer an, und die Augen und Ohren aller Anwesenden waren auf ihn gerichtet. Jedem war in dem Moment klar: Was dieser Mensch sagte, war verbürgt und besiegelt.

»Die Höhen des Steigerwaldes lagen als dicht verbuschte, verdornte Waldwüste unter dem eisgrauen Himmel, die Täler waren versumpft und verschlammt, voll modriger, morastiger Tümpel. In der Altsteinzeit zogen die ersten schweifenden Horden umher, die mit Stichlanzen und Wurfspeeren auf Jagd gingen und Höhlen suchten, um Unterschlupf zu finden in der Wildnis, ein Obdach vor den Stürmen und Wetterschlägen. In der jüngeren Steinzeit wurde unsere Gegend kaum besucht, Fremdlinge aus Böhmen und dem Donauraum wurden anderswo seßhaft mit ihren Erdwerken und Viehbeständen. Die Jahrhunderte der Hügelgräber und Urnenfelder überzogen die Gebiete, ohne daß es in den schlammfeuchten Flußauen des fränkischen Keuperlandes zu dauerhaften Talsiedlungen gekommen wäre. Andernorts entstanden heilige Stätten, wo man die Sonne verehrte, wo man Opfer verbrannte und Schwerter in Gewässern versenkte, um die Götter gnädig zu stimmen und Katastrophen abzuwehren. Anderswo wurden Menschen ansässig und immer gewandter im Herstellen von Waffen und Werkzeugen, immer geschickter im Handeln mit Geschirr, Amuletten und Schmuck. Aber nicht so hier im sumpfigen Aischgrund.

Lange bevor die mächtigen Römer ihr Reich bis nach Germanien und Gallien ausdehnten, zogen aber bereits keltische Sippen und Stämme durch diese Gegend hier. Und es war im Jahre 600 vor Christus, da kamen fünf keltische Familienverbände hierher in den Aischgrund. Zum Fluß sagten sie Eisgai, zum Wald Achalohi, und diesen Ort hier, wo sie blieben, den nannten sie Pupa-Hupa. Ein merkwürdiger Name, will uns scheinen. Woher kommt er?«

»Wahrscheinlich hat einer Blähungen g'habt und an mordstrumm Furz glassen!«, rief der Webers Nickel dazwischen, daß Gelächter aufkam. Der Festredner schmunzelte und schwenkte wieder ein.

»Nein, der Name kommt von dem Ruf jenes einheimischen Vogels, der eine fächerartige Haube aus Schopffedern am Kopf emporreckt und den wir heute ganz anders nennen, nämlich Wiedehopf.«

»Früher hat man den öfters gsehn und g'hört, mit dem Buschel auf'm Kopf. Heutzutag werden die aber immer weniger«, sagte der Sponsels Loni.

»Ja, Stinkvogel haben's zu dem gsagt«, ergänzte der Förtschen-Bader.

»Richtig«, bestätigte Ägidius Zänglein. »Holzhupfer hieß er auch, oder Weidentupfer. Gemeint ist immer der nämliche Wiedehopf. Mit seinem Paarungsruf Pup-Hup hat es zu tun, daß er in unserem Gebiet hier früher auch der Peppelhetscher gerufen wurde.«

»Ja, stimmt, das hab ich auch schon mal g'hört«, kam es aus der Zuhörerschaft.

»Nun, wie gesagt, fünf keltische Familien waren es am Anfang hier. Sie rodeten das Land und bauten ihre fünf Holzhäuser, die sie sternförmig errichteten, um eine Gemeinfläche herum, so daß der Dorfkern aussah wie eine in die Wildnis gelegte Hand mit fünf strebenden Fingern. Uralte Urkunden nennen uns auch die Namen der fünf Ursiedler in Peppenhöchstädt: Kerid, Penallan, Kenir, Teth und Sambin, so hießen sie. Sie bildeten die Keimzelle unseres Ortes. Nachfahren findet man heute noch in den hiesigen Familien Heinkel, Humbser, Grosch, Geck und Wießneth.«

Sofort entstand Gemurmel, wurden Kommentare abgegeben und Überraschung kundgetan. Zuhörer mit diesen Nachnamen bekamen vor Verlegenheit rote Köpfe.

»Der Glücksvogel dieser keltischen Sippe war also der Wiedehopf, dieser traurige, einzelgängerische Schelm mit seinem klagenden Geschrei und seinem charakteristischen Gestank. Aber Hand aufs Herz, liebe Peppenhöchstädter: Ist er nicht das ideale Wappentier für ein fränkisches Dorf? Geradezu die Verkörperung des fränkischen Wesens, dessen sich niemand zu schämen braucht?«

Lebhafter Beifall beantwortete diese Fragen.

»Die lehmgelbe bis erdbraune Tönung am Leib und die schwarz-weiße Bänderung an den Flügeln und am Schwanz, das ist eine Zeichnung, die uns den Wechsel von Tag und Nacht, Wachsen und Vergehen als Sinnbild vor Augen hält. Sein Leben und Aussehen spiegeln Himmel und Erde. Der Wiedehopf ist ein Höhlenbrüter und bewohnt – wie unsere Vorfahren auch – vorzugsweise baumbestreute, offene Wiesenlandschaften, lichte Wälder oder quellenfeuchte Niederungen. Sein Nest baut er in verschiedenen Hohlräumen in Bäumen, Mauern oder Steinhaufen und findet am Boden seine Nahrung. Am hiesigen Vogelherd war von alters her bekannt, daß diese Vögel recht fett sind und ungemein schmackhaft.«

»Was? Essen kann man den? Na, Prost Mahlzeit!«, entfuhr es dem Förtschen-Bader zur Belustigung des Saales.

»Was wir heute wohl nicht mehr wissen und kennen, ist, daß man früher dachte, das Herz von so einem Wiedehopf würde vor bösem Zauber schützen. Außerdem wurde sein Kopf mit dem Federbusch auch als Glücksbringer verwendet.«

»Mein erstes Wort! Ich kenn den bloß als Dreckspritzer«, bemerkte der Förtschen-Bader.

»Ja, weil die Jungen und die nistenden Weibchen bei Gefahr eine übelriechende Flüssigkeit verspritzen, genau! Damit beschmutzen sie auch das eigene Nest. Deshalb heißt der Wiedehopf auch Dreckschleuder und Klopfscheißer!«

»Wie die Weiber in Rauhgseeß!«, rief der Webers Nickel und lachte schallend. Damit hatte er den Vogel abgeschossen. Der gesamte Saal amüsierte sich über diesen boshaften Seitenhieb gegen das Nachbardorf. Einige, die von dort stammten, wehrten sich launig, und Wegmann mußte für einen Moment an seine Katharina denken, die auch in diesem Ort aufgewachsen war. Wie lange war sie nun schon tot? Siebzehn Jahre, unfaßbar. Wie alt wäre sie jetzt? Sechsundfünfzig. Wie sie wohl aussähe heute? Und wie sähe ihr gemeinsames Leben aus, wenn sie noch da wäre? Gedankenverloren schaute Wegmann ins Leere, bis ihn der Festredner aus seinen wehmütigen Sinniererereien riß.

»Ja, liebe Ortsgenossen, wer kennt nicht den herben Vorwurf: ›Du machst es wie der Dreckspritzer, der scheißt auch aufs eigne Nest‹? Solche Redensarten haben sich einige in unserer Gegend bis heute erhalten. Ein Angeber ist ›stolz wie ein Wiedehopf‹, ein anderer ›der stinkt wie ein Wiedehopf‹. Doch was die wenigsten wissen und ahnen: Dieses für Zuneigung scheinbar so wenig geeignete Lebewesen schließt sich seinem freundlichen Gegenüber mit außerordentlicher Zärtlichkeit an. Deshalb gehört ein zahmer Wiedehopf zu den liebenswürdigsten Hausgenossen, die man sich denken kann. Er wird folgsam wie ein Hund, hört auf jeden vertrauten Zuruf, frißt seinem Herrn aus der Hand, folgt ihm durch alle Zimmer des Hauses und ins Freie, ohne ans Fortfliegen zu denken. Obgleich er als wortkarg gelten darf, ist er keineswegs stumm. Er kann sprechen, jawohl, wie ein Papagei! Von einem Exemplar in Lonnerstadt wird erzählt, es hätte siebzehn saftige Flüche und neununddreißig Schimpfwörter in seinem Repertoire gehabt!«

»Mehr wie meine Frau!«, entfuhr es dem Bötschen-Hardl und alle mußten lachen, sogar seine kugelrunde Frau.

»Wir sehen also«, fuhr Zänglein stimmgewaltig fort, »welch glückliche Hand unsere Vorfahren, jene keltischen Ursiedler, bewiesen haben bei der Wahl ihres Wappentiers. Der Pupa-Hupa: Das ist unser Ort, das ist unsere Geschichte, ein famoses Stück Franken, jawohl, das sind wir!«

Stürmischer Beifall brandete auf, »Prost« und »Pupa-Hupa« wurden gerufen, begeistert stieß man an mit Krügen und Gläsern, daß sich Dunst und Rauch in alle Richtungen und Winkel verdrückten. Das Publikum schwitzte und dampfte, als der Festredner zum Kern des Ganzen gelangte.

»Meine hochverehrten Ortsgenossen, wenn wir einmal hineinhorchen in die geschlechteralte Ausdruckskraft der hiesigen Mundart, die uns ihre Zeugnisse deutlicher offenbart als jedes griechische Orakel, dann erkennen wir eines: Der Ortsname Peppenhöchstädt, ja unser gesamter Lebenslauf wird von diesem Lautstamm ›papp‹ oder ›pepp‹ bzw. in fränkischer Aufweichung ›babb‹ oder ›bebb‹ eingefangen und getragen. Kommt man als Kind zur Welt und wird der mütterlichen Brust entwöhnt, was bekommt man dann zu essen? Genau, einen Papp! Einen Brei zum Aufpäppeln. Eiapopeia, komm, eß dein Breila! Das sagt schon alles. Das ist der Urgrund des Daseins überhaupt. Und fürwahr, das ist kein Pappenstiel! Denn wer weiß, was der ›Pappenstiel‹ ursprünglich war? Nichts anderes als ein abgenutzter Breilöffel, jawohl! Ein anderer Spruch geht so: ›Wer für den Bankert sorgt, der sorgt auch für den Papp.‹ Da gibt es dann kein Papperlapapp, nicht wahr?

Selbst in den Windeln der Bobberle, der Säuglinge, pappt das ›babberde‹ Zeug. ›Pfui, bäbbe!‹ So lautet der Ruf, wenn man nicht will, daß das Kind Unreines oder Verbotenes anrührt. ›Das ist bäbbe!‹ Und genau so schrie man früher, wenn man Menschen vor Gefahren warnen wollte. Das war oft lebensnotwendig, denn Schreckgestalten gab es in Hülle und Fülle, ob das der Bebbenhetscher war, der einen packte und mit Aussatz und Blasen schlug, oder der Poppelkropf, der vermummte Kinderfresser mit seinen knöchernen Klauen.«

»Die stammen aber net aus Peppenhöchstädt!«, schaltete sich der Dorns Joggl ein.

»Bloß der Bebbengori!«, erwiderte die Seybolds Ursel, die aus Rauhgseeß stammte und es nun endlich in gleicher Münze zurückzahlen konnte.

»Ja, der Bebbengori«, ergänzte Zänglein sofort, »die legendäre Figur mit den Fieberbläschen an der Lippe, die kennt man zur Genüge. Wenn man als Kind mit dem Zeigefinger in der Nase herumbohrt, um den trockenen Rotzpopel heraus zu holen, den verhärteten Nasenschleim, der sich so trefflich herumbobbeln, zusammenkugeln und davonschnalzen läßt, dann bekommt man zu hören: ›Hör auf zu bobbeln, sonst kriegst ein Gesicht voller Bebben und Bobbern!‹ Und alle diese Worte sind verwandt mit unserem Peppenhöchstädt! Jawollja! Auch der Bobbern oder das Bebberla, die kleine, rundliche Hauterhebung. Ebenso die Babbm. ›Halt die Babbm!‹ Welches babbelnde Kind in Franken kennt nicht diese unmißverständliche Aufforderung zum Mundhalten? ›Wenn die Gans das Wasser sieht, dann babbert ihr der Arsch‹, pflegte meine Großmutter oft zu sagen. Und ein Schmarrer, der babbert wie ein Entenarsch, der war bei ihr folglich ein Babberorsch.

Alle diese Wörter, ob Gebabbel oder Gebobbel, Babb oder Bebbn oder Babbm – alle stecken im Namen unseres Dorfes drin! Wir sehen also: Die erste urkundliche Erwähnung Peppenhöchstädts von 1228 hat gar nichts zu bedeuten, genauso wenig wie die Legende von einem fränkischen Ursiedler namens Beppo oder Pippo, der dieses Haufendorf gegründet haben soll. Auch mit Pippin, dem Vater Karls des Großen, hat dieser Ort nicht das Geringste zu tun, und ebensowenig mit den sprichwörtlich gewordenen Pappenheimern, den Seichgrubenentleerern und Abtrittanbietern in Nürnberg, rein gar nichts. Alles ein Pappenstiel, Papperlapapp!

Nein, in den alten Quellen der grauen Vorzeit habe ich sie gefunden, aus dem Dunkel der Geschichte treten sie hervor, vor meinem geistigen Auge sehe ich sie sonnenklar erscheinen: diese keltischen Ursiedler, die hier blieben und aufbauten, wo sie Herdstätten und Hofstellen anlegten. Erst viele Jahrhunderte später kamen die Franken vom Rhein und Main herüber. Als die Merowinger Befestigungen und Grafschaften hier in Franken gründeten und ihren Toten Habseligkeiten und Wegzehrung mitgaben ins Grab, da hatten viele Generationen bereits den Ort des Vogels Pupa-Hupa hier bewohnt und kultiviert. Als die Karolinger dann ihre Königshöfe und Martinskirchen bauten, waren schon längst Wenden ansässig aus dem Slawenland im Osten, um im Aischgrund zu roden und zu siedeln. Sie waren gutmütige, fleißige, lebensfrohe Menschen, deren Genügsamkeit, Geselligkeit und Gastfreundschaft für viele Generationen unserer Heimat ihren Stempel aufprägen konnten.«

»Was? Jetzt hab ich immer gmeint, wir sind frank und frei! Dabei sind wir ganz was andres«, entfuhr es dem Groschen-Schorsch.

»Ja, keiner von uns weiß, woher seine Vorfahren einmal kamen in grauer Vorzeit, und woher sein Blut und sein Gesicht eigentlich stammen. Die keltischen und slawischen Siedler haben hier die früheste Landnahme vollzogen, lange bevor fränkische Sippen eindrangen, ihren Gau mit Grenzen umgaben und mit Besitztümern markierten. Lange bevor sich in irischen und schottischen Klöstern christliche Männer aufmachten, um hier im Heidenland das Evangelium von

Christus zu verkünden, Bekehrte zu taufen, Kapellen zu erbauen und zu weihen. Lange bevor von Franken überhaupt erstmals die Rede sein konnte.

Jede Familie in dieser Ortschaft besitzt ihre eigenen weitverzweigten, tiefgründigen und leidgetränkten Geschichten. Keltisches Blut strömt auch den Nachkommen der Dorschner und Drummeter heute noch durch den Leib. Die Vorfahren der Sponsel, Neder und Grosch beteten in den Slawenkirchen noch in der alten ostelbischen Sprache der Aischwenden. Im Stammbaum der Waffenschmidt und Wegmann findet man einen welschen Handelsmann genauso wie einen österreichischen Bauern. Die Kinder der Wießneth und Veitlinger hatten Väter aus römischen Hilfstruppen und aus kroatischen Söldnerhaufen. Die Ahnen der Bötsch und Batz kamen vor Jahrhunderten aus Mähren und Ungarn hereingewandert, diejenigen der Seybold und Delatron gehörten zu den hugenottischen Flüchtlingen, die der Stangenreuther und Heigelsteiner wurden aus ihrer niederösterreichischen Heimat um ihres Glaubens willen vertrieben und suchten Zuflucht hier im völlig verwüsteten Aischgrund.«

Die Vertreter der angesprochenen Familien lauschten mit glühenden Köpfen und Ohren den Enthüllungen des Festredners. Alle Gesichter waren nun ernst und angespannt vor Aufmerksamkeit. Was käme noch ans Licht über die eigenen Vorfahren?

»Ein Sohn dieses Dorfes, Caspar Balthasar Nagel, nahm als Heerbursche an einem Kreuzzug teil und brachte aus dem Morgenland zwei Kinder mit heim, die er dort mit einer Sarazenin gezeugt hatte. Das schöne, schwarze, kräftige Haar und die Kastanienaugen, die in dieser Familie heute noch zu bewundern sind, stammen also aus dem Orient.«

»Siehst du? Da hörst du's!«, entrüstete sich die Nagels Lisbeth und stieß ihrem verdatterten Mann den Ellenbogen in die Seite. Ein befreiendes Lachen machte sich breit.

»Als die Hussiten ihre Brandfackeln auf die Schober und Ställe der Bauern hier schleuderten, pflanzten sie ihr Vermächtnis mancher schreienden, greinenden Frau mit Gewalt in den Schoß, die dieses Leidwesen aufzog wie alle andern leiblichen auch. Deshalb sage ich euch: Die Spuren der Vergangenheit sind uns unverkennbar in unsere Gesichter geschrieben!«

»Ach, Kinder und Leut! Ein Jammer ist das!«, klagte die Delatrons Mina aus tiefster Brust.

»Blutige Geschichten grundieren noch den kleinsten Ort. Als der Wanderprediger Kilian und seine zwei Schüler Kolonat und Totnan vor mehr als zwölfhundert Jahren in Würzburg totgeschlagen wurden, gehörte zu den drei gedungenen Mördern auch ein Vorfahre der Bernschneider von hier, ein getreuer Gefolgsmann, der als alter Mann auf einem sanften Ruhekissen friedlich entschlief, ohne sein Verbrechen je gestanden zu haben. Vor mehr als tausend Jahren ließ der König dem Grafen Adalbert den Kopf abschlagen, weil er gemordet und geschändet hatte, und dazu zahllose Liebschaften und ungezählte Nachkommen mit irgendwelchen Untergebenen! Diesem edlen Zeugherrn hat auch die ortsansässige Familie Bernschneider ihr Dasein mit zu verdanken.«

Betretenes Schweigen und verlegene Blicke zeigten die Betroffenheit so mancher Zuhörer.

»Hans Biefanger hat einen Vorfahr, der mit vielen anderen Bauern aufgehängt wurde wie ein Strauchdieb, weil sie gegen das himmelschreiende Unrecht der Fürsten, Bischöfe und Klöster ihre Sensen und Gabeln erhoben hatten. Er wurde genauso ohne Glocken, Gesang und Segnung vergraben wie Melchior Ratzmann, der unter dem Krummstab des Bischofs wohnte und unters Schwert des Scharfrichters geriet, weil er seinen Hunger stillen und seine Saat schützen wollte. Deshalb hatte er Wild erlegt, das seinem Grundherrn gehörte, das kostete ihn den Kopf. Die eitlen Jagdgelüste dieses

Kirchenfürsten waren also die Ursache, daß die Ratzmann über Generationen als Pechschmierbrenner und Seifensieder durch die Lande ziehen mußten, bis es sie schließlich nach Peppenhöchstädt verschlug. Die Herkunft kann man sich nicht aussuchen – und wo man stöbert und gräbt, stößt man auf Blut und Tränen.«

»Das ist ja furchtbar, eine solche Ungerechtigkeit!« Empörung machte sich Luft über diese enthüllten Verbrechen.

»Als die großen Herren das arme, ahnungslose Volk in einen entsetzlichen dreißigjährigen Glaubenskrieg gehetzt haben, wurde dieses schöne, stille Land hier ganz und gar mit Verwüstung überzogen. Von allen Seiten sind da die Bauersleute erschlagen und versprengt worden, von den katholischen Kroaten und päpstlichen Forchheimern genauso wie von den protestantischen Schweden. Gottes Wille ist auch der meinige, verkündeten die Herren. Aber je eifriger um die richtige christliche Religion gestritten wurde, desto gottloser wurden die Menschen. Die Dörfer im Aischgrund lagen in Schutt und Asche, Häuser und Höfe waren niedergebrannt, dann kamen der Hunger und die Wölfe, die schwarzen Blattern, der Typhus, die Pest. Die Leute hatten sich aus Angst in den Wäldern versteckt, sie hausten in Höhlen und Löchern, wo sie stumpfsinnig dahinvegetierten, wo sie in den klammfeuchten, bitterkalten Quartieren erfroren und verdarben, von eigens abgerichteten Bluthunden gehetzt und zerfleischt oder von raubgierigen Häschern erschossen und erschlagen wurden. Und alles unter dem Zeichen des Kreuzes.«

Beim Herumblicken im Saal fiel es manchem nun auf, daß der Herr Pfarrer gar nicht anwesend war und sich aufgrund dienstlicher und familiärer Pflichten hatte entschuldigen lassen. Gott sei Dank, dachten einige. Wer weiß, wie er so manche Äußerung wohl aufgefaßt hätte!

»Es war eine Zeit des Grauens«, verkündete Zänglein. »Viele unserer Vorfahren in Peppenhöchstädt sind damals hinter irgendeiner Hecke oder an irgendeinem Graben verfault, Sonne und Regen haben ihre Knochen kalkweiß gebleicht. Wenn einer nicht auf der Stelle herausrücken wollte mit Geld oder Vieh, hat man dem vor Schreck Schlotternden einfach mit einem Hieb den Schädel gespalten oder den Kopf abgehauen. Auf unvorstellbare Weise wurden die Frauen und Mädchen geschändet und verstümmelt. Wenn sie ihre Ringe nicht schnell genug über die Knöchel brachten, schnitt man ihnen kurzerhand einfach die Finger ab! Von den Großvätern wissen wir, daß Soldaten dem Welkers Hans die Fußsohlen mit feuchtem Salz beschmiert haben und es dann von seinen Geißen haben ablecken lassen, bis dem armen Kerl das Herz abstarb. Seinem Sohn Jockel schraubten sie die Finger zusammen, daß das Blut und das Fleisch nur so herausgespritzt sind! Dem Humbsers Nickel haben sie einen Strick um den Hals geschlungen, einen Stecken hinten durch, und dann ist der gezurrt und gerattelt worden, bis der bloß noch geröchelt hat, bis ihm die Augen aus dem Schädel sprangen und die Adern platzten!«

»Da hätt man gwaltig reinfunken müssen in die Teufelsbrut!«, empörte sich der Webers Nickel.

»Ach, das Schicksal unserer Altvorderen war es, daß sie ohne Macht und ohne Waffen waren. Dabei war es bloß ihr Bestreben, in Frieden säen und ernten und mit Feldbau und Vieh ihr Auskommen finden zu können. Jahraus, jahrein waren sie dafür eingespannt in ihr Tagwerk. Der Hof warf meist ab, was man zum Essen und Anziehen brauchte, auch Leinen, Wolle und Leder kamen aus eigener Haltung und Bereitung. Sie holten Sand und Ton aus den Gruben, schlugen Holz zum Bauen und Brennen und Sandsteine aus dem Steinbruch. Bei all dem benötigten sie Tiere, ihr Fleisch, ihr Fett, ihre Milch, ihr Fell, ihren Mist, und vor allen Dingen ihre Kraft. Sie schauten auf die Zeichen des Wetters und des Wachstums, blickten voll Hoffnung den Kirchweihen, Markttagen und heiligen Festen entgegen und entrichteten untertänig ihre Abgaben und Gebete. Genügsamkeit schmalzte ihnen das Brot, Demut wärmte ihr Herz. Und darum sollen wir ihrer gedenken und wertschätzen, was geschah. Alle Ereignisse haben auch mit uns zu tun, wir müssen es nur erkennen und recht verstehen.«

Ruhe und Aufmerksamkeit erfüllten den Raum, Ernst und Nachdenklichkeit die Zuhörer. Dann machte Ägidius Zänglein noch einen Schwenk zu Napoleon und den Befreiungskriegen, zu Metternich und zur Paulskirche, zu den Kriegen von 1866 und den Siegen von 1871, kam zu Bismarck, zum Kaiser und zum Deutschen Reich, bevor er schweißüberströmt und mit leicht heiserer Stimme zum guten Schluß gelangte.

»Meine lieben, verehrten Peppenhöchstädter, nach so viel Vergangenheit bleibt mir nur noch eines: Ich danke euch für eure geduldige, achtungsvolle Gegenwart und wünsche allen hochgeschätzten Anwesenden einen glücklichen Übergang ins neue Jahrhundert. Erheben wir unsere Leiber und Gläser zum Hoch auf unser Dorf und den heutigen Tag! Unser Heimatort und seine Menschen mögen leben und gedeihen in Frieden und Segen! Prosit!«

Ein tosender Applaus ließ Wände und Fensterscheiben erbeben, man prostete sich feierlich zu und wischte sich mit strapazierten Schneuztüchern Schweißtropfen und heiße Tränen aus dem Gesicht. Ägidius Zängleins Rede hatte jedem eine tiefe Ahnung vom Weltgeschehen und von der Geschichtsträchtigkeit ihres Ortes in die Seele gepflanzt. Zwei junge Mädchen enthüllten nun das von Zänglein selbst in Auftrag gegebene, neugestaltete Dorfwappen: Es zeigte einen stolzen, farbenfrohen Wiedehopf mit einem fünfzackigen Keltenstern auf grünem Grund. Sie übergaben es Michael Wegmann, der gelobte, daß es selbstverständlich einen Ehrenplatz an der Wand des Kaffeehauses erhalten werde.

Um halb zwölf kam dann das alte Jahr leibhaftig ins Kaffeehaus, verkörpert von einem der jungen Ortsburschen, dem

Drummeters Märtel. Der war als alter, bärbeißiger Waldschrat namens Silvester verkleidet worden. Ein mächtiger Mistelzweig ragte von seinem Kopf aus in die Höhe wie ein Geweih, in dem die Drosselbeeren glänzten wie Perlen im Morgentau, ein zottelwilder Flachsbart hing ihm vom Kinn hinab bis zum Nabel. Der ganze Kerl war vermummt mit Fichtenwedel und Werg, so daß er eine schauerliche, aber auch faszinierende Gestalt abgab. Der alte Silvester sagte allerlei lustige Sprüche und Verse, brachte zwölf Kerzen mit als Glücksbringer und dazu noch zwölf Kaffeebohnen, mit dem Wunsch, daß Gäste und Getränke nie ausbleiben mögen im neuen Jahr. Kurz vor Mitternacht wurde Silvester dann von allen Dorfleuten mit einem Heidengezeter, mit Gejohle und Gejuchze aus dem Dorf hinausgejagt in die weite Schneeflur und in den klirrenden, knarzenden Nachtwald hinein. Das alte Jahr hatte seine Schuldigkeit getan und mußte weichen.

Als in Dachsbach und Uehlfeld die Kirchenglocken ertönten und das neue Jahrhundert klangvoll begrüßten, ließ Michael Wegmann seine besondere Überraschung vom Stapel, nämlich ein Feuerwerk – was es in Peppenhöchstädt nie zuvor gegeben hatte. Die Sprengkörper, Schwärmer und Feuerspeier hatte er vom Kaufmann Roßbacher extra aus Erlangen heranschaffen lassen. Die Leute kamen aus dem »Ah« und »Oh« nicht mehr heraus, schauten in das Farbenspektakel dieser Winternacht und jauchzten in freudigem Staunen über »das krawallisch laute, bengalische Gebumber«, wie sie es nannten. Der Trubel ging noch bis in die frühen Morgenstunden, und nicht wenige gingen vom Kaffeehaus direkt in den Kuhstall, um das Vieh zu versorgen, bevor man sich endlich den ersten Schlaf dieses so hoffnungsvollen Jahrhunderts holen konnte.

Ägidius Zänglein war die nächsten Tage nicht mehr zu sehen. Auch an Epiphanias, dem obersten Tag, dem Tag des Stärkantrinkens fürs neue Jahr, ließ er sich nicht im Dorf blikken. Die Frauen, ledige wie verheiratete, trugen Körbchen mit frischen Hühnereiern und wurden von ihrem Mann oder ihrem Liebsten am Arm ins Kaffeehaus geführt. Dort ließen sie sich für ihre Burschen und Mannsbilder ein frisches Bier einschenken und schlugen nun die drei rohen Eier hinein, als Zeichen der Zuneigung und Verheißung. Keine reichte ihrem Begleiter einen Krug mit blankem Wasser hin, denn das hätte bedeutet, daß sein Werben ganz umsonst war. »Komm, Mädel, schenk ein, schenk ein! Wir trinken auf eure Schönheit!«, riefen die Burschen und Männer. Die Frauen antworteten mit »Und wir trinken auf eure Gsundheit!«

Dann gab es einen kräftigen Braten, deftige Klöß, schmackhafte Schmalzküchle und das extra dafür gebraute süffige Stärkbier. »Wir hocken so fröhlich und trinken das schwarzbraune, schwarzbraune Bier«, sangen die Männer. »Komm, Mädla, wir trinken die Stärk! Komm, Mädla, den Krug, den gibst du mir!«

Wer hier kräftig zulangte, der würde gesund bleiben und stets genug zu essen haben im neuen Jahr. Die Frauen tranken Wein oder warmen Punsch, der ihnen rasch zu Kopf stieg. Dann wurde mit der Ziehorgel Musik gemacht, die jungen Paare legten Dreher und Schleifer auf die Bretter, alles schwitzte und schäkerte und schwatzte. Als der Veitlingers Gori gar zu frech hinlangte bei der Zenzen Liesel, bekam er von ihr einen derben Spottvers gesungen: »Ach Gori, ach Gori, du kannst bloß saufen und fluchen, ich trink auf dei' Gsundheit, du mußt dir schon a Dümmere suchen!« Feuchtfröhlich und hauthitzig ging es her beim Stärkantrinken am Dreikönigstag. »Die Heiligen Drei König, die mit ihrm Stern, die fressen die Zwetschger und scheißen die Kern!«, sang auf einmal der schlitzohrige Gori in die Runde und alles lachte. »Die König, die verschwinden, die Jahr gehn ins Land, ich find mir a Schönere, die gibt mir ihr Hand!«

Als mit der Schneeschmelze und der Märzenluft, mit den Osterglocken und den Palmkätzchen der Frühling Einzug hielt in Peppenhöchstädt, blieb einer verschollen, nämlich Ägidius Zänglein. Die Grabungen wurden nicht mehr aufgenommen, kein Lebenszeichen kam von ihm, und als Uehlfelder Händler auf Erkundungsgänge nach Fürth geschickt wurden, war dort praktisch nichts über ihn zu erfahren. Die einen sagten, ein befreundeter Maler, dem er jahrelang günstige Pinsel besorgt habe, bis der eines Tages mit Zängleins Frau durchgebrannt war, sei nach deren plötzlichem Tod bei ihm erschienen, und beide Männer wären Hals über Kopf nach Samoa oder Sumatra ausgewandert. Andere beteuerten, der Borstenzurichtermeister wohne bei seiner verwitweten und gemütskranken Schwester in Breslau oder Görlitz. Besonders gallige Zeitgenossen behaupteten, der Adee, der immer so stolz daherkam wie ein Dampfschiff, habe sich ganz bestimmt in den Ludwigskanal gestürzt, seine Wasserleiche habe halt bloß kein Mensch mehr zu Gesicht bekommen, weil sie den Fischen so gut schmeckte.

Festzuhalten bleibt, daß das weitere Schicksal dieses kurios gescheiterten Schatzgräbers nicht weiter zu erhellen ist. Sein Verschwinden ist ebenso mysteriös geblieben wie die von ihm herangezogenen Quellen, Urkunden und Dokumente. Einzig und allein seine sogenannte Jahrtausendrede hat als Ausfertigung in akkurater Schnörkelschrift in einem wurmstichigen Schreibschrank am Dachboden der Nachkommen von Bürgermeister Biewender die vielen Jahrzehnte unbeschadet überlebt.

19

Zur einzigartigen Geschichte des Kaffeehauses, dieses Anziehungspunktes im Aischgrund, gehören die unvergeßlichen Gäste, die tief in der bäuerlichen Provinz ebenso köstliche wie kostbare Momente weitgespannter Verbundenheit entstehen ließen. Als man kurz nach der Jahrhundertwende den Schienenstrang der Aischtalbahn von Neustadt an der Aisch hinunter nach Demantsfürth-Uehlfeld baute, kamen eine Zeitlang italienische Bauarbeiter ins Kaffeehaus. Von dreien hat man noch lange im Dorf erzählt, von einem Mario, einem Fabio und einem Giorgio.

Seit dem Frühjahr erschienen sie mit anderen am Eisenbahnbau beschäftigten Landfremden immer wieder einmal in der Gaststube, meist am Wochenende, seltener an einem Werktag nach Feierabend. Wenn man sie nicht zu Fuß als gesprächige, scherzende Schar von Demantsfürth herüberlaufen hörte, konnte man sie auf dem Fuhrwagen des Hopfenhändlers Frankenberger sitzen sehen, der mit unnachgiebiger Findigkeit und Triebkraft geholfen hatte, das Projekt der Bahnstrecke auf das rechte Gleis zu setzen, nämlich auf das »des Fortschritts und Wohlstands«, wie er verkündete, so daß er landläufig als die Lokomotive der Aischtalbahn selbst angesehen wurde. Er hatte auch die Arbeiter aus Welschtirol anwerben und auf eigene Kosten auf den Weg in den Aischgrund schicken lassen. Er genoß es, sie höchstpersönlich ins Kaffeehaus zu chauffieren, zu dieser Perle im Weihersprengel, wie er es nannte.

An einem Abend in der Heuernte wanderten Mario, Fabio und Giorgio ohne ihre Kameraden von der Unterkunft nahe der Gleisbaustelle hinüber nach Peppenhöchstädt. Diesen Namen konnten sie nie korrekt über die Lippen bringen, so daß sie schließlich nur so etwas ähnliches wie »Peppe Hesche« sagten und es damit gut sein ließen. Als sie sich dem Dorf näherten, sahen sie aus einem Anwesen Rauch aufsteigen und glaubten, es handle sich um ein qualmendes Herdfeuer. Beim Näherkommen erkannten sie jedoch, daß der Rauch nicht aus dem Schornstein quoll, sondern aus der Scheune. Er nahm auch an Mächtigkeit und Dichte zu. Erschrocken beschleunigten sie sofort ihre Schritte, liefen schnurstracks die Dorfstraße entlang und machten durch Rufe und Schreie auf die Gefahr aufmerksam. Leute liefen zusammen, Kinder, Frauen, Alte, sie alle sahen zum Hof der Waffenschmidt, wo Flammen aus dem Scheunendach schlugen. Die drei Welschtiroler rannten in den Hof, schrien »Fuoco! Incendio! Feuer!«

Hektisch riefen sie sich Anweisungen zu, suchten nach Menschen im Haus, nach dem Vieh im Stall, nach dem Brandherd in der Scheune. Andere Männer aus dem Dorf kamen hinzugeeilt, eine Glocke wurde geschlagen, Befehle gebrüllt, Eimer herangetragen, Türen aufgerissen, Schweine herausgetrieben, Kälber und Ziegen an Stricken zum Nachbarn gezogen. Mario trug die alte Veitlingers Retta die Stiege herunter über die Hausstaffel, als wäre es seine eigene Mutter. Die alte Frau wußte gar nicht, wie ihr geschah. Beide redeten aufgeregt und hektisch aufeinander ein, ohne die Sprache und Aussage des anderen irgendwie zu verstehen. Giorgio hatte die beiden Waffenschmidt-Buben im Haus entdeckt, den einen führte er an der Hand, der kleine saß bei ihm auf dem Arm. Sie weinten, als sie die lichterloh brennende Scheune und den Tumult sahen, so daß Giorgio sie schnell einer Nachbarin übergab. Mit schreckensbleichen Gesichtern kamen die Waffenschmidt vom Aufbocken von der Wiese heimgesprengt und rannten ins Haus und in den Stall, wo Fabio gemeinsam mit anderen Männern bereits das Vieh losgemacht, vorsichtig herausgeleitet und in den Nachbarhof getrieben hatte.

Der Lärm wurde immer gräßlicher, das Feuer tobte, alles glühte auf, das Dachgestühl mit den berstenden Ziegeln, der Heuboden, das Riegelfachwerk, die Holzlege mit den Reisigwellen für den Herd, es knackte, loderte, prasselte, fiel krachend zusammen, daß Funken stoben und in die Höhe flogen, und alle es mit der Angst zu tun bekamen, es könnten leicht andere Gebäude in der Nachbarschaft in Brand gesetzt werden. Fieberhaft wurden Befehle gebrüllt, Anweisungen gegeben,

Entsetzensschreie ausgestoßen und verzweifelt Gebete aufgesagt. Möbel, Hausrat, Gerätschaften, Vorräte schaffte man heraus und trug die Sachen keuchend in Sicherheit. Löschspritzen und Wehrmänner trafen ein, Schlauchwagen und Feuerleitern, mit Eimerketten trug man Wasser von Brunnen herbei, Vorkehrungen wurden getroffen, daß das Feuer nicht übergriff und das Wohnhaus heil und unversehrt blieb, auch wenn Scheune und Stall den räuberischen Flammen schließlich unrettbar zum Opfer fielen.

Von allen Seiten bekamen die drei Italiener danach Lob und Dank zugesprochen, man schüttelte ihnen die Hände, patschte ihnen voller Respekt und Anerkennung auf die Schultern, reichte ihnen Krüge mit Bier und Schüsseln mit Wasser zum Waschen. Gemeinsam lachte man sich erleichtert den gewaltigen Schrecken hinaus aus Leib und Seele.

»Die haben sich net gfürchtet, die sind in den Brand neigstürmt, wie wenns um ihr eigne Haut gangen wär, als wärs ihre eigne Sach gwesen. Denen wars zu verdanken, daß es da keinen größern Schaden an Leib und Leben gegeben hat, net bei die Leut und net bei die Viecher.« So wurde es von den Dorfleuten noch lange weitererzählt und mit Wertschätzung weitergetragen bis in unsere Tage. Nach dem Löschen sah man die erschöpften Retter alle im Kaffeehaus sitzen, die gefeierten Brandhelden mit ihren rußbefleckten Gesichtern und angesengten Haaren an den Schläfen, am Schnauzer und Scheitel.

Im *Neustädter Anzeigeblatt* erschien wenig später ein »Gsetzla«, ein Inserat, das lange Zeit dann eingerahmt auch an einer Wand im Kaffeehaus prangte und im Zeitungsarchiv heute noch im Wortlaut nachzulesen ist.

DANKSAGUNG.

Für die rasche und thatkräftige Hilfeleistung bei dem am 13. des Monats abends 6 Uhr dahier ausgebrochenen, äußerst gefahrdrohenden Brande sage ich den Feuerwehren Dachsbach, Demantsfürth und Uehlfeld, neben vielen anderen hilfereichen Unterstützern und Handlangern, insbesondere aber den drei Herren Fabio ***Zotta***, Mario ***Moranduzzo*** sowie Giorgio ***Sardo*** aus Welsch-Tirol, welch letztere besonders unermüdlich und aufopfernd thätig waren, ungesäumt selbst im Angesicht eigener Lebensgefahr, mein Haus und Gehöft mitsamst den Inwohnern vom Flammentode zu erretten, meinen wärmsten, tiefinnigsten Dank und ein tausendfältiges Vergelt's Gott der Gerechte! Möge sie Alle Gott, der Allgewaltige, vor einem ähnlichen Schicksalsschlage gütigst bewahren!

Andreas Waffenschmidt
Bauer zu Peppenhöchstädt

Weil es Mühe und Schwierigkeiten machte, sich mit den drei Italienischen ausgiebiger zu unterhalten, hatte man jemanden nach Uehlfeld geschickt, um den »Fernander« zu holen, der eigentlich Ferdinand hieß, aber von allen nur »Fernander« gerufen wurde, seitdem seine Großmutter den Vornamen ihres kleinen Enkelsohnes immer dermaßen verdreht hatte, daß es in der hiesigen Mundart klang wie der Auseinander!-Schrei des Wachtmeisters, wenn einige Raufbolde wieder einmal eine Schlägerei angezettelt hatten in der Wirtschaft: »Fernander!«

Das Besondere an diesem Fernander war nun, daß sein Großvater, ein gewisser Riccardo Scorzo, von Geburt an zwar waschecht italienisch gewesen war, aber dereinst im Aischgrund seine Frau und Familie, sein Auskommen und sein

Grab gefunden hatte. Denn wie die Franzosen und Italiener fast ein Jahrhundert vorher gegen die Preußen und nach Rußland gezogen sind, da haben sie mehrmals den Aischgrund durchquert und einmal in Oberhöchstädt ihr Lager aufgeschlagen. Die Wiesen, wo Napoleon seine Pferde gewechselt hat, die heißen heut noch der Kaisergrund. Im Lauf von acht Tagen marschierten damals zweimal zehntausend italienische Soldaten durch Uehlfeld, und einer dieser eingezogenen Heeresmänner setzte sich heimlich von der Truppe ab, weil er von der kümmerlichen Kost und dem stumpfsinnigen Drill die Nase gestrichen voll hatte. Beim Abmarsch ging er zum Austreten ins Gebüsch und kam erst abends wieder heraus – das längste Geschäft aller Zeiten, sagten die Leute im Scherz, wenn später darauf die Rede kam. Im Übrigen war er kein Held, weder lebensmüde noch ruhmsüchtig, sondern ein fleißiger, gescheiter Bursche, der den Bogen raushatte bei der bäuerlichen Arbeit. Er versteckte sich tagelang im Wald und danach in einer Feldscheune, bevor er sich einem ackernden Knecht zu erkennen gab. Der brachte ihn mit heim auf den Hof, wo er Arbeit fand und später auch eine Frau, Fernanders Großmutter. Sie hießen nun Scherzer statt Scorzo und machten einen kleinen Krämereiladen auf, wo es von Almodi bis zur Wagenschmier, von Bücklingen bis zu Zunderschwämmen alles Erdenkliche zu kaufen gab. Daneben verdingte sich dieser »Riggi«, wie man ihn gewöhnlich rief, als Lohnarbeiter auf Bauernhöfen, im Steinbruch und als Kutscher beim Hufschmied. Er sang als Bariton im Dorfgesangverein, und wenn er angesäuselt war, sogar wunderbare welsche Lieder und Weisen, bei denen kein Auge trocken blieb, obwohl man kein Wort verstand. Den Kaiser der Franzosen hatte er ein einziges Mal leibhaftig zu Gesicht bekommen, doch der Umgestalter Europas hatte beim Riggi einen schlechten Eindruck hinterlassen, wie er immer lebendig zu erzählen wußte: »So ein kleins Männla ist der gwesen, net höher wie ein Ochs, aber ein grantigs Gsicht hat er immer gschnitten, so garstig wie dem Ochs sein Orsch!«

Mit Leimruten und Hanfschlingen ging Riggi gern Vögel fangen und bereitete sie mit Kräutern und Füllung aufs köstlichste zu. Mit seiner Tochter Elli und seinem Enkel sprach er manchmal, wenn er besonders gut oder übel gelaunt war, italienisch, so daß Fernander nun als Erwachsener seine verschütteten Kindheitsbrocken wieder hervorkramen, aufpolieren und beim Dolmetschen aufstrahlen lassen konnte, im stolpernden Sprachgang des ungeübten Landmenschen.

Weil eine Vereinsfeier vor der Türe stand, hatte man im Kaffeehaus gerade an jenem Tag Feuerspatzen zubereitet, ein schmackhaftes, deftiges Schmalzgebäck, dessen übersetzter Name die Italiener in schallendes Gelächter versetzte. Sie langten kräftig zu und ließen sich die dampfende Köstlichkeit schmecken, bis sie rund und glühend wie Kerwaküchle ihre Beine von den Stühlen streckten. Aus ihren Siebensachen hatten sie Gefäße und Dosen hervorgesucht, und mit einer zerbeulten Alukanne mit einem hölzernen, rissigen Stielgriff bereiteten sie dann einen welschen Mokka zu, aus zundertrockenem Pulver, das die Rucksacktiroler in einer Weißblechdose aufbewahrten.

Das hatte Michael Wegmann in all seinen Jahren auch noch nicht gesehen. Schraubte man die obere Hälfte der Kanne mit dem Griff herunter, sah man den Siebeinsatz für das Kaffeepulver. Wenn dann auf dem Herd das Wasser in der unteren Hälfte kochte, wurde die Kanne umgedreht und auf den Kopf gestellt, dann kam unten der rußschwarze Kaffee herausgelaufen, wurde in Fingerhutmengen in kleinen Täßchen, die nicht größer als Likörgläser waren, gesammelt und mit viel Zucker untermischt. Das ureigene Aroma des Espresso, dieses schaumig-schmelzige Fluidum aus Bitterkeit und heißer Süße, so finster-sämig, so flüchtig herausgekitzelt aus dem Pulver, das wurde damals zum ersten Mal durch den Aischgrund geweht, im Kaffeehaus von Peppenhöchstädt.

Wegmann fand besonders Gefallen an einer Kaffeekreation, die an diesem Abend spontan entstand und ein legendärer Klassiker werden sollte: der sogenannte »Aischgründer Brandlöscher«. Heißer, schwarzer Espresso wurde mit frischem Kuhrahm und kaltem Zwetschgerschnaps vermischt und getrunken. Das stieg zu Kopf und mischte sich wundermächtig ins Blut, daß einem ganze Schwärme und Strudel von Sternen aufgingen, die wie Karussellichter funkelten und tanzten.

Es war der Auftakt zu einem feuchtfröhlichen, vielstimmigen Herz- und Kehlenfest, eine wahrhafte Verbrüderungsfeier, lange bevor man das Beschwörungswort Europa dazu benötigt hätte. Spät in der Nacht sangen die einen dann Berglieder aus der Valsugana und die einheimischen Stimmkämpfer antworteten postwendend mit altfränkischem Liedgut. Die Welschtiroler sangen ein Hirtenlied, das nur einen Vers sein eigen nennt, und das man immer aufs Neue anfängt, bis alle einstimmen, um am Ende selig zu verstummen: »Quel di che portai le caure in maranza al sol ...«

Nachdem Fernander bei der Übersetzung schnell mit seinem Latein am Ende war und nur wähnte, daß es irgendwas mit einem Geißbock zu tun hätte, erzählte Giorgio vom harten Leben dort drinnen in den Bergtälern und Fernander war erleichtert, denn diese Geschichten verstand er auf Anhieb.

»Da geht's bloß da drum, daß die Ziegen auf die sonnige Weide getrieben werden, weiter nix. Denen ihr Leben dort ist bäuerlich und armselig, sagen sie. Viel schwere Arbeit auf schlechten, steinigen, abschüssigen Böden. Die Landleute leben alle zusammen in einem einzigen Raum neben dem Stall, das ist Küche, Wohnstube und manchmal auch Schlafkammer in einem. Die Ziegen und Schafe machen eine Wärm und eine Hitz, genauso wie die Holzscheit im Herd. Über dem Stall mit dem dampfenden Vieh ist das Schlafzimmer von den

Eltern. Das Rasseln der Kuhketten macht den Schlaf friedlich und tief. Abends nach dem Füttern bleibt man gern im Stall hocken, reihum bei verschiedenen Nachbarn. Es wird erzählt und gsungen und trunken, gstrickt und gflickt, anbandelt und ausg'handelt. Die Familie auf dem Nachbarhof von seinem Großvater hat neun Kinder. Da kriegen die hungrigen Mäuler am Mittagstisch nix weiter wie Polentaschnitten, die an einer Wurstscheibe bloß grieben werden, damit die Kleinen schon allein von so einem Hauch von Gschmack satt werden. Erst ganz am End darf jedes Kind eine einzige Wurstscheibe essen. Mehr gibts net. Jeden Abend kommt die alte Nachbarin und holt etwas Glut von ihrem Herd, damit sie das eine Zündholz sparen können, das es kosten tät. Und wenn die Leut alt sind, dann sagen sie: ›Der Schreiner kann kommen und Maß nehmen, ich bin reif für den Mantel aus Holz.‹

Aber die Gegend hat auch ihre Schönheit, sagen sie, ihren Frieden und ihren Stolz. Die Frauen haben einen Rundkranz im Haar, einen furchengraden Mittelscheitel mit Dutt, dazu Stirnlocken, die wörtlich Herzklau heißen. Sie haben sogar eine bsondere Tracht: weiße Blusen, Halstücher mit Blumen, Halsketten, Granatschmuck und Pirolohrring. Die Männer machen sich im Frühjahr auf den Weg nach draußen, als Sommerarbeiter so wie die drei. Oder sie gehen als Wanderhändler mit Tragkästen auf dem Buckel hinaus in die Welt, verkaufen Christusbilder und Mausfallen, Nähgarn, Nägel, Sämereien, Schnürsenkel, Knöpf und Kämm. Sogar am Hof des russischen Zaren ißt man Lucanica-Wurst aus ihrem Tal, sagen sie.«

Die Italiener sangen dann ein schönes, trauriges Liebeslied, dessen Titel und Inhalt sie den Landfranken erklärten, deren Ohren und Augen immer größer und röter wurden.

»Vor zweihundert Jahren hat's eine große Pestepidemie bei ihnen im Tal gegeben«, so begann Fernander seinen Bericht, »ganze Dörfer sind entvölkert worden. Keine Menschenseele ist übriggeblieben, um die Toten zu begraben. Überall sind Leichen rumglegen. Ein höllischer Gestank war in der Luft. Ab und zu hat man noch ein Wimmern oder Schreien g'hört, dann war Ruh. Schlimme Zeiten. Ein junger Mann, ein Kleinkrämer aus Borgo, hat damals zurück gwollt in sein Dorf, um Rache zu nehmen an seiner Geliebten, über die er erfahren hat, daß sie ihn betrügt und verspottet. Aber weil im benachbarten Levico die Pest ausgebrochen war, haben sie den jungen Markthändler net passieren lassen. Doch der war heißblütig und hat partout zu seinem Mädchen gwollt. Er probiert im Dunkel der Nacht, daß er heimlich durchkommt bei den Wachen. Aber die erwischen ihn, schauen ihm ins Gsicht und kennen ihn sofort beim Namen. Die Angst vor der Pest hat sie in wilde Tiere verwandelt, daß sie denken, er hat die Seuche und schleppt sie jetzt ins Dorf, und da hauen und stechen sie ihn auf der Stelle mit ihren langen Lanzen zusammen, bis er tot am Boden liegt. Der Mario sagt, damals sind seine Vorfahrn ins Tal kommen. Man hat ihnen einen pestleeren Hof zugwiesen, und sie haben das Gras vor der Tür wegg'hackt zum Zeichen, daß der Hof einen neuen Besitzer hat. Und jetzt singen sie das alte Lied aus der Zeit, wo der Tod tagaus, tagein ums Haus gschlichen ist.«

Nur vier Zeilen davon sind aufgeschrieben und auf der Rückseite eines Gruppenfotos in einer etwas blumigen, nicht ungelenken Handschrift überliefert worden: »La me morosa la me l'ha fata grossa, par n'altro amante la s'ha fato el cuco. E mi che ghe voleva tanto bene, me toca restar la come un bauco.« Darunter stehen in der Handschrift Michael Wegmanns die Worte, die wohl Fernander ins Deutsche übertragen hat: »Meine Liebste hat mir übel mitgespielt, sie hat mich mit einem andern betrogen. Ich wollt nur das Allerbeste für sie, aber sie ließ mich sitzen wie einen Trottel.«

Der alte Dimpfels-Hanni aus Voggendorf hat an dem Abend ein Lied nach dem andern aus seiner Quetschen herausgezaubert, bis die Sänger der Nacht berauscht heimwärts zogen oder ermattet niedersanken, bis es draußen anfing zu dämmern und ein letztes Lied angestimmt wurde, das »Lied vom schwarzen Kaffee«, als auf- und abschwellender Kanon hinausgedröhnt in die rauchschwere, dampfleibige Runde: »Schwarzer Kaffee, heißer Kaffee, dafür laß ich alles steh! Schwarzer Kaffee, kalter Kaffee, macht net bloß schlau, der macht aa schee!«

Die Quetschkommode hat der alte Dimpfel dann viele Jahre lang im Kaffeehaus liegen lassen. Solange seine Finger noch mitmachen wollten, kam er aus Voggendorf herübergelaufen, ließ sich mit Kaffee und Köstlichkeiten bestechen und bewirten, um dafür Lieder zum Besten zu geben, die »Gassenhupfer« hießen, »Saubritschen«, »Krautstampfer« oder »Schieß in der Reitern«. Als ihm die Gicht dann mehr und mehr die Gelenke verhärtete, war er immer mit dem welschen Satz zu hören: »Das ist halt des End vom Lied – jetzt bin ich reif für den Mantel aus Holz.«

20

Die große, weite Welt kehrte ein in Wegmanns Kaffeehaus, und wenn es nur als Schlagzeile oder Schreckensmeldung war. In Südwestafrika brach ein Aufstand gegen die deutschen Kolonialherren aus, dann auch in Ostafrika. In Rußland schlug der Zar eine Revolution mit blutiger Gewalt nieder. Erdbeben und Feuer zerstörten die Stadt San Francisco. Ein anderes Beben suchte Valparaiso heim, eine Flutwelle die Stadt Hongkong. Überall wurden viele Tausend Menschen in einen jähen Tod gerissen. In Amerika ratterten die ersten Motorflugzeuge durch die Luft, Röntgenstrahlen durchleuchteten

Menschen und Dinge, und in Berlin zog Mata Hari mit ihrem aufreizenden Schleiertanz die Menschen in ihren Bann. Mit der im Juli 1904 neueröffneten Aischtalbahn kamen immer mehr Neuigkeiten aus fernen Ländern in den Aischgrund, aber auch außergewöhnliche Besucher.

Mehrere Zeitzeugen und Gewährsleute wußten von einem feinen, stillen Herrn aus Fürth zu erzählen, der einen ernsten Anzug auf dem schmächtigen Körper trug, einen weichen Händedruck hatte, einen dunklen Schnurrbart im länglichen Gesicht und so warmherzige, traurige Augen, daß man auf der Stelle für ihn eingenommen wurde. »Der hat Haar gehabt wie eine Saatkrähe, und seine Augen haben geglänzt wie Bärendreck, so schwarz wie Lakritz«, erzählten sie. Ein einziges Mal tauchte er im Kaffeehaus auf, um diesen Michael Wegmann und sein famoses Erzeugnis persönlich kennenzulernen. Sein Vater hatte in Fürth dereinst ein Gemischtwarengeschäft betrieben. In Zirndorf hatte ihm sein greiser Großvater von jenem kleinen Ort im Aischgrund vorgeschwärmt, wo man einen solch kolossalen Kaffee ausschenke, daß man selbst im Umkreis einer Tagesreise nicht leicht einen vorzüglicheren werde finden können.

Also machte sich der Mann im Herbst 1906 von Fürth aus mit dem Zug auf und bestieg am Bahnhof in Neustadt a. d. Aisch einen der drei Personenwagen hinter der Lokomotive, die das Aischtal Richtung Uehlfeld befuhr. Mit gemächlichem Ruckeln und Rattern trug ihn der Mittagszug um halb zwölf hinunter Richtung Demantsfürth. Ein angenehmer Fußmarsch würde ihn dann nach Peppenhöchstädt bringen, so war ihm im Abteil von verschiedenen Mitreisenden versichert worden. Bei seiner Frage, wie lange man wohl für diesen Weg zu veranschlagen habe, entzündete sich sofort eine hitzige Diskussion, die ziemlich genau so lange anhielt wie die Fahrt selber. Die Angaben schwankten von zehn Minuten bis zu einer Dreiviertelstunde, und jeder Hans, Fritz und Schorsch im Zug redete lebhaft auf ihn ein, um seine eigene Aussage wichtigtuerisch zu untermauern. Überlegungen wurden angestellt über die Unterschiede zwischen einer Wanderung und einem Spaziergang, über die körperliche Beschaffenheit und Ausdauer eines Zufußgehers, über das Hineinspielen gewisser charakterlicher Eigenheiten wie Schaulust, Trägheit und Disziplin, über bestimmte Witterungs- und Bodenverhältnisse oder die Vor- und Nachteile bestimmter Routen und Wege. Der eine kannte einen, der nach einem Wolkenbruch oder Schneesturm besonders lange gebraucht hatte, ein anderer wiederum wußte von Wilderern und Liebhabern zu berichten, die die Strecke in Windeseile gemeistert hätten, in nicht einmal einer Viertelstunde. Ein Dritter erzählte von einem, der auf dem Weg aus heiterem Himmel vom Blitz getroffen wurde und nie in Peppenhöchstädt angekommen war. Dieser Menschenschlag hörte sich fürwahr eigentümlich an.

Die Landleute im Wagen, die von Kauf- und Lieferfahrten, Ämtergängen oder Verwandtenbesuchen kamen, die händlerischen Bauern mit ihren Körben und Kisten, die nach Pfefferminz, Meerrettich, Ferkeln und Geflügel rochen, der redselige Hopfeneinkäufer aus Nürnberg, der mißtrauische Tuchwarenhändler aus Schwabach, der siebengescheite Marktbreiter Vertreter einer Solinger Messerfabrik, sie alle mit ihren unterschiedlichen Stimmen, Ansichten und Worten bildeten im Kopf des Reisenden einen mächtigen gemischten Chor dieser Landschaft. Während sich der Sprachfluß der Passagiere plätschernd in die Ohren hineinwand, kurvte die Bahnstrekke parallel zur gemächlich sich schlängelnden Aisch hinunter Richtung Endstation. Hier schien der Fortschritt gerade noch im Einklang mit der Landschaft zu sein, ohne sie mit Maschinengewalt zu überholen und zu überwältigen.

Die Gedanken des Fürther Reisenden flogen zurück zu seiner schönen Radpartie der letzten Tage, von Gunzenhausen nach Eschenbach, dort im grasgrünen, waldkühlen

Wolframsland, zum Besuch beim Großvater in Zirndorf, der mit seinen mehr als neunzig Jahren noch so einen geisthellen, herzerfrischenden Eindruck auf den Enkel machte, zum Grab des Vaters in der Nürnberger Bärenschanzstraße, der drei Jahre vorher verstorben war, ohne je im Leben Erfolg erzielt zu haben, hin zum Grab der Mutter in Fürth, das der Sohn erst nach langem Suchen und Schauen ausfindig machen konnte, den flachen, vergrasten Erdplatz ohne Blumen, den halbverwitterten Sandstein mit den ausgewaschenen Goldbuchstaben. Er dachte an das Quietschen der rostigen Scharniere am Tor des Friedhofs in der buckligen Altstadt, das Rascheln der Füße zwischen den altersgrauen Lebenszeugen, als er unterm Gehämmer der Goldschläger und dem Getöse der nahen Dampfmühle wieder die hübsche Mutter vor seinem inneren Auge erblickte, mehr als zwanzig Jahre nach ihrem Tod, eine Schönheit mit blondem Haar und einem blauäugigen Mädchenblick. Wie ein blühendes Kornfeld lag ihr Gesicht vor ihm, ihr schwermütiges Lächeln, wenn sie mit ihrer Hand sanft über sein Haar strich, als würde ein Vogelflügel im Wind leise über Getreideähren streifen.

Wehmut ergriff sein Herz, wenn er an das bedrückende Ehe- und Erwerbsleben seiner Eltern dachte, an ihre eingeschränkten Verhältnisse, an diese zwei von der Welt um ihr Glück geprellten Menschen, die stets so viel erhofft und ersehnt hatten, doch so wenig Schönes vom Schicksal zugewiesen bekamen. Die stille, sanfte Dulderseele seiner Mutter, die schon mit einunddreißig Jahren aus dem Leben gerissen wurde und als gelbfahle, starre Fremde inmitten der wispernden schwarzen Totenweiber auf dem kalten Laken lag, im Geruch aus Kampfer und Karbol, Salmiakgeist und Hoffmannstropfen, Mottenpulver und Fichtenwedel, unter dem düsteren Stundenschlag der Wanduhr im armseligen, muffigen Kindheitshaus, wo er sich als Neunjähriger so trostlos verwaist und weltverloren vorkam. Einunddreißig, genauso alt wie er selber jetzt war, in der Blüte seiner Jahre, am verheißungsvollen Beginn seiner künstlerischen Laufbahn.

Dem Geschnatter und Gefuchtel der Passagiere nach hatte der Zug nun seine Endstation Demantsfürth erreicht. Es war halb eins, als der Reisende vor dem imposanten neuen Bahnhofsgebäude stand und sich ohne großes Umsehen und Verweilen auf den Weg nach Peppenhöchstädt machte. Im Kaffeehaus wurde er bereits erwartet, denn einer der Zugpassagiere, der Ailersbacher Seilers Gustl, hatte den nahenden Gast schon angekündigt und ausgiebig beschrieben: »Da kommt so a Mannsbild aus Fürth, so um die dreißig wird er sein, des is a sozusagener Dichter. Der sieht aus wie a Kreuzung aus am Zigeuner und am Kanzleischreiber. Des is bestimmt a Jud.«

Eine Viertelstunde später saß der Besucher an einem Tisch und ließ sich einen großen Teller Kartoffelsuppe schmecken. Beim Löffeln spitzte er seine Ohren und lauschte den ländlichen Ausdrücken und Wendungen der hiesigen Mundart nach, die er im Geiste notierte und nachbuchstabierte. Klangvolle Verben hörte er wie »googern« und »waafn«, bildhafte Substantive wie »Braß« und »Sier«, »Glust« und »Gfredd«, kraftvolle Eigenschaftswörter wie »gättlich« und »sierisch«, »kobberneggisch« und »liedschäftig«. Bei diesen dem Ortsfremden schwer verständlichen Begriffen kam dem Gast ein Abend in Wien in den Sinn, als er nach einer Salonbegegnung mit Hugo von Hofmannsthal und Thomas Mann in einem Kaffeehaus saß und sich die beiden bereits sehr bekannten Schriftsteller über ihn amüsierten, den zurückhaltenden, selbstzweiflerischen Zunftkollegen aus der Provinz und seine vom fränkischen Kindheitsdialekt geprägte Sprache. Die Art, wie er harte und weiche Konsonanten auf komische Weise verwechselte und gewisse Selbstlaute buchstäblich »vertunkelte«, wie er Silben verschluckte und verschliff, das rumpelnde »R« dagegen bühnenreif darüber hinwegrattern ließ, während das quallige »L«

dafür zwischen den vollen Lippen saftig in die Breite ging, als würde eine Köchin einen Kloßteig kneten, drücken und rund machen, bis er mundgerecht ist und »berfeggd baßd«.

Thomas Mann als Norddeutscher schmunzelte vor Vergnügen, wenn der gebürtige Franke bestimmte Worte auf unnachahmliche Weise »glanglich« einweichte und zu etwas ganz und gar Eigenem machte. Den Lübecker amüsierte es, wenn Wassermann meinte, man müsse die Sprache »gneden wie einen Deich« und so ihre Möglichkeiten »ausweiden«. Mit einem Male gab es in der Sprache einen »Gramladen« und einen »Dunstgreis«, einen »Grießenherd« und einen »Drauergloß«. Die Therme verwandelten sich in »Därme« und »die thrakischen Mythen« kamen als »die dragischen Müden« daher. Köstlich war es, wenn die Krippe zur »Gribbe« wurde, ein Thekenheld zu einem »Degenheld«, ein Palast zum »Ballast«. Wie mußte man da aufhorchen, mitdenken und unterscheiden! Handelte es sich nun um Bekleidung oder um eine Begleitung? »Seidenweise« hätte er dem »sümbadischen« Franken Sätze zum Vorlesen geben mögen, um in einer »Dur« von »Dabbagbäggchen« und von »Dableddn« für den »Greislauf« zu hören, den »Düggen düfdelnder Dechnigger« und »grimminellen, baddologischen Broddagonisden« – bis ein »Lorbeergranz« die Stirn »begrenzt« und die Stimmung »singd«.

Wassermann erinnerte sich an den freundschaftlichen Wettstreit der drei Schriftsteller, wer wohl den besten Satz zustande brächte, der in fränkischer Aufweichung sofort doppeldeutig sein würde. Thomas Mann formulierte: »Der ratlose Politiker endete in drakonischen Platitüden.« Wassermann las mit besonders starker fränkische Färbung laut vor: »Der radlose Bolidiger endede in dragonischen Bladdidüdn.« Hofmannsthal hatte Folgendes auf sein Blatt geschrieben: »Nur meinem Paten habe ich es zu verdanken, daß ich leitender Mitarbeiter bin.« Der Fürther Freund las vor: »Nur meinem

Baden habe ich es zu verdanken, daß ich leidender Mitarbeiter bin.« Alle drei lachten über dieses gelungene Fundstück. Schließlich legte Wassermann seinen eigenen Satz vor. Auf dem Papier stand: »Im Gepäckraum fand er ein Plätzchen für das Pantherpärchen.« Nun schmunzelte er und versuchte möglichst ernsthaft zu verkünden: »Im Gebäckraum fand er ein Blätzchen für das Bandabärchen.« Alle drei amüsierten sich über diese wundervollen Doppeldeutigkeiten. Welcher Satz war nun der beste?

Wassermann konnte sich nicht mehr erinnern, ob man einen Sieger gekürt hatte. Was ihm jedoch von damals im Gedächtnis geblieben war, das war jener Moment auf dem Heimweg, als er sich entschloß, seine unverkennbar fränkische Ausdrucksweise und Sprachfärbung fortan beizubehalten und wertzuschätzen – und auf keinen Fall deswegen ein Gefühl der Scham oder des Minderwerts in sich aufkommen zu lassen, vor niemandem, sei er aus München, Wien oder Berlin! Sein Zungenschlag war etwas ganz Besonderes, das konnte ihm niemand nehmen, das war der hörbare Ausdruck seiner Eigenart. Ach, dieser Wohlklang und Wortschatz der Herkunft! Bilder aus dem Brunnen des Gemüts. Die tausend Stimmen der Erinnerung.

Beim Kaffeetrinken nach dem Essen holte der Besucher ein Notizbuch aus seiner Jackentasche und begann, Eindrücke und Gedanken festzuhalten und in passende Sätze zu gießen. Er wäre nicht weiter aufgefallen, weil man im Kaffeehaus an Lesende oder still für sich Genießende allein an einem Tisch gewöhnt war, wenn der Seilers Gustl den Beruf dieses besonderen Gastes nicht so hinausposaunt hätte. Michael Wegmann war dadurch neugierig geworden und fragte: »Bitte entschuldigen Sie die Störung, wie ich höre, sind Sie aus Fürth?«

»Ursprünglich – dort bin ich aufgewachsen, die ersten sechzehn Jahre. Nun leb ich schon seit vielen Jahren in Wien.«

»Und da kommen Sie den ganzen weiten Weg hierher?«

»Ich hab Verwandte besucht und eine kleine Radtour gemacht, und da hörte ich vom Kaffeehaus hier draußen im Aischgrund.«

Wegmann stellte sich vor, und der Gast erwiderte: »Schön, Sie persönlich kennenzulernen, setzen Sie sich doch etwas zu mir. Mein Name ist Wassermann, Jakob Wassermann.«

»Ich möchte Sie aber auf keinen Fall stören.«

»Keineswegs, ich war nur am Aufschreiben, damit ich nicht vergeß, was ich alles gesehen hab und was mir dabei so durch den Kopf gegangen ist.«

»Schreiben Sie für die Zeitung?«

»Selten. Ich schreibe Bücher, Romane.«

»Und woran schreiben Sie gerade?«

Wassermann erzählte ihm von dem Findelkind von Nürnberg, das in Ansbach umgebracht worden war, dem jungen Mann ohne Namen, ohne Eltern und ohne Sprache: Kaspar Hauser.

»Den kennt inzwischen die ganze Welt«, entgegnete Wegmann, »aber haben Sie schon mal was vom weiblichen Kaspar Hauser gehört?«

Wassermann verneinte und schaute erstaunt und neugierig. Wegmann erzählte ihm die kuriose Geschichte. An einem Novembertag des Jahres 1853 wurde in der Nähe von Offenbach eine junge Frau aufgegriffen, blondhaarig, ungefähr Anfang bis Mitte zwanzig, ohne Angehörige oder Begleitung, ohne Papiere oder Gepäck. Sie brabbelte in einem fort unverständliches Zeug, das niemand verstand. Als man ihr Kauderwelsch genauer untersuchen ließ, stellte sich heraus, daß es sich um Ungarisch handelte, wenn auch ein gebrochenes und verdrehtes. Ihr Name sei Eleanar, sagte die Frau. Über ihre Herkunft und ihr Schicksal war aber nichts aus ihr herauszubekommen. Also gab man sie einem Volksschullehrer in Obhut, der sie unterrichten und beobachten sollte. Dabei erwies sie sich als äußerst eigenartiges Wesen, denn einerseits konnte sie selbst in stockfinsterer Nacht geschickter stricken und nähen als jede Frau bei Tage, andererseits jedoch hatte sie mit bestimmten Speisen, mit Besteck und Tischmanieren offenbar keinerlei Bekanntschaft gemacht. Vor dem Mond und den Sternen fürchtete sie sich, und vor der Eisenbahn lief sie in Todesangst davon. Alle Menschen packte die Neugier, was es wohl für eine wunderliche Bewandtnis haben mochte mit der jungen Frau.

Als sie endlich so gut Deutsch sprach, daß sie ihre geheimnisvolle Geschichte Stück für Stück selbst schildern konnte, wurde das Ganze noch weitaus mysteriöser. Bis zu ihrem fünften Lebensjahr, so berichtete sie, war sie nämlich in einem schloßartigen, prächtigen Gebäude aufgewachsen, mit ihrer Mutter, einem kleinen Jungen und vielen Dienern. Von ihrem Vater kannte sie nichts außer einem Bildnis. Ab und zu tauchte ein finsterer Onkel auf, vor dem sie sich fürchtete und mit dem die Mutter in Streit und Feindschaft lag. Eines Tages gab ihr dieser Onkel den Befehl, in den Garten zu gehen, wo sogleich ein großer Mann mit einem langen, schwarzen Bart erschien, der sie ergriff und mit sich forttrug. All ihr Schreien und Sträuben, Weinen und Wehren halfen ihr nicht. Viele Jahre mußte sie in einem unterirdischen Verschlag im Wald hausen, zusammen mit einer alten Aufpasserin namens Berta, die mit ihr nur in einer fremden Sprache redete. Das Mädchen wurde nicht schlecht behandelt, später erhielt es sogar noch einen Spielkameraden, einen etwa gleichaltrigen Knaben.

Eines Tages hieß es dann: Es geht auf eine Reise zur Mutter. Zwölf Tage fuhr man mit einer Kutsche durch ein unbekanntes Land, bis man das Mädchen aussteigen und an einem Waldrand warten ließ. Da verschwand die alte Berta, und das junge Ding stand mutterseelenallein auf weiter Flur. Es kannte niemanden, sah keinen Menschen, rief in die Stille hinein, ohne Antwort. Tagelang irrte die Ausgesetzte durch die Wälder, über Berge und durch Täler, bis sie von einem Mädchen entdeckt und zu einem Haus geführt wurde. Dort schlief sie sehr lange, und als sie aufwachte, waren ihre Kleider und Schmuckstücke verschwunden. Beim Umherschauen stieß sie auf eine alte Frau, die ihr Kleider und Essen gab und den Weg zum nächsten größeren Ort zeigte. So gelangte sie nach Offenbach.

Die aufsehenerregenden Schilderungen dieses »weiblichen Kaspar Hauser« waren im Nu in aller Munde und in allen Zeitungen. Untersuchungen wurden auf den Weg gebracht, Anfragen und Gesuche an Ämter gerichtet, ja sogar an Ministerien und Adelshöfe, bis ans Kaiserhaus in Wien.

Von allen möglichen Menschen wurde das arme Geschöpf mit Geschenken, Geld und Gefälligkeiten überschüttet. Zwischen Offenbach und Frankfurt kam es sogar zum Kleinkrieg darüber, wer das Schicksalskind weiter beherbergen und betreuen dürfe. Fünf Jahre lang lebte die seltsame Frau in den größten Aufmerksamkeiten und Annehmlichkeiten, bis sich eines Tages etwas Merkwürdiges ereignete. Als sie, die ansonsten still und zurückhaltend war, an einem Sonntag allein in der Kirchenbank bei der Andacht saß, näherte sich ihr ein landfremder, grobklotziger, vierschrötiger Bursche in wenig vertrauenerweckender Kleidung und setzte sich ungebeten neben sie hin. Der Kirchendiener beobachtete die Szene unbemerkt und sah die beiden tuscheln, kichern und scherzen. Als man sie später daraufhin zur Rede stellte, stritt sie alles ab und gab sich entrüstet und empört. Am nächsten Tag war sie spurlos verschwunden und blieb wie vom Erdboden verschluckt. Ratlos und verwundert standen die Menschen vor einem großen Rätsel.

Später traf in Offenbach ein Schreiben vom Amtsgericht in Neustadt an der Aisch ein, das um Aufklärung im Falle einer gewissen Karolina Laubberger ersuchte. Die war als einschlägig bekannte Landstreicherin im Gefängnis gesessen und habe als Aufenthaltsort Offenbach angegeben. Damit begann sich das Geheimnis allmählich zu lüften, denn beim vermeintlichen ungarischen Fürstenkind handelte es sich in Wirklichkeit um die uneheliche Tochter einer Dienstmagd aus dem Aischgrund, nämlich aus Linden bei Dachsbach, zur Kirchengemeinde Gerhardshofen gehörig. Daß diese junge Frau es fertigbrachte, eine ganze Stadt, alle Amtsträger, Honoratioren, Gutachter und Wohltäter an der Nase herumzuführen, das wurde landauf, landab belächelt und verspottet. Und welche Mühe man sich gegeben hatte, ihr Deutsch beizubringen – ihre Muttersprache! Das raffinierte Luder hatte lange Zeit offenbar nur diejenigen Worte gebraucht, die sie von ihrem Lehrer schon gehört hatte. Woher sie jedoch das Ungarische kannte, kam nie ans Tageslicht, ebensowenig der Name des Burschen in der Kirche in Offenbach. Was aus ihr weiter wurde, bleibt ebenfalls rätselhaft und dunkel. Doch ohne Zweifel handelte es sich bei dieser Karolina Laubberger um ein ebenso schlaues und geschicktes wie durchtriebenes Geschöpf des Aischgrunds.

Wassermann gefiel die Geschichte, und er machte sich geschwind einige Notizen.

»Es ist immer wieder erstaunlich, was für Schicksale und Charaktere in den stillsten, unscheinbarsten Winkeln verborgen liegen«, meinte er. »Man möchte hineinfassen in so ein Drama und alles herausholen an Leid und Lächerlichkeit.«

»So ruhig und friedlich, wie es scheint, ist auch der Aischgrund nicht. Hier sind auch furchtbare Dinge geschehen, unglaubliche, unvergeßliche.«

»Nur kennt sie wahrscheinlich kaum jemand, nehme ich an.«

»Viel wird vergessen und geht verloren, manches bleibt aber auch eingebrannt ins Gedächtnis und wird mit der Zeit sogar zur Legende. Wie etwa Veit vom Berg.«

»Wer war denn das?«

»Der bekannteste Geistliche dieser Gegend. Er hat sogar etwas mit Ihnen gemeinsam.«

»War er Schriftsteller?«

»Das nicht, obwohl er auch ein Buch hinterließ, das heute noch für viel Gesprächsstoff sorgt. Was ich meine, das ist, daß seine Vorfahren aus der Zirndorfer und Fürther Gegend stammten.«

»Mein Großvater, ein gelernter Seiler, hatte einen Spezereiladen in Zirndorf. Ich hab den alten Herrn eben erst besucht und mir von ihm erzählen lassen, wie er den Findling Kaspar Hauser im Nürnberger Vestnerturm noch mit eigenen Augen gesehen und erlebt hat.«

»Von Veit vom Berg kann er Ihnen aber nichts mehr erzählen, der lebte zur Zeit des Dreißigjährigen Krieges. Mit zehn Jahren war er Vollwaise gewesen und mit zwanzig vom Krieg, Hunger und der Pest ganz und gar zermürbt.«

»Aber offensichtlich doch eine bemerkenswerte Persönlichkeit.«

»Das kann man wohl sagen«, bestätigte Wegmann und erzählte Wassermann von diesem unerschrockenen Kirchenmann. Veit vom Berg war ein untersetzter, stämmiger Mann mit einem freundlichen, verständigen Gesicht. Seit seinen Burschenjahren trug er einen Schnurr- und Kinnbart, wie es im 17. Jahrhundert Mode war. Er hatte kräftige Haare von dunkelblonder Färbung, die ihm zeitweise fast bis auf die Schultern fielen. Aus seinen Haselnußaugen blickte er einen fidel und temperamentvoll an, er war gesellig und leutselig, er verstand es, sich mit jedem auf guten Fuß zu stellen, ob es ein Edelmann war oder ein Pferdeknecht. Sein Großvater hatte als Pfarrer in Rüdisbronn, sein Vater als Pfarrer in Baudenbach gewirkt. Die Mutter starb, als Veit noch kaum zehn Jahre alt war, der Vater kurz danach. Mit dem durchziehenden bayerischen Kriegsvolk war auch die Pest ins Land gekommen und raffte viele Einwohner über Nacht dahin. Mutterseelenallein stand der Waisenknabe nun in der Welt, ging als Zögling auf die Lateinschule in Neustadt an der Aisch, eine sittenstrenge Zuchtanstalt, wo man bei Tische nur Lateinisch reden durfte. Dort fristete er Tage ohne Schmalz und Salz, wie man sagte, wo Schmalhans das Hungertuch ausbreitete auf dem kargen Tisch. Die Armut ist ein kalter Knochen und ein steinernes Brot, das hat der junge Veit da lernen müssen.

Als er zwanzig Jahre alt war, mußte er die schwärzesten Tage der Stadt am eigenen Leib erleben: die Ausplünderung und Einäscherung Neustadts durch die kaiserlichen Kroaten, die alle Einwohner, die ihnen in die Hände fielen, niedermetzelten und mißhandelten. Der Boden war übersät von Leichen und gräßlich Verstümmelten, der Fuß fand kaum einen Fleck, wo kein Toter lag, kein Blut floß und es nicht nach Rauch und verwesendem Fleisch stank. Von den kroatischen Soldaten wurde Veit zusammen mit anderen Leuten gefangengenommen und als Geisel verschleppt, doch ihm gelang die Flucht. Vom verwüsteten Neustadt aus schlug er sich nach Würzburg durch, wo die Schweden lagen. Später schaffte er es nach Erfurt, wo er Theologie studierte, bis es ihn wieder heimwärts zog ins Landfränkische, wo er als Pfarrer tätig sein wollte, wo sein Herz und sein Mund hingehörten, wo sich sein Auge begeistern konnte an der vertrauten Landschaft und sein Gemüt am Tonfall des Volkes. Aber hier wütete immer noch der unselige Krieg, und er sollte noch weitere 16 Jahre sein Unwesen treiben. Als Geistlicher hatte Veit vom Berg viele verwaiste Pfarreien zu versorgen, mehr als zwei Dutzend Ortschaften. Er erlebte die furchtbaren Folgen dieser Schrekkenszeit, mußte viel beerdigen und trösten, viel mit ansehen und verkraften. Predigen und Gottesdienst halten, das war schon schwierig genug, wo doch die meisten Dorfbewohner der Tod ereilt hatte – in Uehlfeld lebten von 600 Leuten noch zwanzig, Demantsfürth war völlig menschenleer. Viele waren aus Angst und Verzweiflung in die Wälder geflohen, vegetierten dahin, die einen wurden skrupellos, andere gemütskrank, viele starben elendig oder wurden umgebracht. Überall herrschte Hunger, denn die Äcker und Gärten waren verwildert und vergrast, übersät mit Dornen und Disteln, dazu viele Mühlen zerstört und verwaist. Getreide und Mehl gab es nicht mehr, kümmerliches Brot wurde aus Wicken, Eicheln und Kleie gebacken. Alles Vieh war längst geraubt oder tot.

Selbst die Gotteshäuser waren von den Soldaten geschändet und mißbraucht worden. Als Veit vom Berg in Uehlfeld ankam, waren Kirchendecke und Gewölbe eingestürzt, die Fenster zerschlagen, die Orgel in Trümmern, alle heiligen Kelche und Kreuze gestohlen. Die Glocken hatten die Katholischen geraubt, um Kugeln und Kanonen daraus zu gießen. Das Kirchenschiff hatten die Kriegsknechte als Pferdestall benutzt, Altar und Kirchengestühl zum Feuerschüren zerhackt, alle Bildnisse verbrannt. Vor dem Erbauungsbild mit Adam und Eva am siebten Schöpfungstage häuften sich die Pferdeäpfel statt der Paradiesäpfel. Die Kanzel hatte das rohe Kriegsvolk als Donnerbalken für ihre Notdurft benutzt. Wenn man für die Religion Waffen braucht und Soldaten zum Niedermetzeln von Menschen, dann geht der beste Glaube zum Teufel. Kein Gesetz und kein Gebot fand damals mehr Achtung und Geltung. Mit Kreuz und Krummstab und Kanonen, mit Zepter und Zunder loderte der Krieg fort, und die Gotteskrieger tobten schlimmer als alle Heiden. Je eifriger man um den Glauben streitet, desto gottloser und unmenschlicher wird man. Ob man in den Dörfern den kroatischen Rotmänteln, den Forchheimer Streiftrupps oder den schwedischen Reitern in die Hände fiel, war egal, Hunger, Raubgier und Rachsucht machte aus den Lutherischen die gleichen Unmenschen wie aus den Päpstlichen. Dem Bauern konnte es egal sein, wer ihm den Hof niederbrannte oder den Schädel einschlug. Wie erfinderisch und lustvoll die Menschen doch werden, wenn es gilt, zu rauben, zu morden, zu erpressen, zu vertreiben!

All dies hatte Veit vom Berg mitbekommen – und dennoch wollte er Seelsorger bleiben, Sakramente verteilen und das

Evangelium verkünden. Er war nicht nur ein grundgescheiter Mensch, sondern auch einer, der sich mit Hand und Fuß gewaltig zur Wehr setzen konnte, wenn Not am Mann war und das Ärgste drohte. Das Herumsinnieren über Büchern und Papieren in seiner Studierstube, das war ihm nicht genug. Hinaus ins Leben wollte er, zu den Menschen, auf die Straßen – und das in dieser furchtbaren Zeit! Einmal lauerte ihm ein Räuber auf in einem Hohlweg im Steigerwald, aber da erkannte Veit den Strauchdieb unter seiner Erdbemalung im Gesicht und donnerte ihn an: »Webers Belzer, weißt du denn nicht, daß ich deine Frau eingesegnet und ihr das heilige Abendmahl gereicht habe? Ich habe ihr die letzte Wegzehr gegeben und ein gesegnetes Geleit zur ewigen Ruhe! Willst du dich nun versündigen an ihrer Seele? Schäm dich, du Unglücklicher! Pack dich hinweg und werd ein guter Mensch!« Der Räuber erstarrte, stierte ihn an und nahm schleunigst Reißaus. Er war auch nur ein verzweifelter, ausgehungerter Kleinbauer, dem alles zerstört worden war, so daß er eben den Erstbesten niederschlug für einen Bissen Brot und ein paar Habseligkeiten.

Doch auch der beherzte, schlagfertige Veit vom Berg konnte es sich nicht erlauben, allein und ohne Schutz und Begleitung über die Dörfer zu reiten. Jeden Tag konnte einen jäh der Tod ereilen – und was nützt den verlassenen Seelen ein toter Pfarrer? Also gut gerüstet und geharnischt, einen großen Schlapphut auf dem Kopf, mit einem Eisenring darin gegen böse Hiebe und Stiche, die Brust umschlossen vom dicken Koller, das Schwert an der Seite und Pistolen im Halfter, gespornte Reitstiefel und kalbslederne Hosen – so saß der Geistliche auf dem Pferd. Kirchenrock und Sakramentsgefäße waren sicher im Mantelsack verwahrt.

Eines Nachts aber war Veit vom Berg mit seinem Begleiter, dem Betzen Reser, im Wäldchen zwischen Rauhgseeß und Peppenhöchstädt unterwegs auf dem Heimweg nach Uehlfeld, durch Schwarzdorn und Schlehenhecken, als die Pferde unruhig werden und der Hund anschlägt und bellt und knurrt. Schatten sieht man hinter Gebüsch und Baum, laute Männerrufe fordern Halt und Ergebung, dann hört man Schreie und Schüsse, trampelnde Stiefelschritte, vier oder fünf dunkle Gestalten stehen plötzlich vor den Pferden. Noch bevor er reagieren oder fliehen kann, spürt Veit einen heftigen Schlag gegen seine linke Brustseite, daß er zuckt und schwankt, vom Pferd zu stürzen droht. Geistesgegenwärtig gibt er seinem Pferd die Sporen und jagt zwischen den Strauchräubern hinaus aus dem Wald ins freie Feld. Der Betzen Reser tut es ihm nach und sprengt hinterdrein. Wieder hört man wüste Schreie, Flüche, Schüsse, das Sausen von Kugeln, Hufschläge auf festem Erdboden, das Schnauben der Pferde, das eigene Keuchen, das Hämmern des Herzens im zitternden Brustkasten. Aber sie sind mit heiler Haut herausgekommen aus der Gefahr und mit allen Knochen noch glücklich versehen! Schweißnaß und erschöpft schnaufend steigen sie zu Hause von den abgehetzten Gäulen, Veit hält sich den Brustkorb, und sein blasses Gesicht läßt nichts Gutes erahnen. Wie man ihm vorsichtig den Rock abstreift, findet man keine fließende Wunde, nur sein Kasualbuch, eine dicke, in Schweinsleder gebundene Schwarte von einem Notizbuch, worin er sein Register führt über Gottesdienste und Sakramente, Gläubige, Taufen und Todesfälle. Und grundgütiger Gott! Mitten eingedrungen und festgepfropft darin findet man eine Bleikugel, die seinem Leben gegolten hatte, vom Buch in seiner Brusttasche jedoch aufgehalten und abgewehrt wurde. So hat ihm ein Buch auf dem Herzen das Leben gerettet, nämlich das Buch am rechten Fleck.

»Und das ist hier in diesem kleinen Nest passiert?«, fragte Wassermann.

»Dort droben, auf dem Waldweg nach Rauhgseeß.«

»Und dieses Buch gibt es heute noch?«

»Ein Drechslermeister aus Hambühl war einmal hier im Kaffeehaus und hat es mir selbst gezeigt. Ein Buch voller Tod:

Beerdigungen, tote Kinder, haufenweise Witwen. Aber auch ein Buch des Lebens.«

»Ein schönes Sinnbild. Mitten im Tode triumphiert das Leben.«

»Ja, die Menschlichkeit und der gute Geist.«

»Sehen Sie, deshalb hab ich immer ein Buch hier in meiner Brusttasche«, sagte Wassermann schmunzelnd und holte sein Notizbüchlein aus der Jackentasche. »Man weiß nie, wer einem auflauert und was einem so alles blüht.«

»Mit einem Buch am Herzen sind Sie gegen alle Übel gefeit«, bekräftigte Wegmann lächelnd.

»Wenn man Ihnen so zuhört, hat man das Gefühl, hier ist auf Schritt und Tritt Herzergreifendes passiert.«

»Es gibt viele großartige Geschichten. Bloß die Wenigsten wollen was davon wissen. Die halten das alles für altes Zeug.«

»Dabei muß man nur genau hinhören und verstehen, was es uns zu sagen hat, dann erfährt man alles Wichtige über uns.«

»Genau so ist es. Wer die Vergangenheit kennt, der durchschaut die Gegenwart. Weil, wenn man nichts weiß von der eigenen Geschichte, dann geht man jeder Dummheit auf den Leim.«

»Haben Sie noch so etwas Hochdramatisches auf Lager?«

»Nun, wenn man die alte Hochstraße von der Mailacher Flur aus westwärts hinaufgeht Richtung Greuth, von der Hohen Luft aus zum Sixtenholz dort droben, dann liegt rechter Hand ein Acker, den nennt man den Mordacker. Dort sieht man drei große Steine gleich an der Straße, einer liegt, einer steht aufrecht und einer lehnt ganz schräg daneben. Die drei erzählen auch eine solche Geschichte.«

»Drei Steine und ein Mordacker – was hat sich dort zugetragen?«

»Es ist eine verhängnisvolle Verkettung um Blut und Schweigen und ein Geheimnis.«

Wegmann ließ noch einmal Kaffee nachschenken und Gebäck nachlegen, dann begann er, die Geschichte zu erzählen.

An dieser Wegkreuzung stießen verschiedene Dorffluren aufeinander, was früher durch Bäume, Steine und Galgen auch für alle sichtbar angezeigt wurde. Seit Urzeiten gab das Anlaß zu Streitereien um Eigentum und Grenzverlauf, Triebwege und Weiderechte, Holzschlag und Jagd. An einem Maitag trafen dort einmal drei junge Männer aufeinander: Der Viehhirte Jörg Mader kam von Uehlfeld her den Kressengraben herauf zur Kuppelhut östlich des alten Galgens, die nach altem Gebrauchsrecht gemeinsam beweidet wurde, verbrieft als Waldwonne und Heidenhut. Vinzenz Klüpfel, der Schäfer von Sichartshof, trieb seine Herde aus dem Sichartsgrund herauf an den äußersten Rand der Weickersdorfer Ortsflur, bis dahin durfte er sie weiden. Der dritte junge Mann war der Siegmund Stadelmann, der stolze Sohn eines Castell'schen Bauern, der kam von Westen auf dem Höhenzug von Vestenberg her, um nach seinen Äckern oben auf dem Aigen am Kirchsteig zu sehen. Sein Vater war vom Fürsten als Flurer und Wildmeister eingesetzt worden, als Aufseher über Feldbau, Jagd, Hut und Trieb, und der Sohn fühlte sich aufgefordert, alles in Augenschein zu nehmen und Verstöße und Frevler bei seiner Herrschaft sofort zur Anzeige zu bringen.

Als er nun hinkommt und den Schäfer Klüpfel dort beim Weiden erblickt, verzieht er ganz säuerlich das Gesicht, weil ihm angst und bange war um die Rüben und Krautbeete. Zu oft schon hatten die Schafsviecher seine Äcker und Wiesen abgegrast und zertrampelt. Und an wem sind die Schäden und Scherereien dann hängen geblieben? Da mußte man sich für einen Hornochsen anschauen lassen von allen Leuten, bloß wegen diesen Hammeltreibern! Also gibt er seinem Hund sofort Befehl, die Schafe scharf abzuwehren von dem Flurstück dort. Wie der Klüpfel sieht, daß man seine Schafe anbellt und versprengt, schlägt er mit seinem Stab auf den kläffenden

Hund ein, der nicht abläßt, bis ihm der Schäfer sein Messer in den Leib sticht, daß er aufjault und sich blutend davonschleppt. Von Zorn übermannt springt da der Bauernsohn, der eben noch hämisch vom Pferd herabgegrinst hat, auf den Schäfer los, das offene Messer in der Faust.

»Du dreckiger Betzentreiber willst mir meinen Hund umbringen? Das wirst mir büßen!«, schreit der Stadelmann.

»Wenn ein wildes Viech die Schaf angreift, dann muß sie der gute Hirte schützen, so steht's schon in der Bibel!«, erwidert Klüpfel.

»Was weißt denn du gscherter Hammel von einer Bibel? Deine Scheißviecher räubern die ganze Zeit bloß auf unserm Grund und Boden!«

»Die Weidgerechtigkeit ist uns gschrieben, schwarz auf weiß!«

»Einen Dreck ist des! Los, zeig mir Brief und Siegel!«

»Das ist mit Mund und Hand und Halm von alters her so geregelt gwesen.«

»Aber ihr Gsindel haltet euch doch net dran! Ihr grast mit euern Wollfreckern das ganze gute Gras ab, viel zu oft, und das fremde noch dazu, ihr elenden Gauner! Wer die Grenz net hält, verfällt der Straf!«

»Der Hund, der mich einen Gauner schimpft, der kommt net ungschoren davon!«

»Geh nur her, Freundla, dann scher ich dich gscheit, dann machst gleich dein' letzten Schnaufer!«

»Die Heißgrätigen sind die ersten, die kalt am Buckel liegen, des merkst dir!«

»Des werden wir schon sehn, du Lendenbeiß, du verworfner!«

»Bei dir haben's doch die Nachgeburt aufgezogen, bei dir Saukrüppel!«

»Geh auf Seiten und schleich dich mit deinem Viecherzeug, sag ich, du Zwiedorn, du verschnittner!«

Auf einmal haben sie sich am Ärmel, am Kragen, an den Haaren, drücken mit den Armen, stemmen schnaufend und stöhnend die Leiber gegeneinander, daß sie den Schweiß des andern riechen, die Tropfen sehen auf der Stirn und am Mund. Da schnellt eine Hand nach vorne, ein Zucken, ein dumpfer Laut, der Stadelmann schreit auf, taumelt zurück, seine Finger krampfhaft an die Schulter gepreßt.

Vom Streit und Schrei herbeigelockt, erscheint auf einmal noch der Viehhirte Jörg Mader auf der Lichtung und macht sich schnell sein eigenes Bild vom Geschehen. Dem Klüpfel ist auch er nicht grün, weil der immer die saftigste Weide ganz allein eingesackt hat, das ganze gute Futter. Außerdem gibt's da noch die Geschichte mit der Lunzen Draudl, mit der beim Lichtmeßtanz im Uehlfelder Wirtshaus der Klüpfel so lang getanzt hat, daß sie keine Augen mehr für den Jörg gehabt hat. Bestimmt hat ihr der Klüpfel den Kopf verdreht! Womöglich hat er das gutmütige Mädchen schon herumgekriegt, der Betzenrammel, zuzutrauen wär's ihm! Dem gehört endlich mal eine saftige Abreibung auf den Pelz gezunden, dem Saukopfniegel! Und jetzt geht der Donnerwetterfrecker schon am hellichten Tag auf einen Bauernsohn los! Das ist zwar der Stadelmann, das alte Großmaul, aber immerhin, was der frechdachsige Dienstbotenbankert sich da herausnimmt, das ist schon allerhand! Dem gehört wieder mal sein Stand und sein Platz aufgezeigt, daß die Schwarten kracht!

»Klüpfel, nimm das Messer weg, sonst rupf ich dir dein ranziges Fell!«, schreit ihn der Mader an.

»Ich wehr mich bloß meiner Haut, weiter nix, und wenn's sein muß, bis zum Letzten!«

»Geh nur her, du Hungerleider, einen solchen wie dich steck ich blind noch in meinen Habersack rein!«

»Mader, halt dich da raus!«, ruft der angerissene, aufgewühlte Stadelmann dazwischen. »Der Betzendepp hat mich bloß gstreift und gritzt mit seinem rostigen Nagel da! Mit dem Gschmeiß werd ich schon allein fertig, den tunk ich mir in die Mistsuppen ein, wo er hing'hört!«

»Sag bloß, Stadelmännla, du hast dich von dem Betzentreiber schon stechen lassen, du Speckwanst?«

»Dem Stinkhammel reiß ich jetzt aber die Wolle vom Leib, daß du's weißt, jetzt kenn ich nix mehr!«

Die Hitzköpfe stürzen abermals aufeinander los, voller Grimm und Groll, ihre Arme und Hände suchen den andern, und ihre Messer finden wie blind ihr Ziel. Der erste, der stöhnend zusammensackt, ist der Stadelmann.

Da durchfährts den Klüpfel siedendheiß, daß es nun auf Leben und Tod geht, und er verdoppelt seine Kräfte. Im Kopf drängen sich Wut und Schmerz zusammen, Jahre der Armut und der Zurücksetzung brennen ihm im Herz. Nun fordert ihn der Mader, stürmt auf ihn los, der Klüpfel weicht ihm aus, er hat ja nichts mit ihm, doch der Mader dreht sich um, das wilde Blut schießt ihm in den Kopf, er rennt gegen den Widersacher an, doch der Klüpfel läßt ihn mit Wucht in seine Klinge laufen, daß er ächzend zusammensackt.

Da rappelt sich unversehens mit letzter Kraft der angestochene Stadelmann noch einmal auf, nähert sich von hinten dem überrumpelten Schäfer und rammt ihm sein Messer in den Rücken, daß er mit einem dumpfen, kehligen Schrei zu Boden sinkt wie ein nasser Sack. Alle drei liegen jetzt stöhnend dort in ihrem Blut und hauchen ihr junges Leben aus, jeder für sich, todeinsam, doch alle durch ein gnadenloses Schicksal verstrickt und verbunden.

Erst am nächsten Morgen findet man die drei Toten. Einer liegt hingestreckt am Boden, der zweite kauert gebückt und in schauerlicher, schmerzgekrümmter Erstarrung daneben, der dritte hat sich zu einem Baum geschleppt und hält ihn im Tod noch umklammert wie eine Geliebte.

Zum Andenken ließen die Mütter später die drei Steine

setzen, als Fingerzeig und Mahnung. Die stehen bis heute noch dort an diesem Ort, den man die drei Brüder nennt.

»Wieso denn drei Brüder?«, wollte Wassermann wissen.

»Was weder die drei Burschen gewußt haben noch ihre Mütter, das war, daß sie leibliche Brüder waren, denn sie hatten alle drei denselben Vater.«

»Bei drei Müttern, wie soll das gehen?«

»Jede Mutter hat gewußt, wer der Vater ihres Buben war, und das war der Albrecht Stadelmann. Sein Sohn, der Siegmund Stadelmann, war stolz auf seinen Stand und seinen Besitz. Sein Vater war ein gut gestellter Bauer. Die Meta, die Mutter vom Klüpfel, hat beim Stadelmann beim Heuen und Dreschen geholfen. Sie hat sich genauso mit ihm eingelassen wie die Maders Christina. Die hat vom Stadelmann für ihren Mann Geld zum Viehkaufen geliehen und dann hat sie sich eingebildet, als kapitale Dorfschönheit könnt sie die Schuldzinsen mit ihren Reizen und Gefälligkeiten herunterhandeln. So hat halt jede der beiden sich ihr eigenes Stadelmännlein aufgegabelt. Die Frau vom Stadelmann hat von dem ganzen Kuddelmuddel auch erst im Nachhinein erfahren.«

»Und der Stadelmann selber?«

»Der hat den Tod seines Siegmund nicht verwunden. Wie das mit seiner Vaterschaft nach und nach rausgekommen ist, ist er vor Kummer und Reue krank geworden und im Jahr darauf gestorben.«

»Wäre das alles vorher bekannt gewesen, wär's nicht so weit gekommen.«

»Vielleicht. Das Verschweigen hat die Tragödie aber erst möglich gemacht.«

»Faszinierend ist für mich immer wieder«, resümierte Wassermann, »welch fatale Auswirkungen solche Familiengeheimnisse haben können.«

»So ein Verhängnis sucht sich seine Leut, sagt man bei uns.«

»Aber das Nicht-darüber-Reden, das ist das größte Verhängnis.«

»Blut ist dicker als Wasser, heißt es, aber hier hat's nicht geholfen. Die drei waren durch ihr Blut verbunden und zugleich über Kreuz.«

»So ein abgeschiedener, friedlicher Himmelsstrich, und dann solche blutigen Tragödien!«

»Ja, das Unglück hat einen weiten Lauf und ein scharfes Aug.«

»Von uns Franken heißt es ja immer, daß wir eher verschlossen und schwerblütig sind, aber bei Ihnen kann davon nicht die Rede sein.«

»Da gehörn halt immer zwei dazu. Wenn man auf offne Ohren trifft, geht die Zunge leicht über Berg und Tal.«

»Sie müssen diese wunderbaren Geschichten unbedingt aufschreiben und aufheben für die Nachwelt. Wer weiß, eines Tages kommt vielleicht jemand und verfaßt einen Roman darüber?«

»Ich werd es dem Jula Gänsberger sagen, das ist unser Schreiberling. Der sammelt lauter so Geschichten in einem dicken Buch. Vielleicht ist das ja ein Anstoß für ihn.«

Über dem Erzählen waren die Stunden dahingeflogen wie die Wetterwolken. Wassermann holte seine Taschenuhr heraus, ließ den Deckel aufspringen und bemerkte überrascht, wie spät es schon geworden war.

»Der Abendzug geht um dreiviertel sechs«, beruhigte Wegmann. »Da haben Sie noch Zeit zum gemütlichen Fußmarsch hinüber zum Bahnhof in Demantsfürth.«

Wegmann ließ für den Fürther Schriftsteller noch etwas Reiseproviant einpacken, geräucherte Bratwürste, saure Gurken und ein Stück Brot. Dann sagten sich die beiden Männer Lebewohl. Zwischen ihnen lagen vierzig Lebensjahre, verbunden hatte sie ein einziger Nachmittag. Sie reichten sich die Hand und nahmen herzlich Abschied voneinander, als spürten sie tief im Innern, daß sie einander nie wieder begegnen sollten.

21

Etliche Monate später schrieb Jakob Wassermann von Wien aus einen Brief nach Peppenhöchstädt. Ob Michael Wegmann ihn beantwortete, ob es noch weitere Korrespondenz zwischen den beiden gab, bleibt ein Geheimnis, denn mögliche Briefe liegen entweder irgendwo unter einer dunklen Staubschicht verborgen oder gingen im Irrlauf der Jahrzehnte verloren. Nur allzu gerne verzehrt und vergräbt die Zeit ja ihre allerschönsten Zeugnisse. Dieser erste Brief jedoch ist erhalten geblieben, weil meine Oma die Tassen ihres Großvaters in den zwanziger Jahren sorgsam einwickelte, in Kisten packte und mit Zeitungen und Papieren vor Bruch und Schaden schützte. In mühsamer Entzifferungsarbeit kann man die mikroskopisch kleine, nur einen Haarspalt weißes Papier belassende Handschrift des Schreibers mit einem Vergrößerungsglas nachbuchstabieren.

Lieber, verehrter Herr Wegmann,
endlich komme ich zum Schreiben in der nötigen Muße und Stille. Mein Schweigen der vergangenen Monate mögen Sie bitte meiner Arbeitslast, der familiären Bedrängnis und gewissen Mißliebigkeiten anrechnen, keineswegs jedoch einem Mangel an Erinnerung oder Dankbarkeit. Bis auf diese Stunde liegen mir die Eindrücke und Gespräche in Ihrem Heimatort herzwarm und quellenklar im Sinn. Hier von Wien aus sende ich Ihnen jedenfalls meine innigsten Grüße in Ihren

grünen Wiesengrund! Dieses Aischtal scheint mir auch Ihr wahrer Lebensgrund zu sein, der Ihrem Dasein und Hauswesen Maß und Mitte gegeben hat, auf dem Sie Hof und Heimstatt gründeten, als ein winkelsinniger Ortstifter, ein im echten Wortsinn zu verstehender Mundschenk des Aischgrunds.

Es gehört ja zu meiner festen Überzeugung, daß wir von Grund auf dem verbunden bleiben, was uns hervorgebracht und geformt hat, ob wir es nun so wahrnehmen und wünschen oder auch nicht. Geschichte, Sprache, Gepräge und Geistesart einer Landschaft sind aufs Allerengste mit unserem Wesen und Wandel verwoben. Auf dieser Grundlage können wir dann aus uns heraus Schönes schaffen und verwirklichen, etwas, das die Menschen einnimmt und verzaubert, das sie emporhebt aus Stumpfsinn und Vereinzelung. Ihnen, lieber, verehrter Wegmann, ist dieses Kunststück gelungen, das konnte ich mit eigenen Augen sehen. Ihr Kaffeehaus ist ein Ort einladender Wirtlichkeit, wo dem Gast das Herz aufgeht, daß in ihm ein Bild des leichten, hellen, offenen Lebens aufsteigen kann, wo Geist und Sinne wie verwandelt scheinen und einen Feiertag der Seele begehen können.

Auch ich habe mir vorgenommen, nicht klein beizugeben und mich nicht in das Korsett der Zwänge und Widerstände einsperren zu lassen, sondern der sorgenschweren, herzkalten Welt mein großes Obwohl, mein Aber und Trotzdem entgegenzusetzen. Immer drängender kommt mir der Gedanke, daß der Alltag nur den Umriß unseres Lebens zeichnen kann und wir erst mit der Sprache und unseren geistigen Äußerungen unser Gesicht und unsere ganze Gestalt so richtig erschaffen. Dies ist es, was unser Dasein ausmalt und erfüllt, sonst bleiben wir bloß Skizzen und flüchtig hingeworfene

Striche in der Landschaft, belanglose Kratzer in der Weltgeschichte. Wer dies erkannt hat, weiß eine wichtige Wahrheit. Er ahnt das große Geheimnis, jenen Traum, der tief eingepflanzt in unserer Seele schlummert und unseren Weg erleuchtet.

Heute will ich Ihnen noch mit etwas Hocherfreulichem aufwarten, das Sie bestimmt ebenso überraschen und beglücken dürfte wie mich. Ein mit meinem Schwiegervater befreundeter, äußerst betuchter Geschäftsmann und Miteigentümer eines angesehenen Bankhauses besitzt eine große Sammlung wertvoller, teilweise noch gänzlich unbeachteter Landschaftsaquarelle, auch aus früheren Jahrhunderten. Zwei davon weisen die Handschrift des Nürnberger Meisters Albrecht Dürer auf und sind auch mit dem unverkennbaren AD, seinem weltberühmten Markenzeichen, signiert. Ohne Zweifel gehören sie in jene Lebensepoche, als der junge Dürer nach seinen Wanderjahren und langen Reisen zurückkehrte nach Nürnberg und im ländlichen Franken Orts- und Naturstudien aufs Papier zauberte, die ein neues Kapitel aufschlagen sollten in der europäischen Landschaftsmalerei. In Italien hatte Dürer chinesische Porzellanbilder kennengelernt, deren wasserzarte, farbenselige Anmut ihn begeisterten, da sie ihn an seine fränkische Heimat erinnerten und ihm ungeahnte Möglichkeiten von Stimmung und Gestaltung aufzeigten. Seine naturgemäßen Wasserfarbenansichten der »Drahtziehmühle«, des »Weiherhäuschens« und des »Tals bei Kalchreuth« sind wahrhafte Kleinode der Kunstgeschichte geworden. Sie können sich die Verwunderung, ja, die Entzückung leicht ausmalen, die mich erfaßte, als ich auf einem dieser Blätter den Schriftzug »Päppenhöschert« erkannte, von Dürers eigener Hand gezeichnet! Man erzählte mir, Sigbert von Schlaghauffen, ein Bekannter Dürers in Nürnberg, habe ein Landgut besessen in Rohensaas, wo er den vielgepriesenen Maler einmal beherbergte und bewirtete. Bei dem Bild handelt es sich um eine 28 mal 32 Zentimeter große Studie, die bei aller Flüchtigkeit und Unvollendetheit auf bemerkenswerte Weise das Präzise mit dem Beschaulichen zu vereinen weiß. Sie zeigt ein knappes Dutzend bäuerliche Gehöfte von Peppenhöchstädt, dicht zusammengeschart und umgeben von Weihern, Äckern und Obstgärten. Die Wiesensenke des Aischgrunds und der Waldrücken des anhebenden Steigerwaldes sind leicht erahnbar. Es handelt sich um ein heiteres Stimmungsbild, geprägt von den grasgrünen, holzbraunen, zuweilen ins Erdrot hinüberfließenden Farbtönen, wie sie für das Fränkische so charakteristisch sind. Der landstille Raum strahlt friedliche Aufgehobenheit aus, ja, man ist geneigt zu sagen: Andacht und Demut. Als Betrachter spürt man Dürers innige Verehrung, das In-die-Knie-Gehen des Künstlers vor diesem unscheinbaren, behüteten Stück Natur. Die Unfertigkeit des Aquarells darf dabei keineswegs als Mangel gesehen werden. Gerade diese Unabgeschlossenheit entspricht ja vollkommen dem Augenblickshaften der Anschauung und der Alltäglichkeit dieser Landschaft. Ich will in einem günstigen Moment versuchen, bei dem vermögenden Kunstsammler darauf hinzuwirken, eine Kopie dieses Bildes für mich anfertigen zu lassen. Sie sollen es dann zu Gesicht bekommen! Für heute will ich meine Ausführungen beenden und Ihnen nochmals für Gastfreundschaft und Gedankenaustausch aufs herzlichste danken. Als kleine Gegengabe lege ich diesem Brief die ersten Seiten eines Aufsatzes bei, den ich zu Papier brachte, nachdem ich aus Peppenhöchstädt zurückgekehrt war. Nehmen Sie diese Blätter als das in Empfang, was sie sind: Vorläufige Ergebnisse meiner Erkundungen Ihrer Heimat.

Anregungen und Einwände von Ihrer Seite finden bei mir stets ein offenes, dankbares Ohr.
Ich grüße Sie mit einem freundschaftlichen Händedruck

Ihr Jakob Wassermann

Auf dem separat beiliegenden Blatt, das vorne und hinten äußerst dicht beschrieben ist, erkennt man ebenfalls die gestochen scharfe, winzige Handschrift dieses Erzählers, der nach seiner kargen Kindheit in Fürth offensichtlich stets bemüht war, möglichst wenig Papier und Tinte zu verbrauchen. Der Text trägt weder Titel noch Datum und setzt unvermittelt ein.

Verläßt der Reisende heute die Stadtstraßen Fürths oder Nürnbergs und die umliegenden kieferbestückten Sandebenen, dann streift sein Auge über die ernsten Ackerflächen und weitgezogenen Waldsäume des Rangaus, bis ihn dann der Aischgrund mit ausgebreiteten Armen aufnimmt, ein fruchtbarer Wiesengrund am östlichen Rücken des Steigerwalds. Die erdige Strenge der Landschaft spiegelt sich in den Böden, Wolken und Weihern, den Feldstücken mit dem Getreide, dem Hopfen und Meerrettich, den Erdäpfeln und Rüben, sie findet sich aber auch wieder in den mit Sandstein und Fachwerk zusammengesetzten Dörfern mit den bäuerlichen Verhältnissen und Verrichtungen.
Michaelimilde Septembersonne. Der grundige Geruch von Herbstnebeln und erntezeitigen Hackfrüchten erfüllt das Land. Nichts vordergründig Malerisches, nichts Süßes, aber auch nichts Schroffes und Spektakuläres betört das Auge des Betrachters. Es ist eine schlichtweg unscheinbare, aber wirtliche, sogar anmutige Herzlandschaft Deutschlands, eine, die Sehnsüchte aufkeimen läßt und den geistig Empfänglichen antreibt

zu Aufbruch und Wagnis. Ihr eigentümlicher Liebreiz liegt in der dörflichen Einfachheit verborgen, in der von werkkundiger Hand gestalteten Fülle und Ordnung der Bauerngärten mit den Gemüsebeeten, Küchenkräutern und Festtagsblumen, in den Streuobstzeilen an den Feldrainen und Dorfrändern, in der grundsatten Wiesenflur und den Kleefeldern mit ihren Heuböcken, der buntscheckigen Flur mit den im Gleichmaß sensenden Bauern und Knechten, dem Ochsengespann vor einem im Schollenmeer ackernden Pflug, in der schweißwarmen, lautstarken Geselligkeit bei Kirchweih und Niederfall, in derbfrohen Liedern und Betzentänzen vor Burgen, Mühlen und Brauereien.
Die Poesie der alten fränkischen Häuser dringt dem Besucher stets aufs Neue ins Gemüt: mit der Mistgrube mitten im Hof vor der Hausstaffel, umgeben von Backofen und Brunnen, Taubenschlag und Bienenhaus. Beseelt und armselig zugleich erscheinen jene Sandsteingebäude mit Traubenstock und Spalierobst an der Giebelseite, mit einer Holzbank vor den Blumenkästen, wo ein Pfeife schmauchender Austragsbauer seine Geschichten weit hinaus schwingen läßt zu Napoleon, Barbarossa und Dietrich von Bern, während ihm die Kinder auf den Sandsteinplatten und dem Leiterwagen an den Lippen hängen wie die Zecken am Hundebauch. In solchen raren Momenten verschwindet alles Schwerflüssige und Düstere aus dem Landleben, aus den kleingehaltenen Lebenskreisen und oftmals herben Schicksalsläufen, und augenblicklich erblüht alles in leichter, strahlender Heiterkeit.
Spricht man von Altfränkisch, so denkt mancher an Rückständigkeit und Kleinkariertheit, an die Borniertheit hinter Butzenscheiben und Fachwerkbalken. Über die Engigkeit der finsteren Stuben und Krämerseelen

in dieser Gegend darf man sich in der Tat nicht durch wunschgetragene Verklärung betrügen. Schon im sechsten Jahrhundert beschwerten sich die ersten Wallfahrer und Mönche, die die hiesigen Sumpfgründe und Nordwälder durchqueren mußten, über »scharfkantige und stumpfsinnige Strauchräuber«, die in »finsteren Erdhöhlen hausen und mit nackter Gewalt ihr erbärmliches Drauskommen erfechten«.

In den folgenden Jahrhunderten wurde das gemeine Landvolk hier nur allzu oft mit ungerechten, gierigen Grundherren und kriegslüsterner Obrigkeit geschlagen, die dem Charakter der Leute den tiefsitzenden Argwohn und das bauernschlaue Duckmäusertum einflößten. Sie gehen im Grunde nur schwer aus sich heraus und hocken eher wie die Hackstöcke geduckt in sich drin. Sollen sie sich begeistern und erhitzen, dann braucht es schon Trunk, Rausch und hitziges Blut. Viele der Landleute sind von eher unmalerischer Stämmigkeit, gedrungen und korpulent, was hier als »eine feste Stärken« und ein »gesundes Aussehen« gilt. So mancher runkelrübenrote Klößkopf jedenfalls kündet von angestammter Seßhaftigkeit und einschlägiger Erfahrung im Hausbrauwesen.

Die nüchterne Werktätigkeit und betriebssture Erwerbsgier vieler Einheimischer verhindern bis heute, daß Herzensfreude, Kunst- und Gemeinschaftssinn das Leben verfeinern und veredeln können. Der kleinliche, ganz auf Hab und Gut ausgerichtete Biedersinn, der bei allem nur fragt, was es kostet, bringt und nutzt, hat viele Seelen vergiftet und treibt allenthalben sein gottloses Unwesen. Wer immer nur Gewinn und Vorteil sucht, der vergällt und verstellt sich den wahren Geistes- und Lebensgenuß. Herkunft und Ansässigkeit bilden ja nur das Gehäuse, dem es Leben einzuhauchen gilt mit dem

warmen Atem des Schöpferischen, um wahre Heimat erst entstehen zu lassen.
Der Menschenschlag des Aischgrunds ist eine reviertreue Gattung, gleichermaßen gründlich wie unergründlich. Die Alteingesessenen sind fleißig und selbstgenügsam, zu ihrem Wesen gehören Bedachtsamkeit und Zurückhaltung, das bescheidene Abtun und die berechnende Bauernschläue, die sich bis zur Gerissenheit auswachsen kann. Dem Auftrumpfer setzen sie geschickt ihre scheinbar naive Gutgläubigkeit entgegen, und dem im schlimmsten Fall auch noch Schriftdeutsch daherschwadronierenden Schmarrer und Sprüchbeutel gehört ihr geballter Zweifel und Spott. Allem Fremden und allzu Neuen begegnen sie zunächst eher mit Mißtrauen und Distanz, sie verachten alles Großspurige, Hochgestochene, Überspannte und Geldschneiderische. Sie warten erst einmal ab, zögern, halten sich bedeckt, lassen andere vorpreschen und sich leichthin die Finger verbrennen. Glückt andern ein gewagtes Unterfangen, werden sie schnell neugierig und neidisch. Scheitern andere, heißt es umgehend: »Hab ich's euch net gsagt? Ich hab's ja gwußt! Des hat man ja kommen sehn!«
Die Leute hier sind einfache, geradlinige, duldsame Menschen von schlichter, redlicher Denkungsart. Mit Fleiß, Mühe und Ausdauer geizen sie gewiß nicht, schon eher mit Großmut, Offenherzigkeit und Lebensfreude. Charme, Esprit und Savoir-vivre sind hier bis heute Fremdwörter geblieben. Jede Form von Überschwang und Enthusiasmus wird vermieden und beargwöhnt. Auch beim vorzüglichsten Festschmaus, dem glücklichsten Moment ist dem Aischgründer nur wenig Lob zu entlocken: »Kann man lassen«, meint er, »paßt schon«, »das tut's«, »da kann man nix sagen«. Weist man ihn zurecht, daß dies ja nicht gerade berauschend klinge, so

erwidert er knochentrocken: »Nix gsagt ist globt gnug.« Damit unterstreicht er seine Sicht der Dinge: Wer um Lob buhlt, der verdient es nicht.
Ein Leben in Ruh und Frieden, ohne Krankheit und Ärgernis, ein Sich-Abfinden mit dem Gleichmaß von Arbeit und Jahreslauf, das erscheint den meisten Menschen hier als Gipfel von Zufriedenheit und Glück. Freilich können sie auch widerborstig und aufmüpfig sein, vorausgesetzt, sie haben dabei nicht allzu viel zu opfern oder zu verlieren. Ansonsten duckt man sich lieber weg, bleibt bei seiner Arbeit und denkt sich seinen Teil. Man streckt sich nach der Decke und tut halt, was man kann und was sich gehört. Mißgunst und Mißtrauen sind weit verbreitet: Dauernd will man ihnen bloß das Geld aus der Tasche ziehen, murren sie, jeden Tag schmiert man sie anders aus, die Schmarotzer und Schwätzer wollen einen rupfen und ausnehmen wie eine Martinsgans, den schlechten Leuten geht's zu gut, die Großen reiten die Kleinen bloß hinein, das ist net recht, so kann's doch net weitergehn, wo soll denn das noch hinführen, und was ist, wenn's schlimm kommt? Dann dürfen die kleinen Leute wieder die Zeche zahlen mit ihrem Blut und Gut, naja, mach was dagegen! Machen kann man eh nix dran, der Herrgott wird schon ein Aug drauf haben und alles zum Besten wenden.
So hört man sie reden. Im übrigen ist man dem Gerstensaft und der Sparsamkeit stärker ergeben als dem Glauben und dem Gebet. Gesundheit, Ernte- und Haussegen gelten als wichtigste aller irdischen Güter. Treffend bringt dies der alte Spruch zum Ausdruck: Meine Ruh sind mir der Suppen zwu. In aller Ruhe sein Tagwerk vollbringen zu können ist ebenso viel wert wie zwei Suppen, also eine Mahlzeit, die satt macht.

Hier endet die Rückseite des Blattes. Ob und wie es weitergegangen wäre, ist nicht bekannt.

22

Als Gutta Gänsberger im Kaffeehaus die Regie übernommen hatte, war sie Mitte dreißig und Michael Wegmann schon über fünfzig. Mehr als drei Jahrzehnte sollte sie dort bleiben, bis zu Wegmanns Lebensende. Sie wurde für ihn zur unentbehrlichen Stütze und erledigte die geschäftlichen Obliegenheiten mit ruhiger, verläßlicher Hand. Sie sorgte für Einkauf, Bestellung und Abrechnung, überblickte das Personal und die Kundschaft, den Zulauf und Betrieb. Zu heiraten, eine eigene Familie zu gründen, das hatte sich für sie nicht ergeben. Sie schien darüber auch keineswegs unglücklich zu sein. Mit Wegmann lebte sie in wortlosem Einvernehmen und ging dabei den gedeihlichen Mittelweg zwischen Zuneigung und Abstand. Behutsam und doch wirkungsvoll brachte sie ihre eigenen Vorstellungen in den Gang der Dinge ein. Der Ausbau der Kegelbahn ging auf ihren Anstoß zurück, auch das Wintersingen und die Ostereierprämierung, das Schubkarrenrennen und die Brühtrog-Regatta im großen Hochwasser. Auch die Gegenstände, die Gutta im Lauf der Jahre Wegmann schenkte, zeugten von ihrem Geschmack. Eine Landkarte von Ohio und Indiana mit Cincinnati in der Mitte hing eingerahmt in der Gaststube, ebenso ein Gemälde von einem übergroßen Schmetterling, der auf den Flügeln den Grundriß des Kaffeehauses zeigte. Ein Pfeifenkopf mit der Abbildung des Kaffeehauses war Wegmann besonders lieb und teuer, so daß er nur an besonderen Anlässen mit großer Sorgfalt daran schmauchte. In so einer Stimmung nannte er Gutta dann gerne seine »Kittelschürzenmadonna«.

Gutta Gänsberger zeichnete eine empfindsame, umgängliche Art aus, so daß sie mit sehr unterschiedlichen Menschen auf vertrautem Grund stand, ob das nun Handwerksburschen oder Handelsvertreter waren, Kräutersammler oder Kesselflicker, Korbflechter oder Hausierer, die mit Bildern von Heiligen, Schutzengeln und guten Hirten oder Backmodeln mit Baum, Reiter, Engel oder Stern von Tür zu Tür zogen. Überhaupt verstand sie es gut mit den Kaufleuten, die Hopfen, Meerrettich und Braugerste aufkauften bei den Bauern, oder mit Vieh und Pferden, Tierfellen und Tuchwaren handelten. Viele waren Juden, die für die Dorfleute bei Bedarf auch Heiratskandidaten verkuppelten, Grund und Boden vermakelten, mittellosen Kleinbauern einen Kredit gewährten oder eine Kuh in den Stall stellten, damit sie ihren Hof nicht verloren. Es muß auch als ihr Verdienst angerechnet werden, daß die unterschiedlichsten Vereine aus nah und fern sich im Kaffeehaus trafen, um ihre Sitzungen und Feiern abzuhalten oder dort ihre Ausflüge ausklingen zu lassen: die Feuerwehr und der Liederkranz, die Turner und Radfahrer, die Schützen und Veteranen, Siebener und Rechtler, Wald- und Jagdbauern, Bienen- und Obstbaumzüchter. Sie kamen aus dem Bambergischen und aus dem Nürnberger Land, vom Steigerwald und von der Frankenhöhe. Durch Zusammenkünfte und Begegnungen solcher Art war man im Kaffeehaus stets auf der Höhe der Zeit und über das Weltgeschehen im Bilde.

Erleichtert wurde diese Verbindung zur großen Welt seit geraumer Zeit durch den Post-Omnibus von Erlangen nach Uehlfeld, der von einem Postillon in schmucker bayerischer Uniform gefahren wurde. Wegmann und Gutta besuchten die Bergkirchweih in Erlangen und bestaunten dort Laura, das Riesenmädchen, einen Sioux-Indianer und einen Hottentotten, ein Kalb mit drei Beinen und zwei Köpfen und das größte Schwein der Welt. Auch durch die neue Bahnlinie war die Verbindung hinaus in die Welt ungemein belebt und gestärkt worden. Auf der Neustädter Kirchweih erlebten Wegmann und Gutta die Weltneuheit des Kinematographen, der mit seinen lebenden, bewegten Bildern die neuesten Ereignisse und Katastrophen wirklichkeitsecht zur Anschauung brachte: den russisch-japanischen Krieg, den furchtbaren Brand im herrlichen Theater in Chicago, das Leben und Ende des Glücksspielers und Hochstaplers Bussi Bussard bis zu seiner Hinrichtung. Kein Zweifel, die Welt rückte näher und man gelangte leichter in die Welt.

An einem klaren, windstillen, kühlen Februartag sah man einen riesigen dampfgefüllten Luftkürbis, an dem an Seilen ein Korb hing, langsam vom Steigerwald heranschweben, der mit viel Auflauf und Aufgeschau nachmittags um drei Uhr in den Wiesen am Ortsrand von Peppenhöchstädt landete. Drei Herren und eine Dame entstiegen dem Korb und erklärten, sie seien in aller Früh am Rhein aufgestiegen und dank günstiger Witterung und Luftströmung bis in die fränkischen Gefilde herübergefahren. »Es war kolossal! Jetzt haben wir den Himmel in der Hand!«, rief einer der Männer mit Zylinder, schneehellen Handschuhen und einem Fernrohr aus leuchtendem Messing. »Was für eine herrliche Zeit! Wir werden fliegen wie die Götter! In die schönste Ferne reisen! Der Fortschritt ist mit Händen zu greifen! Was wir heute alles haben! Die Lichtbildkunst, den Fernsprechapparat, die Schallplatte, das Kraftfahrzeug! Die Elektrizität, die Maschinenkraft beherrschen die Energie und feiern Triumphe. Und nun die Luftschiffahrt – wir erobern die ganze Welt!«

Beim Kaffee in der Gaststube schwärmten sie von der Freiheit und dem Frieden in den Lüften, vom Blick auf die wimmelnde Menschenwelt und die vielgestaltige Natur. Ein Fotograf erschien auf der Bildfläche und lichtete den einmaligen Moment ab. Der festgehaltene Augenblick erzählt von Hochstimmung und Feierlaune. Für die Einheimischen war das Ganze wie ein Traum, wie im Märchen, wenn der Sack voller Schätze sich auftut. Als sie im selben Jahr zum ersten Mal ein motorgetriebenes, lenkbares Luftschiff über ihr Dorf hinwegsegeln sahen, aus dem Menschen winkten und Grüße riefen, war ihnen vollkommen klar, daß der Traum vom Fliegen in Erfüllung gegangen war. Die endgültige Loslösung von Schwerkraft und Erdbindung schien nur noch eine Frage der Zeit zu sein.

Alle diese Vorfälle und Begebenheiten fanden Eingang in das Geschichtenbuch von Guttas jüngstem Bruder Julius Gänsberger. Wie seine Brüder verdiente er sich seinen Lebensunterhalt als Viehhändler, half aber auch oft im Kaffeehaus aus, wenn Not am Mann war und sich größere Gruppen angekündigt hatten. Julius war ein zurückhaltender, vorsichtiger Mensch mit einem freundlichen Gesicht unter einer hellen Stirnglatze, mit hellbraunen Haaren und einem schmächtigen Schnurrbart. Er war der geborene Zuhörer, denn er lauschte mit wachen Ohren und hellen Augen, wenn andere Menschen ihre Anekdoten und Erinnerungen erzählten und am besten noch blumig ausschmückten. Stand oder saß er mit solchen Leuten zusammen, wirkte der schlanke, unscheinbare Mann seltsam gedankenverloren, fast geistesabwesend, so als würde er sich das Gehörte fest ins Gedächtnis einprägen und gleichzeitig seine eigenen Gedanken dazu machen. Wenn er Vertrauen gefaßt hatte, konnte er durchaus gesprächig werden, ja sogar redselig, vor allem, wenn es um Episoden aus vergangenen Zeiten oder um herzzerreißende Schicksalsfälle ging. Die Geschichten und Sätze, die er bei seinen Landgängen und Dorfgesprächen aufschnappte, merkte er sich gewissenhaft und notierte sie fein säuberlich in seinem großformatigen, dickleibigen Buch, das er im Kaffeehaus bei Gutta deponiert hatte, wo man ihn oft darin blättern und schreiben sah.

»Jula, mei Bula: Wo bleibst'n? Jula, mei Bula: Was schreibst'n?«

Mit diesem Neckvers redete ihn mancher Stammgast zur Begrüßung an, ohne eine genaue Antwort von »Julius, dem Federfuchs« zu erwarten. Die Leute im Dorf kannten ihn und wunderten sich schon lange nicht mehr über seine Gewohnheit und Leidenschaft zu dokumentieren. Manchmal las er auch Geschichten aus seinem Sammelwerk vor, meistens Begebenheiten aus früheren Zeiten, Sagenhaftes, schier Unglaubliches. »Wo weißt du denn das alles her?«, fragten ihn dann immer erstaunt die Zuhörer und schüttelten ihre schweren Köpfe. »Ist mir halt erzählt worden«, antwortete er darauf nur und ließ es damit bewenden. Es kam auch vor, daß sich Leute an Julas Tisch niederließen, nur um ihm einen kuriosen Zwischenfall oder ein historisches Ereignis zu erzählen, damit er es aufhebt und einträgt in sein »Buch vom Eh und Je und Ojemine«, wie er es einmal scherzhaft nannte. Auf bestimmte Menschen hat man ihn auch aufmerksam gemacht und ihn dort hingeschickt, weil sie für ihr Wissen und ihre »Stückle« bekannt waren. So wurde Julius Gänsberger zum Geschichtensammler und Buchhalter des Aischgrunds.

»Warum kümmerst du dich denn um das alte Zeug da?«, fragten andere, die kein Verständnis hatten für sein Schreiben.

»Wenn's ich net aufschreib, macht's ja sonst keiner. Und was man nicht festhält, geht verloren.«

»Ach, steig mir doch am Buckel mit dem alten Glump da! Wer weiß, ob's wahr ist?«

»Macht doch nix, wenn's erdichtet und erfunden ist. Das kann uns immer was sagen und zeigen. Eine gute Geschichte ist wie ein gutes Gespräch: Es kann alles für dich bedeuten, alles verändern.«

»Ach, was vorbei ist, ist begraben und vergessen!«

»Vergessen, das kommt von selber, aber sich net erinnern wollen, das bedeutet grad so viel wie vernichten.«

»Wenn nix Altes untergeht, kanns nix Neues auftauchen.«

»Aber schau, das Vergangene ist wie ein Brennglas: Es vergrößert manche Sachen, daß man die Wirklichkeit besser durchschaut. Und gleichzeitig verkleinert es die Welt, daß man das Wesentliche erkennt. Weil, wir brauchen so ein Gedächtnis, damit wir wissen, wer wir sind. Im Vergangenen liegt der Schlüssel fürs Künftige. Ich sag dir eins: Wie man mit dem umgeht, was einmal war, so geht man auch mit dem um, was ist und sein könnt. Was wir net weitergeben an andere, das werden wir net behalten. Denk doch bloß einmal an die Bibel. Hätt keiner was aufgeschrieben, wüßten wir heut rein gar nichts vom Moses und Abraham und von die Propheten alle miteinander.«

Julius Gänsberger wurde zum Chronisten seiner Heimat. Hunderte von Geschichten entriß er dem Vergessen und sorgte dafür, daß man sie heute noch nacherzählen kann, ob zur Ermahnung oder zur Erheiterung. Eine der bekanntesten ist die vom Meisterschuß von Dachsbach.

Die Burgherren von Dachsbach und Oberhöchstädt waren sich von jeher nicht grün. Ob es sich um Waldgrenzen, Weide- oder Wegerechte drehte, immer waren sie über Kreuz und kamen rasch in Zank und Zwist. Einmal stritten sie sich darüber, wer wann wie viele Fische aus der Saulach und der Aisch herausfangen darf. Der Dachsbacher ärgerte seinen Gegenspieler, wo er nur konnte, und der Oberhöchstädter grübelte gallenbitterlang, wie er es dem eingebildeten, garstigen Störenfried heimzahlen könnte. Als genußfroher Junggeselle hatte er immer wieder neue Liebschaften, und eines Tages eine reizende junge Frau, die als Küchenmagd ausgerechnet im Dachsbacher Schloß tätig war.

»Da hast du dir aber einen verwünschten Dienstherrn ausgesucht! Mit dem ist doch bestimmt nicht gut Kirschen essen.«

»Ein alter Griesgram ist er, dem man nichts recht machen kann. Wir tun unser Bestes, aber der ist immer mürrisch und verdrießlich, und ein elender Geizhals ist er obendrein!«

»Dem gehört schon lang mal eine tüchtige Abreibung verpaßt! Aber den Kerl kriegt man ja nie zu Gesicht, und wenn, dann nur schwer geschützt und gerüstet.«

»Außer bei seinen allerdringlichsten Geschäften«, erwiderte die Magd und grinste.

»Selbst da trägt er gewiß noch Panzer und Harnisch«, grummelte der Burgherr.

»Ich wüßt schon ein Geschäft, bei dem er alles herunterläßt«, kicherte seine Geliebte. »Jeden Früh hockt er eine geschlagene Stunde auf dem Abort, im Abtritterker droben, und drückt sich schier die Gedärme aus dem Leib. Der stöhnt und stinkt, wie wenn der Leibhaftige drin hocken tät. Aber dort könnt man ihn am Nackerten erwischen, wenn man gut zu zielen versteht, denn der Abort hat eine schöne, große Öffnung, so ein kreisrundes Loch, eine wundervolle Zielscheibe!«

Der Oberhöchstädter strahlte entzückt und küßte seine Geliebte voller Freude auf Mund und Backen. Er würde diese Gelegenheit beim Schopfe packen und dem Widersacher eine auf die Schwarte brennen, daß ihm Hören und Sehen verging!

Einige Tage später sah man am Morgen in einem Fenster des Dachsbacher Wohnturms ein helles Tuch flattern. Das vereinbarte Zeichen galt dem Oberhöchstädter, der im Burggraben dahinter lauerte und vor Vorfreude schier platzte. Der hebt also seine Armbrust, zielt genau und drückt ab. Der Pfeil schnellt in die Höhe und trifft genau ins Schwarze, in die Öffnung mit dem Allerwertesten des gnädigen Herrn. Ein gellender Schrei ist zu hören, als würde man ein Schwein stechen beim Schlachten. Der hatte gesessen!

Bis die Dienstboten und Schloßleute nach dem Schützen Ausschau halten konnten, war der schon über den Fluß auf seine Burg geeilt. Für den einen Herrn war es ein Tag mit unsäglichen Leibschmerzen, der andere feierte seinen wonnigsten Glückstag. Noch heute hört man diesen Spottvers im Aischgrund, mit einem Reim fürs praktische Leben: »Kennt man nur die schwache Stelle, jagt man große Herrn zur Hölle, daß es brennt wie Glut und Gift, wenn man nur ins Schwarze trifft!«

Viele der Geschichten im Buch von Julius Gänsberger sind heute weitgehend in Vergessenheit geraten, wie die von Aischa, der Beutetürkin von Schwarzenbach. Ein fränkischer Ritter brachte sie nach dem Sieg über die Türken als Kriegsbeute aus Serbien mit, wo sie ihre gesamte Familie verloren hatte. Vater und Brüder waren im Krieg umgekommen, die Mutter an Kummer und Krankheit verstorben. Aischa war von berückender Schönheit, ließ sich christlich taufen und wurde als Christina Ernestine die Frau des Baders Philipp Dausch. Sie sprach bald die Mundart der Leute im Dorf und verstand sich vorzüglich auf Waschungen und Reinigungen, auf Kräuterbäder und Wundbalsam. Mit ihrem Mann hatte sie vier Kinder, von denen drei kurz nach der Geburt starben, zuletzt auch noch ihr zweijähriger Simon, der in ein Wasserschaff fiel und ertrank. Da war die Mutter todunglücklich und völlig untröstlich. Hals über Kopf verschwand sie eines Nachts aus dem Dorf und wurde nie mehr gesehen, nicht einmal als Leiche. War sie zurückgekehrt in ihre Heimat auf dem Balkan? Manche vermuteten sie in einer Räuberbande, die in Mainfranken und im Spessart ihr Unwesen trieb, und zu der eine »schwarze Dina« gehörte. Einmal hieß es, sie sei die Kurtisane des Markgrafs geworden und werde von ihm in der Chaise herumgefahren auf der Bayreuther Chaussee. Andere wollten sie bei den Kobberneggischen gesehen haben, einer Komödiantentruppe, die als Musikanten und Schauspieler von Dorf zu Dorf zog und ihre Stücke unters Volk brachte. Das Schicksal dieser Frau blieb geheimnisvoll und barg genug Stoff für einen wahrhaften Roman.

Julas Schicksalsbuch enthielt die Geschichte von manch unscheinbarem Ort mit einem blutigen Erbe, das von menschlicher Unvernunft und Schuld erzählte, zum Beispiel der Uehlfelder Zeckernberg. Vor langer Zeit war einmal ein Bauer beim Pflügen oben am Kirchweg nach Weikersdorf. Sein Sohn führte die Kühe vor dem Pfluggestell die Ackerfurchen entlang. Nach ein paar Stunden merkt der Bauer, daß seine Pflugschare schon ganz stumpf geworden sind, da sagt er zu seinem Sohn: »Geh geschwind hinunter ins Dorf und laß die abgewetzte Pflugschar beim Schmied drunten wieder schärfen und dengeln. Ich bleib bei den Kühen, mach mich ans Steineklauben, ans Queckenrupfen und Distelstechen und wart auf dich. Also spring fest und schau, daß du schleunigst wieder da bist, daß wir den Acker heut gar schaffen!«

Wie der halbwüchsige Junge zur Schmiede kommt, ist der Meister nicht zu Haus. Eilig geht er von Haus zu Haus ihn suchen, bis er ihn in einer Wirtschaft antrifft beim zünftigen Brotzeitmachen mit Dörrfleisch und einem Krug Bier. Ganz außer Atem breitet er sein Anliegen vor dem Schmied aus, der auf einmal auf den Tisch haut mit seiner schweren, geschwärzten Faust und lautstark lospoltert. Er verbittet sich so eine Störung von einem ranzigen Kuhbauern, der mehr Schulden als Gulden hat und mehr Ungeziefer als Verstand.

Was will der Junge da machen? Er muß warten und schmoren und schmachten. Nach mehr als drei Stunden erst kann er die messerscharfe, glänzende Pflugschar hinauftragen zum Acker am Zeckernberg. Wie er dort ankommt, fährt ihn sein Vater wutschnaubend an, was ihm einfällt, so lange auszubleiben, er weiß doch, wie es ihnen heut pressiert. Der Bub erzählt ganz weinerlich, wie er im Wirtshaus warten hat müssen auf den Schmied, bis der seinen zweiten Krug auch noch ausgetrunken hat. Da reißt ihm der jähzornige Vater die Pflugschar aus der Hand und schlägt damit auf den Jungen ein. Der will noch seine Hände schützend vor den Kopf heben, doch der Vater trifft ihn so unglücklich, daß er dem Sohn den Arm abschlägt. Der Junge sackt zu Boden, schreit jämmerlich, blutet und weint und stirbt einen erbärmlichen Tod. Der Vater wurde schwer gestraft und mußte genau an der Stelle dann zur Buße ein Kreuz errichten lassen, in das eine Pflugschar eingehauen wurde und eine Sech, ein Messer zum Vorschneiden der Furche im Acker. Dieses Sühnekreuz hat nur einen Arm, der andere ist bloß ein Stummel. Der Vater stand oft davor und grämte sich über seinen bösen Schlag im hitzigen Zorn, der ihm selbst so einen furchtbaren Hieb versetzt hatte.

Ein anderer blutgetränkter Ort sind die Wiesen zwischen Uehlfeld und Demantsfürth, dort am Kirchweg, wo ein Holzsteg über die alte Aisch geht und im Sommer die jungen Hupfer baden. Dort waren einmal vierzehn mannshohe Kreuze aus Sandstein gestanden, eins nach dem anderen, altersgrau verwittert, mit einem rötlichen Schimmer. Auf diesem Fußweg war vor langer Zeit einmal eine Hochzeitsgesellschaft gegangen, die auf dem Heimweg war nach Demantsfürth. Da kam ihnen von der anderen Seite der Bürgermeister entgegen mit seinen drei Söhnen und zwei Knechten. Diese Herren bildeten sich mächtig viel ein auf ihren Stand und ihre Stellung. Jetzt wie sie dort am Holzsteg hinkommen, auf jeder Seite eine Partei, da kommt es zu einem Wortwechsel, erst im Scherz, dann voll Spott und schließlich im Streit. Wem steht es wohl als Erstem zu, über das dünne Brücklein zu gehen? Fröhlichen Feiergästen den Vortritt lassen? Das wär ja noch schöner. Wo kämen wir denn da hin? Bloß wegen der Hochzeit wollte der Bürgermeister nicht in seiner Ehre und Bedeutung hintan stehen. Seine Brust wird immer breiter, sein Kopf fuchsfeuerrot, der Ton immer herrischer.

»Was fällt dir ein, du gscherter Kuhbauer, du weißt wohl nimmer, wer du bist und mit wem du's da zu tun hast? Geh auf Seiten, sag ich, oder du hast dein Leichenhemd am Leib, und deine lausige Sippschaft dazu mit ihren dreckigen Goschen!«

Da haben seine Söhne und Knechte schon ihre Messer in der Hand und rennen am erbosten Bürgermeister vorbei auf die gegnerische Meute zu. Auch auf deren Seite werden die Fäuste geballt, Messer gezückt und wüste Schimpfworte zurückgeschleudert. Der erste wird schon am Kragen gepackt und geschüttelt, bis er seinem Gegenspieler die Faust in den Bauch rammen kann, daß dieser ächzend auf die Knie sinkt. Einer hat schon einem Kontrahenten seinen Fuß ins Kreuz gestoßen, daß der mit ersticktem Aufschrei nach vorne sackt. Ein anderer hat seinen Gegner im Schwitzkasten und drosselt ihn mit blutrotem Kopf und knirschenden Zähnen. Die ersten Stiche werden versetzt, Blut tränkt die Hemden und wird mit den Händen verschmiert. Mit jedem herausgerissenen Haarschübel, jedem Schlag, jedem Schrei, jeder Wunde wachsen Jähzorn und Weißglut. Einige Besonnene und Erschrockene rennen um Hilfe, an den Pflanzbeeten vorbei nach Uehlfeld hinein. Als nach wenigen Minuten die ersten Einwohner am Unglücksort ankommen, liegen ein Dutzend Stöhnende und Blutende am Boden herum, drei Leiber treiben reglos in der Aisch. Einige rühren sich schon nicht mehr, einige zeigen bereits den starren glasigen Blick.

Vierzehn Tote hat der unselige Streit gekostet. So viele Leben waren ausgelöscht, bloß weil jede Seite zu stolz war, zu heißgrätig, zu stur. Vierzehn Kreuze wurden dort aufgestellt, von beiden Familien bezahlt, zur Mahnung, zur Sühne, zum Gebet.

Solche Geschichten muß man sich merken, die muß man aufschreiben und weitergeben, um die Gegenwart daran zu messen, sagte sich Julius Gänsberger. Man kann so arg viel daraus lernen, man muß nur ihren Sinn herauslesen und begreifen. Verstehen kann man ja nur im Rückblick, leben muß man immer nach vorne, ins Offene, ins Unsichere. Und wie reich diese Gegend ist an Geschichten für Herz, Seele und Verstand!

Manchmal lieben sich zwei und kommen doch nicht zusammen, manchmal sogar durch eigene Schuld. Vor einigen hundert Jahren schon ist der Ort Rothendorf, der zwischen Uehlfeld und Oberhöchstädt lag, für immer zerstört worden. Ein Wiesenweg ging durch seine Flur und über den Weisachsteg nach Uehlfeld. Als letztes Anwesen gab es dort einen Hof, den man den roten Stadel nannte, weil der Bauer die Bretter der Gebäude mit Rinderblut klatschrot eingefärbt hatte. Seine einzige Tochter hieß Karolina, die war ausnehmend schön und reizend, aber auch voller Eigensinn und Übermut. Es gab einen jungen Mann, der sie liebte und hofierte, der hieß Kaspar, war Müllergeselle und arbeitete in der Rohrmühle drüben an der Aisch. Er begehrte sie viel stärker als sie ihn, aber sie mochte seine grundehrliche, ernsthafte Art. Karolina wußte nur zu gut, daß sie an jedem Finger drei haben könnte, wenn sie nur die Augen aufschlug, und ließ es den Kaspar immer wieder einmal schmerzhaft spüren. Im Winter ging sie zur Rockenstube nach Uehlfeld, wo in den verschiedenen Häusern ihrer Freundinnen gemeinsam gesponnen und gesungen, geschwatzt und gescherzt wurde. Dem Kaspar war diese Stubenlauferei ein Dorn im Fleisch, weil er wußte, daß sich auch junge, leichtlebige Burschen gern ein Stelldichein dort geben, die dann im Dämmerlicht die Mädchen umgarnen und bestricken. Und er mußte abends ja noch in der Mühle schaffen und schwitzen!

»Der werd ich helfen!«, sagte sich da der Kaspar. »Der werd ich das Rockenstubengelauf ein für alle Mal austreiben!«

Am nächsten Abend wanderte seine Karolina nach dem Melken wieder nach Uehlfeld, dick eingemummt in Mantel, Schal und Tuch. Ihr Spinnrad mit dem schön gedrechselten Rockenkopf, dem Rohr und dem Rad, hielt sie fest im Arm. Etliche Stunden später wartete der Kaspar am Weisachsteg auf seine Karolina. Mit Holzkohle hat er sich das Gesicht dunkel eingerußt und einen fleckigen Mehlsack über seinen Leib gestülpt. Auf einmal sieht er sie von Uehlfeld her kommen mit ihrer Laterne in der Hand und dem Spinnrad unterm Arm. Sogleich legt er sich quer über den Flurweg. Kaum aber spürt er Karolinas Schritte in der Nähe, ihr Schnaufen an der Stelle, da fängt er an, ganz fürchterlich zu knurren und zu fauchen. Zu Tode erschrocken reißt das Mädchen die Laterne in die Höhe, sieht ein dunkles Ungeheuer vor sich, schreit gellend auf, daß die Laterne zu Boden fällt, packt mit einem Ruck ihr Spinnrad und schlägt wie von Sinnen auf das Ungetüm ein, bis es ächzend und wimmernd liegen bleibt. Karolina stürzt davon, kommt keuchend daheim an, bleich wie ein Gespenst, sie zittert und schlottert, als wäre ihr der Leibhaftige auf den Fersen gewesen.

Am nächsten Morgen, als die Kunde vom Totschlag zum roten Stadel drang, als der Name des jungen Müllerburschen an ihr Ohr gelangte, verfiel sie in Schrecken, Starre und Trauer. Ihr Gemüt verfinsterte sich zur Umnachtung, sie verlor ihren Verstand und ihre Leibeskräfte dazu. Wenige Monate später fand man ihre Leiche in der hochwassertiefen Aisch, nur einen Steinwurf von der Rohrmühle entfernt.

In Julius Gänsbergers Buch konnte man solche Geschichten in Hülle und Fülle finden. Die vom Schafhirten Hans Böhm aus Niklashausen, der als Pfeiferhans Musik machte und eines Tages zum gottbegnadeten Heilsprediger wurde. Er verkündete die Ideen von Freiheit, Gleichheit und einem gottgefälligen Leben, zog damit Zehntausende Zuhörer und Anhänger in seinen Bann, bis ihn der Würzburger Fürstbischof aus Neid und Niedertracht verhaften und als Teufelsdiener verbrennen ließ. Die vom Hofmanns Peter, einem der Aufrührer im Bauernkrieg, der Anführer des Gutenstettner Haufens, der für die Rechte der Unterdrückten kämpfte, Schlösser und Klöster in Schutt und Asche legte, aber von seinen eigenen Leuten ans Messer geliefert wurde, so wie der Florian Geyer. Die vom großen Brand von Uehlfeld, der das ganze Dorf verwüstet hätte, wenn nicht ein Uehlfelder Jude einen besonders gesegneten Laib Brot, versehen mit vier geheimnisvollen Buchstaben, ins Feuer geworfen hätte, um dadurch den Flammen Einhalt zu gebieten. Die vom Volksdichter Jörg Graff aus Dachsbach, der erst als Landsknecht in etliche Kriege zog, dann als Bänkelsänger durch die Nürnberger Wirtshäuser, einen Mann totschlug und bei einem Unglücksfall sein Augenlicht einbüßte. Die von Johann Kalb, dem Bauernsohn aus Hüttendorf, der vom Lehrling in Erlangen zum französischen Baron aufstieg und als amerikanischer General im Revolutionskrieg zu Tode kam. Die von der Wunda-Gunda, der sagenhaften Knocheneinrenkerin und Warzenbeterin. Die von Hans Wild, der als Sklave in Mekka war. Von Peter Kolb bei den Hottentotten. Vom Drutendretzer, vom Hagelschleifer, vom Grätenspitzer. Vom Tod von Forchheim, vom Blasarsch von Fürth, vom Bimberlein von Lauf, vom Horchamoll und vom Bimbamholler, von der Glox Kunni und vom Sixterswidder – alle aufgehoben in Julas einzigartigem, denkwürdigem Buch. Solche Geschichten, so hieß es, würden selbst einen Unhold in einen mitfühlenden Menschen verwandeln.

23

Das Kaffeehaus in Peppenhöchstädt war nicht nur ein Hort der Geselligkeit, sondern auch ein Ort der Aufklärung. So manche in der Gegend verübte Untat wurde an einem der Tische ausgiebig zerpflückt und verhandelt, so mancher Fall wortreich enträtselt und – zumindest theoretisch – gelöst. Nicht wenige Menschen waren durch Armut und Not gezwungen, auf jede erdenkliche Weise ihren Hunger zu stillen und ihre oft kinderreiche Familie zu ernähren. Viele dieser Tagelöhner, Handwerksburschen und Kleinbauern blieben rechtschaffene, gottesfürchtige Menschen, einige aber erlagen der Versuchung, sich vom Besitz der anderen ein eigenes Bratenstück abzuzwacken. Daß die Tiere im Wald und in der Feldflur, die Fische in den Bächen und Flüssen für alle da sind, daß der Herrgott seine Geschöpfe für alle in seine herrliche Natur gesetzt hat, das glaubten viele Leute in den Dörfern am Land. Daneben gab es freilich auch so gewisse lichtscheue Gestalten, die es grundsätzlich mit fremdem Eigentum nicht so genau nahmen, so daß ihre dunklen Machenschaften und zwielichtigen Geschäfte immer wieder gegen Recht und Gesetz verstießen. Im Kaffeehaus saßen sich manchmal Dieb und Geschädigter, Frevler und Gendarm am selben Tisch gegenüber, hier kreuzten sich ihre Wege und Blicke, hier kam es zu aufsehenerregenden Auseinandersetzungen und Enthüllungen.

Um nicht am Hungertuch zu nagen, hatten manche Tagelöhner Drahtschlingen gelegt oder sich sogar eine Flinte besorgt. Besonders in der Abenddämmerung und bei nahenden Gewittern, wenn keine Menschenseele gern in den Wald ging, machten sie ihre Streifzüge durchs Dickicht und Unterholz, hin zu ihren Schlingen und Fallen. Zwei solche Gesellen waren einmal im Wald bei Tanzenhaid auf der Jagd nach einer schönen Beute, hatten ein stattliches Reh erlegt und waren gerade dabei, es aufzubrechen und zu zerteilen, um es in ihren Rucksäcken zu verstauen, als sie vom Förster entdeckt und auf frischer Tat ertappt wurden.

»Halt!«, schrie er. »Hab ich euch endlich, ihr Gauner! Los, Hände in die Höhe! Laßt die Messer fallen!«

Das taten die überraschten Wilderer auch.

»Wir haben nichts Unrechtes getan.«

»Das könnt ihr den Gendarmen und Strafrichtern erzählen. Die werden euch Galgenstricke schon ins Zuchthaus schicken!«

»Nur langsam. Die Nürnberger hängen so schnell keinen, sie müssen ihn erst kriegen.«

Als der Förster näherkam mit seinem Gewehr, um Täter und Beute in Augenschein zu nehmen, da schlug ihm einer der beiden plötzlich das Gewehr aus der Hand, sein Komplize packte blitzschnell seine Flinte und schoß dem Förster eine Kugel in die Brust. Bei einbrechender Dunkelheit zerlegten sie kaltblütig weiter das Reh in handliche Teile, rollten sie in Decken und packten sie in ihre Rucksäcke. Den sterbenden Förster legten sie dann auf einen Schubkarren, den sie in einem Versteck in der Nähe abgestellt hatten, und fuhren ihn durch den Wald nach Oberreichenbach. Dort schlichen sie zur Ziegelhütte und warfen die Leiche in den noch glühenden Brennofen, so daß der Förster über Nacht spurlos von der Welt verschwunden war.

Die beiden Wilderer tauchten immer wieder im Kaffeehaus auf und suchten offene Ohren für ihre Gespräche und Geschäfte. Keiner konnte ihnen die Tat nachweisen, und wo kein Kläger, da kein Richter. Viele ahnten, was sich dort zugetragen hatte, aber keine Sonne brachte es an den Tag. Die beiden Spießgesellen nahmen ihr Geheimnis mit ins Grab.

Anders erging es dem Holzdieb von Dachsbach. Da viele Bauern auf ihrem Hofgelände wenig Platz hatten, schlichteten sie ihre Holzvorräte auf einem Acker in der Dorfflur auf.

»Ihr glaubt ja nicht, wie viele Scheiter mir da schon gestohlen worden sind!«, klagte der Lechners Nickel im Kaffeehaus einmal. »Ich hab ein Dutzend schöne Stöße draußen am Reisigbach und immer wieder fehlt ein Schwung Holz. Den Hundsdonnerwetterkrüppel wenn ich erwisch, dem zieh ich den Balg vom Leib!«

»Du mußt halt besser auf dein Holz aufpassen«, meinte der Bauer Biewender an seinem Tisch.

»Ach, ich hab die oberen Reihen schon mit Farbe angemalt, daß man gleich sieht, wenn was fehlt. Da waren dann die ganzen Reihen fort! Dann hab ich Hopfendraht um die Holzstöß rumgespannt. Der Draht war noch da, die Scheiter waren weg! Ich weiß mir bald nimmer zu helfen.«

»Da weiß ich ein Mittel«, erwiderte der pfiffige Kopf Biewender und flüsterte dem Lechners Nickel sein Geheimrezept ins Ohr.

Viele Monate vergingen, Holz wurde wieder gesägt und gehackt, gespalten und aufgeschlichtet, bevor der Winter ins Land zog mit seiner Kälte und Not. An einem Tag in den Rauhnächten zwischen den Jahren war es dann soweit: Konrad Biewenders Plan zeigte Wirkung. Der Ofen in der Stube der Bräunleins flog mit einem lauten Kreuzkrüppelknall in die Luft! Die Möbel und Menschen waren garstig versengt und verrußt! Jetzt war der Dieb gefunden, überführt und gestraft zugleich.

Der Lechners Nickel hatte sich nämlich ein Päckchen Schwarzpulver besorgt und eine gehörige Prise davon in einem Holzscheit versteckt. Das war so dünn, daß man es nicht mehr hacken mußte, aber breit genug, daß es sich gut anbohren ließ. Das Loch verschloß er mit einem Holzpfropfen und sägte das Ende noch einmal zur Tarnung gleichmäßig ab, so daß es vollkommen makellos und unberührt aussah. Genau so hatte es ihm der Biewenders Konrad als Floh ins Ohr gesetzt, und der Plan funktionierte astrein. Der Bräunlein hat kein fremdes Holz mehr heimlich heimgeschafft in seine Scheune, der war kuriert. Und von allen mußte er sich zeitlebens für das anschauen lassen, was er war, nämlich ein Schlack und Stehlratz.

Ein noch viel erstaunlicherer Fall von Diebstahl hatte direkt mit dem Kaffeehaus und seinem Personal zu tun. Der Arnshöchstädter Bauer Albrecht Friedlein besaß einen Karpfenweiher, aber keine Winterung zum Überwintern der Karpfensetzlinge. Deshalb fuhr er seine kleinen zweijährigen Karpfen nach Peppenhöchstädt zu seinem Cousin, dem Neders Michel, der hatte eine Winterung draußen vorm Dorf.

Wie aber der Michel an einem Februarmorgen nach seinen Satzfischen schauen will, wie sie ruhen und gedeihen, da sieht er viel Wasser, aber keine Fische. Alle seine jungen Karpfen waren fort! Gestohlen! Verloren! Der Neders Michel kommt völlig fassungslos und erzürnt ins Kaffeehaus und erzählt von seinem Unglück.

Da sagt der Fensels Simon zu ihm: »Horch, da gehst naus in die Küche zur Rabers Lies, die weiß vielleicht einen guten Rat.«

Der Neders Michel wundert sich, wie ihm die Küchenmagd wohl zu seinen Karpfen verhelfen soll, aber er geht zur Lies und berichtet ihr vom unseligen Schlag.

Die Rabers Lies aus Lonnerstadt arbeitete zeitenweise im Kaffeehaus mit, sie war eine tüchtige, zuverlässige Kraft. Darüber hinaus hieß es, daß sie ganz besondere Fähigkeiten hat, daß sie Dinge sieht, die sonst keiner sehen kann, daß ihr Ahnungen kommen, die mit bestimmten Geschehnissen zu tun haben. Sie machte nicht viel Aufhebens darum und wendete es, wie sie sagte, nur zum Guten und zum Helfen an. Das kam dem Neders Michel natürlich gerade recht. Kaum hatte er vor der Lies die ganze Geschichte ausgebreitet, da schaute sie ihn etwas sonderbar an und sagte: »Komm am Freitagmorgen wieder und bring mir das allererste gelegte Ei aus deinem Hühnerstall. Aber gib gscheit Obacht! Das allererste, hörst?«

Dem Neders Michel muß sie das nicht zweimal sagen. Am Freitag in aller Früh verfolgen seine Augen jede Regung seiner Hennen. Kaum ist das erste Ei zu sehen, holt er es warm und froh aus dem Nest und macht sich auf den Weg ins Kaffeehaus. In der Küche findet er die Rabers Lies, und sie verziehen sich in einen stillen Winkel. Sie beschaut das Ei, schlägt es auf und begutachtet Dotter und das Eiweiß. Dem Neders Michel wird es ganz anders zumut, als sie schließlich sagt: »Ich seh einen Weihergrund mit mehreren Weihern wie an einer Kette aufgereiht, und mitten auf einem Weiherdamm steht ein großer Baum, dort ist der Weiher mit deinem gestohlenen Fischen.«

»Um Gottes willen, Lies, wo ist denn der Weiher?«, fragte der Michel voller Neugier.

»Das mußt selber rausfinden. Wennst ihn gscheit fest suchst, wirst den richtigen finden.«

Irgendwie sah der Neders Michel diesen Ort schon vor seinem geistigen Auge, er wußte bloß noch nicht, wo der sich befand. Da nahm er seinen Gehstock und machte sich auf den Weg. Er ging von einem Dorf zum nächsten, nach Weisendorf, Mechelwind, Kairlindach, dann hinein in den Seebachgrund und schließlich – ohne daß er hätte sagen können, warum genau – nach Oberlindach. Dort sah er den Weiherdamm mit dem Baum neben dem Weiher, tatsächlich genau so, wie es die Rabers Lies geweissagt hatte. Schnell ging er zur Gendarmerie in Dachsbach und zeigte den Weiherbauern dort an. Der Wachtmeister nahm alles zu Protokoll, die Zahl der Karpfen vom Neder und vom Friedlein, und wie man die jeweiligen Fische auseinanderkennt. Der Neders Michel hatte die Satzfische nämlich eindeutig markiert: Bei seinen eigenen hatte er die obere Schwanzflosse gestutzt, bei den Setzlingen vom Friedlein die untere. Da machten sich die Gendarmen auf den Weg nach Oberlindach und knöpften sich den Bauern dort vor, der mußte das Wasser ablassen im Weiher und alle Fische darin herausholen und sortieren. Sie entdeckten drei Gruppen von Karpfen: Bei den ersten war die Schwanzflosse oben gestutzt, bei den zweiten unten, und die dritte Gruppe war unmarkiert. Die Anzahl stimmte auch überein, somit war der Fischdieb überführt und gefaßt.

Als der Neders Michel am Abend ins Kaffeehaus stürmte und voller Freude nach der Rabers Lies schrie, kam sie ganz gelassen aus der Küche und sagte zu ihm: »Siehst, Michel, wie ich gesagt hab!«

»Aber wie hast du denn das wissen können, sag einmal?«

»Des weiß ich auch net. Des wenn ich wüßt, würd ich nix mehr sehn.«

Der Michel war nicht der Einzige, der zeitlebens einen Heidenrespekt hatte vor der Rabers Lies und ihrer besonderen Art des Sehens.

Einen ganz und gar rätselhaften Fall gab es, der wurde sogar im Kaffeehaus selbst aufgelöst. Da waren nämlich in einem Jahr über mehrere Monate hinweg verschiedene Brände in der Gegend vorgekommen, deren Ursache nach Meinung der Sachkundigen nur Brandstiftung sein konnte. Spuren gab es nur wenige, auch keinen bestimmten Verdacht, geschweige denn Beweis. Drüben in Uehlfeld hatte eine Krähenhütte Feuer gefangen, eine aufgekuppelte Pyramide aus Hopfenstangen, und darunter hatte man einen schwelenden Queckenhaufen und verkohltes Reisig gefunden. In der Voggendorfer Flur war ein Heubock niedergebrannt, dann in Demantsfürth ein Heuschober und danach eine Hofscheune mit Stall und Holzlege. Das roch nach Vorsatz und Heimtükke. Welches Anwesen käme wohl als Nächstes dran? Warum machte ein Mensch so etwas? Wie sollte man sich schützen? Wie konnte man den Kerl fassen?

Im Kaffeehaus wurde mit Feuereifer diskutiert, was zu tun und davon zu halten sei. Das Ganze blieb aber ein Rätsel. Dann brach abermals ein Feuer aus, und zwar in Uehlfeld im Anwesen vom Dreschers Moggl, »welcher Brand im idealen Zusammenfluß mit dem zuträglichen starken Westwind die vollständige Einäscherung der Scheune und der daranstoßenden Schupf sowie die weitgehende Zerstörung des Viehstalls zur Folge hatte, samt allen darin befindlichen Fahrnissen«, wie das Lokalblatt in Neustadt berichtete. Der Brandstifter mußte ein Schübel Erbsenstroh angezündet und von außen durch eine der Torspalten gegen einen Haufen mit rappeldürren Reisigwellen geworfen haben. Mehr fanden die Gendarmen nicht heraus.

Eines Abends saß eine Kartelrunde im Kaffeehaus, und die Rabers Lies kam zu Gutta Gänsberger und sagte ernst und leise zu ihr: »Der da drüben, der Kräftige mit den kornblonden Haaren im gestreiften Hemd, wer ist denn das?«

»Der Herbolds Hansi, ein Zimmermannsgeselle aus Uehlfeld.«

»Das ist der Feuerteufel. Ich seh die Flammen um ihn herum.«

Gutta schaute die Lies erschrocken an, aber die nickte nur stumm und verzog sich wieder in die Küche. Was sollte Gutta mit dieser Auskunft anfangen? Wie konnte sie jemanden beschuldigen ohne irgendwelchen Beweis? Wie sollte man den Kerl überführen und fassen? Gutta ging zu Wegmann, und sie besprachen den Fall. Erkundigungen wurden eingezogen und Leute befragt. Der junge Herbold hatte den Brand beim Dreschers Moggl als Erster entdeckt und auf der Stelle im Läuthaus Feuerlärm geschlagen. Beim Brandbekämpfen hatte er sich sehr gut bewährt. Sollte so einer ein Feuerteufel sein?

Acht Tage drauf saß wieder die Kartelrunde beisammen: der Herbolds Hansi, dazu der »Beißer«, ein Büttnergeselle aus Rohensaas, der seine Mitkartler wie tollwütig in die Beine biß, wenn er beim Karteln besonders viel Geld verlor, der »Zapfer«, ein Brauereigeselle aus Uehlfeld, und der Hetzels Gorcher, ein Bauernsohn aus Traishöchstädt. Es wurde ausgiebig getrunken, ein paar Schnapsrunden spendiert, der Schafkopf wurde krachend laut und fröhlich. Der Herbolds Hansi war ausgelassen, machte Witze und Sprüche und lachte oft und laut. Er war von mittelgroßer Gestalt, sein Gesicht rotbackig und fleischig, seine fahrigen, leicht zugekniffenen Augen verliehen ihm einen Anstrich von Vorwitz und Verwegenheit.

»Gell, beim Karteln ist mehr verdient als beim Rackern und Schuften – wenn man's gscheit versteht!« So prostete er spöttisch dem Fichten Schorsch zu, dem Demantsfürther Gemeindediener, der dem Schafkopf still und vergnügt zuschaute.

Als Bruder Leichtfuß sprang der Herbolds Hansi mit einem schönen Gewinn sofort in die großen Spendierhosen und ließ eine Runde Obstler auftischen, die mit mächtigem Ah und Oh willkommen geheißen und im Handumdrehen in den Kehlen verschwunden war. So ging das Schafkopfen munter bis in die Nacht.

Zu später Stunde kam die Sappers Rosa aus der Küche zum Tisch und flüsterte dem Herbold etwas ins Ohr. Sie kannten sich seit Kindesbeinen, und der Zimmermannsgeselle folgte der Kaffeehausmagd in ein Nebenzimmer, wo sich außer ein paar Tischen und einem großen Schrank wenig befand.

Auf einmal schlupfte ein dunkler Hund herein, schnupperte an Herbolds Füßen und Schuhen und fing an ihn anzubellen. »Dasso, aus!«, kommandierte die Rosa und der Hund hörte auf zu kläffen, blickte aber Herbold weiter unverwandt an.

»Was willst denn mit deinem Köter da? Der soll mich in Ruh lassen, sonst hau ich ihm eine Gscheite drauf, daß er jault!«

»Der Dasso hat was gerochen, Hansi. Hinterm Dreschers Moggl seiner Scheune, wo es runter geht zum Linsengraben, da sind ein paar Fußabdrücke im Boden, da hat der Dasso dran gerochen. Und deine Schuh, das hat der Dasso gewittert, die riechen wie die Fußspuren dort.«

»Ich glaub, daß du spinnst! Was willst denn damit sagen?«

»Hansi, zieh mal deinen rechten Schuh aus.«

»Was willst denn damit?«

»Wirst schon sehn.«

»Und wenn ich net mitmach?«

»Dann geh ich in die Gaststube rüber und sag, was ich weiß.«

»Also von mir aus, du blöde Dolln.«

Der Herbold zog seinen rechten Schuh aus und die Sappers Rosa besah sich seine Unterseite ganz genau.

»Weißt Hansi, der Fußabdruck hinten am Dreschers Moggl

seiner Scheune, der ist von einem Schuh mit 24 Nägeln an der Sohle und 15 am Absatz. Genau so viele wie deiner da.«

»Ich bin freilich dort rumglaufen, weil ich ja Rauch und Flammen gsehn hab in der Scheune. Da hab ich gleich Alarm geschlagen.«

»Aber vorher warst auch schon dort. Mit Schwefelhölzer. Hast das Erbsenstroh angezündet und auf die Reisigwellen gschmissen.«

»Halt's Maul oder ich zeig dich an!«

»Hansi, es hat dich jemand gsehn. Meine Tante Hildegard, die war hinten in ihrem Krautgarten, die hat dich mit eigenen Augen erkannt.«

»Des stimmt doch gar net! Des gibt's net! Du lügst! Was willst du denn überhaupt von mir?«

Das Gesicht des jungen Herbold war klatschrot und seine Augen zuckten und funkelten jetzt in einem fort.

»Hansi, gib's zu, wenigstens mir gegenüber.«

»Nix geb ich zu! Und wenn ich's gwesen wär, könnt's keine Sau beweisen.«

»Gibst du's also zu?«

»Was soll ich denn zugeben?«

»Hansi – sonst geh ich auf die Gendarmerie.«

»Einen Dreck gehst du. Wenn du des machst, bring ich dich um!«

»Dann gib's zu.«

»Und dann?«

»Dann schaust, daß des alles wieder gut machst und wirst ein besserer Mensch.«

»Des is alles?«

»Ich will bloß die Wahrheit von dir hörn.«

»Dann zeigst du mich net an?«

Die Sappers Rosa sah dem Herbolds Hansi fest in die Augen und schüttelte ruhig und ernst ihren Kopf. Da setzte sich der junge Kerl auf einen Stuhl und legte die Hände vor sein Gesicht. Ein schuldschweres Schweigen stand nun im Raum. Als der Herbold wieder aufschaute zu Rosa, hatte er ein ganz anderes Gesicht. Die Wangen waren blaß, seine Augen flackerten voll Furcht, die schmalen Lippen zuckten. Seine Hände hielten sich nervös an den eigenen Fingern fest.

»Rosa, glaub mir, ich bin kein schlechter Mensch. Ich wollt doch bloß löschen und retten.«

»Bist du der Brandstifter gewesen?«

Der Herbolds Hansi nickte und Tränen standen in seinen Augen.

»Also stimmt's und ich hab recht g'habt.«

Da ging die Schranktür auf, und Wegmann und Gutta kamen heraus. Sie hatten genug gehört und gesehen, um alles bezeugen zu können. Der Zimmermannsgeselle schaute entgeistert und beschämt.

»Ich will des alles wieder gutmachen, ich versprech's, auf Ehr und Gwissen!«

»Und wie willst des machen?«, fragte die Sappers Rosa.

»Ich weiß schon, wie. Mir ist Stammholz gschrieben hinten in der Schwamba, das geb ich drein für Bauholz. Und ich werd von meinem Lohn so lang abgeben und mit aufbauen, bis die Scheune und der Stall wieder dort stehn, wo sie hingehörn!«

»Versprichst du das jetzt hier vor Zeugen?«

»Ich versprech's, auf Ehr und Gewissen.«

»Und du machst das, was die Rosa verlangt hat? Du wirst ein guter Mensch?«

»Ich versprech's. Aber zeigt mich net an. Ich geh net ins Zuchthaus, das überleb ich net.«

Der junge Hans Herbold hielt in der Tat Wort. Nach jener Nacht kam es zu keiner Brandstiftung mehr. Es gab Gerüchte und Gerede, Vermutungen und Theorien, aber niemand wußte etwas Verläßliches. Wegmann, Gutta und die Sappers Rosa behielten den Vorfall für sich. Das Anwesen der Drescher wurde gemeinschaftlich wiederaufgebaut, und der Herbolds Hans war dabei die treibende Kraft. Später ging er ins Nürnberger Land, heiratete ein in eine gutgehende Zimmerei und war Zeit seines Lebens ein Verfechter solider, reeller Handwerksarbeit. In seinem neuen Heimatdorf wurde er später Gemeinderat und sogar Kommandant der Feuerwehr. Bei etlichen Großbränden erwies er sich als ein besonnener, entschlossener Löschmeister, der viel Wagemut an den Tag legte und ein Gespür für das Feuer besaß wie kein zweiter. Und das, obwohl er als kleiner Bub miterleben hatte müssen, wie seine Großmutter bei einem Zimmerbrand erstickt war.

Wenn die Sappers Rosa beim Feierabend die Küche oder das Kaffeehaus verließ, da hat sie der Gutta Gänsberger und dem alten Michael Wegmann oft noch einmal zugezwinkert in einer Art, wie es wahrscheinlich nur glücklichen Verschwörern gelingt. Alle drei wußten ja, was es für eine Bewandtnis hatte mit dem Hund, der Fußspur, den Schuhnägeln und der Augenzeugin. Aber eines war ihnen auch aufgegangen: Eine gute Erfindung enthält mehr Wahrheit als eine schlechte Wirklichkeit.

24

Es muß 1913 gewesen sein, als eine weitere denkwürdige Figur aus dem Dunkel der Weltgeschichte am Aischgründer Horizont auftauchte und eines schönen Tages zur Verblüffung aller Anwesenden ins Kaffeehaus trat, »Maikl!« rief, mit einem strahlenden Grinsen schnurstracks auf den alten Michael Wegmann zuging und ihm die Hand hinstreckte. Mehr als ein Vierteljahrhundert bevor die ersten farbigen amerikanischen Soldaten im Aischgrund auftauchen sollten, um dem Schrecken der Hitlerei ein Ende zu machen, erschien im Kaffeehaus von Peppenhöchstädt aus heiterem Himmel ein Schwarzer, der, vor Freude überfließend, die Hände Wegmanns gar nicht mehr loslassen wollte. Ohne Unterlaß rief er »Wau« und »Omai« und »Dschieses«. Auf die zögerlich hervorgebrachten, fragenden Sätze Michael Wegmanns warf er einige für alle Anwesenden völlig unverständliche Sätze zurück. Die beiden redeten miteinander in diesem amerikanischen Kauderwelsch, das sich für die Einheimischen wie ein quakkernder, gurgelnder Abfluß anhörte. Später saß er seelenruhig an einem Tisch, schnabulierte herzhaft Kesselfleisch mit Kraut und schaute beim Kauen in die neugierigen Gesichter der einheimischen Gäste, die mit weit aufgespannten Augen auf jede seiner Äußerungen aufmerksam lauschten, als handelte es sich um die Stimme des Himmels. Wer war dieser urplötzlich hereingewehte Fremde?

Wegmann brauchte selbst einige Zeit, bis er wieder die Namen und Einzelheiten beisammen hatte, die ihn mit diesem hereingeschneiten Gast aus dem fernen Amerika verbanden. Zudem kamen ihm als altem Mann die jahrzehntelang nicht mehr geübten amerikanischen Wendungen nur langsam wieder in den Sinn und nicht leicht über die Zunge. Während die beiden sich unterhielten, wurde hinter Wegmanns Rükken eifrig gemunkelt und getuschelt. Menschenskinder, ein Schwarzer in diesem Karpfennest! In jenen Tagen schien es ein Ding der Unmöglichkeit zu sein, daß ein waschechter Neger, »stockschwarz wie a Kaffeebohne«, wie die Leute sagten, so mir nichts, dir nichts hereinplatzt und deinen Großvater umarmt. Man brachte die Hottentotten und Hereros ins Spiel, schwadronierte von einem Kaffernbimbo und von entlaufenen Sklaven. »Sakratürken – des wird ja immer bunter! Des is ganz bestimmt der erste Neger im Aischgrund!«

Als der exotische Gast sich gerade seinen Nachschlag mit Apfelkompott einverleibte, sich behaglich zurücklehnte und merklich ruhiger wurde, begann Wegmann, den ungeduldigen Zuschauern der Szene zu erklären, um wen es sich hier handelte.

»Also, das ist der Moses Franklin. Der kommt aus Amerika. Schon seit ein paar Jahren hat er jetzt aber in Berlin glebt. Sein Onkel war ein guter, alter Freund von mir. Mit dem Sam hab ich vor langer, langer Zeit in Cincinnati viel zusammengearbeitet. Der ist aber lang schon gstorben, hab ich jetzt erfahren. Der Sam war ein fleißiger, anständiger Mensch. Ursprünglich war der aus New York, hat im Bürgerkrieg aber von dort fliehn müssen, und so hat er in Cincinnati dann Arbeit und Auskommen gfunden. Er hat mir damals geholfen, wie es mir saumäßig dreckig gegangen ist, wie ich bei einem Brandunglück fast alles verloren hab, was mir lieb und teuer war. Ohne den Sam hätt ich damals vielleicht nimmer die Flügel gehoben und wär voller Kraft und Zuversicht heimgflogen. Wie hat der Sam mal zu mir gesagt? ›Wenn du in dem Land dort nicht bist wie der helle Teufel, dann kommst du zu nix – sogar wenn du so braun bist wie ein Schokoladenengel!‹ Und dann hat er immer lauthals glacht, daß seine Zähn nur so gstrahlt haben und sein Mund größer war wie sein ganzes Gsicht.

Und der Moses ist seinem Bruder sein Sohn. Der kommt für einen kurzen Besuch aus Berlin zu uns. Dort verdient er sein Geld in einem Musiklokal, einem Theater. Morgen ist Sonntag, da wird uns der Moses ein paar Kostproben von seiner Kunst vorführen. Ihr werdet schon sehn, morgen nach dem Mittagessen! Der Moses hat mir ein schönes Gschenk mitgebracht, die Mundharmonika von seinem Onkel. Mit dem Sam und dem Böttchers Todde haben wir dort in Cincinnati immer gern musiziert und gsungen. Der Sam hat mir damals nämlich gezeigt, wie man auf so einem Goschenhobel Lieder spielt. Jetzt muß ich halt wieder ein wenig üben bis morgen, aber damals, vor fünfzig Jahren, mein lieber Spitz, da hab ich des Ding ganz schön beherrscht und bearbeitet! Also, morgen um zwei, nach dem Sonntagsbraten, Leut, da werdet ihr Augen machen, daß sie euch wie die Frösch aus dem Kopf springen wollen!«

Die Kunde von der schwarzen Bescherung flog wie ein Lauffeuer von Haus zu Haus. Schon am nächsten Morgen war Moses im mittleren Aischgrund so bekannt wie ein bunter Hund. Bereits kurz nach dem Mittagessen war das Kaffeehaus drückend voll, daß es die Scheiben beschlug und der Raum dampfte wie die Waschküche beim Speckschneiden. Auf der Holzveranda drängten sich die wepsigen Kinder und die tratschenden, Hälse drehenden Dienstboten. Reiche Kaufleute aus Uehlfeld waren mit Landauern herübergekommen, und der Lichtbildmeister Gottlieb Hampel hatte sich extra aus Neustadt herunterkutschieren lassen, um das Weltwunder schwarz auf weiß aufs Papier zu bannen.

Meine Oma, Wegmanns Enkelin, war als zwölfjähriges Mädchen an diesem denkwürdigen Tag dabei, auf der gilbbraunen Fotokarte erkenne ich sie sogleich mit ihren Strohzöpfen und in ihrem stolzen Glockenkleid. Zeit ihres Lebens schwärmte sie davon, wie der junge Neger einen feschen Zylinder und einen rabenschwarzen Frack angehabt hat, dazu eine helle Hose und ein paar schwarzweiße Lacklederschuhe, an denen unten so silbrig aufblitzende Beschläge dran waren, daß es bei jedem Schritt auf der Holzveranda nur so geklakkert hat. »Das ist gegangen wie verhext! Der Großvater mit seinem weißen Bart hat auf der Mundharmonika gspielt, das hat gruckert und gwummert wie bei einer Dampflok, und der Moses hat tanzt dazu wie ein Schokoladenwichtel. Der hat dort gesteppt, daß es nur so gstaubt und grumpelt hat! Die Leute sind zuerst erschrocken, dann haben sie gschaut wie die Ölgötzen, mit offenem Aug und Mund, und dann haben sie klatscht und glacht und gjubelt. Das war die Schau! Ein Neger steppt auf der Veranda vom Kaffeehaus in Peppenhöchstädt! Zu lauter so fränkische Lieder!

Musikanten mein Leb'n
Schöne Madle mei Freud
Da hat mich mei Lebtag
Ka Kreuzer net greut!

Der Webers Veit und der Dorschners Karl haben gsungen, der Großvater hat seine Mundharmonika dazu gspielt, der Dimpfels Hanni mit seiner Quetschen, der Stangenreuthers Konrad hat dazu auf'm Kamm blasen, daß es allen so richtig gänshautselig ins Gemüt gschossen ist. Oh Heimatland!

Ach, es sollert die Wochen
Zwaa Sonntag halt hob'n!
Statt Mittwoch an Sonntag
Des tät ich mir lob'n!

Dazu hat der Moses Franklin seine Füße hüpfen und tanzen lassen, schneller als alle schauen haben können. Auf volle Touren, wie die Kolben bei einer Dampfmaschine! Der hat den Bogen rausg'habt bei der Sach! Das war ein Geklicker-Geklacker dort auf dem Holzboden! Da hat man gemeint, in einem fort hagelt es Tonschusser und Gipseier auf den Boden!

An Bürgermeister als Vorspeis
An Gendarm zu der Worscht
An Pfarrer als Nachspeis –
Bruder, hob ich jetzt an Dorscht!

Diesen Sonntag mit dem Moses Franklin haben die Menschen im Aischgrund nimmer vergessen, solange ihnen ein Aug im Kopf gstanden ist. Die Kinder im Dorf haben lange Zeit noch seinen Schuhtanz nachgspielt und gfragt: ›Wer bringt's fertig wie der schwarze Mann?‹«

Moses Franklin hatte von Berlin aus einen Vetter in Nürnberg besucht und ihn dann mit einem zerfledderten Papierzettel in der Hand nach dem Wohnort eines gewissen Michael Wegmann gefragt. Sein Vetter Bill Ashford erzählte ihm dann vom Kaffeehaus und schickte ihn mit einem Billett in der Tasche in den Zug nach Neustadt und in den Aischgrund. Bill arbeitete als »Black Bill, der Kinoneger« vor einem Lichtspieltheater in der Karolinenstraße, stand in seiner goldgefaßten Uniform auf dem Gehsteig und lockte die Leute mit Sprüchen und lustigen Gebärden hinein zu den Filmvorführungen. Der Waffenschmitts Reser und der Humbsers Gustl haben den Bill drin in Nürnberg einmal mit eigenen Augen gesehn. »Der hat immer gschrien: ›Läbbende Foddografien! Läbändige Leuts! Eindried su jeddä Seit! Gaaans billik!‹«

Nach ein paar Tagen mußte sich Moses Franklin wieder auf den Rückweg nach Nürnberg und Berlin machen. Im folgenden Jahr brach schon der erste Weltkrieg aus. Was aus Moses Franklin und Bill Ashford weiter wurde, ob sie da noch in Deutschland arbeiteten, ob sie zurückkehren konnten nach Amerika oder in Europa verblieben, hat niemand erfahren. Das Kaffeehaus jedenfalls hat kein Farbiger mehr mit seinem Besuch beehrt. Die Geschichte vom Onkel Sam, so wie sie Moses Franklin berichtet hatte, erzählte Michael Wegmann später Gutta und Jula Gänsberger noch genauer. Auch seine Enkelin Wilhelmine war dabei und konnte sich alles gut merken.

»Sam Franklin hat im Sommer 1863 aus New York fliehen müssen. So ist er zu uns nach Cincinnati gekommen. Er war ein tüchtiger Arbeiter, ein anständiger Kerl. In New York hat er damals ganz schlimme Sachen erlebt. Es war im Juli 1863, mitten im Krieg. In New York war es drückend heiß, stickig und schwül. Der Bürgerkrieg war Spitz auf Knopf gstanden, richtig auf seinem Höhepunkt, von Schlachtfeld zu Schlachtfeld hat er sich durch das Land gfressen. Dort sind die jungen

Kerle schneller gstorben, als man Ersatz finden hat können. In den Straßen hat man die Folgen überall sehen können: die Krüppel, die Blinden und Lahmen. Die Unzufriedenheit der Menschen ist damals von Woche zu Wochen größer gworden, die Arbeitslosigkeit war hoch, die Lebensmittel sind gstreckt und gepanscht worden, aber mit jedem Tag teurer. Ausgerechnet damals im Sommer haben sie wieder Soldaten für ihre Schlachten gebraucht! Immer lauter haben da die Arbeiter und Armen gebrummt und gmault, weil sie in den Krieg ziehen haben sollen, aber die Reichen, die haben sich mit Geld freikaufen können, und viele Kaufleute haben mit dem Krieg und der Not sogar glänzende Geschäfte gmacht.

Hetzblätter haben reißenden Absatz gfunden, die dem Präsidenten Lincoln, dem langen Lulatsch und Negerfreund, wie sie ihn genannt haben, die Schuld in die Schuhe gschoben haben, weil er mit seiner Sklavenbefreiung und dem Feldzug gegen die Südenstaaten nur den Schwarzen hilft, daß sie massenweise in die Städte im Norden gströmt kommen. Und was ist das Ende vom Lied? Sie nehmen den weißen Arbeitern die Arbeitsplätze weg, die Wohnungen und die Frauen! So haben die Zeitungen gschrieben damals. Vor allem die irischen Arbeiter im Hafen und in den Fabriken waren furchtbar aufgehetzt und voller Wut, sie haben Stimmung für den Fortbestand der Sklaverei gmacht und bös gschimpft auf Lincolns blutigen Negerkrieg, wie sie ihn gnannt haben.

Dann haben sie wieder einen Losentscheid machen und junge Arbeiter einziehen und ins Feld schicken wollen, daß sie dort ihren Kopf und ihre Knochen hinhalten für die Nordstaaten. Das hat das Faß dann zum Überlaufen gebracht, und ein furchtbarer Aufruhr ist losgangen. Tausende von Weißen sind wütend und brüllend durch die Straßen gezogen und haben gehaust wie die Wilden. Die haben Büros und Geschäfte zertrümmert, ein Waisenhaus überfallen, Schwarze verprügelt, ihre Wohnungen angezündet, Läden geplündert, Lokale verwüstet, Kirchen zerstört. Die Schwarzen haben sie gjagt und totgschlagen, erstochen und ertränkt. Wie tollwütig muß die weiße Meute da getobt haben. Sie haben Schwarze sogar an Laternen aufg'hängt und die Toten noch in Brand gsteckt! Die nackten Leichen von den Negern haben sie durch die Straßen gschleift, und die ganzen Gaffer und Johler haben zugschaut. Tagelang ist das so zugangen dort. Bis nach der Schlacht bei Gettysburg einige tausend Soldaten nach New York marschiert sind und dort wieder für Ruhe und Ordnung gsorgt haben. So gschwind wie der Spuk kommen ist, so schnell war er wieder vorbei.

Aber der Sam Franklin hat diesen Schrecken nie mehr vergessen. Der wollt nimmer zurück nach New York. Das wehmütige Gewimmer von seiner Mundharmonika, seine traurigen Tollkirschenaugen, seine dunkle, warme Stimme, das kann ich net vergessen. Ohne ihn wär ich vielleicht niemals mehr zurückgangen nach Deutschland, ohne meinen Schokoladenengel. Der hat nämlich zu mir gsagt: ›In Amerika gibt es zu viel Gewalt, zu viel Ungerechtigkeit, zu viele helle Teufel. Das ist keine echte Heimat.‹ Das hat mir zu denken gegeben. Und eines Tages hab ich zu ihm dann gsagt: ›Ich geh wieder nach Haus zurück, weil ich dort in meiner Heimat was aufbaun will. Wenn ich das net mach, macht's keiner. So ein Kaffeehaus, das kennt man dort noch net.‹ Also bin ich wieder loszogen und zurück in den Aischgrund.

Ach, das Leben spielt schon ein merkwürdiges Spiel mit uns. Als junger Spund hab ich den Weiher und die Wolken gsehn und mir denkt: Siehst, jetzt schaut der Weiher zum Himmel hinauf und ruft den Wolken nach: Laßt mich net allein mit diesen Karpfen und Fröschen! Heut als alter Mann seh ich das Gleiche und denk: Die Wolken schaun zum Weiher runter und sagen: Der ganze Himmel paßt da rein. Im kleinsten Winkel ist Platz für ein Wunder.«

25

Das große Wasser liegt vor seinen Augen. Der ganze Aischgrund ein einziger See.

Sein Dorf sucht er vergeblich. Alles ein Schlag ins kalte Wasser.

Erst diese Dürre, dann die Wolkenbrüche, der Hagelsturm. Wie aufgeblähte Ungeheuer sind die Wolken über den Himmelsgrund gekrochen und haben ihre finsteren Regengüsse ausgeschüttet. Die eisigen Körner und Kiesel haben die Ziegel zerschmettert, die Felder mit Getreide und Hackfrüchten verwüstet, haben Tiere erschlagen und Vögel mitten im Flug zu Boden geschleudert. Sturzbäche sind von den Hängen und Steigen herabgeschossen, durch die Hohlgassen, die Abzugsgräben, die Rohre und Rinnen hindurch, über Hopfengärten und Krautbeete, Rübenzeilen und Fischkästen hinweg zum Sammelbecken drunten beim fluthohen Fluß. Die erdbraune Wasserbrühe hat Brücken hinweggestürzt, Meerrettichstengel herausgerissen mitsamt den Fechsern, Setzlinge und Schößlinge weggeschwemmt, ist über die Weiherdämme gejagt, hat die Fische in die Wiesen gespült, in Gräben gedrängt und gegen gurgelnde Durchlässe und Rohre gedrückt.

Gluckernd ist das dicke, kalte Wasser in die Rübenkeller hinabgeströmt und in die Ställe eingedrungen, dem brüllenden, glotzenden Vieh gegen die warmen Bäuche geschwappt und hat das Heu und das Stroh davongeschwemmt. Die Flut hat die Scheunen und Häuser in stinkende Tümpel verwandelt, hat die Hofräume überspült und die Bruckhölzer und Bohlenbretter aus ihrer Verankerung gerissen, daß sie aischabwärts davongetrieben sind. Hinter Barrikaden aus Dielen, Brettern,

Mist und Erdsäcken sind Tische und Truhen, Stühle und Gerätschaften herumgeschwappt in den vollgelaufenen Stuben.

Der ganze Wiesengrund ist verschwunden, und nichts als ein einziger, dunkler See schwimmt nun darüber hin. Nur die Spitzen der Bäume und Büsche zeigen den Fluß an, die Straßen und Wege. Kein Mensch ist zu sehen weit und breit, eine gespenstische Stille liegt über der nassen Wüste.

Nur ein Bub steht mutterseelenallein vor dem großen Wasser und starrt in die kalte, modrige Brühe. Allerhand Treibgut hat es herangeschwemmt: Hopfenstangen und Kleeböck, Heuleitern und Streugatter, Holzscheite und Gerstengarben, tote Schweine, Katzen und Hühner. Dann entdeckt er eine Hundehütte in den dreckbraunen Fluten, ein Hund hockt oben drauf und jault, ein heulendes Elend, herzergreifend in seinem hilflosen Jammer.

Kniehoch, dann bis zur Hüfte im Wasser stelzt der Bub in den Fluten dort herum, schrittweise tastet er nach festem Grund, sucht er die Landstraße unter seinen Füßen. Er erschrickt, wenn wieder ein Fisch aus der Aisch gegen seine Beine glitscht. Komische Namen kommen ihm in den Sinn, die Worte des Lehrers: »Rutten, Rapfen, Ratzen, Waller, Barsche, Karpfen, Zander, Schleien, Hechte, Gründlinge, Nerflinge, Moderlieschen, Elritzen.« Gut gelernt, ein heller Kopf. Was will er jetzt damit? Worte helfen ihm auch nicht weiter.

Langsam wird er müde, seine Kräfte schwinden, die Gelenke tun ihm weh. Von unten ist alles kalt, oben drückt es den Schweiß heraus. Nur nicht stehen bleiben! Er muß weiterwaten, er keucht und weint. Rotz läuft ihm aus den Nasenlöchern. Die verdreckten Haare sind hingepatscht an seinen Schädel, Jacke, Hemd und Hose hingeklatscht an seine Haut. Wie lapprige, kalte Aufwischlumpen an einem Schrubber hängen sie ihm am Leib.

Er ist durchnäßt bis auf die Knochen, Gänsehaut überzieht den ganzen Kerl. Ihm klappern die Zähne zwischen den bläulichen Lippen. Tränen der Wut und der Angst ziehen ihre Bahn herunter zum zitternden Kinn. Er muß heimkommen, auf jeden Fall, er muß es schaffen, er hat es seinem Vater versprochen. Er muß durchhalten, der Vater kann auf ihn zählen. Er hat schon die Kräfte von einem Großen. Er schlägt mit den Armen, ballt die Fäuste gegen die saukalte, stinkige Dreckbrühe, preßt die Kiefer wie einen Schraubstock zusammen, stemmt seinen schmächtigen Schulbubenkörper gegen die schlammigen Fluten. Der Boden fühlt sich sumpfiger an unter seinen kleinen Füßen. Die Schritte und Beine werden immer schwerer und langsamer. Kommt gleich wieder ein Sturm, ein Sturzregen, ein Hagelschauer? Die grauschwarzen Gedärme der Wolken hängen über ihm, bedrängen ihn.

Doch da! Auf einmal kann er sein Elternhaus erkennen! Eine winzige Insel im bräunlichen, gräulichen Schlammsee. Da muß er hin! Das Ziel ist in Sichtweite, zum Hinkommen nah! Neue, ungeahnte Kräfte wachsen ihm zu, kein Mensch weiß, woher. Er spürt den Wind im Rücken. Ihm ist, als würden ihn Flügel emporheben. Mit Macht stampft und storcht er gegen das lehmige Wasser an. Jetzt lacht er auf, daß die glühenden Freudentränen aus seinen Augen herausschießen. Überschwenglich winkt er mit den müden Armen, überglücklich schreit er aus Leibeskräften hinüber zu den Seinen.

»Vater, Mutter, Sophie, Onkel Lugg! Ich bin's! Gleich bin ich bei euch, gleich hab ich's gschafft, gleich bin ich daheim!«

Seine Beine gehen auf und nieder wie die Kolben einer Dampfmaschine. Der Boden wird immer sandiger, immer matschiger der Grund unter seinen Füßen, mit jedem Tritt schlammiger. Ein einziger Sumpf ist das Ganze unter ihm. Da sind Strudel, die saugen einen nach unten. Seine Füße versinken bis zu den Knöcheln im Morast. Glitschige, klebrige Schlingpflanzen legen sich um seine Schenkel, krallen sich um seine Beine wie die gefürchteten grünen Krallen vom Häckelmann! Der Schrecken, die Mühsal, die Angst! Mit jedem Schritt wird es schlimmer – die Vergeblichkeit bitterer, der Schmerz schneidender, die Verzweiflung ärger.

»Vater, ich bin's! Siehst du mich denn nicht? Gleich bin ich bei euch!«

Er schreit wie von Sinnen jetzt. Immer tiefer sinkt er ein im schwammigen Grund. Das faulig trübe Wasser schwappt ihm gegen die Brust, bis zum Hals hoch. Wieder spürt er Fische gegen seine Haut klatschen, ihre kalten, glitschigen Leiber.

»Ich bin's! Schau halt her, ich bin's doch, dein Bub! Ich werd euch retten!«

Er sieht sein Elternhaus im großen Wasser, oben auf dem Dach steht sein Vater, daneben der Onkel Lugg. Am First neben dem Schlot sieht er seine Mutter in ihrer Werktagsmontur! Daneben sieht er Katharina, seine Katharina, im Brautkleid, und wie eine Schwester daneben ist Rosina, seine Rosina, im Sonntagsstaat!

»Ich komm! Gleich bin ich daheim! Jetzt werd ich euch retten!«

Da kracht ein Blitz vom Himmel herunter, schlägt ein dort im Haus und setzt es auf der Stelle in Brand. Unten das Wasser und das Feuer von oben! Um Gottes willen! Und seine Liebsten dazwischen! Er hört sie nicht schreien, aber sie strecken die Arme aus, halten ihm die Hände flehentlich entgegen, aber er kann sie nicht erreichen, nicht retten.

Er fühlt sich hilflos und elend. Im Kopf schwirren ihm die Gedanken herum wie erschrockene Fische. Er kann nichts machen, er kann nicht mal mehr schreien und weinen und schnaufen. Er verliert seine Liebsten, versinkt ganz und gar, er geht unter, sieht nichts mehr, muß im Wasser ertrinken!

Ruckartig wachte er auf aus dem Schlaf, und das ganze Geschehen stand taghell und sonnenklar vor seinem Auge. Dieser Traum aus seiner Kindheit hatte Michael Wegmann als alten Mann wieder heimgesucht. Die Angst, die er damals als Bub empfunden hatte, hatte ihn erneut gepackt und geschüttelt. Der Sog und der Schmerz hatten nichts von ihrer Heftigkeit verloren. Wegmanns Verstörung war so groß, daß er diesen Alptraum mehrere Male seiner Enkelin Wilhelmine erzählte. Am Lebensende kehrte er zu seinem Anfang zurück, und das Mädchen empfand diesen Traum immer als einen Teil ihrer eigenen Geschichte.

26

Michael Wegmann war schon über achtzig Jahre alt, hatte seiner Schwester Sophie ins Grab schauen müssen und guten Freunden wie dem Maurermeister Fritz Wauberlein, als im heißen Sommer 1914 der große Krieg ausbrach und sein Sohn Fritz sich voller Begeisterung als Freiwilliger für den Fronteinsatz meldete.

»Wie kannst du das bloß machen? Du bist schon über vierzig, hast Frau und zwei Kinder! Hast Haus und Hof zu versorgen, sollst das Ganze weiterführen, wenn ich nicht mehr da bin.«

Wegmann war fassungslos und ungehalten über die Entscheidung seines Sohnes. Auch seine Schwiegertochter Babette redete eindringlich, ja beschwörend auf ihren Mann ein, verwies auf die beiden halbwüchsigen Kinder, Eustachius und Wilhelmine, die Arbeit auf dem Bauernhof, die kommende Erntezeit, den betagten Großvater, seine Verpflichtung, das Erbe, aber vergeblich. Ihr Mann Fritz war nicht abzubringen von seinem Entschluß, zum Militär einzurücken und dem Vaterland auf dem Felde der Ehre heldenmütig zu dienen, in dieser Schicksalsstunde des Reiches, wo mit Gottes gnädiger Führung der oberste Kriegsherr und Kaiser einen ruhmvollen Sieg für Deutschland erringen würde.

Michael Wegmann konnte mit diesen dröhnenden Phrasen nicht viel anfangen. Woher kam die Begeisterung vieler Männer, diese Sehnsucht, zu den Fahnen zu eilen, des Kaisers Rock zu tragen und dem glorreichen Waffengang zum Siege zu verhelfen? Michael Wegmann kam der vaterländische Überschwang seines Sohnes wie ein Kriegsfieber vor, ein wahnhafter Drang nach Heldentum, Ehre und Ruhm. Daß viele junge Gesellen und Arbeiter sich freiwillig zum Fronteinsatz meldeten, konnte er verstehen, denn sie befürchteten zu recht ihre nahende Entlassung wegen Auftragsrückgang und Umstellungen. Aber ein Bauer, ein Familienvater, der daheim unersetzbar war? War das Temperament daran schuld, das Fritz von seiner Mutter mitbekommen hatte? Sein Hang zum Abenteuer? Seine Neigung, alles mit sich selbst auszumachen?

»Ich kann das einfach nicht gutheißen, Fritz, was du da machst. Du wirst hier gebraucht und begibst dich leichtsinnig in Gefahr. Denk doch bloß mal dran, was passiert, wenn dir was zustößt.«

»Ach, mir passiert schon nichts. Der Kaiser sagt, bis Weihnachten sind wir wieder in der Heimat.«

»Was treibt dich denn bloß dermaßen in den Krieg?«

»Das verstehst du nicht, Vater. Da ist so viel, was man erlebt haben muß beim Militär, um es zu begreifen. Die Kameradschaft. Das ganz und gar andersartige Leben, endlich einmal heraus aus dem Ochsengang der tagtäglichen Arbeit. Der ungeheure Ernst der Lage, der bei jedem alle Fasern anspannt bis zum Zerreißen, die Bewährungsproben, der Feuergeist. Da bist du ein ganz anderer Mensch in so einer Uniform. Du gehst auf im großen Ganzen, in einer höheren Ordnung. Ja, all das und noch viel mehr.«

»Bist du denn daheim nicht gefordert und zufrieden? Ist dir deine Familie so wenig wert, daß du dein Leben riskierst, um irgendwo weit fort Heldentaten zu begehn?«

»Das ist doch nicht anders wie bei dir. Raus aus dem Gewöhnlichen und fort, so wie du damals auch. Bist du denn nicht fortgegangen damals, wie's brenzlig gworden ist? Fort von deiner Mutter, der Heimat, weg vom Stiefvater. Und dann in Amerika wieder fort und zurück in die Heimat. Das Fortgehn liegt uns halt im Blut.«

»Aber ich hab keine Frau und keine Kinder im Stich gelassen, um mich in Lebensgefahr zu begeben. Was Eigenes aufbaun, das wollt ich, nicht Fremdes zerstören. Ich bin nicht weggelaufen, ich hab Verantwortung übernehmen wollen für ein besseres Leben.«

»Für sein Volk und sein Vaterland zu kämpfen in der Stunde der Not, das ist die heilige Pflicht jedes aufrechten Deutschen. Es gibt so was wie eine höhere Verantwortung, ein Eintreten für das große Ganze, die Gemeinschaft und ihre edelsten Güter.«

»Du sprichst wie die Zeitungen und Politiker, aber nicht mit Verstand.«

»Vater, ich bin kein kleiner Bub mehr, ich weiß, was ich tu. So wie ich handeln tausende Söhne der Heimat – Rekruten, Landwehr, Landsturm, Bauern, Bürger, Adelige, Oberschüler, Studenten, alle! Wir lassen uns unsere Vaterlandsliebe von niemandem schlechtreden und wegnehmen. Wo käm denn unser Land hin, wenn kein Mann mehr bereit wär, mit Blut und Gut tapfer dafür einzustehen?«

»Es ist genauso mannhaft und ehrenvoll, seine Äcker zu bestellen und seine Familie zu ernähren. Deiner Heimat kannst du hier mehr dienen als irgendwo an der Front. Deine Lieben brauchen dich hier, als Vater, der für sie da ist, als Lebendigen, nicht als toten Helden an irgendeiner Front.«

»Meine Meinung kennst du, Vater. Das kann man halt so oder so sehen. Die Zukunft wird uns zeigen, wer recht gehabt hat. Vielleicht hocken wir an Weihnachten ja unterm Christbaum und lachen über unsern Zwist.«

»Wer weiß, ob ich da noch leb? Ich bin ein alter Mann. Da kann über Nacht ...«

»Du lebst schon noch, keine Sorge, Vater! Jetzt hast du so ein schönes Alter erreicht, da bist du an Weihnachten schon auch noch da.«

Michael Wegmann wußte, daß es keinen Zweck hatte, seinen Sohn Fritz umstimmen zu wollen. Ihm ging ein Vers nicht mehr aus dem Kopf, den er in jenen Kriegstagen gelesen hatte: »Verklungen ist des Friedens Lied, versunken die alte Zeit. Was gestern Glück und Gnade hieß, ist heute Kampf und Leid.« Wenige Wochen später marschierten die Reservisten des Landsturms ab, um am Bahnhof in Erlangen verladen zu werden, allesamt reife Männer vom 39. bis zum 45. Lebensjahr. Die Regimentskapelle gab ein feierliches Standkonzert mit Militärmusik, Fahnen wehten und Kirchenglocken läuteten, die Eisenbahnwaggons waren mit Birkenreisern geschmückt, am Waggon prangte der Spruch: »Wir fürchten keinen Serben, wir fürchten kein' Polak, wir fürchten keinen Russen, wir fürchten kein' Kosak, wir fürchten keinen Briten, wir fürchten kein' Franzos, wir sind die tapfern Bayern, wir hauen fest drauf los!« Mädchen und junge Frauen schenkten den fröhlichen Soldaten in ihrer feldgrauen Kriegsgarnitur Blumensträuße, Zigaretten, Süßigkeiten und Bier unter dem Banner »Ewiger Dank unseren tapferen Kriegern und Siegern!«. Fritz Wegmann winkte ergriffen in die begeisterte Menge, aber seine Frau und die beiden Kinder waren nicht gekommen. Sie wurden im Dorf gebraucht, auf dem Feld mit Getreide, in der Scheune und im Stall. Ihr Weinen hätte ihn ohnehin nur gestört. Auf vielen Höfen waren die Väter, Söhne, Brüder verschwunden, zurück blieben Frauen, Kinder, Alte, an denen die schweren Erntearbeiten hängen blieben.

Auch das Leben in den kleinen Dörfern und abgelegenen Ortschaften auf dem Land wurde durch die Mobilmachung und den Krieg stark verändert. In den kleinsten Schulen ließen die Lehrer das großmächtige deutsche Hurra ertönen, die Bürgermeister schmetterten ihr Hoch auf die Kriegsherren, die Zeitungen quollen über von Gloria Victoria, die Pfarrer predigten das Halleluja von heiligen Opfern, die auf dem Altare der Heimat dargebracht werden müssen: Wir Deutsche fürchten Gott, sonst nichts auf der Welt! Der Gott, der Eisen wachsen ließ, der will keine Knechte! Zum Kampfe Hand in Hand mit Gott für's Vaterland, so schwören wir! Keiner bleibt zurück, Heil Kaiser dir! Seid getreu bis in den Tod! So hörte er sich an, der hehre patriotische Geist vom August 1914.

Die Propaganda erreichte den fernsten Winkel, Gerüchte und Schauermärchen machten die Runde. Selbst in den abgelegenen Aischgrunddörfern witterte man Landesfeinde und Saboteure, gegen deren hochverräterische Machenschaften und staatsfeindliche Umtriebe sofort Maßnahmen zu ergreifen waren. Wachposten standen an den Bahnhöfen und Brücken, den Zugstrecken, Telefon- und Fernsprechleitungen. Man sperrte Landstraßen ab, errichtete Barrikaden, kontrollierte Radfahrer, prüfte Ausweispapiere, patrouillierte mit Schrotflinten, Mistgabeln und Metzgerbeilen. Die Bürgerwehr stellte sicher, daß nachts kein Licht aus den Häusern drang. Mancherorts wurde sogar auf Flugzeuge, Luftschiffe und Kinderdrachen geschossen, weil man feindliche Sabotageakte dahinter vermutete.

Alle Leute waren auf der Jagd nach Spionen. Automobile und Kraftwagen wurden untersucht, weil man heimliche Goldlieferungen oder Waffenlager darin zu finden glaubte. Fremde hielt man für verkleidete Feinde, die Reagenzgläser bei sich führen könnten, um Brunnen und Wasserleitungen, Obst und Bier zu vergiften. Wer etwas Kritisches über den Kaiser oder die deutsche Kriegführung verlauten ließ, wurde von übereifrigen Landesverteidigern auf der Stelle festgenommen und inhaftiert. Ehrbare Reisende, die einen merkwürdigen

Dialekt sprachen, wurden jämmerlich als maskierte Russen verprügelt, aus dem Zug gezerrt und zur nächsten Polizeiwache geschleift. Andernorts jubelte man, weil ausländische Agenten gefaßt worden waren, doch handelte es sich in Wahrheit um herumziehende Tagelöhner und Handwerksgesellen, einmal auch um einen geistig minderbemittelten Bewohner der Heil- und Pflegeanstalt. Sogar Personen in Diakonissenkleidung wurden verhaftet und verhört, weil man sie für gut getarnte Russen hielt. In der Aischtalbahn machten sich einige städtische Damen aufgrund ihrer Korpulenz verdächtig, in ihrer Brustwehr heimlich Bomben und Granaten zu schmuggeln, was eine Leibesvisitation und ein verheerendes Donnerwetter zur Folge hatte.

Bis ins Kaffeehaus von Peppenhöchstädt drangen diese Meldungen, dazu die Nachrichten von überteuerten Lebensmitteln, Schwarzmarkt und Tauschhandel, Gendarmeriekontrollen und Beschlagnahmungen auf den Bauernhöfen, Zwangsablieferungen von Milch und Butter, Heu und Vieh. Die Gaststube war nun meistens ungemütlich leer, denn es fehlten die Männer und jungen Burschen, auch bei den Kaufleuten, Händlern und Besuchern. Statt der genußfrohen Gäste und angestammten Dorfleute tauchten bald hamsternde Großstädter auf, die Eier, Mehl, Schmalz und Fleisch zu ergattern suchten und ungeniert in fremde Keller und Küchen, Speisekammern und Speicher eindrangen. Sie plünderten sogar Obstbäume und Krautgärten und rissen die Kartoffeln eigenmächtig aus dem Boden. Da begann die Zeit der Lebensmittelmarken und Bezugsscheine, von Wucher und Schwindel. Es wurde schwierig, den Bedarf an Kaffeebohnen, Kakao, Tee zu decken und die gewohnt hohe Qualität zu gewährleisten. Auch bei Fleisch, Kartoffeln, Gemüse und Getreide gab es Vorgaben und Engpässe, dann auch bei Zucker, Petroleum und Seife, später bei Salz, Käse, Tabak und Wein. Die Heimatfront hatte das Kaffeehaus erreicht, nicht mit Volksküchen und Granatzündern, aber mit Einschränkungen, Mangel und stark rückläufigem Geschäftsbetrieb. Gutta Gänsberger saß nun oft mit Michael Wegmann allein im Gastraum, wo sie sich über die neuesten Nachrichten und Frontmeldungen aus den Zeitungen unterhielten. Die Not sprach eine deutliche Sprache und verhieß keinen guten Ausgang des Krieges.

Fritz Wegmann war an Weihnachten 1914 nicht zu Hause, aber er war zumindest am Leben. Von daheim bekam er ein großes Paket mit Liebesgaben, Wollstrümpfen, Unterwäsche, Lebkuchen, geräuchertem Schinken und Würsten. In den Feldpostbriefen aus Lothringen schrieb er unverzagt vom Vorrücken des deutschen Heeres an der Westfront, von der Feuertaufe und dem Schlachtenglück, der Hasenjagd auf Franzosen und dem Schützenfest, das die deutschen Maschinengewehre dort angerichtet hätten. Es ist aber auch die Rede von verwüsteten Dörfern, Höfen, Kirchen und Landschaften. Vom zermürbenden Ausharren in den Stellungen und Gräben, im Regen, Frost und Morast, geplagt von Ratten und Läusen, gequält von Hunger und Fieber. Dann berichtete er von Kriegspflegerinnen im Lazarett, erwähnte eine Verletzung und kündigte einen baldigen Heimaturlaub an. Ein Splitter hatte ihn am Bein erwischt, »ausgerechnet bei der Notdurft, beim großen Geschäft«, wie er amüsiert schrieb. »Nach dem Einschlag schnell raus aus dem Unterstand, Hose runter, drücken, sofort wieder rein und in Sicherheit – eine Sekunde zu spät. Das Blut sickerte schon in meine Hose, dann erst kam der Schmerz.«

Als Fritz zu Hause ankam, war er um Jahre gealtert. Abgemagert und müde, mit fahler Haut, tiefen Falten, trüben Augen. Seine Frau und seine Kinder nahm er in den Arm, aber er wirkte meist freudlos und seltsam abwesend. Die Äcker, das Vieh, Aussaat und Ernte, die Sorgen der Familie, die Einschränkungen und Nöte, alles nahm er ohne Anteilnahme zur Kenntnis. Er, der früher so gesprächige, hemdsärmelige

Mann, sagte nur wenig, zuckte oft mit den Schultern, schüttelte den Kopf, schaute wortlos in die Ferne. Von der Front gab er kurz und sachlich das kund, was die Leute sonst auch zu hören bekamen. Selbst beim Reden mit anderen Soldaten blieb er zugeknöpft und ohne Antrieb. Erst am letzten Abend vor seiner Rückreise an die Front kam sein Vater auf ihn zu und bat ihn an den Tisch zum Plaudern. Sie prosteten sich zu mit einem Glas Rheinwein, und Michael Wegmann suchte nach einem guten, unverfänglichen Anfang. Bevor er überhaupt etwas fragen konnte, sagte Fritz mit gesenktem Kopf: »Vater, du hast recht g'habt. Der Krieg ist ein katastrophaler Fehler.«

»Mir wär's lieber, ich hätt net recht g'habt und du wärst daheim geblieben.«

»Wir haben uns das alle ganz anders vorgestellt. Wenn du sehen tätst, wie wir dort hausen! Wie die Maulwürf in Löchern und Gräben voller Dreck und Ungeziefer. An Schlaf ist net zu denken. Oft kein gscheites Essen, kein Wasser mehr zum Trinken. Tag für Tag das Rattern der Maschinengewehre, das Heulen der Granaten, ihr dumpfer, tödlicher Einschlag. Das Beben der Erde, das Zittern und Wackeln. Da haut es dir Gewehre, Stahlhelme, Holz- und Körperteile nur so um die Ohren. Mit zerbrochenen Gliedern kugeln die Kameraden am Boden rum wie die toten Fisch. Tagelang manchmal, weil keiner an sie rankommt, ohne zusammengeschossen zu werden. Der Gestank drückt dir die Luft zurück in die Gurgel.«

»Menschenskind, Fritz, ich bin gottheilfroh, daß du so viel Glück g'habt hast. Abgsehen von dem Splitter im Schenkel.«

»Aber die Gsichter vergeß ich meiner Lebtag nimmer. Entsetzlich verzerrte Grimassen, von Todesqualen gezeichnet. Ihre blutigen, zerfetzten Leiber, die Händ voller Erde oder Gras, rausgrissen im Todeskampf. Die starren, blinden Augen, wie aus Glas, matt wie Horn. Das geht einem furchtbar an die Nieren.«

»Fritz, geh da nimmer zurück, bleib daheim!«

»Dazu die Schwerverletzten, ihr Schmerzensschreie, ihr Flehn. Wie sie drum betteln, sterben zu dürfen, daß es endlich vorbei ist. Lauter blutjunge Kerl, übermütige, vorwitzige Hupfer, frischer Nachschub aus der Heimat. Dieser gräßliche Anblick: kraftstrotzende Soldaten, und dann zusammengschossene Krüppel.«

»Was willst denn noch dort? Am End erwischt's dich auch noch!«

»Was einem am ärgsten zusetzt, das ist der blindwütige, grausame Zufall. Du wartest zitternd in deinem Loch auf den nächsten Einschlag, der dich trifft oder auch net. Eine Mine in deinen Zug, zackbumm und dich gibt's nimmer. Du kannst dich net schützen, net wehrn, du bist absolut ausgliefert und ohnmächtig, ganz und gar unwichtig.«

»Drum sag ich dir doch, bleib daheim, wo du hingehörst! Hier wirst du gebraucht und geliebt. Hör auf mich und laß es gut sein, geh nimmer dorthin!«

»Ich muß aber, Vater, ich hab's gschworen und bin's meinen Kameraden schuldig. Seinem Geschick kann keiner entgehn. Außerdem wird's nimmer lang dauern, das spür ich. Wir müssen zusammenhalten, dann geht uns der Glaube in die Händ. Daß das Ganze einen Sinn g'habt hat. Die vielen Toten.«

Michael Wegmann war tiefbetrübt. Er kam an seinen Sohn nicht mehr heran und mußte ihn, so bitter dies für ihn war, wiederum hinausziehen lassen an die Front im Westen. Fritz nahm an den Kämpfen an der Somme im Nordosten Frankreichs teil. Es wurde das verlustreichste Gemetzel des Krieges, mit über einer Million getöteter junger Menschen, ohne daß es einen Sieger, geschweige denn Frieden gegeben hätte. Das Abschlachten und Ausbluten ging einfach weiter. Als nächste Nachricht von Fritz kam 1916 dann die Todesmeldung aus dem Feld: »Bei Erstürmung eines feindlichen Postens, in treuester Pflichterfüllung und todesmutigem Ausharren, hat er einen ehrenvollen Soldatentod gefunden. Ein

Granatsprengstück, das ihn am Kopfe traf, hat seinem Leben ein sofortiges schmerzloses Ende bereitet. Er ruht in fremder Erde, wo er mit allen kirchlichen und militärischen Ehren beerdigt wurde.«

Michael Wegmann kam es so vor, als hätten Fritz und er selbst dies alles bereits geahnt, ohne das Schicksal verhindern zu können. Hatte er seinen Sohn nicht schon vorher verloren? Hatte Fritz ihm jemals gehört? Wie viel wußte er denn schon von seinem erwachsenen Sohn? Welche Gedanken und Empfindungen ihm zu schaffen machten? Alles mutete ihn nun so kümmerlich an, so armselig. Er fühlte sich schuldig, niedergeschlagen und schwach. Einmal hatte ihm der Krieg etwas gegeben, in einem anderen Leben, einem anderen Land, und jetzt hatte ihm der Krieg so unsagbar viel genommen.

Fritz' Frau Babette und sein Sohn Eustachius ließen eine Todesanzeige in die Zeitung sowie ins *Evangelische Sonntagsblatt* setzen, die mit Wegmanns Gefühlen für seinen Fritz in keiner Weise überein stimmte: »Den Heldentod für sein geliebtes Vaterland sollte nach dem unerforschlichen Ratschluß des Herrn der Heerscharen erleiden mein unvergeßlicher Mann, der herzensgute, treusorgende Vater unserer Kinder *Friedrich Wegmann*, der beim schweren Ringen an der Somme mitkämpfte, bis seiner Tapferkeit durch ein tödliches Geschoß Halt geboten wurde. Gott lohne ihm all seine Liebe und Treue, wir werden seiner immer wärmstens gedenken. Er ruhe im Frieden des Allmächtigen fern von der irdischen Heimat, die wiederzusehen ihm nicht beschieden war.«

Darin konnte Michael Wegmann weder seinen Sohn noch dessen Lebensende erkennen. Worin sollte überhaupt ein Trost oder Sinn liegen? Trauer überschattete sein letztes Lebensjahr. Es waren trübselige Monate, die wie zäher Nebel auf dem Land lagen. Es waren die fett- und fleischlosen Kriegskostjahre. Importierte Waren kamen nicht mehr ins Land oder waren von ungenügender Güte. Statt Bohnenkaffee wurde

Eichelkaffee gebrüht. Kuchen und Torten zu backen, galt als anrüchig und verdächtig. Mangels Mehl rief man dazu auf, Brot mit Kartoffeln, Erbsen und Stärkesirup zu backen. Später zerrieb man Baumrinde und mischte sie in den Teig. Fallobst wurde hergenommen, um Kriegsmus daraus zu kochen. Aus Fleischabfällen fertigte man Kriegswurst, aus Brennesseln Fäden und Kleidung. Die Leute sollten nun Obstkerne, Bucheckern und Walnüsse sammeln, um Öl daraus zu gewinnen. Metalle stiegen an Wert und nationalem Nutzen. Kupferdächer, Kirchenglocken und Orgelpfeifen wurden abgenommen und eingeschmolzen. Eheringe wurden als Spenden hingegeben unter der vorgegebenen Devise »Gold gab ich zur Wehr, Eisen nahm ich zur Ehr«. Auch kupferne Küchenutensilien wurden eingeschmolzen, gemäß dem Leitspruch »Der deutschen Hausfrau Opfersinn gab Kupfer für das Eisen hin«. Alles zur Finanzierung eines Krieges, der zusehends weniger günstig und gerechtfertigt erschien. Immer mehr Todesanzeigen von Soldaten hatten die Zeitungen zu vermelden, immer mehr Lücken wurden in die Familien und Orte gerissen, darüber konnte die Propaganda von Heldentaten und Ordensverleihungen nicht hinwegtäuschen.

Wie ein Schiffbrüchiger auf einer einsamen Insel saß Michael Wegmann oft stundenlang im Kaffeehaus und sinnierte über Krieg, Heimat und Schicksal. Er schüttelte den Kopf über diese Zeit von Magermilch, Dünnbier und Notgeld, von Karbidlampen und Steckrübenwurst. Petroleum, Papier und Kohle waren kaum mehr zu bekommen. Zigarren wurden schon aus Kirschblättern gedreht, der Heldentabak darin bestand aus Küchenabfällen und Kräutern, Laub und Heu. Selbst im Aischgrund machte man sich daran, Denkmäler aus Metall abzureißen und einzuschmelzen, um Waffen daraus zu schmieden. Um Kohle zu sparen, wollte man die Sonn- und Feiertage abschaffen. Eine Verordnung sah vor, Verstorbene künftig ohne Stoffkleidung und Schuhe zu bestatten, da all dies nun für die Lebenden benötigt wurde. Damit sie es kommod haben beim Sterben, dachte sich Wegmann bitter.

Das Kaffeehaus war meistens leer oder geschlossen. Wenn nichts vorhanden ist zum Aufwarten und keiner da zum Genießen, hat so ein Ort seinen Daseinszweck verloren. Drei kuriose Gäste hat Michael Wegmann allerdings noch empfangen können, drei Soldaten der Erlanger Garnison, die auf Heimat- und Genesungsurlaub waren und nach ihm gefragt hatten. Sie trugen Militärkleidung, die schon viel schönere Tage erlebt hatte, und sahen schmächtig und mitgenommen aus. Nur die keck aufgesetzten Mützen, die musternden Augen und ihre vorwitzigen Schnurrbärte über den Lippen deuteten etwas Starkes, Verwegenes in ihnen an. Einer stellte sich als Oskar Hacker vor, ein ehemaliger Mechaniker in einer Erlanger Baumwollspinnerei, ein Kompaniekamerad von Fritz, der im gleichen Kampfabschnitt wie er eingesetzt gewesen war. Er sprach Wegmann sein Beileid und Mitgefühl zum Verlust des einzigen Sohnes aus, den er sehr geschätzt habe, vor allem seine hilfsbereite, gewinnende Art. Er sei vom Kompanieführer gebeten worden, den Hinterbliebenen Bericht zu erstatten, wie es herging an jenem verhängnisvollen Tag, als Fritz fiel, und wie es so aussieht an der Front. Die andern beiden stellte er als Alfred Nagel und Valentin Desch vor, der eine ein Bierbrauergeselle, der andere ein Maschinenarbeiter in einer Spiegelfabrik, beide vom selben Regiment.

Erst einmal ließen sie sich eine tüchtige Brotzeit schmekken, Bratwurstgehäck und Preßsack, Rettich, Kren und Bier. Dann ging es an die eiserne Reserve: Ein echter Bohnenkaffee wurde gebraut, dazu gab es Feuerspatzen und Zimtkrapfen. Dabei wurde über die Versorgungslage in der Stadt und am Land geredet, die Kriegslage, die Aussichten auf einen baldigen Frieden. Mit dem Bier und den Zigarren wurden die drei Frontsoldaten immer gesprächiger und scharfzüngiger.

»Gefallen – das sagt sich so leicht«, bemerkte Hacker. »Wenn man fällt, steht man eben wieder auf. Aber das hier ist was ganz anderes.«

»Von den Schmerzen und Schreien redet keiner«, bestätigte Nagel bissig, »von der Verzweiflung, dem Todeskampf. Alles Blutzoll, den man eben entrichten muß. Er ist im Feld geblieben, heißt es, im Krieg geblieben. Als ob es dort so schön wäre, daß man bleiben möchte!«

»Jeder einzelne Gefallene«, fuhr Hacker fort, »hinterläßt einen Vater, eine Mutter, Geschwister, eine Frau, Kinder. Denen ihr Leben ist zerstört, ihre Hoffnungen und Mühen zunichte, ihre Gebete und Sorgen umsonst.«

»Der Weißgerber, der sich aufhängt, weil man seine Söhne totgeschossen hat«, stimmte Desch zu, »die Achtzehnjährige, die sich vergiftet, weil ihr Bräutigam bloß noch ein toter Held ist. Die Mutter, die aus Kummer stirbt, der Vater an einem Herzanfall vor Aufregung und Verbitterung. Ich kenn sie alle, aber von denen steht nix in den Zeitungen!«

»Da steht was von Kriegsanleihen, Tapferkeitsorden und Siegesparaden«, sagte Nagel, »damit können sie mir den Buckel runterrutschen, bis ganz unten!«

Michael Wegmann wunderte sich, wie freimütig, bitter und gehässig diese drei Männer von diesem Krieg redeten, in den sie bald wieder zurückkehren mußten. Meinten sie das ernst, was sie sagten? Wie kann man damit weiterkämpfen? Redeten sie nur so offen, weil kein Mensch dabei war außer ihm, der seinen Sohn dort verloren hatte?

»Es gibt eben richtige Opfer und falsche«, meinte Hacker. »Ein richtiges Opfer muß auf dem Altare des Vaterlandes dargebracht werden, zur Ehre Gottes.«

»Alle sollen immer sterben fürs Vaterland. Warum sollen wir denn nicht leben fürs Vaterland? Das hätte doch millionenmal mehr Sinn und Nutzen«, ereiferte sich Desch.

»Ich hör auch immer nur was von Opfern und Verlusten«,

ergänzte Nagel, »aber in Wahrheit müßte es heißen: Getötete, Ermordete, Krepierte. Sie reden dauernd von Helden, aber ich hab da draußen keine Helden gesehn. Nur verheizte Frontochsen, die sich totschießen lassen müssen, die zerfleischt werden, durchlöchert, verscharrt.«

Wegmann hörte erstaunt zu, konnte aber vor Trauer nur heiser fragen: »Und der Fritz?« Hacker schaute finster zu Boden und schnaufte tief ein.

»Der verdammte Nebel war dran schuld. Es war ein Herbsttag mit so feuchten, kalten Schleiern. Alle haben in die blinde Suppe hineingefeuert. Erst waren wir am Angreifen, dann wieder die Engländer. Der Fritz war im zweiten Zug, die haben einen Posten halten sollen weiter vorne, wenn möglich auch weiter vorrücken im Gelände. Plötzlich kommen von hinten einige Granaten unserer Artillerie, aber die haben viel zu kurz geschossen, denn die haben gedacht, die Tommys wären schon da, wo unser zweiter Zug war. Wir haben sofort Meldeläufer nach hinten geschickt, aber der ganze Schlamassel ist erst später rausgekommen. Vier von uns waren tot, sieben verwundet. Und das von den eigenen Leuten! Jammerschad, daß es so einen anständigen Kerl wie den Fritz erwischen hat müssen. Er war ein echtes Vorbild.«

Hacker machte eine Pause und Wegmann wischte sich die Tränen aus den Augen und aus dem Gesicht. Er hatte seine Lippen zusammengepreßt und nickte stumm zu Boden.

»Ich hab die Sanitäter kommen sehn«, ergänzte Hacker, »die wußten gar nicht, wo sie anfangen sollten. Einem spritzte das Blut zum Hals heraus, einem andern fehlte ein Arm, einige wälzten sich vor Schmerzen im Graben, und einige rührten sich nicht mehr.«

»Die Sanitäter sind eh meistens sternhagelvoll«, bemerkte Nagel trocken, »nur so können die das ganze furchtbare Elend dort überhaupt ertragen.«

»Die Sanis bei uns«, meinte Desch, »das sind lauter Gauner, die tauschen mit den Franzosen Lebensmittel und Schweinefleisch ein gegen Bier, Wein und Zigarren. Das wär alles unsere Verpflegung, aber das krallen sich alles die Sanis und leben wie die Maden im Speck. Die einen schlemmen und die andern verbluten im Dreck, so ist das. Die kriegen auch Weiber her und huren mit denen im Lazarett herum. Ein einziger Saustall ist das dort!«

»Im Grunde ist alles eine grandiose Lüge. Man könnt drüber lachen, wenn's nicht so todtraurig wär«, sagte Hacker bitter. »Die Großen haben uns auf das Schlachtfeld gehetzt und uns weisgemacht, daß es ehrenvoll ist, das Vaterland zu verteidigen. Aber dort wird garantiert keine Heimat verteidigt, nur kaputt gemacht. Unschuldige Menschen angreifen und umbringen, ihr Hab und Gut zerstören, die Felder und die Wälder verwüsten, alles kurz und klein schlagen, sogar die Kirchen und Friedhöf in die Luft sprengen – eine saubere Heimat ist mir das! Aber sogar die Pfarrer haben das gesegnet und Gottes Hilfe erbeten für das gnadenlose Stahlbad.«

»Wir töten heldenmütig, der Herrgott lächelt gütig. Wir siegen und bekriegen, bis wir im Sarge liegen«, sang Nagel voller Hohn. »Ach, das Sterben ist die größte Lust, mit dem Eisernen Kreuz auf der Brust ...«

»Alles Lüge«, stellte Hacker fest. »Die Felder der Ehre – wenn ich das schon hör! Die Felder dort haben genauso viel Ehre wie ein Galgen, an dem man Unschuldige dran aufhängt. Die tapferen Feldgrauen! Feldgrau sind bloß unsere Gesichter, weiter nichts. Die Söhne der Heimat! Wir sind so wichtig wie Bohnenstroh.«

»Als Soldat bist du bloß so ein Hampelmann, eine Marionette auf dem Schlachtfeld. Der Drill und der Dienst, das stumpft dich dermaßen ab, daß du zu jeder Untat bereit bist. Im Gleichschritt Marsch!«, spottete Desch.

»Hoch soll die Flagge wehen«, sang Nagel rauh und bitter, »die Flagge Schwarz-Weiß-Rot! Das Land muß vor die Hunde gehen, der Soldat muß in den Tod!«

»Wenn ich die ganzen Krüppel und Kriegsversehrten seh«, sagte Hacker grantig, »die nicht mehr arbeiten können, die keine anständige Rente kriegen, keine Frau mehr haben werden, keine Familie, keine Kinder – und dann die Geldsäcke, die sich einen goldenen Bauch verdienen am Krieg, die wohlgenährten Herren, die mit Fähnchen den Frontverlauf abstekken auf ihren Generalstabskarten, da möchte ich bloß noch, daß der ganze faule Bau zusammenkracht!«

»Ich sag's euch ja, wir sind viel zu gehorsam und brav, viel zu fromm und treu«, sagte Nagel. »Man muß da dreinschlagen, daß es die ganze Bande auseinander sprengt!«

Michael Wegmann hatte sich wieder etwas gefaßt und fragte, wie es mit den drei Herren weitergehen werde, ob sie wieder zurück müßten an die Front.

»Ich hör auch lieber Karpfen backen als wie Gewehre knacken, das können Sie mir glauben«, entgegnete Hacker. »Aber was will ich machen? Wenn mir nicht noch eine plötzliche Krankheit einfällt oder irgendein Ungeschick passiert, muß ich wieder rein in den Teufel seine Wurstküche.«

»Durchglüht von heiliger Vaterlandsliebe müssen wir unserm Gott und Kaiser danken, daß wir eine so herrliche Zeit erleben dürfen!«

Nagel grinste voller Spott.

»Bis jetzt haben wir ja einen Schutzengel gehabt. Vielleicht haben wir weiterhin Glück und der ganze Humbug löst sich bald in Wohlgefallen auf.«

Wegmann nickte nur und verabschiedete sich dann von den drei Soldaten, die ihren Zug zurück in die Stadt erreichen mußten. Bis vor das Dorf lief er mit seinem Gehstecken noch mit ihnen auf der Straße mit, bis zu der Fichte, die der Sturm entwurzelt hatte. Er wünschte den Soldaten weiterhin

Glück und Segen und schaute ihnen lange nach. Ein Bauer mit einem Ochsengespann war am Ackern in einem Feld. Die Stirnplatten des Zugviehs leuchteten in der späten Sonne. Die Pflugschar warf das dunkle Erdreich um, der tiefgründige Boden glänzte wie frischer Schinkenspeck. Die Schweißtropfen auf der Stirn des Mannes schimmerten wie Perlen. Wegmann kniff die feuchten Augen zusammen und dachte an seinen Fritz, den er dort drüben jetzt pflügen sah. Wenn man denkt: Ein einziger Splitter schmeißt einen Menschen um, löscht ein Leben aus, eine ganze Welt. Von einem Moment auf den andern versinkt die lichtvolle Zukunft und erstarrt zur wächsernen Vergangenheit. Zeit, heimzugehen. Zeit, den Acker zu bestellen. Man vergräbt die Saatkörner in der Erde und alles weitere besorgt der Himmel.

27

Michael Wegmann hatte nicht nur seinen Sohn durch den Krieg verloren, sondern auch seinen Lebensinhalt. Das Kaffeehaus blieb dauerhaft geschlossen. Die Tage hatten für ihn ihre Würze und ihren Wert verloren. Er fühlte sich überlebt, verlassen und ohne Aufgabe. War das der Sinn gewesen, heimzukehren und dieses Kaffeehaus zu gründen? Damit nun alles sang- und klanglos unterging? Was war geblieben von seinem Ziel, seiner Arbeit und Bestimmung?

Sein Körper, der ihm fünfundachtzig Jahre treu seinen Dienst getan hatte, ging nun Stück für Stück aus dem Leim. Seine Lebensgeister ließen ihn im Stich, Freude und Kraft nahmen von ihm Abschied. Vor Jahrzehnten waren seine dünnen, feinen Haare schon grau geworden, nun wurde sein Vollbart vollends schlohweiß wie im Märchen. Seine Haut bekam immer mehr Flecken und Falten, sie fühlte sich dünn und trocken an wie Zeitungspapier. Wegmann verging langsam das Hören und Sehen, er zitterte und verlor die Zähne zum Beißen und Kauen. »Jetzt muß ich's schlucken, wie man's mir vorsetzt«, sagte er.

Bloß seine Nase und die Ohren schienen wie Hackfrüchte aus dem Kopf weiter herauswachsen zu wollen. Sein Gang wurde wackeliger. Wenn er mit seinem Gehstock zum Spalierobst, zum Bienenhaus und zum Taubenschlag schlurfte, zum Backofen, zur Räucherung oder hinüber zur Holzbank, wo er in der Abendstille aufs Feldermeer hinaussah, dann wirkte er betagt und bejahrt, oder wie er es nannte: »liedschäftig wie ein klappriger alter Schindergaul«. Die Knochen und Gelenke ächzten und seufzten vor Wehmut und Beschwerlichkeit. Als gingen Stiefel durch verharschten Schnee. Es herbstelte nicht mehr, es knackte schon der Frost, alles zog sich zusammen, schrumpfte und schwand. An Weihnachten lag er viel herum und verkündete: »Das ist mein letzter Winter. Ich bin reif für den Mantel aus Holz.«

Es war, als hätte er nur noch auf den Besuch der drei Soldaten im März gewartet. Als sich die Erde öffnete und die Bauern mit der Aussaat auf den Feldern begannen, die Bienen und Falter über den ersten Blumen tanzten, die Vögel im Nest auf ihren Eiern brüteten und der Schlehdorn zu blühen begann, da wurde Michael Wegmann schwächer, schnaufte schwer und kam aus dem Bett nicht mehr heraus. Sein Körper war ein müder Gefährte geworden, der Tod ein willkommener Gast. Zu seiner Enkelin Wilhelmine, die ihn pflegte und versorgte, sagte er: »Ich hab das Leben satt. Einmal langt's halt. Einschlafen und meinen letzten Schnaufer machen, mehr will ich nimmer. Ich will zu meiner Katharina und unsern Kindern. Nach dem Letzten fängt ja wieder was Neues an.«

Einige Tage vor seinem Tod hatte Michael Wegmann einen Traum. Er stand oben auf dem Hügel im Baumgarten und spürte, wie er abhob vom Boden, wie sein Körper federleicht wurde, die Luft sich fest anfühlte, wie er emporstieg wie ein großer Vogel. Er war der Bussard, der ohne einen Flügelschlag über allem schwebte, ohne Gefühlsregung dem Treiben und Trachten der Menschen zusah, in der warmen Strömung von unten kreiste, die ihn nach oben trug, ihm alles zuwehte und erkennen ließ. Weit weg von irdischen Sorgen, Ängsten und Nöten. Sein Dorf lag als offenes Buch vor ihm. Jedes Haus, jedes Anwesen bildete ein Kapitel, lieferte eine lesbare Geschichte mit Namen, Gesichtern und Episoden, die man kannte und die ein großes Ganzes ergaben. Das Buch vom Eh und Je und Ojemine. Er konnte zurückblättern, in die früheren Zeiten, die Menschen und Verhältnisse waren ihm vollkommen vertraut. Ebenso konnte er nach vorne sehen auf die Nachkommen mit den Merkmalen ihrer Vorfahren. Die tausend Stimmen im Grunde.

Wegmann spürte den beständigen, tragenden Luftstrom und kreiste zwischen Himmel und Erde über dem Aischgrund. So fühlte sich das Glück an: ein Schweben und ein Strahlen. Mit einem Mal konnte er alles unter sich erblicken und durchschauen, ausgebreitet in Klarheit und Glanz. Im goldblauen Sonnentag sah er die Weiher zwischen den Waldzügen und dem Wiesenland glitzern wie hingestreute Spiegelscherben. Wie eine lange Schlange im Gras suchte sich die Aisch inmitten der Buckel und Bäche ihren gewundenen Weg zwischen den Weiden, Erlen und Pappeln. Die Eisenbahngleise schimmerten zwischen den Äckern, Heuböcken und Hopfengärten. Viehgespanne und Bauernwagen zogen ihre Last und Fracht hin und her. Er sah die in die Wälder und Niederungen hineingeschlagenen Rodungsstreifen mit den Hohlwegen und Hochstraßen, Lindenstegen und Kastanienwegen, Getreidefeldern und Feldgehölzen, Krautbeeten und Bleichwiesen, Himmelsweihern und Wolkenbrunnen.

Aus flirrender Höhe blickte er auf die dösenden Dörfer, die Friedhöfe und Ziegeldächer, Mistgruben und Pferdeschwemmen. Die Fensterscheiben, die aufleuchteten wie Schweißflecken auf einem Sommergesicht. Auf die kleinen Nester, deren Gebäude sich herumgluckten um die Kirche, deren Turmspitze den Himmel kitzeln wollte, um ihn froh und gnädig zu stimmen. Alles erschien so winzig, so anheimelnd und zerbrechlich, so warm und voller Licht. Diese lautlos aufgeblätterte Schönheit des Hiesigen und Heimischen!

Wie Michael Wegmann da hinunterschaute auf den Saum der Wälder, das Gesprenkel der Felder, die Adern der Landstraßen, da erkannte er das Gesicht dieser Gegend: das furchenreiche Antlitz des Aischgrunds. Auf einmal dämmerte es ihm: Was er unter sich liegen sah, das war sein eigenes Gesicht, sein eigener zeitenmüder, erdenschwerer Leib lag hingestreckt und zerfurcht vor ihm! Seine Augen waren zwei ausgelassene, abgefischte Weiher. Sein Bart: Hollerbüsche und Schlehenhecken. Sein Haar: Monatsklee, Waldstreu und Hopfendolden. Zwischen Aschenbach und Zwetschgengraben erblickte er die hohlwangigen Senken, die bretterbleichen Sandäcker, die buckelkrummen Obstbäume und eingefallenen Holzstöße, und alles ergab sein eigenes Gesicht, das ihm entgegensah. Es kam ihm so vor, als wäre er niemals fortgegangen, als wäre alles immer schon so da gewesen, als wären alle Zeiten auf einmal anwesend. In der Früh, als er aufwachte, wußte er: Es ist gut so. Er konnte das Zeitliche segnen.

So hat Michael Wegmann es seiner Enkelin Wilhelmine noch selber erzählt. Eines Morgens lag der Großvater kalt und starr in seinem Bett und hatte seinen Lebensatem ausgehaucht. Nach einer langen Reise war seine Seele im Hafen angelangt. Wilhelmine hatte ihn gefunden und ihm die erloschenen Augen zugedrückt. Babette, seine Schwiegertochter, trug noch Schwarz wegen ihrem Mann und brauchte die Trauerkleidung lange nicht abzulegen. Innerhalb weniger Monate hatte sie nun ihren Fritz verloren und ihren Schwiegervater verabschieden müssen. Ihr Leben würde fortan ärmer und trauriger verlaufen. Bärbel, die Tochter von Wegmanns Schwester Sophie, meinte, daß ihr Onkel gegangen sei, wie es seinem Wesen und Leben entsprach: in aller Stille, friedlich und versöhnt. Ein weitgehend heiterer Mensch, mit froher Zuversicht auf einem ernsten, dunklen Grund. Wegmanns Enkel Eustachius war siebzehn und stand nun ohne Vater und Großvater vor der großen Aufgabe, in der Zeit der Not Haus und Hof weiterführen zu müssen und auf eine gute Bahn zu bringen.

Gutta Gänsberger war inzwischen Mitte sechzig und sah mit Wegmanns Ableben auch ihr Leben im Kaffeehaus dahinscheiden. Sie blickte auf mehr als dreißig Jahre gemeinsamer Arbeit zurück und wußte, daß sie diesen Ort nun verlassen mußte. Dankbarkeit erfüllte sie für die schönen Erfolge und für diesen außergewöhnlichen Menschen, der gezeigt hatte, was im entlegensten Winkel möglich ist, welche Fülle, welche Güte im Landläufigen und Herkömmlichen zur Blüte kommen kann.

Julius Gänsberger schrieb einen langen Nachruf auf Michael Wegmann in sein dickes Gedenkbuch, der mit den Worten endete: »Seiner Lebtag hat er den Märzenwind im Herzen gehabt, und die Märzensonne hat ihm seine Seele gewärmt. Der März hat ihm am End den Tod gebracht, hat ihm das eine Leben genommen und ein anderes Leben geschenkt.«

Bei der Beerdigung war eine stattliche Trauergemeinde versammelt, aber viele konnten nicht dabei sein, weil sie durch Krieg, Not und Tod daran gehindert wurden. »Ich bin durch die Welt gegangen, und die Welt ist schön und groß, und doch ziehet mein Verlangen mich weit von der Erde los«, wurde gesungen. Pfarrer Frenzel nahm in seiner Leichenpredigt das Aprilwetter mit Wind, Regen und Sonne im Wechsel zum Anlaß, über das erfüllte, erfolgreiche Leben Wegmanns mit all seinen Höhen und Tiefen nachzudenken. Julius duckte sich unter seinen schwarzen Hut und Mantel und flüsterte Gutta zu: »Bald trüb und rauh, bald licht und mild: So ist der April dem Menschen sein Ebenbild.«

28

Michael Wegmann starb im Jahre 1917, mit fünfundachtzig. Fünfunddreißig Jahre, nachdem er seiner Frau ins Grab hatte schauen müssen. Keines seiner Kinder war zu diesem Zeitpunkt mehr am Leben. Der mörderische Krieg zog sich quälend lange hin, bis in den November 1918 hinein. Der Kaiser und seine Heerführer hatten die furchtbare Suppe eingebrockt, aber auslöffeln mußten sie die einfachen Menschen auf der Straße, an der Front, in den Feldern und Fabriken. Sie mußten alles ertragen: Hunger, Krankheit, Not und Tod. Mit dem Ende des unseligen Krieges kam es zu Aufständen verzweifelter, leidender Arbeiter und Mütter, die Nahrung brauchten für ihre Familien, dann folgte die Revolution der kriegsmüden, verbitterten Soldaten und Matrosen, die sich nach Frieden, Brot und der sofortigen Heimkehr sehnten. Das altersmorsche Kaiserreich mitsamt seiner Fürstenherrschaft brach mit einem Schlag zusammen. Noch einmal gab es viel Kampf und Blutvergießen im Lande. Zur selben Zeit wütete eine furchtbare Grippe, die noch mehr Menschen das Leben kostete als der Krieg und Umsturz. Kaum hatte sich die Lage beruhigt, kaum war das ausgelaugte, hochverschuldete Land geordnet, kam die Inflation mit der verheerenden Teuerung und der Vernichtung des Geldes. Unglück und Verbitterung wohnten in den Herzen und Häusern der Menschen.

Auch in Peppenhöchstädt brach eine neue Ära an. Wegmanns Enkelsohn Eustachius hatte nun das Sagen, unterstützt von seiner Mutter Babette. Er war hochgewachsen und kräftig, arbeitsam und ehrgeizig. Ein Hinlanger mit langen Seiten, der sagte, wo's langgeht, und anderen gern die Spur einstellte. Er konnte einen festen Zügel führen, er war nicht lasch wie kalter Kesselspeck. Früh schon wurde seine Stirne kahl, dafür besorgte er sich einen markanten Briefmarkenschnauzer über seinen schmalen Lippen. Auf den Gruppenbildern im Familienalbum trägt er eine ernste, mürrische Miene zur Schau. Irgendwie wirkt er schwerlebig und ungemütlich. Alle, die ihn kannten, beschreiben ihn auch so: eigenwillig, hartpichig, einrissig. Er konnte ein rechter Aufbrauser sein, ein gescheiter Zornigel, mit einem Hang zum Auftrumpfen und Großspurigen. »Das ist kein Leinener«, sagte man, »das ist ein Beinerner, knarzig und harzig.« – »Der hat Galle im Blut, der schießt auf Schwalben«, hieß es, »der glotzt manchmal wie ein verstopfter Ausguß.« Deshalb erhielt er nicht umsonst den Spitznamen »Stachel«.

Eustachius Wegmann hatte noch als Minderjähriger den Hof übernommen und weitergeführt. Mit dem Kaffeehaus allerdings konnte er nichts anfangen. Das gehörte zu den »Schnapsideen und Spinnereien« des Großvaters. In Eustachius' Augen mochte es irgendwann einmal seinen Zweck erfüllt haben, aber spätestens mit dem Krieg hatte es sich überlebt. Eustachius wollte mit der Zeit gehen, modernisieren, und das bedeutete: Flächen und Ställe rentabler bewirtschaften, bessere Züchtungen, Sorten und Dünger einsetzen, Maschinen anschaffen, Elektrizität und Motoren verwenden, Ertrag und Gewinn vergrößern. Da stand ihm das Kaffeehaus nur im Wege, zudem war der Großvater, der Kopf und die Seele des Betriebs, nicht mehr am Leben. Gutta Gänsberger, seine rechte Hand, der gute Geist des Hauses, war eine alte Frau und längst weggezogen. Die Gäste waren während der Kriegsjahre sowieso ausgeblieben, viele hatten ihre Existenz eingebüßt oder sogar ihr Leben verloren. Zunächst wurde ein

Umbau erwogen, doch schließlich entschloß sich Eustachius zum völligen Abriß. Er verkaufte die Einrichtung, alle Spiegel, das Mobiliar, Besteck und Porzellan, an den Gastronomieausstatter Gutmann in Nürnberg. Sonst hatte er mit Juden nichts am Hut, spottete man im Dorf, aber beim Geldeinsacken waren sie ihm gut genug. So verschwand erst das Bienenhaus, dann die Kegelbahn und schließlich auch das Kaffeehaus selbst, ohne daß irgendjemand Anstoß daran genommen oder Einwände erhoben hätte.

Wilhelmine hatte zwar immer wieder auf ihren Bruder eingeredet, nichts zu überstürzen und das Erbe des Großvaters doch zu achten, vielleicht würde sich ja noch eine andere Lösung für das Haus eröffnen, aber Eustachius schlug ihre Rede in den Wind und erwiderte abfällig: »Wer soll sich denn da noch reinsetzen in die alte Burg und für eine Handvoll Bohnenkaffee einen Haufen Geld hinlegen? Die Leut haben doch ganz andere Sorgen heut. Die sind doch froh, wenn sie eine Arbeit und was zum Beißen haben. Das Zeug verstaubt und verfällt ja bloß. Wenn was Neues kommt, muß was Altes gehn. Die Zeiten haben sich halt geändert, und wer nicht mitmacht, der bleibt auf der Strecke.«

Den Erlös des Kaffeehauses benutzte er, um Grundwiesen zu kaufen, dazu Äcker mit tiefgründigen Böden, die gute Erträge bei Getreide und Hackfrüchten versprachen. Durch diesen Landerwerb profitierte er von der Inflation sogar noch. Von seiner Frau, der Blankscheits Erna, kam dazu noch ein schöner Batzen mit in die Ehe. Wenn es ums Geldvermehren ging, hatte Eustachius immer eine gute Nase und einen großen Magen.

Wilhelmine ging fort von zu Hause, lernte Hauswirtschaft, arbeitete in einem Geschäftshaushalt, heiratete dann in einen Bauernhof ein und brachte ihre Kinder zur Welt. Durch Berichte und Besuche bekam sie die Umwandlung des Anwesens mit, verfolgte dies mit Wehmut und Unverständnis, fühlte sich aber immer weniger mit dem Ort verbunden. Eustachius war dabei, ein Großbauer zu werden, errichtete voller Stolz einen modernen, weiträumigen Stall, dazu eine großflächige Scheune mit Heuaufzug, Rübenkeller und Silo, kaufte den ersten Bulldog weit und breit, dazu Maschinen, Geräte und Motoren. Er brachte es zu etwas, das sagten viele, bei ihm lief keine Spule leer, er zog an allen Strängen, um auf seine Kosten und zu seinem Recht zu kommen.

Eustachius war ein Geldbauer, ein Gaulbauer, ein Maschinenbauer, und nichts anderes wollte er jemals sein. Sein Stolz auf seine Pferde und Ochsen, den Bulldog und seine Opel-Laubfrosch-Limousine war mit Händen zu greifen. Manche nannten ihn mit einer Mischung aus Spott und Neid den »Dampfbaron«, den »Grattelochs«. Eustachius gab sich gerne kernig, mit markigen Sprüchen und einem schneidigen Auftreten. »Wenn du tust wie die Leut, dann geht's dir wie die Leut«, behauptete er. »In der Welt braucht man ein breites Kreuz und einen schweren Geldbeutel. Lieber hab ich neun Neider als einen Bemitleider.« Mit jedem seiner Sätze wollte er ein Stück weit wachsen. Wer ihn nicht mochte, dachte sich seinen Teil: »Das ist wie beim Korn: Je leerer die Ähre, desto höher reckt sie die Nase.«

Als dann in den zwanziger Jahren die ersten Nationalsozialisten auftauchten, auf die Juden und Sozis losgingen und von einem Großdeutschland schwadronierten, da war Eustachius rasch dabei, lief in brauner Uniform herum, mit Schaftstiefeln, Koppel und Schulterriemen, dazu die Armbinde mit dem Hakenkreuz – und so fühlte er sich stark, mächtig, unbesiegbar. Mit Feuereifer sah man ihn mitmachen beim Marschieren in Reih und Glied, beim Exerzieren, bei den Schieß- und Geländeübungen, beim Singen und beim Fackelzug. »Dreinschlagen, daß es scheppert und splittert und kracht!« Darauf liefen Gespräche mit ihm über die Politik und die Verhältnisse immer hinaus. Als dann Hitler die Macht erobert hatte und sich sein tausendjähriges braunes Reich immer weiter ausbreitete, verkündete Eustachius lauthals, bald würden die Bauern Landgüter und Großgrundbesitz in der Ukraine bekommen, in Polen und am Schwarzen Meer, würden die Kornkammer und ein riesiges Gemüseparadies bewirtschaften.

Für seine spitzzüngige, großmäulige Art war Eustachius immer bekannt. Er konnte manchmal schon katzendreckig austeilen, wenn er sich über die kleinen Sichelbauern mit ihren mickrigen Sächlein lustig machte, »diese Staubfresser und Hungerleider, mit einer Geiß und einem Brathering.« Mit seinem Schnauzer und seinem herrischen Getue ähnelte er seinem Gauleiter und Führer sehr, vor allem wenn er gegen die »Kirchenrenner und Herrgottsfresser« zu Felde zog, die »Knierutscher und Kreuzschleifer«, oder gegen die »volksfeindlichen Schmarotzer an der Börse, in den Bank- und Handelshäusern, die ganzen Mauschel- und Schacherjuden übereinander«. Eustachius konnte spreißelspitz sein und beißend wie ein scharfer Kren. Zwei seiner Söhne trieb er erst in die HJ, dann in die SS und zuletzt in den Krieg, wo sie für den brutalen Größenwahn büßen mußten mit ihrem blutjungen Leben.

In den fünfziger Jahren bildete sich Eustachius ein, er müsse sich zum Bürgermeister aufschwingen, aber da verpaßten die Einwohner dem »Baron Blatschari« einen gehörigen Denkzettel. »Immer hat er gerackert und geschimpft, das Geld zusammengerafft und gebunkert, verbissen wie der Biber am Baumstamm.« So hörte man die Leute über ihn reden. »Aber was hat es ihm gebracht? Sein Leben hat ihm ja selber keine Freude mehr gmacht. Mit seinen drei Kindern hat er sich zerstritten. Alle drei sind weit weg von daheim und wollen mit ihrem ewiggestrigen Vater so wenig wie möglich zu tun haben. Seine Frau ist aus heiterm Himmel einfach umgfallen und war tot, ein Hirnschlag mitten in der Arbeit. Und den ›Stachel‹ hat dann der Krebs geholt mit 69 und noch furchtbar in der Reißen g'habt bis zum Schluß. Der hat gotterbärmlich nausgeh müssen aus der Welt. Jetzt ist vom alten Anwesen alles fort, zerschlagen und verscherbelt. Aus seinem Hof und Haus schauen lauter fremde Leut heraus. Mit dem Eustachius verbindet kein Mensch mehr was, der ist verblichen und vergessen.«

»Am End fällt einem halt alles aus der Händ«, sagte seine Schwester Wilhelmine, meine Oma, sehr treffend dazu. Im Gegensatz zu ihrem Bruder hatte sie ein Gemüt so ruhig und gemächlich wie eine Kastenuhr und die Herzenswärme von einem Kachelofen. Dies war wohl auch das Erbe ihres Großvaters Michael Wegmann. Über den hatte die Rabers Lies einmal gesagt: »Ich seh einen Baum, der über achtzig Jahr hoch wächst, aber ohne Äst und Krone. Er steht lang allein im Schnee, und später ist der Baum spurlos verschwunden.« Die alte Vorhersage der Rabers Lies hatte sich bewahrheitet.

29

Wegmanns Enkelin Wilhelmine ist das Gelenk zwischen den Jahrhunderten und Generationen. Der Rahmen, der das Vergangene umfaßt, daß die Gegenwart sich darin spiegeln kann. Sie, meine Oma, ist die Quelle gewesen, die zum Strom geworden ist. So viel erzählte sie von ihrem Großvater, seinem Kaffeehaus und der Zeit danach. Einmal, kurz vor dem Ausbruch des zweiten Weltkriegs, bekam sie überraschend Besuch von Julius Gänsberger, der als alter Mann zu ihr kam, bevor er selber fort mußte und für immer verschwand. Er klopfte in der Dämmerung an der Tür und schlich möglichst unauffällig in den Flur. Es war die Zeit, in der er als Jude einen gelben Stern am Mantel tragen mußte und schon nicht mehr in christliche Häuser durfte. Er ging nach vorne gebeugt, mit schweren Schritten, als hätte er eine drückende Last auf dem Rücken. Ein Junggeselle, blaß, hager, verhutzelt. Ab und zu mußte er husten, als müsse er sich von etwas befreien, das ihm in seiner Brust steckte und dort hartnäckig festsaß.

»Ach, Mina, bist du groß geworden, eine so schöne, erwachsene Frau und Mutter! Das tät deinem Großvater aber gscheit gfallen, wenn er dich jetzt so sehen könnt! Gell, du hast einen guten Mann und tüchtige, anständige Kinder?«

Als sie ihm von ihrer eigenen Familie erzählte, von den Kindern Jakob, David, Johanna, Adam und Maria, da sagte Julius gerührt: »Lauter so schöne jüdische Namen!«

Wilhelmine fragte ihn nach Gutta: »Wie geht es ihr? Wo lebt sie denn?«

»Sie ist schon lange tot. Als das mit dem Hitler immer schlimmer geworden ist, hat sie eine Krankheit bekommen und ist gestorben, an einem gebrochenen Herzen. Alles, was ihr wichtig gewesen ist im Leben, ist von denen in den Dreck gezogen worden. Sie wollte nicht mehr. Da ging's ihr wie dem Jakob Wassermann. Kennst du den noch? Der war doch mal bei uns im Kaffeehaus drin. Die Gutta hat in den zwanziger Jahren einmal eine Lesung von dem Jakob Wassermann im Fürther Berolzheimerbau besucht. Er hat sie aber nicht mehr erkannt.«

»Und wie geht's dir denn in der finstern Zeit jetzt?«

»Ich bin seit einem Jahr bei einem katholischen Bauern in Weidendorf. Das sind gute Leut. Aus Uehlfeld haben sie uns nachts aus dem Dorf vertrieben wie Verbrecher, mit Peitschen und Prügel, mit Schlägen und Stiefeltritten. Alles haben sie uns graubt und kaputt gmacht. Warum machen die Menschen so was, Mina? Das ist doch net christlich und net menschlich. Ich hab doch keinem was Unrechtes getan. Ich hab's immer gut gmeint mit unsrer Heimat und alle Leut.«

Da mußte Julius weinen und trocknete sich seine Tränen mit einem Taschentuch, das er langsam aus der Hosentasche zog.

»Über siebzig Jahr bin ich jetzt alt gworden, aber man läßt mich net in Frieden leben und net in aller Ruh sterben. Ich hab immer denkt, wir Deutsche gehörn zusammen, ob Juden oder Christen, Bauern oder Bürger. So wie beim Fachwerk auch Holz und Stein zusammen sind. Wie halt Tag und Nacht zusammengehörn. Aber jetzt werden wir schikaniert und drangsaliert bis aufs Blut. Am Ortseingang in Uehlfeld hängt ein Schild mit dem Vers: ›Jud, du bist erkannt, zumal im Frankenland, daß du in Uehlfeld noch geduld't, dran sind die Judenknechte schuld.‹ Ganz stolz nennen sich die Dörfer jetzt judenfrei. Unser Geld und unsere Steuern haben sie aber immer liebend gern genommen. In Gerhardshofen steht auch so ein Schild mit dem lustigen fränkischen Spruch: ›Jüdla, wennst flieng willst, na brauchsters bloß soong, na ziechi mein Kittel aus und baggdi beim Groong.‹ Selbstgedichtet, selber fabriziert und aufgestellt vom Wegmacher dort.«

»Das ist furchtbar, Jula, die Menschen sind so hartherzig und verhetzt.«

»Die Deutschen mögen die Juden net. Die Leut, die mit mir früher gute Geschäfte gmacht haben, mit denen ich auf der Kerwa und im Kaffeehaus zusammengsessen bin beim Essen und Trinken, die nennen mich heut einen Judenhund, einen Saujuden, die spotzen und schlagen mir ins Gesicht.«

»Mit die Tiere, da kennen sie sich halt gut aus.«

»Was bloß zeigt, daß sie von den Tieren auch nix verstehn.«

»Dabei haben sie sich ausgrechnet so einen Saujuden rausgsucht als ihrn Heiland und Erlöser.«

»Das wird's sein. Das verzeihn sie sich wahrscheinlich selber net, daß sie damals die heidnischen Höhlen und Eichenhaine verlassen haben und sind zum König der Juden übergelaufen.«

»Das macht bloß der Führerwahn und des Siegheil überall. Da machen alle brav Männlein und bellen mit wie die Köter und Kläffer all mitnander.«

»Wenn's so einfach wär, dann wär's ja zu ertragen. Aber des geht tiefer, fürcht ich, hinein in den Urgrund. Ach, es ist ein Jammer. Ich bin doch ein Deutscher, was denn sonst? Das ist ja auch meine Heimat. Ich lieb unser Vaterland net weniger wie die in der braunen Montur. Wir reden die gleiche Sprach, essen die gleiche Speis, trinken den gleichen Kaffee. Aber man schmeißt mich naus wie einen Gauner. Ja wo soll denn das noch hinführen, sag einmal?«

Wilhelmine konnte nichts sagen, ihr liefen die Tränen über die Wangen. Sie sah den alten, traurigen Julius mutterseelenallein auf'm Sofa im dunklen Eck der Stube sitzen und fühlte sich elend.

»Wie herrlich die Blumen riechen auf dem Tisch! Ach, wir leben in einer Zeit der Angstblüten, der Kummerfrücht und Tränenbeeren«, sagte Julius, als würde er einen Bibelvers zitieren. Die Tränen quollen ihm aus den Augen, ein stilles Rinnsal aus bösen Niederschlägen.

»Aber schön hast du's hier, Mina. Du hast ja auch Bilder an der Wand aus dem Kaffeehaus. Das Dorfwappen mit dem Wiedehopf. Das ist gut. Ach, ich denk so oft an damals im Kaffeehaus, das glaubst du gar net. Wir haben so eine schöne Zeit dort g'habt. Schwerelose Tag, leicht wie Schnupftabak. Alles fest und verläßlich wie ein Handschlag. Alles so hell und warm, federleicht. Eine ganz feine Welt war das. Dagegen ist das heut jetzt so furchtbar finster. Wenn man ein Gotteshaus niederbrennt und alle schauen zu, wenn man Friedhöfe schändet und Grabsteine zerstört, das bringt doch Unsegen, das führt doch ins Unheil! Aber die scheren sich keinen Deut drum, was das alles wert ist. Wie man mit dem Vergangenen umgeht, Mina, so behandelt man auch das Gegenwärtige. Wer die Toten net ehrt, dem sind auch die Lebendigen nix wert.«

Julius zog einen Gegenstand aus seinem Rucksack und wickelte ihn umständlich aus dem Einschlagpapier heraus. Es war sein altes Buch, in dem er damals jahrelang Geschichten und Sagenhaftes gesammelt hatte, Erlebtes und Erzähltes.

»Schau, Mina, das hab ich dir mitbracht. Da ist ein Haufen zusammenkommen über die Jahre. Was glaubst, wie oft ich da drin rumblättern und rumlesen tu! Manchmal mein ich dann, ich hör das Kaffeehaus reden. Das erzählt lauter so schöne Geschichten. Die tausend Stimmen im Grunde, weißt.«

Julius blätterte langsam durch die aberhundert Seiten. Wie ein Kind, das in sein Lieblingsbuch eintaucht und sich in einem Märchenland wiederfindet, so streifte der alte Mann gedankenverloren durch die Überschriften, Gestalten und Geschichten.

»Die Schelfenfrau und der Holzrucker. Der Grimmerlein von Gickelhausen. Die Schiedmatz und der Hollerbär. Der Schindelschnitzer von Seitenbuch. Die Wurzelweiber von Schmiedelberg. Die Hutscherbärbel und die Giebelspitz. Der Schwartenschnuller, der Stumpenzuller. Die Gänsmelker und die Queckenkocher. Der Helfgott Grundmann. Die Nebelfrau. Der Hörners Kasper und die drei Jäger. Der Häckelmann und der Grünhütel. Schau, Mina, das ist die schöne Geschichte von der Sibylla Weis. Die kennst doch, oder? Die wird dir gfalln.«

Julius beugte sich mit dem Buch nach vorne zur Lampe hin, um besser vorlesen zu können.

»Sibylla Weis war ein frommes Edelfräulein aus dem Geschlecht derer von Wetterau und lebte vor vielen hundert Jahren. Sie hatte ein kleines Schloß bei Ailsbach und war früh Waise geworden, treu umsorgt von ihrer Magd Elsbeth. Zu Gebet und Andacht ging sie immer einen weiten Weg zu ihrem Lieblingsplatz oben auf dem Lauberberg, wo dereinst bereits die Kelten ihre Götter angebetet hatten und heute noch die Antoniuskapelle steht. Dort liegt sie auch begraben, und man sagt, wenn ihr Grab nur noch eine Hand breit von der Kapellenmauer entfernt ist, kommt das Ende der Menschheit. Schon mit acht Jahren konnte das Mädchen Geschehnisse vorhersagen: Viehseuchen, Unwetter, Krankheiten, Krieg. Vom Volk wurde sie als Heilkundige geachtet und verehrt.

Von ihr stammen diese überlieferten Weissagungen: Wenn die Leute in den Lüften fahren, wenn die Welt mit eisernen Strängen und Drähten durchzogen ist und dampfende Ungetüme mit Sausen und Zischen umherschießen, wenn Stimmen und Bilder aus dem Himmel die Menschen einfangen, wenn Äcker und Wiesen steinhart sind, ohne Erde und Frucht, ohne Kraut und Gras, wenn es keine Bauern mehr gibt und nur noch öde Gefilde, wenn das Erdreich, das Wasser und die Luft voll Unrat und Krankheit stecken, wenn viel Volk vom Göttlichen und Menschlichen abfallen wird, wenn sie die besten Äste vom eigenen Baum abschlagen ohne Not und Verstand, dann kommt die Angst und die Krankheit, dann kommt der neue große Hunger und ein fressender Weltbrand, dann muß Samt und Seide wieder in den Acker und unters Joch, dann werden wieder Schweiß und Tränen die Erde bewässern, dann werden die Menschen wieder Straßen und Plätze aufreißen, um Korn zu säen und Kraut zu pflanzen, und trotz aller Mühe wird's doch keinem langen zum Sattsein und Leben.«

»Das klingt ja net verheißungsvoll für uns.«

»Ja, so kommt's mir heut auch vor: Viel Volk ist abgefallen vom Göttlichen und Menschlichen, und die besten Äste schlagen sie ab vom eigenen Baum ohne Not und Verstand.«

»Was du alles zusammengetragen hast da drin in dem Buch da!«

»Das hab ich dir mitgebracht, daß du's aufhebst und gut Obacht gibst drauf.«

»Was? Du willst dein Buch dalassen bei mir?«

»Da wo ich hingehn muß, kann ich's net brauchen.«

»Nein, das gehört zu dir. Nimm's mit, Jula, egal wo du auch hingehst, und paß gut darauf auf. Das ist dein Glücksbringer. Der kann dich schützen und bewahren.«

»Das glaub ich net. Des nimmt ja doch kein gutes End mit uns.«

»Jula, glaub mir, ich tät mich einer Sünd fürchten, wenn ich dir dein Buch abnehmen tät.«

»Net einmal als Geschenk?«

»Des tät mich beschämen. Dein Buch gehört doch zu dir.«

»Wennst meinst. Dann nehm ich's halt wieder mit. Die Nebelfrau reist vom Gestern ins Morgen, wenn du sie siehst, bist du im Heute, aber sie nimmt dich mit in ihr Reich. Mit der geh ich jetzt dann mit fort, und das Buch dazu.«

Mit tränennassen Augen verabschiedete sich Julius Gänsberger von Wilhelmine, verschwand in der Nacht und wurde nie mehr gesehen. Mit verschwommenem Blick sah Wilhelmine dem altersmüden Jula nach, das Taschentuch fest an den Mund gedrückt. Zeit ihres Lebens hat Wilhelmine diese Stunde nicht vergessen und an ihrer Hilflosigkeit gelitten.

Man kann hingehen, wo Jula und die anderen alle hingebracht wurden, nach Izbica, Belzec oder Majdanek. Man kann fragen und nachforschen. Über Julas Ende an diesen Orten weiß kein Mensch Genaues zu sagen. Man kann es sich denken, aber es bleibt unvorstellbar.

Das Buch ist verschwunden und nicht mehr zu finden. Es war eine Schatztruhe, eine Goldgrube, die Seele unseres Landes. Sie hätte einen Unhold in einen Menschen verwandeln können. Aber sie wurde vernichtet, von den eigenen Leuten blindwütig zerstört.

Das trumm Buch mit den aberhundert Seiten.
Die tausend Stimmen im Grunde.
Das Buch vom Eh und Je und Ojemine.
Dem Jula sein Grundbuch.
Das Buch unserer Heimat.

30

Wilhelmine ist schon lange tot. Als sie mich damals anriefen an jenem Silvesterabend, um mir mitzuteilen, daß unsere Oma verstorben ist, wußte ich, daß ich sofort heimfahren mußte. Und mir war auch vollkommen klar, wie ich heimkehren wollte.

Es war der Neujahrstag nach den Feiern und dem Feuerwerk. Der ruckernde Nahverkehrszug brachte mich bis zum Bahnhof von Neustadt an der Aisch. Von dort aus lief ich mit meinem Rucksack den Schienenstrang der einstigen Aischtalbahn entlang Richtung Demantsfürth. Die Strecke zog sich wie eine rostbraune Wirbelsäule den Wiesengrund hinunter. Sie war schon lange stillgelegt, inzwischen ist sie sogar aufgelassen und teilweise ein Radweg. Ein Heimkehrer auf dem Weg in sein Seelennest, das war ich nun, ein Winkelgast in diesem Himmelsstrich. Von Kindesbeinen an gefielen mir solche Streifzüge ins Entlegene und Ausrangierte. Sie können die bewegendsten Geschichten der unscheinbarsten Dinge ans Licht bringen und unser eigenes Dasein von dorther beleuchten und bestimmen.

Rhythmisch traten meine Winterstiefel auf die rostigen Schwellen. In der Tasche spürte ich den vergoldeten Stifthalter aus Amerika, den Bleistift der Stufe H. H. aus Concord, Massachusetts. Im Wind hörte ich das Wimmern einer Mundharmonika. Rauchgeruch lag in der Luft. Ein gerbbitterer Geschmack klebte mir im Mund.

Oma ist nicht mehr am Leben. Immer wieder sagte ich mir im Geiste diesen Satz, um ihn glauben, um es mir vorstellen und einprägen zu können. Bald würde ihr Gesicht in uns verblaßt sein, ihre Stimme verklungen, alles seufzersacht versunken wie Zucker im schaumigen Kaffee. Wie ein Saatkorn im Erdreich vergraben, alles weitere besorgt der Himmel.

Die Geleise zogen sich vor meinen Augen als ein metallener Reißverschluß durchs Land. Die Talsenke zu beiden Seiten der Aisch lag klar und still vor mir. Was ich damals nur ahnte, das weiß ich heute: Die innere Stimme einer Landschaft kann man hören, den Geist eines Ortes spüren. Ihre Geschichten können uns verwandeln. In jedem Augenblick kannst du ein neues Ufer betreten. Jeder Schritt findet Grund genug für goldenen Boden.

GLOSSAR

Aufleinen	Tauen, Schmelzen des Schnees im Frühjahr
beißert	(mundartlich) bissig, scharf
Biber	warmer Rohflanellstoff für Hemden
Brrr	Befehl für Zugtiere zum Anhalten und Stehenbleiben
därmig	elend, dünn, dürr, abgezehrt
Doldi	(mundartlich) Schimpfwort für einen Dummkopf
Dollack	(mundartlich) Schimpfwort für einen Dummkopf
Dotennüssle	Gebäck (rosa und weiß), das der Pate (Dot) für alle Dorfkinder spendiert zur Feier des Tauftages
eingadig	mit nur einem Stockwerk
einschichtig	ledig, alleinstehend
Fitzelchen	kleine Menge, ein bißchen
fleihen	Wäsche ausspülen
gättlich	(mundartlich) passend, gelegen, geeignet
Gefraisch	Krampfanfälle (Fraisen) bei Säuglingen und Kleinkindern
Hausstaffel	Steintreppe vor dem Haus
Hott	Befehl für Zugtiere: rechts herum
Hü, hüha	Befehl für Zugtiere zum Loslaufen
Hutzeldocke	Puppe (Docke) aus Dörrobst (Hutzel, meist Birnen)

Kornbinden	Zusammenbinden von Roggenhalmen zu Garbstricken
Krautsticht	Krautfaß
Leihkauf	Hand- oder Trinkgeld bei Abschluß eines Kaufes oder Vertrages
Pechdallen	harzige Stelle am Baum
Pfette	waagrechter tragender Balken im Dachstuhl
Purzelküh	Zapfen von Fichten oder Kiefern
Quecken	Unkraut im Acker
Queckenkocher	Schimpf- und Spottname
Schelfenbäcker	Schimpf- und Spottname (Schelfen: Rinde, Schale)
Schmellen	Schmielgras, Unkraut im Acker
sierisch	(mundartlich) allzu eifrig, emsig, umtriebig
stad	(mundartlich) ruhig, still
auf der Stör	Handwerker, die ins Haus der Kunden kommen, um dort für einige Zeit zu bleiben und zu arbeiten
Stupfelacker	(mundartlich) abgeerntetes Stoppelfeld
Tropfhäusler	Bewohner eines Tropfhauses, eines bescheidenen Häuschens ohne Land oder Garten
Wista	Befehl für Zugtiere: links herum
Zieberleskäs	(mundartlich) Speise aus gestöckelten Milch
Zugehöring	die vertraglich festgelegte zusätzliche Entlohnung eines Dienstboten